통합 논술과 독서평가의 내신반영을 위한 중·고등학생의 필독서

한국 현대
단편소설

②

문학평론가 이 유 식 감수
현대 문학 독서지도회 엮음

예 문 당

감수의 변
머리말을 대신하여

　　2008학년도 대학별 논술을 통합 교과형으로 출제하도록 교육부는 권하고 있으며 현재 중·고등학교에서는 독서량과 함께 독서 내용을 평가하여 내신 성적에 반영하고 있다. 통합 교과형 논술과 내신 평가를 위한 독서는 모두가 글의 구조와 그 속에 담겨있는 작가의 메시지를 알아야 하며, 이는 지문의 분석 능력과 지문간의 비교 이해 등을 필요로 한다. 때문에 많은 학교에서 통합 교과형 논술의 준비에 문학작품 가운데에서도 '단편 소설' 읽기를 권하고 있다.

　　문학 작품은 어느 것이나 통일된 주제를 지니고 있으나, 단편 소설은 짧은 줄거리를 일정한 틀 속에 담아내며 간결하게 주제를 드러내고 있다. '일정한 틀'은 전체 글의 구조 및 구성 원리를 쉽게 배울 수 있으며, '간결한 주제의 표현'은 주제의 응집 방법과 작가의 메시지를 이해하는 데에 도움이 된다.

　　우리가 단편 소설을 통해서 글의 구성 원리와 주제의 응집 방법, 작가의 메시지를 이해한다는 것은, 이미 우리는 논리적 분석력과 높은 사고력 외에도 어떤 구조에 대한 '합리성'을 찾을 수 있는 능력을 익힌다는 것을 뜻한다. 이것이 학생들이 자칫 빠지기 쉬운 단선적 사고를 극복할 수 있는 길이며, 따라서 교육부가 정한 제7차 교과과정의 바람직한 방향이라고 여긴 것이다.

이 책은 '작품'을 읽기 전에 '작가 소개'와 '등장 인물, 줄거리, 작품 정리'를 먼저 실었다. 그것은 대강의 이야기를 이해하고 작품을 읽는 것이 작품 분석과 이해에 도움을 주리라 여긴 때문이며, 작품을 읽은 다음에 '작품 감상'과 '되짚어보는 문제'를 넣어 작품을 한번 더 음미해 볼 수 있도록하여 작품 속에 감추어진 작가의 메시지를 깊이 따져 보도록 하였다. 그러므로 이러한 배열은 학생들이 독서후 독서평가를 위한 감상문을 작성할 때와 시험에 출제된 지문을 정확히 이해하려 할 때에도 큰 도움이 되리라 믿는다. 아무쪼록 여기 수록된 작품과 편집 내용이 학생 여러분의 이해 능력과 학습 효과를 높이는 데에 도움이 되었으면 하는 바람이다.

2005년 12월   일
감수자 문학평론가 靑多 李洧植 씀

| 차례 |

통합 논술과 독서평가의 내신반영을 위한 중·고등학생의 필독서

한국 현대
단편소설

②

1

동백꽃

김유정

작·가·소·개

　　김유정은 1908년 1월에 아버지 김춘식과 어머니 청송 심씨의 2남 6녀 중 일곱째로 서울 종로구 운니동(진골)에서 태어났다. 김유정이 태어날 당시 그의 집안은 천 석을 웃도는 부자이며, 서울 운니동에도 백여 칸이 되는 집을 소유하고 있는 부자였다. 김유정의 출생지에 대해서는 다른 주장이 있으나, 작가 스스로는 춘천시 신동면 실레마을(증리)을 고향으로 생각하고 있다. 김유정은 경제적으로 넉넉하고 많은 누이들의 보살핌 속에서 자랐으나 그가 일곱 살이 되던 해에 어머니가 죽고, 이 년 뒤 아버지마저 세상을 떠나 불운을 맞게 되었다. 감수성이 예민한 그는 일찍 떠난 어머니에 대한 그리움 때문에 이후 기생 박록주에 대한 짝사랑을 하나, 그는 끝까지 김유정을 매정하게 뿌리쳤다. 아버지가 죽은 뒤 집안 살림을 도맡은 형은 방탕한 생활로 몇 해 지나지 않아 재산을 탕진하고 끝내는 고향의 모든 재산을 정리하기에 이르렀다.

　　김유정의 유년기는 그의 넉넉한 경제적인 생활 속에서 부모를 일찍 여읜 슬픔과 말을 더듬는 습관(눌언 교정소에서 고친 뒤로는 더듬지 않음) 등으로 과묵한 성격이었다. 그는 재동 보통 학교를 거쳐 1923년 휘문고보에 검정으로 입학했으나, 3학년 때 몸이 좋지 않아 1년을 휴학하기도 했으며, 이때는 이미 형이 가산을 모두 탕진한 뒤라 그의 생활은 어려웠다. 21세기가 되던 해 휘문고보를 졸업하고 1930년 연희전문 문과에 입학했으나 두 달만에 제적당했다(아마 수업일수를 채우지 못한 것으로 짐작된다). 그리고 김유정은 이미 이 때부터 병마와 싸우기 시작하였으며, 다시 고향으로 내려가 고향에서 가난한 농촌 사람들을 만나게 되었고, 그들의 가난하지만 순박한 내면의 삶과 만나게 된다. 그는 마을 뒷산의 금병산을 오르내리며 봄이면 잎이 나기전 노랗게 피어나는 동백꽃(생강나무)향에 취했으며, 마을 사람들을 만날 때면 그들의 투박한 강원도 사투리 속에 깃든 원초적인 인간미를 느꼈다. 1931년 봄 다시 상경하여 보성전문에 입학했으나 그곳에서도 다시 퇴학당하게 된다. 이후 그는 재차 고향 실레마을로 돌아와 딴 사람이 된다. 마을 청년들을 모아 '농우회'를 만들어 본격적인 농촌 계몽운동을 벌리다가 이를 '금병의숙'으로 이름을 바꿔 간이학교로 인가를 받아 학생들을 가르쳤다. 김유정이 고향 마을에 머물렀던 기간은 1930년부터 1932년까지 1년 7개월 정도이지만 이때 정력적으로 농촌 계몽 활동에 몰두했다. 그리고 이때 실레마을에서 딸만 여섯 낳아 데릴사위를 들여 농사를 지으며 욕을 잘하는 박봉필이란 사람을 관심 깊이 보아왔으며, 이것이 나중에 '봄·봄'의 소재가 되었다.

1933년 김유정은 다시 서울로 온다. 김유정은 그 전 서울 생활 중에도 영화를 자주 보았는데, 그 중에서도 특히 '찰리 채플린'과 '마스타 키튼'의 연기를 좋아했다고 한다. 서울에 다시 올라온 김유정은 늑막염의 악화와, 폐결핵까지 겹쳐 더 이상 물러설 수 없는 막다른 골목에 들어서게 된다.

그는 그 절망적인 상황에도, 쉬지 않고 글 쓰기에 몰두했던 것이다. 이때, '소낙비'가 '조선일보'에 당선, '노다지'가 '중앙일보'에 당선되었으며, 이후 '봄·봄, 동백꽃, 따라지' 등 1937년 29세의 젊은 나이로 요절하기까지 많은 작품들을 내놓았다.

- 나 : 소작인의 아들로 순박한 시골 청년이다. 점순이의 구애를 이해하지 못하고 또 계층간의 갈등과 열등감으로 위화감만 느낀다.
- 점순이 : 마름의 집 딸이다. '나'를 사랑하는 사춘기 소녀이나 '나'가 자신의 감정을 이해하지 못하자, 심술궂게 닭싸움을 시켜 '나'의 관심을 끈다.

오늘도 또 우리 수탉이 막 쫓기었다. 나무를 하러 산으로 올라서려니 등뒤에서 닭의 횃소리가 들려 돌아보니 점순네 수탉이 우리 수탉을 함부로 해대는 것이다. 우리 닭은 피를 흘리며 비명만 킥킥할 뿐이다. 나는 지게막대기로 내려치려다가 헛매질만 했다.

나흘 전에 등뒤로 와서 수작을 걸며 봄감자 찐 것이라며 주는 것을 거절하였더니 얼굴이 홍당무가 되어 나를 쏘아 보며 이를 물고 논둑으로 달아난 일이 있었기 때문이다. 달아난 뒤부터는 나를 잡아먹으려고 기를 복복 쓴다. 그러지 않아도 저희는 마름이고 우리는 소작인이므로 점순이와는 쓸데없는 소문이 생기지 않게 어머니가 당부를 하셨다. 눈물을 흘리고 간 다음날 나무를 잔뜩 지고 내려오려니까 점순이가 저희집 봉당에서 우리 씨암탉을 붙들고 암상스럽게 패주는 것이 아닌가. 나는 잡은 막대로 울타리를 치며 소리를 질렀으나 그는 조금도 놀라는 기색이 없다. 내가 도끼눈을 뜨고 호령하니 그제서야 나의 머리를 향해 닭을 내팽겨치며 '느 아버지 고자라지?' 한다. 그리고 틈만 있으면 저희 수탉을 몰고와서 우리 수탉과 싸움을 붙인다.

하루는 수탉을 붙들어가지고 장독께로 가서 고추장을 한 접시 떠서 닭 주둥아리께로 밀어 먹여 보았다. 처음에는 멈씰하며 물러나더니, 이윽고 날쌔게 달려들어 면두를 쫀다. 그러나 얼마 되지 않아 우리 수탉은 찔금 못하고 막 곯는다.

나는 보다 못해 다시 장독께로 돌아와 입에다 궐련 물부리를 물리고 고추장 물을 타서 조금씩 들어 부었다. 그러나 두어 종지 고추장을 먹고 나더니 그만 풀이 죽었다.

그것이 오늘 아침에야 겨우 정신이 든 모양 같다. 그랬던 걸 오다 보니 또 쌈을 붙여 놓았으니 홰에서 꺼내간 것이 분명하다. 나는 약이 올라 나뭇지게도 놀 새 없이 그대로 내동댕이치고는 지게막대기로 대뜸 달려들어 점순이네 수탉을 단매로 때리었다. 닭은 그 자리에서 그대로 죽어버렸다. 점순이는 눈을 매섭게 흡뜨고 '왜 남의 닭은 때려죽이냐'고 한다. 나는 그만 겁이 나서 엉하고 울음을 놓았다.

그러나 점순이가 앞으로 다가와서 '너 이담부터 안 그럴 테냐?'고 한 때야 비로소 살길을 찾은 듯 '그래'라고 대답했다. 점순이는 '요담부터 또 그러면 자꾸 못살게 굴 것이라며, 닭 죽은 건 염려 말라고, 이르지 않겠다'고 한다. 그리고 뭣에 떠밀렸는지 둘은 노란 동백꽃 속으로 파묻혀버렸다. 조금 있다가 아래서 점순이를 찾는 그 어머니의 역정 소리가 나자 둘은 산 아래와 위로 치빼지 않을 수 없었다.

동백꽃

김유정

오늘도 또 우리 수탉이 막 쫓기었다. 내가 점심을 먹고 나무를 하러 갈 양으로 나올 때이었다. 산으로 올라서려니까 등뒤에서 푸드득 푸드득 하고 닭의 횃소리가 야단이다. 깜짝 놀라서 고개를 돌려 보니 아니나 다르랴 두 놈이 또 얼리었다.

점순네 수탉(대강이가 크고 똑 오소리같이 실팍하게 생긴 놈)이 덩저리[1] 작은 우리 수탉을 함부로 해내는 것이다. 그것도 그냥 해내는 것이 아니라 푸드득 하고 면두[2]를 쪼고 물러섰다가 좀 사이를 두고 또 푸드득하고 모가지를 쪼았다. 이렇게 멋을 부려가며 여지없이 닦아놓는다. 그러면 이 못생긴 것은 쪼일 적마다 주둥이로 땅을 받으며 그 비명이 킥, 킥, 할 뿐이다. 물론 미처 아물지도 않은 면두를 또 쪼끼어 붉은 선혈은 뚝뚝 떨어진다. 이걸 가만히 내려다 보자니 내 대강이[3]가 터져서 피가 흐르는 것같이 두 눈에 불이 번쩍 난다. 대뜸 지게막대기를 메고 달려들어 점순네 닭을 후려칠까 하다가 생각을 고쳐먹고 헛매질로 떼어만 놓았다.

이번에도 점순이가 쌈을 붙여놨을 것이다. 바짝바짝 내 기를 올리느라고 그랬음에 틀림없을 것이다. 고놈의 계집애가 요새로 접어 들어서 왜 나를 못먹겠다고 그렇게 아르릉거리는지 모른다.

나흘 전 감자쪼간만 하더라도 나는 저에게 조금도 잘못한 것

1) 덩저리 : 뭉쳐서 쌓인 물건의 부피.
2) 면두 : '볏'의 강원도 방언. '볏'은 닭·꿩 따위의 머리에 새로로 붙은 살 조각.

3) 대강이 : '머리'의 속어.

은 없다. 계집애가 나물을 캐러가면 갔지 남 울타리 엮는 데 쌩
이질⁴⁾을 하는 것은 다 뭐냐? 그것도 발소리를 죽여 가지고 등
뒤로 살며시 와서,

"애! 너 혼자만 일하니?" 하고 긴치 않는 수작을 하는 것이다.

어제까지도 저와 나는 이야기도 잘 않고 서로 만나도 본척
만척 하고 이렇게 점잖게 지내던 터이련만 오늘로 갑작스레 대
견해졌음은 웬일인가. 항차 망아지만한 계집애가 남 일하는 놈
보구 ──.

"그럼 혼자 하지 떼루 하되?"

내가 이렇게 내배앝는 소리를 하니까,

"너 일하기 좋니?"

또는,

"한여름이나 되거든 하지 벌써 울타리를 하니?"

잔소리를 두루 늘어놓다가 남이 들을까봐 손으로 입을 틀어
막고는 그 속에서 깔깔대인다. 별로 우스울 것도 없는데 날씨
가 풀리더니 이 놈의 계집애가 미쳤나 하고 의심하였다. 게다
가 조금 뒤에는 저의 집께를 할끔할끔 돌아보더니 행주치마의
속으로 꼈던 바른손을 뽑아서 나의 턱밑으로 불쑥 내미는 것이
다. 언제 구웠는지 더운 김이 홱 끼치는 굵은 감자 세 개가 손에
뿌듯이 쥐였다.

"느 집엔 이거 없지?" 하고, 생색있는 큰소리를 하고는 제가
준 것을 남이 알면은 큰일날테니 여기서 얼른 먹어 버리란다.
그리고 또 하는 소리가,

"너 봄감자가 맛있단다."

"난 감자 안 먹는다. 너나 먹어라."

나는 고개도 돌리려지 않고 일하던 손으로 그 감자를 도로 어깨 너머로 쑥 밀어 버렸다. 그랬더니 그래도 가는 기색이 없고, 뿐만 아니라 쌔근쌔근하고 심상치 않게 숨소리가 점점 거칠어진다. 이건 또 뭐야 싶어서 그때에야 비로소 돌아다보니 나는 참으로 놀랐다. 우리가 이 동네에 들어온 것은 근 삼년째 되어오지만 여지껏 가무잡잡한 점순이의 얼굴이 이렇게까지 홍당무처럼 새빨개진 법이 없었다. 게다 눈에 독을 올리고 한참 나를 요렇게 쏘아보더니 나중에는 눈물까지 어리는 것이 아니냐. 그리고 바구니를 다시 집어들더니 이를 꼭 아물고는 엎어질 듯 자빠질 듯 논둑으로 힝하게[5] 달아나는 것이다.

어쩌다 동네 어른이,

"너 얼른 시집을 가야지?" 하고 웃으면,

"염려 마세유. 갈 때 되면 어련히 갈라구!" 이렇게 천연덕스리 받는 점순이었다. 본시 부끄러움을 타는 계집애도 아니거니와 또한 분하다고 눈에 눈물을 보일 얼병이도 아니다. 분하면 차라리 나의 등어리를 바구니로 한번 모질게 후려때리고 달아날지언정.

그런데 고약한 그 꼴을 하고 가더니 그 뒤로는 나를 보면 잡아먹으려고 기를 복복 쓰는 것이다. 설혹 주는 감자를 안 받아먹은 것이 실례라 하면, 주면 그냥 주었지 '느집엔 이거 없지' 는 다 뭐냐. 그러잖아도 저희는 마름이[6]고 우리는 그 손에서 배재를 얻어 땅을 부치므로 일상 굽실거린다. 우리가 이 마을에 들어와 집이 없어서 곤란으로 지낼 제, 집터를 빌리고 그 위에 집을 또 짓도록 마련해 준 것도 점순네의 호의였다. 그리고 우리 어머니 아버지도 농사 때 양식이 딸리면 점순이네한테 가서

부지런히 꾸어다 먹으면서 인품 그런 집은 다시 없으리라고 침
이 마르도록 칭찬하곤 하는 것이다. 그러면서도 열일곱씩이나
된 것들이 수근수근하고 붙어 다니면 동네의 소문이 사납다고
주의를 시켜준 것도 또 어머니였다. 왜냐하면 내가 점순이하고
일을 저질렀다가는 점순네가 노할 것이고, 그러면 우리는 땅도
떨어지고 집도 내쫓기고 하지 않으면 안되는 까닭이었다. 그런
데 이놈의 계집애가 까닭 없이 기를 복복 쓰며 나를 말려 죽이
려고 드는 것이다.

　눈물을 흘리고 간 담날 저녁 나절이었다. 나무를 한 짐 잔뜩
지고 산을 내려오려니까 어디서 닭이 죽는 소리를 친다. 이거
뉘집에서 닭을 잡나, 하고 점순네 울 뒤로 돌아오다가 나는 고
만 두 눈이 뚱그랬다. 점순이가 저희집 봉당에 홀로 걸터앉았
는데 아 이게 치마 앞에다 우리 씨암탉을 꼭 붙들어 놓고는,

김유정의 스케치

　"이놈의 씨닭! 죽어라 죽어라." 요렇게 암팡스리 패주는 것
이 아닌가. 그것도 대가리나 치면 모른다마는 아주 알도 못 낳
라고 그 볼기짝께를 주먹으로 콕콕 쥐어박는 것이다.

　나는 눈에 쌍심지가 오르고 사지가 부르르 떨렸으나 사방을
한번 휘둘러보고야 그제서야 점순이 집에 아무도 없음을 알았
다. 잡은 참지게막대기를 들어 울타리의 중턱을 후려치며,

　"이놈의 계집애! 남의 닭 알 못 낳라구 그러니?
하고, 소리를 빽 질렀다.

　그러나 점순이는 조금도 놀라는 기색이 없고 그대로 의젓이
앉아서 제 닭 가지고 하듯이 또 죽어라, 죽어라, 하고 패는 것이
다. 이걸 보면 내가 산에서 내려올 때를 겨냥해가지고 미리부
터 닭을 잡아가지고 있다가 네 보란 듯이 내 앞에 쥐지르고 있

지금은 마을의 공회당으로 변하였으나 이 터는 裕貞이 1931년 錦屛義塾이라는 야학을 세운 자리다

음이 확실하다. 그러나 나는 그렇다고 남의 집에 뛰어들어가 계집애하고 싸울 수도 없는 노릇이고, 형편이 썩 불리함을 알았다. 그래 닭이 맞을 적마다 지게막대기로 울타리를 후려칠 수밖에 별 도리가 없다. 왜냐하면 울타리를 치면 칠수록 울섶이 물러앉으며 뼈대만 남기 때문이다. 허나 아무리 생각하여도 나만 밑지는 노릇이다.

"아 이년아! 남의 닭 아주 죽일 터이냐?" 내가 도끼눈을 뜨고 다시 꽥 호령을 하니까 그제서야 울타리께로 쪼루루 오더니 밖에 섰는 나의 머리를 겨누고 닭을 내팽개친다.

"에이 더럽다! 더럽다!"

"더러운 걸 널더러 입때 끼고 있으랬니? 망할 계집애년 같으니" 하고, 나도 더럽단 듯이 울타리께를 힝하게 돌아내리며 약이 오를대로 다 올랐다, 라고 하는 것은 암탉이 풍기는 서슬에 나의 이마빼기에다 물지똥을 찍 갈겼는데 그걸 본다면 알집만 터졌을 뿐 아니라 골병은 단단히 든 듯싶다.

그리고 나의 등뒤를 향하여 나에게만 들릴 듯 말 듯한 음성으로,

"이 바보 녀석아!"

"얘! 너 배냇병신[7]이지?"

그만도 좋으련만,

"얘! 너 느 아버지가 고자[8]라지?"

"뭐? 울 아버지가 그래 고자야? 할 양으로 열벙거지가 나서 고개를 홱 돌리어 바라봤더니 그때까지 울타리 위로 나와 있어야 할 점순이의 대가리가 어디 갔는지 보이지가 않는다. 그러나 돌아서서 오자면 아까에 한 욕을 울 밖으로 또 퍼붓는 것이

7) 배냇병신 : 태어날 때부터의 병신.

8) 고자 : 생식기가 불완전한 사내.

다. 욕을 이토록 먹어가면서도 대거리 한마디 못하는 걸 생각하니 돌부리에 채이어 발톱 밑이 터지는 것도 모를 만치 분하고 급기야는 두 눈에 눈물까지 불끈 내솟는다.

그러나 점순이의 침해는 이것뿐이 아니다. 사람들이 없으면 틈틈이 제 집 수탉을 몰고 와서 우리 수탉과 쌈을 붙여 놓는다. 제집 수탉은 썩 험상궂게 생기고 쌈이라면 홰를 치는 고로 으레 이길 것을 알기 때문이다. 그래서 툭하면 우리 수탉이 면두며 눈깔이 피로 흐드르하게 되도록 해 놓는다. 어떤 때에는 우리 수탉이 나오지를 않으니까 요놈의 계집애가 모이를 쥐고 와서 꾀어내다가 쌈을 붙인다.

이렇게 되면 나도 다른 배차를 차리지 않을 수 없었다. 하루는 우리 수탉을 붙들어가지고 넌즈시 장독께로 갔다. 쌈닭에게 고추장을 먹이면 병든 황소가 살모사를 먹고 용을 쓰는 것처럼 기운이 뻗친다 한다. 장독에서 고추장 한 접시를 떠서 닭 주둥아리께로 들여 밀고 먹여 보았다. 닭도 고추장에 맛을 들였는지 거스르지 않고 거진 반 접시 턱이나 곧잘 먹는다. 그리고 먹고 금시는 용을 못쓸 터이므로 얼마쯤 기운이 돌도록 홰속에다 가두어두었다.

밭에 두엄[9]을 두어 짐 져내고 나서 쉴 참에 그 닭을 안고 밖으로 나왔다. 마침 밖에는 아무도 없고 점순이만 저희 울안에서 헌옷을 뜯는지 혹은 솜을 터는지 웅크리고 앉아서 일을 할 뿐이다. 나는 점순네 수탉이 노는 밭으로 가서 닭을 내려 놓고 가만히 맥을 보았다. 두 닭은 여전히 얼리어 쌈을 하는데 처음에는 아무 보람이 없었다. 멋지게 쪼는 바람에 우리 닭은 또 피를 흘리고 그러면서도 날갯죽지만 푸드득푸드득하고 올라 뛰

김유정 시비

9) 두엄 : 풀 · 짚 · 낙엽 등을 쌓아서 섞어 만든 거름. 퇴비.

고 뛰고 할 뿐으로 제법 한번 쪼아 보지도 못한다. 그러나 한번 엔 어쩐 일인지 용을 쓰고 펄쩍 뛰더니 발톱으로 눈을 하비고 내려오며 면두를 쪼았다. 큰닭도 여기에는 놀랐는지 뒤로 멈씰 하며 물러난다. 이 기회를 타서 작은 우리 수탉이 또 날쌔게 덤벼들어 다시 면두를 쪼니 그제서는 감때 사나운 그 대강이에서 도 피가 흐르지 않을 수 없었다.

옳다 알았다, 고추장만 먹이면 되는구나 하고 나는 속으로 아주 쟁그러워 죽겠다. 그때에는 뜻밖에 내가 닭쌈을 붙여 놓는 데 놀라서 울 밖으로 내다보고 섰던 점순이도 입맛이 쓴지 눈쌀을 찌푸렸다. 나는 두 손으로 볼기짝을 두드리며 연방, "잘 한다! 잘한다!"하고, 신이 머리끝까지 뻗치었다.

그러나 얼마 되지 않아서 나는 넋이 풀리어 기둥같이 묵묵히 서 있게 되었다. 왜냐하면 큰 닭이 한번 쪼인 앙갚음으로 허들 갑스리 연거푸 쪼는 서슬에 우리 수탉은 찔끔 못하고 막 곯는 다. 이걸 보고서 이번에는 점순이가 깔깔거리고 되도록 이쪽에 서 많이 들으라고 웃는 것이다.

나는 보다 못하여 덤벼들어서 우리 수탉을 붙들어 가지고 도로 집으로 들어왔다. 고추장을 좀더 먹였더라면 좋았을 걸, 너무 급하게 쌈을 붙인 것이 퍽 후회가 난다. 장독께로 돌아와서 다시 턱밑에 고추장을 들이댔다. 흥분으로 말미암아 그런지 당최 먹질 않는다. 나는 하릴없이 닭을 반듯이 눕히고 그 입에다 궐련 물부리를 물리었다. 그리고 고추장 물을 타서 그 구멍으로 조금씩 들어 부었다. 닭은 좀 괴로운지 킥킥하고 재채기를 하는 모양이나 그러나 당장의 괴로움은 매일같이 피를 흘리는 데 댈 게 아니라 생각하였다.

그러나 한 두어 종지 가량 고추장 물 먹이고 나서는 나는 고만 풀이 죽었다. 싱싱하던 닭이 왜 그런지 고개를 살며시 뒤틀고는 손아귀에서 뻐드러지는 것이 아닌가. 아버지가 볼까 봐서 얼른 홰에다 감추어 두었더니 오늘 아침에서야 겨우 정신이 든 모양 같다.

그랬던 걸 이렇게 오다 보니까 또 쌈을 붙여 놓으니 이 망한 계집애가 필연 우리 집에 아무도 없는 틈을 타서 제가 들어와 홰10)에서 꺼내 가지고 나간 것이 분명하다. 나는 다시 닭을 잡아다 가두고 염려는 스러우나 그렇다고 산으로 나무를 하러 가지 않을 수도 없는 형편이었다. 소나무 삭정이를 따며 가만히 생각해 보니 암만해도 고년의 목쟁이를 돌려 놓고 싶다. 이번에 내려가면 망할 년 등줄기를 한번 되게 후려치겠다 하고 싱둥겅둥11) 나무를 지고는 부리나케 내려왔다.

거지반 집에 다 내려와서 나는 호드기12) 소리를 듣고 발이 딱 멈추었다. 산기슭에 널려 있는 굵은 바윗돌 틈에 노란 동백꽃13)이 소보록하니 깔리었다.

그 틈에 끼어 앉아서 점순이가 청승맞게시리 호드기를 불고 있는 것이다. 그보다도 더 놀란 것은 그 앞에서 또 푸드득, 푸드득 하고 들리는 닭의 횃소리다. 필연코 요년이 나의 약을 올리느라고 또 닭을 집어내다가 내가 내려올 길목에다 쌈을 시켜놓고 저는 그 앞에 앉아서 천연스레 호드기를 불고 있음에 틀림없으리라.

나는 약이 오를 대로 올라서 두 눈에서 불과 함께 눈물이 펑 쏟아졌다. 나뭇지게도 놀 새 없이 그대로 내동댕이치고는 지게막대기를 뻗치고 허둥허둥 달려들었다.

10) 홰 : 새장이나 닭장 속에 새나 닭이 앉도록 가로지른 나무 막대.

11) 싱둥겅둥 ; 기운이 줄지 않고 본대로 아직 남아 있는 것.

12) 호드기 : 봄철에 물오른 버드나무의 가지를 비틀어 뽑은 통껍질이나 밀집 토막으로 만든 피리.

13) 동백꽃 : 여기서는 '생강나무'를 가리킴. 꽃은 노랗고 열매가 붉게 익으며, 열매는 기름을 짬.

가까이 와보니 과연 나의 짐작대로 우리 수탉이 피를 흘리고 거의 빈사 지경에 이르렀다. 닭도 닭이려니와 그러함에도 불구하고 눈 하나 깜짝 없이 고대로 앉아서 호드기만 부는 그 꼴에 더욱 치가 떨린다. 동네에서도 소문이 났거니와 나도 한때는 걱실걱실히 일 잘하고 얼굴 예쁜 계집애인 줄 알았더니 시방 보니까 그 눈깔이 꼭 여우 새끼 같다.

나는 대뜸 달려들어서 나도 모르는 사이에 큰 수탉을 단매로 때려 엎었다. 닭은 푹 엎어진 채 다리 하나 꼼짝 못하고 그대로 죽어 버렸다. 그리고 나는 멍하니 섰다가 점순이가 매섭게 눈을 흡뜨고 닥치는 바람에 뒤로 벌렁 나자빠졌다.

"이놈아! 너 왜 남의 닭을 때려죽이니?"

"그럼 어때? 하고 일어나다가,

"뭐 이 자식아! 누집 닭인데?" 하고 복장을 떼미는 바람에 다시 벌렁 자빠졌다. 그리고 나서 가만히 생각을 하니 분하기도 하고 무안도 스럽고, 또 한편 일을 저질렀으니 인젠 땅이 떨어지고 집도 내쫓기고 해야 될는지 모른다. 나는 비슬비슬 일어나며 소맷자락으로 눈을 가리고는 얼김에 엉, 하고 울음을 놓았다. 그러나 점순이가 앞으로 다가와서,

"그럼, 너 이담부턴 안 그럴 테냐?" 하고 물을 때에야 비로소 살길을 찾은 듯 싶었다. 나는 눈물을 우선 씻고 뭘 안 그러는지 명색도 모르건만,

"그래!" 하고 무턱대고 대답하였다.

"요담부터 또 그래 봐라, 내 자꾸 못살게 굴 테니."

"그래 그래, 이젠 안 그럴 테야!"

"닭 죽은 건 염려 마라, 내 안 이를 테니."

생강나무 열매에서 동백기름을 짜서 머리기름으로 쓴다고 하여 일명 동백나무라고도 한다.

그리고 뭣에 떠다 밀렸는지 나의 어깨를 짚은 채 그대로 픽 쓰러진다. 그 바람에 나의 몸뚱이도 겹쳐서 쓰러지며 한창 피어 퍼드러진 노란 동백꽃 속으로 폭 파묻혀 버렸다.

알싸한[14], 그리고 향긋한 그 냄새에 나는 땅이 꺼지는 듯이 온 정신이 고만 아찔하였다.

"너 말 말아!"

"그래!"

조금 있더니 요 아래서,

"점순아! 점순아! 이년이 바느질을 하다 말구 어딜 갔어?" 하고 어딜 갔다 온 듯싶은 그 어머니가 역정이 대단히 났다.

점순이가 겁을 잔뜩 집어먹고 꽃밑을 살금살금 기어서 산 알로 내려간 다음 나는 바위를 끼고 엉금엉금 기어서 산위로 치빼지 않을 수 없었다.

14) 알싸한 : 혀나 콧속이 알알한.

작·품·정·리

- 갈래 : 단편 소설, 농민 소설.
- 주제 : 산골 사춘기 남녀의 사랑.
- 배경 : 시간적－1930년대.
       공간적－강원도 어느 산골 마을.
- 시점 : 1인칭 주인공 시점.

작·품·감·상

　〈동백꽃〉은 가난한 소작인의 아들인 '나'와 마름의 딸 '점순이' 사이에 벌어지는 농촌 사춘기 소년 소녀의 애정적인 화해 관계를 그렸다.

　이 작품의 문체적 특징을 드러내는 어조는 해학적 어조인데, 이 해학적 어조는 인간과 사회에 대한 태도에 있어서 극한 대결이나 냉철한 분석보다는 익살스럽고 유쾌한 낙천성을 느끼게 한다.

　이런 어조의 해학성은 강원도 지방의 향토적 어휘와 과장과 익살이 넘치는 속어 표현으로 드러나고, 인물의 성격과 외모도 단순하고 우직하여 바보스러우나 독자로 하여금 미소를 띠게 한다. 간결하고 진솔한 대화를 사용하여 남녀 간의 미묘한 감정 변화를 함축적이고 밀도 있게 그리고 있다. 이 작품은 현재와 과거가 엇바꿔 배열되어 있으나 인과적으로 결합되는 구성을 보이며, 인물의 성격과 행위의 동기가 밝혀지고, 사건은 필연성을 얻는다. 사건의 진행 과정에서 가장 핵심을 이루는 것은 닭싸움인데, 닭싸움은 '나'와 '점순이'의 갈등의 표면화이면서 애증의 상징이기도 하다.

　'동백꽃'에서의 사건은 줄곧 닭싸움을 중심으로 이루어지며, 닭싸움이 거듭

되면서 두 사람의 감정도 점차 고조되며, 마침내 닭싸움이 닭의 죽음으로 끝나자 두 사람의 고조된 감정도 끝나는 구조로 되어 있다. 그리고 점순이는 닭싸움을 통해 자신이 '나'에 대한 감정을 역설적으로 나타내어, '나'에 대한 애정이 더해지면 닭싸움을 더욱 격렬하게 시키며 그 수도 잦아져, 하루에 한 번이던 것이 아침과 저녁으로 두 번씩 되기도 한다.

그러나 여기서 일어나는 사춘기 소녀·소년간의 성적 갈등이 비록 표면적으로는 '나'의 무지로 표현되고 있다고는 하지만 보다 근본적인 원인으로 '나'와 '점순이' 사이의 계층적 차이와 갈등에까지 맞물려 있다.

김유정은 근본적으로 1930년대의 궁핍화되고 피폐화된 농촌이 안고 있는 현실 상황은 정확히 파악하고 있다고 볼 수 있다. 그래서 그를 가리켜 '가장 당대적이며 초시대적인 문학성을 획득'하고 있다고 말한다.

1. '나' 와 '점순이' 의 사랑은 닭싸움과 밀접한 관련이 있다. 닭 싸움의 상황에 따라 두 사람의 갈등이 어떻게 바뀌는지에 대해 써라.

	닭 싸움	점순이와 나의 태도
③	· 내가 점심을 먹고 나무를 하러 가려는 데 점순이네 수탉이, 덩치가 작은 우리 수탉에게 달려들어 면두를 쪼며 막 해대고 있었다. 이번에도 점순이가 쌈을 붙여 놨을 것이다.	
①		· 점순이는 '나' 에게 감자를 구워와서 준다. '나' 는 점순이가 주는 감자를 '너나 먹어라' 며 물리친다. · 점순이는 얼굴이 홍당무처럼 새빨개지면서 눈에 독을 올리고 눈물까지 흘리며 논둑으로 횡하게 달아난다.
②		· 점순이가 그를 보고, 되도록 '나' 가 많이 들으라는 듯 깔깔거리고 웃는다.
④	· 오늘 아침에야 겨우 정신이 든 우리 닭을 점순이가 다시 쌈을 붙여 놓았다. 우리 닭은 거의 빈사상태에 있는데 점순이는 호드기를 불고 있다. · 나는 대뜸 달려들어 나도 모르는 사이에 단매로 점순네 수탉을 때려잡았다. · 닭은 그 자리에서 죽었다.	

2. '나'와 '점순이'는 서로 대립관계에 있는 듯하지만 사실은 서로 사랑하고 있다. 그러나 이 사랑은 대립되는 태도 속에 감추어져 있다. 그 '감추어진 사랑'을 표현한 지문을 찾아 하나만 써라.

_____

_____

_____

_____

_____

3. '나'와 '점순이'와의 관계는 다른 면에서 '소작인'과 '마름의 딸'이다. 이 사회적 관계가 대등하였다면 두 사람의 사랑은 어떻게 바뀔 것 같은지 상상하여 써 봐라.

_____

_____

_____

_____

1.

	닭 싸움	점순이와 나의 태도
③		· '나'는 대뜸 지게막대기를 메고 달려들어 점순네 닭을 후려칠까 하다가 생각을 고쳐먹고 헛매질로 떼어만 놓았다.
①	· 점순이가 눈물을 흘리고 간 다음날 저녁나절이다. 내가 나무를 한 짐 잔뜩 지고 내려오는데 어디서 닭이 죽는 소리를 한다. · 점순이가 저희집 봉당에 혼자 걸터 앉아 우리 씨암탉을 붙들어 놓고는 "이놈의 닭! 죽어라, 죽어라." 하며 암팡스럽게 패주는 것이다.	
②	· 나는 쌈닭에게 고추장을 먹이면 기운이 뻗친다는 말을 듣고 우리 닭에게 고추장을 먹여서 점순네 수탉에게 쌈을 붙였다. 한두 번은 이기는 듯했으나 다시 쫓기고 말았다.	
③		· 점순이가 화를 내자 나는 그만 겁이 나서 울고 말았다. · 점순이는 나에게 "요담부터 또 그래봐라. 내 자꾸 못살게 굴 테니." 하며, "닭 죽은 건 염려하지 마라. 내 안 이를 테니." 그리고는 뭣에 떠다밀렸는지 나의 어깨를 짚은 채 그대로 퍽 쓰러졌다. 그 바람에 나의 몸뚱이도 겹쳐서 쓰러지며 한창 피어 퍼드러진 노란 동백꽃 속으로 폭 파묻혀 버렸다. · 알싸한, 그리고 향긋한 그 냄새에 나는 땅이 꺼지는 듯이 온 정신이 그만 아찔하였다.

2.

㉮ "느집엔 이거 없지." 하고, 생색 있는 큰소리를 하고는 제가 준 것을 남이 알면 큰일날 테니 여기서 얼른 먹어버리란다. 그리고 또 하는 소리가,

"너 봄감자가 맛있단다."

"난 감자 안 먹는다, 너나 먹어라."

나는 고개도 돌리려지 않고 일하던 손으로 그 감자를 도로 어깨너머로 쓱 밀어버렸다. 그랬더니 그래도 가는 기색이 없고, 뿐만 아니라 쌔근쌔근하고 심상치 않게 숨소리가 점점 거칠어진다. 이건 또 뭐야 싶어서 그때에야 비로소 돌아다보니 나는 참으로 놀랐다. 우리가 이 동네에 들어온 것은 근 삼 년째 되어오지만 여지껏 가무잡잡한 점순이의 얼굴이 이렇게까지 홍당무처럼 새빨개진 법이 없었다. 게다 눈에 독을 올리고 한참 나를 요렇게 쏘아보더니 나중에는 눈물까지 어리는 것이 아니냐. 그리고 바구니를 다시 집어들더니 이를 꼭 아물고는 엎어질 듯 자빠질 듯 논둑으로 힝하게 달아나는 것이다.

㉯ "이놈의 닭! 죽어라, 죽어라." 요렇게 암팡스리 패주는 것이 아닌가. 그것도 대가리나 치면 모른다마는 아주 알도 못 낳라고 그 볼기짝께를 주먹으로 콕콕 쥐어박는 것이다.

나는 눈에 쌍심지가 오르고 사지가 부르르 떨렸으나 사방을 한 번 휘돌아보고야 그제서 점순이 집에 아무도 없음을 알았다. 잡은참 지게막대기를 들어 울타리의 중턱을 후려치며,

"이놈의 계집애! 남의 닭 알 못 낳라구 그러니?"

하고, 소리를 빽 질렀다.

㉰ "아 이년아! 남의 닭 아주 죽일 터이냐?" 내가 도끼눈을 뜨고 다시 꽥 호령을 하니까 그제서야 울타리께로 쪼루루 오더니 밖에 섰는 나의 머리를 겨누고 닭을 내팽개친다.

"에이 더럽다! 더럽다!"

"더러운 걸 널더러 입때 끼고 있으랬니? 망할 계집애년 같으니." 하고, 나도 더럽단 듯이 울타리께를 힝하게 돌아내리며 약이 오를대로 다 올랐다, 라고 하는 것은 암탉이 풍기는 서슬에 나의 이마빼기에다 물찌똥을 찍 갈겼는데 그걸 본다면 알집만 터졌을

뿐 아니라 골병은 단단히 든 듯싶다.

그리고 나의 등뒤를 향하여 나에게만 들릴 듯 말 듯한 음성으로,

"이 바보녀석아!"

"얘! 너 배냇병신이지?"

그만도 좋으련만,

"얘! 너 느 아버지가 고자라지?"

"뭐? 울아버지가 그래 고자야?" 할 양으로 열벙거지가 나서 고개를 홱 돌리어 바라 봤더니 그때까지 울타리 위로 나와 있어야 할 점순이의 대가리가 어디를 갔는지 보이 지가 않는다.

3. 소설 속에서는 점순이가 더 적극적이고 '나'가 소극적인 태도를 보이지만, 사회적 관 계가 바뀐다면 '나'의 태도가 '점순이'의 태도보다 적극적이 될 것이다. 그러나 1930 년대의 관습으로 보나, 강원도 기질이라는 점을 고려한다면 요즘 생각하는 것처럼 로 맨틱하지는 않는다고 여겨진다.

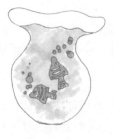

2

메밀꽃 필 무렵

이 효 석

작·가·소·개

그의 아버지는 일찍이 신교육에 눈을 떠 한성사범학교를 졸업한 후 한동 안 교편을 잡았다고 하며, 모친은 강홍경이라고도 하고, 그가 계모라고도 하는 말이 있다.

이효석은 1920년 평창 보통 학교를 졸업하고 경성 제일 고등보통학교에 입학했으며, 우수한 성적으로 졸업했다. 재학 시절 이효석은 체홉, 톨스토이 등 러시아 작가들의 작품을 탐독했으며, '시'와 소설의 습작에도 힘을 기울였다. 1925년에 경성제국대학에 입학하며, 이때에도 시와 소설 등의 작품을 쓰지만 아직 습작기를 벗어나지 못하고 있다.

그는 본과에 진학할 때 영어영문과에 진학하여 좋은 성적을 얻으나 철학과 독어에서만은 그렇지 않은 성적을 보이며, 이는 그가 이성적이며 지성적인 면보다는 감성을 더 많이 타고난 작가였을 거라는 짐작을 하게 된다.

이효석이 본격적으로 문단에 데뷔하게 된 것은 1928년 《조선지광》에 단편 소설 〈도시와 유령〉을 발표하면서였으며, 그는 창작 초기부터 좌익사상을 거의 맹목적으로 추종하고 있었고, 따라서 그를 '경향적' 작가로 인식하게 된다.

1931년 7월에 이효석은 그간 동거하고 있던 이경원과 결혼했다. 이경원은 함경북도 경성의 어느 토호 집안에서 태어났다.

1932년 이효석은 함북 경성으로 내려가 경성 농업학교의 영어 교사로 지내게 되면서 그동안 어려웠던 생활을 청산하고 안정을 찾게 된다. 다시 1934년 평양으로 옮겨오며, 1936년 숭실전문대학의 교수로 부임하게 된다. 이 때 이효석은 이미 '경향적'인 작품 경향을 버리고 '자연과 인간'에 대한 관심을 보이게 된다.

평양으로 옮겨오자 이효석은 대표작 〈메밀꽃 필 무렵〉을 발표하며 왕성한 작품 활동을 한다. 그러나 문학사에 길이 남을 작품인 〈메밀꽃 필 무렵〉 외에 그와 버금가는 작품을 쓰지는 못하였다. 그것은 〈메밀꽃 필 무렵〉이 너무 완벽한 작품 때문에, 그에 대한 또 다른 작품의 출현을 독자들이 기대한 때문인가.

이후 그는 '심미주의적'인 작품을 주로 발표했으며, 1942년 3월 심한 감기 증세로 누운 뒤로 끝내 회복하지 못하고 서른 여섯이란 젊은 나이로 타계하였다. 그의 병명은 '결핵성 뇌막염'이며, 그의 유해는 그의 아버지에 의해 고향 평창으로 내려와 진부면 하진부에 매장되었으며, 이후 그를 기리는 사람들에 의하여 가산(이효석의 호) 공원이 만들어지고, 그의 생가에는 많은 방문객의 발길이 끊이지 않는다고 한다.

그의 작품 초기의 〈도시와 유령〉 같은 작품에서 보이는 동반자적 성격에서 〈돈〉 이후의 〈향수〉, 〈장미 병들다〉 등과 같은 옛 것에 대한 회고의 정이 흐르다가 비로소 〈산〉, 〈들〉, 〈분녀〉〈메밀꽃 필 무렵〉, 〈낙엽기〉 등에서 생활 혹은 자연에 대한 인간의 대응 관계를 통해서 인간성의 원형을 부각시키고 생명의 신비를 작품화시켰다. 그가 작가로서 확고한 지지 기반을 얻은 것은 후기 쪽이며, 그의 문학의 평가는 주로 이 기간 동안의 작품에서 구해진다.

그는 소설을 소설적인 산문으로 쓰려 하지 않고, 시적인 서정시로 형상화하려 했기에 그의 문장은 시적으로 아름답다. 이러한 서정적 미의식이 감각적 미의식으로 확대 심화되는 탐미적 정신으로 생명의 근원적 신비를 보여주고 있다.

또한 그는 주로 1인칭 시점을 많이 쓰면서도 수필적인 서술을 할 경우도 있는데, 그것은 시대상이나 역사 의식을 외면하고 아직 생활 인식을 갖기 못한 근원적이고 원초적인 인간 생활을 서정적으로 그리겠다는 점에서 가장 알맞은 표현 기법이라 할 수 있다.

등·장·인·물

- 허 생원 : 얼금뱅이요 왼손잡이인 장돌뱅이. 순수한 꿈과 사랑을 잃지 않은 인물이다.
- 동이 : 장돌뱅이 일행에 끼어든 청년. 허 생원과 중요한 관계가 있음을 보여주는 암시가 있다.
- 조 선달 : 허 생원의 동업자. 허 생원의 독백을 들어주기 위해 등장시킨 인물이다.

줄·거·리

　여름장이라 애시당초 글러서 해는 중천이건만 장판은 벌써 쓸쓸하다. '그만 거둘까?' 조 선달은 맞장구를 친다. 장판을 거둘 때 조 선달은 동이가 충줏집을 후린 눈치라고 하자, 허 생원은 마음 당기지 않는 것을 쫓아갔다. 동이를 만나자 발끈 화가 났다. 결김에 따귀 하나를 갈겨주고 냉큼 나가라고 야단이다. 충줏집을 나무라고 있는데 동이가 뛰어 들어와 당나귀가 야단이라고 한다. 반평생을 같이 한 짐승이며, 세월이 사람과 함께, 늙게 하였다.

　아이들은 자기네 장난이 아니라 암놈을 보고 저런다고 한다. 허 생원이 아이들을 쫓자, 왼손잡이가 사람을 때리겠냐며 놀린다. 해가 꽤 기울어졌다.

　드팀전 장돌림을 시작한 지 이십 년이나 되어도 허 생원은 봉평장을 빼논 적은 드물었다. 고향은 청주라고 말하지만 고향에 간 일도 있는 것 같지 않다. 허 생원은 또 그 일을 꺼낸다. 이런 달밤이면 으레 꺼내는 것이다.

　좁은 길에서 사람을 외줄로 섰다.

　'장이 선 꼭 이런 밤에, 개울에 목욕하러 갔는데 돌밑에 옷을 벗어도 좋은 것을 달이 너무나 밝아 물방앗간으로 들어 갔다가 성 서방네 처녀와 마주쳤지. 집안이 한창 어려워 걱정이 많았겠지. 이럭저럭 이야기가 되어……. 다음날 그 여인은 제천으로 줄행랑을 쳐, 제천 장판을 몇 년이나 뒤졌지만, 첫날밤이 마지막 밤이었지. 반 평생인들 잊을 수 있나' 한다.

조 선달은 이제 장돌뱅이와도 하직하고 대화 장에 조그만 전방을 마련해 지내겠다고 하자 허 생원은 옛처녀나 만나면 같이 살까 거꾸러질 때까지 이 길을 걷겠다고 한다. 허 생원은 동이에게 말을 건넨다. 동이는 아버지는 없었고, 피붙이라고는 어머니 뿐이라고 한다. 이유를 묻자 제천 촌에서 달도 차지 않은 아이를 낳고 어머니는 집을 쫓겨났으며, 그래서 아버지 얼굴을 본 적이 없다 한다. 고개를 넘자 개울이다. 고의를 벗고 반벌거숭이의 꼴로 물속에 뛰어들었다. '그래 누가 기르구?' 동이는, 어미는 의부를 얻어 술장사를 했으나 노상 때리는 바람에 열여덟 살 때 집을 나와 이짓을 한다. 물이 깊어 허리에 차자 동이는 허 생원과 함께 뒤쳐졌다.

모친의 친정은 원래 제천인가 묻자 동이는, 봉평이며 아비의 성은 듣지 못했다고 한다. 허 생원은 발을 헛디뎌 물에 빠졌다. 동이가 그를 업었다. 모친이 아비를 찾는 눈치인가 묻자 동이는 늘 한 번 만나고 싶다 했으며, 지금은 의부와도 갈라져 제천에 있다고 하며, 가을에는 봉평으로 모셔올까 한다는 것이다. 젖은 옷을 짜 입은 허 생원은 마음이 알 수 없이 둥실둥실 가벼워지며 내일 대화장 보고는 제천이라고 한다. 그리고 동이도 동행하겠나 묻는다.

나귀가 걷기 시작하였을 때 동이의 채찍은 왼손에 있었다. 요번만은 허 생원도 동이의 왼손잡이가 눈에 띄지 않을 수 없었다. 걸음도 해깝고, 방울 소리가 밤 벌판에 청청하게 울렸다.

메밀꽃 필 무렵

이 효 석

여름 장이란 애시당초에 글러서, 해는 아직 중천에 있건만 장판은 벌써 쓸쓸하고 더운 햇발이 벌여놓은 전 휘장 밑으로 등줄기를 훅훅 볶는다. 마을 사람들은 거지반 돌아간 뒤요, 팔리지 못한 나무꾼 패가 길거리에 궁싯거리고[1]들 있으나 석유병이나 받고 고깃마리나 사면 족할 이 축들을 바라고 언제까지든지 버티고 있을 법은 없다. 춥춥스럽게[2] 날아드는 파리떼도 장난꾼 각다귀[3]들도 귀치않다. 얽둑배기[4]요 왼손잡이인 드팀전[5]의 허 생원은 기어코 동업의 조 선달에게 낚아보았다.

"그만 걷둘까?"

"잘 생각했네. 봉평장에서 한번이나 흐뭇하게 사본 일 있을까? 내일 대화장에서나 한몫 벌어야겠네."

"오늘밤은 밤을 패서 걸어야 될걸?"

"달이 뜨렷다?"

절렁절렁 소리를 내며 조선 달이 그날 번 돈을 따지는 것을 보고 허 생원은 말뚝에서 넓은 휘장을 걷고 벌여놓았던 물건을 거두기 시작하였다. 무명 필과 주단 바리가 두 고리짝에 꼭 찼다. 멍석 위에는 천조각이 어수선하게 남았다. 다른 축들도 벌써 거진 전들을 걷고 있었다. 약바르게 떠나는 패도 있었다. 어물장수도 땜장이도 엿장수도 생강장수도, 꼴들이 보이지 않았다. 내일은 진부와 대화에 장이 선다. 축들은 그 어느 쪽으로든

1) 궁싯거리다 : 어떻게 할 바를 몰라 이리저리 머뭇거리다.
2) 춥춥스럽다 : 매우 귀찮다.
3) 각다귀 : 각다귓과에 속하는 곤충의 총칭으로 모기와 비슷하나 몸이 훨씬 크고 다리가 김.
4) 얽둑배기 : 얼굴이 흉하게 얽둑얽둑 먹은 사람.
5) 드팀전 : 옛날에 온갖 피륙을 팔던 가게.

지 밤을 새며 육칠십 리 밤길을 타박거리지 않으면 안된다. 장
판은 잔치 뒷마당같이 어수선하게 벌어지고, 술집에는 싸움이
터져 있었다. 주정꾼 욕지거리에 섞여 계집의 앙칼진 목소리가
찢어졌다. 장날 저녁은 정해놓고 계집의 고함소리로 시작되는
것이다.

"생원, 시침을 떼두 다 아네…… 충줏집 말야."

계집 목소리로 문득 생각난 듯이 조 선달은 비죽이 웃는다.

"화중지병[6]이지. 연소패들을 적수로 하구야 대거리가 돼야
말이지."

"그렇지두 않을걸. 축들이 사족을 못쓰는 것도 사실은 사실
이나, 아무리 그렇다군 해두 왜 그 동이 말일세, 감쪽같이 충줏
집을 후린[7] 눈치거든."

"무어, 그 애송이가? 물건가지고 나꾸었나부지. 착실한 녀석
인줄 알았더니."

"그길만은 알 수 있나……궁리 말구 가보세나그려. 내 한턱
씀세."

그다지 마음이 당기지 않는 것을 쫓아갔다. 허 생원은 계집
과는 연분이 멀었다. 얽둑배기 상판을 쳐들고 대어 설 숫기도
없었으나 계집 편에서 정을 보낸 적도 없었고, 쓸쓸하고 뒤틀
린 반생이었다. 충줏집을 생각만 하여도 철없이 얼굴이 붉어지
고 발밑이 떨리고 그 자리에 소스라쳐 버린다. 충줏집 대문에
들어서서 술좌석에서 짜장 동이를 만났을 때에는 어찌 된 서슬
엔지 발끈 화가 나버렸다.

상위에 붉은 얼굴을 쳐들고 제법 계집과 농탕[8]치는 것을 보
고서야 견딜 수 없었던 것이다. 녀석이 제법 난질꾼[9]인데 꼴사

6) 화중지병(畵中之
餠) : 그림의 떡.

7) 후리다 : 그럴듯한
방법으로 사람의 정
신을 흐리게 하여 꾀
어냄.

8) 농탕 : 남녀가 음탕
한 소리와 행동으로 난
잡하게 놀아나는 것.

납다. 머리에 피도 안 마른 녀석이 낮부터 술 처먹고 계집과 농
탕이야. 장돌뱅이 망신만 시키고 놀아다니누나. 그 꼴에 우리
들과 한몫 보자는 셈이지. 동이 앞에 막아서면서부터 책망이었
다. 걱정두 팔자요 하는 듯이 빤히 쳐다보는 상기된 눈망울에
부딪칠 때, 결김에 따귀를 하나 갈겨주지 않고는 배길 수 없었
다. 동이도 화를 쓰고 팩하고 일어서기는 하였으나, 허 생원은
조금도 동색하는 법없이 마음먹은 대로는 다 지껄였다 —— 어
디서 주워먹은 선머슴인지는 모르겠으나, 네게도 아비 어미 있
겠지. 그 사나운 꼴 보면 맘 좋겠다. 장사란 탐탁하게 해야 돼
지, 계집이 다 무어야. 나가거라, 냉큼 꼴 치워.

　　그러나 한마디도 대거리하지 않고 하염없이 나가는 꼴을 보
려니, 도리어 측은히 여겨졌다. 아직두 서름서름한[10] 사인데 너
무 과하지 않았을까 하고 마음이 섬뜩해졌다. 주제도 넘지, 같
은 술손님이면서두 아무리 젊다구 자식 낳게 된 것을 붙들고
치고 닦아셀 것은 무어야 원. 충줏집은 입술을 쫑긋하고 술 붓
는 솜씨도 거칠었으나, 젊은 애들한테는 그것이 약이 된다고
하고 그 자리는 조 선달이 얼버무려 넘겼다. 너 녀석한테 반했
지? 애숭이를 빨면 죄된다. 한참 법석을 친 후이다. 담도 생긴
데다가 웬일인지 흠뻑 취해보고 싶은 생각도 있어서 허 생원은
주는 술잔이면 거의 다 들이켰다. 거나해짐을 따라 계집 생각
보다도 동이의 뒷일이 한결같이 궁금해졌다. 내 꼴에 계집을
가로채서는 어떡헐 작정이었누 하고 어리석은 꼬락서니를 모
질게 책망하는 마음도 한편에 있었다. 그렇기 때문에 얼마나
지난 뒤인지 동이가 헐레벌떡거리며 황급히 부르러 왔을 때에
는 마시던 잔을 그 자리에 던지고 정신없이 허덕이며 충줏집을

뛰어나간 것이었다.

"생원 당나귀가 바를 끊구 야단이에요."

"각다귀들 장난이지 필연코."

짐승도 짐승이려니와 동이의 마음씨가 가슴을 울렸다. 뒤를 따라 장판을 달음질하려니 거슴츠레한 눈이 뜨거워질 것같다.

"부락스런[11] 녀석들이라 어쩌는 수 있어야죠.."

"나귀를 몹시 구는 녀석들은 그냥 두지는 않을걸."

반평생을 같이 지내온 짐승이었다. 같은 주막에서 잠자고, 같은 달빛에 젖으면서 장에서 장으로 걸어다니는 동안에 이십 년의 세월이 사람과 짐승을 함께 늙게 하였다. 가스러진[12] 목 뒤털은 주인의 머리털과도 같이 바스러지고, 개진개진[13] 젖은 눈은 주인의 눈과 같이 눈곱을 흘렸다. 몽당비처럼 짧게 쓸리운 꼬리는, 파리를 쫓으려고 기껏 휘저어보아야 벌써 다리까지는 닿지 않았다. 닳아 없어진 굽을 몇 번이나 도려내고 새 철을 신겼는지 모른다. 굽은 벌써 더 자라나기는 틀렸고 닳아버린 철 사이로는 피가 빼짓이 흘렀다. 냄새만 맡고도 주인을 분간하였다. 호소하는 목소리로 야단스럽게 울며 반겨한다.

어린아이를 달래듯이 목덜미를 어루만져주니 나귀는 코를 벌름거리고 입을 투르르거렸다. 콧물이 튀었다. 허 생원은 짐승 때문에 속도 무던히는 썩였다. 아이들의 장난이 심한 눈치여서 땀밴 몸뚱어리가 부들부들 떨리고 좀체 흥분이 식지 않는 모양이었다. 굴레가 벗어지고 안장도 떨어졌다. 요 몹쓸 자식들, 하고 허 생원은 호령을 하였으나 패들은 벌써 줄행랑을 논 뒤요 몇 남지 않은 아이들이 호령에 놀래 비슬비슬 멀어졌다.

"우리들 장난이 아니우. 암놈을 보고 저 혼자 발광이지."

11) 부락스럽다 : 말을 잘 듣지 않는 것.

12) 가스러지다 : 잔털 같은 것이 거칠게 일어남을 가리키는 것.

13) 개진개진 : 추레하게 물기가 엉켜붙은 모양.

코흘리개 한 녀석이 멀리서 소리를 쳤다.

"고녀석 말투가……"

"김 첨지 당나귀가 가버리니까 온통 흙을 차고 거품을 흘리면서 미친 소같이 날뛰는걸. 꼴이 우스워 우리는 보고만 있었다우. 배를 좀 보지."

아이는 앙토라진[14] 투로 소리를 치며 깔깔 웃었다. 허 생원은 모르는 결에 낯이 뜨거워졌다. 뭇 시선을 막으려고 그는 짐승의 배 앞을 가리어 서지 않으면 안되었다.

"늙은 주제에 암샘을 내는 셈야. 저놈의 짐승이."

아이의 웃음소리에 허 생원은 주춤하면서 기어코 견딜 수 없어 채찍을 들더니 아이를 쫓았다.

"쫓으려거든 쫓아보지. 왼손잡이가 사람을 때려."

줄달음에 달아나는 각다귀에는 당하는 재주가 없었다. 왼손잡이는 아이 하나도 후릴 수 없다. 그만 채찍을 던졌다. 술기도 돌아 몸이 유난스럽게 화끈거렸다.

"그만 떠나세. 녀석들과 어울리다가는 한이 없어. 장판의 각다귀들이란 어른보다도 더 무서운 것들인걸."

조 선달과 동이는 각각 제 나귀에 안장을 얹고 짐을 싣기 시작하였다. 해가 꽤 많이 기울어진 모양이었다.

드팀전 장돌림을 시작한 지 이십 년이나 되어도 허 생원은 봉평장을 빼논 적은 드물었다. 충주 제천 등의 이웃 군에도 가고, 멀리 영남지방도 헤매기는 하였으나, 강릉쯤에 물건 하러 가는 외에는 처음부터 끝까지 군내를 돌아다녔다. 닷새만큼씩의 장날에는 달보다도 확실하게 면에서 면으로 건너간다. 고향

14) 앙토라지다 : 못마땅하여 마음이 돌아선 것.

이 청주라고 자랑삼아 말하였으나 고향에 돌보러 간 일도 있는
것 같지는 않았다. 장에서 장으로 가는 길의 아름다운 강산이
그대로 그에게는 그리운 고향이었다. 반날 동안이나 뚜벅뚜벅
걷고 장터 있는 마을에 거지반 가까웠을 때, 거친 나귀가 한바
탕 우렁차게 울면 —— 더구나 그것이 저녁녘이어서 등불들이
어둠 속에 깜박거릴 무렵이면, 늘 당하는 것이건만 허 생원은
변치 않고 언제든지 가슴이 뛰놀았다.

　젊은 시절에는 알뜰하게 벌어 돈푼이나 모아본 적도 있기는
있었으나, 읍내에 백중이 열린 해 호탕스럽게 놀고 투전을 하
고 하여 사흘 동안에 다 털어버렸다. 나귀까지 팔게 된 판이었
으나 애끊는 정분에 그것만은 이를 물고 단념하였다. 결국 도
로아미타불로 장돌림을 다시 시작할 수밖에는 없었다. 짐승을

데리고 읍내를 도망해 나왔을 때에는 너를 팔지 않기 다행이었
다고 길가에서 울면서 짐승의 등을 어루만졌던 것이었다. 빚을
지기 시작하니 재산을 모을 염은 당초에 틀리고 간신히 입에
풀칠을 하러 장에서 장으로 돌아다니게 되었다.

　호탕스럽게 놀았다고는 하여도 계집 하나 후려보지는 못하
였다. 계집이란 쌀쌀하고 매정한 것이었다. 평생 인연이 없는
것이라고 신세가 서글퍼졌다. 일신에 가까운 것이라고는 언제
나 변함없는 한 필의 당나귀였다. 그렇다고는 하여도 꼭 한번
의 첫일을 잊을 수는 없었다. 뒤에도 처음에도 없는 단 한번의
괴이한 인연! 봉평에 다니기 시작한 젊은 시절의 일이었으나
그것을 생각할 적만은 그도 산 보람을 느꼈다.

　"달밤이었으나 어떻게 해서 그렇게 됐는지 지금 생각해도
도무지 알 수 없어."

허 생원은 오늘밤도 또 그 이야기를 끄집어내려는 것이다. 조 선달은 친구가 된 이래 귀에 못이 박히도록 들어왔다. 그렇다고 싫증을 낼 수도 없었으나 허 생원은 시치미를 떼고 되풀이할 대로는 되풀이하고야 말았다.

"달밤에는 그런 이야기가 격에 맞거든,"

조 선달 편을 바라는 보았으나 물론 미안해서가 아니라 달빛에 감동하여서였다. 이지러는 졌으나 보름을 갓 지난 달은 부드러운 빛을 흐뭇이 흘리고 있다. 대화까지는 팔십리의 밤길, 고개를 둘이나 넘고 개울을 하나 건너고 벌판과 산길을 걸어야 된다. 길은 지금 긴 산허리에 걸려 있다. 밤중을 지난 무렵인지 죽은 듯이 고요한 속에서 짐승같은 달의 숨소리가 손에 잡힐 듯이 들리며, 콩포기와 옥수수 잎새가 한층 달에 푸르게 젖었다. 산허리는 온통 메밀밭이어서 피기 시작한 꽃이 소금을 뿌린 듯이 흐뭇한 달빛에 숨이 막힐 지경이다. 붉은 대공이 향기같이 애잔하고 나귀들의 걸음도 시원하다. 길이 좁은 까닭에 세 사람은 나귀를 타고 외줄로 늘어섰다. 방울소리가 시원스럽게 딸랑딸랑 메밀밭께로 흘러간다. 앞장선 허 생원의 이야기 소리는 꽁무니에 선 동이에게는 확적히는 안 들렸으나, 그는 그대로 개운한 제멋에 적적하지는 않았다.

"장 선 꼭 이런 날 밤이었네. 객줏집 토방이란 무더워서 잠이 들어야지. 밤중은 돼서 혼자 일어나 개울가에 목욕하러 나갔지. 봉평은 지금이나 그제나 마찬가지지. 보이는 곳마다 메밀밭이어서 개울가가 어디 없이 하얀 꽃이야. 돌밭에 벗어도 좋을 것을, 달이 너무나 밝은 까닭에 옷을 벗으러 물방앗간으로 들어가지 않았나. 이상한 일도 많지. 거기서 난데없는 성 서방네 처녀와 마주쳤단 말이네. 봉평서야 제일가는 일색이었지."

"팔자에 있었나부지."

아무렴 하고 응답하면서 말머리를 아끼는 듯이 한참이나 담배를 빨 뿐이었다. 구수한 자줏빛 연기가 밤기운 속에 흘러서는 녹았다.

"날 기다린 것은 아니었으나 그렇다고 달리 기다리는 놈팽이가 있는 것두 아니었네. 처녀는 울고 있단 말야. 짐작은 대고 있으나 성 서방네는 한창 어려워서 들고날 판인 때였지. 한집안 일이니 딸에겐들 걱정이 없을 리 있겠나? 좋은 데만 있으면 시집도 보내련만 시집은 죽어도 싫다지⋯⋯"

"그러나 처녀란 울 때같이 정을 끄는 때가 있을까. 처음에는 놀라기도 한 눈치였으나 걱정 있을 때는 누그러지기도 쉬운 듯해서 이럭저럭 이야기가 되었네⋯⋯생각하면 무섭고도 기막힌 밤이었어."

"제천인지로 줄행랑을 놓은 건 그 다음날이렷다."

"다음 장도막에는 벌써 온 집안이 사라진 뒤였네. 장판은 소문에 발끈 뒤집혀 고작해야 술집에 팔려가기가 상수라고 처녀의 뒷공론이 자자들 하단 말이야. 제천 장판을 몇 번이나 뒤졌겠나. 허나 처녀의 꼴은 꿩먹은 자리야. 첫날밤이 마지막 밤이었지. 그때부터 봉평이 마음에 든 것이 반평생인들 잊을 수 있겠나."

"수 좋았지. 그렇게 신통한 일이란 쉽지 않어. 항용 못난 것 얻어 새끼 낳고, 걱정 늘고 생각만 해두 진저리가 나지 ── 그러나 늙으막바지까지 장돌뱅이로 지내기도 힘드는 노릇 아닌가? 난 가을까지만 하구 이 생계와두 하직하려네. 대화쯤에 조

그만 전방이나 하나 벌이구 식구들을 부르겠어. 사시장천 뚜벅 뚜벅 걷기란 여간이래야지."

"옛 처녀나 만나면 같이나 살까 —— 난 거꾸러질 때까지 이 길 걷고 저 달 볼 테야."

산길을 벗어나니 큰길로 틔어졌다. 꽁무니의 동이도 앞으로 나서 나귀들은 가로 늘어섰다.

"총각두 젊겠다, 지금이 한창 시절이렷다. 충줏집에서는 그만 실수를 해서 그 꼴이 되었으나 섧게 생각 말게."

"처 천만에요. 되려 부끄러워요. 계집이란 지금 웬 제격인가 요.자나깨나 어머니 생각뿐인데요."

허 생원의 이야기로 실심해한 끝이라 동이의 어조는 한풀 수 그러진 것이었다.

"아비 어미란 말에 가슴이 터지는 것도 같았으나 제겐 아버 지가 없어요. 피붙이라고는 어머니 하나뿐인걸요."

"돌아가셨나?"

"당초부터 없어요."

"그런 법이 세상에……"

생원과 선달이 야단스럽게 껄껄들 웃으니 동이는 정색하고 우길 수밖에는 없었다.

"부끄러워서 말하지 않으려 했으나 정말예요. 제천 촌에서 달도 차지 않은 아이를 낳고 어머니는 집을 쫓겨났죠. 우스운 이야기나, 그러기 때문에 지금까지 아버지 얼굴도 본 적 없고 있는 고장도 모르고 지내와요."

고개가 앞에 놓인 까닭에 세 사람은 나귀를 내렸다. 둔덕은 험하고 입을 벌리기도 대근하여 이야기는 한동안 끊겼다. 나귀는 건듯하면 미끄러졌다. 허 생원은 숨이 차 몇 번이고 다리를 쉬지 않으면 안되었다. 고개를 넘을 때마다 나이가 알렸다. 동이같은 젊은 축이 그지없이 부러웠다. 땀이 등을 한바탕 쭉 씻어내렸다.

고개 너머는 바로 개울이었다. 장마에 흘러버린 널다리¹⁵⁾가 아직도 걸리지 않은 채로 있는 까닭에 벗고 건너야 되었다. 고의를 벗어 띠로 등에 얽어매고 반벌거숭이의 우스꽝스런 꼴로 물 속에 뛰어들었다. 금방 땀을 흘린 뒤였으나 밤 물은 뼈를 찔렀다.

"그래 대체 기르긴 누가 기르구?"

"어머니는 하는 수 없이 의부를 얻어가서 술장사를 시작했죠. 술이 고주래서 의부라고 전 망나니예요. 철들어서부터 맞기 시작한 것이 하룬들 편한 날 있었을까. 어머니는 말리다가 채이고 맞고 칼부림을 당하고 하니 집꼴이 무어겠소. 열여덟 살 때 집을 뛰쳐나서부터 이짓이죠."

"총각 낫세론 동이 무던하다고 생각했더니 듣고 보니 딱한 신세로군."

물은 깊어 허리까지 찼다. 속 물살도 어지간히 센데다가 발에 채이는 돌멩이도 미끄러워 금시에 훌칠 듯하였다. 나귀와 조 선달은 재빨리 거의 건넜으나 동이는 허 생원을 붙드느라고 두 사람은 훨씬 떨어졌다.

"모친의 친정은 원래부터 제천이었던가?"

"웬걸요. 시원스리 말은 안 해주나 봉평이라는 것만은 들었죠."

"봉평, 그래 그 아비 성은 무엇이구?"

15) 널다리 : 널빤지로 깔아 놓은 다리. 장마철에는 떠내려가지 못하게 들어 놓았다 물이 줄면 다시 올려놓도록 만든 다리.

"알 수 있나요. 도무지 듣지를 못했으니까."

"그 그렇겠지."

하고 중얼거리며 흐려지는 눈을 까물까물하다가 허 생원은 경망하게도 발을 빗디디었다. 앞으로 고꾸라지기가 바쁘게 몸째 풍덩 빠져버렸다. 허위적거릴수록 몸을 걷잡을 수 없어 동이가 소리를 치며 가까이 왔을 때에는 벌써 퍽으나 흘렀었다. 옷째 쫄딱 젖으니 물에 젖은 개보다도 참혹한 꼴이었다. 동이는 물 속에서 어른을 해깝게[16] 업을 수 있었다. 젖었다고는 하여도 여윈 몸이라 장정 등에는 오히려 가벼웠다.

"이렇게까지 해서 안됐네. 내 오늘은 정신이 빠진 모양이야."

"염려하실 것 없어요."

"그래 모친은 아비를 찾지는 않는 눈치지?"

"늘 한번 만나고 싶다고는 하는데요."

"지금 어디 계신가?"

"의부와도 갈라져 제천에 있죠. 가을에는 봉평에 모셔오려고 생각 중인데요. 이를 물고 벌면 이럭저럭 살아갈 수 있겠죠."

"아무렴, 기특한 생각이야. 가을이랬다?"

동이의 탐탁한 등어리가 뼈에 사무쳐 따뜻하다. 물을 다 건넜을 때에는 도리어 서글픈 생각에 좀더 업혔으면도 하였다.

"진종일 실수만 하니 웬일이요, 생원."

조 선달이 바라보며 기어코 웃음이 터졌다.

"나귀야, 나귀 생각하다 실족을 했어. 말 안했던가. 저 꼴에 제법 새끼를 얻었단 말이지. 읍내 강릉집 피마[17]에게 말일세. 귀를 쫑긋 세우고 달랑달랑 뛰는 것이 나귀새끼같이 귀여운 것이 있을까. 그것 보러 나는 일부러 읍내를 도는 때가 있다네."

16) 해깝게 : 가볍게.

17) 피마 : 다 자란 암말.

"사람을 물에 빠뜨릴 젠 딴은 대단한 나귀새끼군."

허 생원은 젖은 옷을 웬만큼 짜서 입었다. 이가 덜덜 갈리고 가슴이 떨리며 몹시도 추웠으나 마음은 알 수 없이 둥실둥실 가벼웠다.

"주막까지 부지런히들 가세나. 뜰에 불을 피우고 훗훗이 쉬어.나귀에겐 더운 물을 끓여주고, 내일 대화장 보고는 제천이다."

"생원도 제천으로?……"

"오래간만에 가보고 싶어. 동행하려나 동이?"

나귀가 걷기 시작하였을 때, 동이의 채찍은 왼손에 있었다. 오랫동안 아둑시니 같이 눈이 어둡던 허 생원도 요번만은 동이의 왼손잡이가 눈에 띄지 않을 수 없었다.

걸음도 해깝고 방울소리가 밤 벌판에 한층 청청하게 울렸다.

달이 어지간히 기울어졌다.

작·품·정·리

- 갈래 : 단편 소설, 순수 소설.
- 주제 : 떠돌이의 삶을 통한 인간 본연의 애정.
- 배경 : 시간적—어느 해질무렵에서 한밤중까지 열 시간 남짓.
  공간적—봉평장터에서 대화장터로 가는 길.
- 시점 : 전지적 작가 시점.

작·품·감·상

　〈메밀꽃 필 무렵〉은 1936년 《조광》지에 발표된 이 효석의 대표작으로, 한국의 가장 우수한 단편 소설의 하나로 평가받고 있다.

　이 작품은 허 생원이라는 과거의 추억 속에서 살아가는 장돌뱅이 영감과 서로 입장이 똑같은 장돌뱅이 조 선달, 동이 세 사람이 봉평장에서 대화장까지 달밤에 같이 길을 걸어가면서 전개되는 하룻밤의 이야기며, 공간적 배경도 '봉평에서 대화' 까지이고, 시간적 배경도 '해질무렵에서 이지러진 보름달이 어지간히 기울어진 밤' 사이이다.

　이 소설에는 우리 민족의 토속적인 사상이 녹아 있다. '인간과 자연은 하나' 라고 하는 생각, 자연과 인간도 하나, 동물이나 인간도 하나, 인간은 모든 자연물에 혼을 만들어 넣고, 산과 바위, 계곡과 들, 모든 곳에는 혼이 있어 그 혼과 이야기를 하고 혼에게 빌고, 어떤 나무는 마을을 지켜주고, 그 나무를 해치면 재앙이 오고, 어떤 새는 길조이며, 어떤 짐승은 산과 그 산세가 미치는 영역을 지배한다는 사상. 이는 우리 민족이 지닌 '원시 사상' 이라고 말하기도 하며, 이 사상이 이효석의 사상에서 발견되는 것이다.

또 하나는 '달'과 '태양'에 대한 것이다. 태양이 생명 탄생과 성장에 절대적인 영향을 주고 있는 것은 누구나 다 알고 있지만, 달이 생명 활동에 얼마나 큰 영향을 주고 있는가에는 종종 잊고 있다. 달은 지구의 둘레를 공전하며 지구의 해수 운동에 영향을 준다. 갯벌에 사는 동물은 조수의 간만에 따라 짝짓기하고 알을 낳는 시기가 일정하게 맞춰져 있으며, 많은 물고기가 그에 맞춰 주기적으로 산란을 하며, 새와 바다거북, 벌 등에서도 달의 공전 주기에 따라 짝짓기를 하고, 알을 낳는 일정한 주기를 갖는 행동을 볼 수 있다. 인간의 임신주기도 달에 맞춰져 있으며, 우리 조상들도 옛날부터 달을 보고 임신을 기원하고, 달을 먹는 꿈은 임신을 알리는 태몽이라고 여겨 왔었다. 달은 이처럼 사랑 또는 임신과 깊은 관련이 있다고 우리 조상은 믿어 왔다.

여기에 담긴 또 하나의 사상은 우리의 설화에 나타난 '부자 상봉'이다. 김부식의 '삼국지'의 주몽 설화와, 이규보의 '동명왕' 설화가 있으며, 조선 후기 '청구 야담'에도 부자 상봉의 설화가 우리 민족의 '부자 상봉' 사상의 맥을 잇는다. '핏줄은 켕긴다', '자식은 아비를 찾게 마련이다'라는 민간에 남은 말들이 그와 통한다. 이 작품은 이런 배경 지식을 갖고 읽어야 이해하기 쉽다. 이 소설의 또 하나의 특징으로 보이는 것은 토속어가 많이 사용되고 있다. '애시당초에 글러서, 등줄기를 훅훅 볶는다, 궁싯거리고, 춥춥스럽게, 각다귀, 얽둑배기, 흐뭇하게, 패다, 후린 눈치거든, 농탕치는, 난질꾼, 부락스런, 개진개진 젖은 눈' 등과 같이 토속어가 끝없이 이어 나오는 것이다. 또 하나는 이효석의 간결한 문체와 시적 표현이다. '달은 지금 긴 산허리에 걸려 있다. 밤중을 지난 무렵인지 죽은 듯이 고요한 속에서 짐승 같은 달의 숨소리가 손에 잡힐 듯이 들리며, 콩포기와 옥수수 잎새가 한층 달에 푸르게 적셨다. 산허리는 온통 메밀밭이어서 피기 시작한 꽃이 소금을 뿌린 듯이 흐뭇한 달빛에 숨이 막힐 지경이다.'

이 소설은 길 위에서 시작되고 길에서 끝나는 열린 공간이다. 이와 같이 길 위에서 시작하여 길 위에서 끝나는 작품이 더 있지만 이처럼 신명나지는 않는

다. 허 생원은 달밤에 동이에게서 '왼손잡이'임을 확인하고는 나그네 길을 청산하고 가족을 모아 안주하려는 희망을 갖는다. 이는 어떻게 보면 그 어렵고 힘든 시기에 민족에게 밝은 미래를 보이는 것과도 같다. 그러나 사람에 따라서는 그 힘든 때에 자연에 묻혀 낭만적이고 심미적인 이야기만 하고 있을 처지냐고 힐책을 하기도 한다. 어쨌든 이 〈메밀꽃 필 무렵〉은 우리 문학 사상 불후의 명작으로 남는다.

되짚어 보는 문제

1. 이 소설은 심각한 갈등이 보이지 않는다. 그러나 잠시의 갈등이 허 생원에게
서 나타남을 찾을 수 있으며 이는 이 작품을 통한 유일한 갈등일 수도 있다.
그 지문을 찾아 써라.

_____

_____

_____

_____

_____

_____

2. 허 생원과 당나귀와의 동일성을 나타낸 곳이 여러 곳 보인다. 이 동일시한
점을 비교하여 써 봐라.

	당나귀	허 생원	동일시한 점
①	· 가스러진 목 뒤 털		· 바스러졌다.
②		· 주인의 눈	· 눈곱을 흘렸다.
③	· 몽당비처럼 짧게 쓸린 꼬리 · 닳아 없어진 굽		· 허 생원의 심정적인 것임.
④		· 허 생원이 충줏집에 가서 발끈 화가 난 것.	· 성에 대한 충동

	당나귀	허 생원	동일시한 점
⑤	·장터 있는 마을에 거지반 가까웠을 때 한바탕 우렁차게 우는 것.		·허 생원의 심정적인 것임.
⑥		·하루 일정을 마치고 여각에서 하루 쉬려는 허 생원의 마음.	·허 생원의 심정적인 것임.
⑦		·성 처녀와의 단 한 번의 만남으로(아들을 얻은 것 같다는 생각) 얻게 된 자식.	·한 번의 인연으로 자식을 얻음.

3. 허 생원의 일행이 대화로 가는 발길에서 '동이가 친자'임을 확인하는 단초를 보인다. 이를 허 생원의 이야기와 동이가 말하는 어머니의 기억과를 비교하여 빈 칸을 채워라.

허 생원의 성 처녀에 대한 이야기	동이가 말하는 어머니의 기억
·장이 선 이런 날 달밤, 개울가에 목욕을 하려고 옷을 벗으러 갔다가 울고 있는 성 처녀를 만나 로맨스가 이루어짐. 그리고 성처녀는 제천으로 줄행랑을 침.	
	·어머니는 제천 촌에서 달도 차지 않은 아이를 낳고 집을 쫓겨났다. 자신은 지금까지 아버지를 본 적이 없음. ·어머니는 의부를 얻어 술장사를 했으나 의부가 무서워 자신은 열여덟 살 때 집을 나옴.

· 옛 처녀(성 처녀)나 만나면 같이 살까 아니면 이 길을 걷고 달을 볼 것이라고 함.	
	· 지금은 제천에 있다 함.

4. 〈메밀꽃 필 무렵〉은 단편 작품으로 여러 가지 우수한 면을 보인다. 그 중에서의 하나는 구성에서 산 허리의 길 따라, 큰 길, 고개 등의 지형을, 이야기를 풀어내는 데에 훌륭하게 이용한 점이다. 그를 찾아 설명하여라.

	길	상 황 묘 사
①	산허리를 걷고 있을 때	
②	산길을 벗어나 큰 길로 들어섰을 때	
③	고개를 오르기 시작할 때	
④	개울을 건널 때	

1. "무어 그 애숭이가? 물건가지고 나꾸었나부지. 착실한 녀석인줄 알았더니."

　"그 길만은 알 수 있나…… 궁리 말구 가보세나그려. 내 한턱 씀세."

　그다지 마음이 당기지 않는 것을 쫓아갔다. 허 생원은 계집과는 연분이 멀었다. 얽둑배기 상판을 쳐들고 대어설 숫기도 없었으나 계집편에서 정을 보낸 적도 없었고, 쓸쓸하고 뒤틀린 반생이었다. 충줏집을 생각만 하여도 철없이 얼굴이 붉어지고 발밑이 떨리고 그 자리에 소스라쳐 버린다. 충줏집 대문에 들어서서 술 좌석에서 짜장 동이를 만났을 때에는 어찌된 서슬엔지 빨끈 화가 나버렸다.

　상 위에 붉은 얼굴을 쳐들고 제법 계집과 농탕치는 것을 보고서야 견딜 수 없었던 것이다. 녀석이 제법 난질꾼인데 꼴사납다. 머리에 피도 안 마른 녀석이 낮부터 술 처먹고 계집과 농탕이야. 장돌뱅이 망신만 시키고 놀아다니누나. 그 꼴에 우리들과 한몫 보자는 셈이지. 동이 앞에 막아서면서부터 책망이었다. 걱정두 팔자요 하는 듯이 빤히 쳐다보는 상기된 눈망울에 부딪칠 때, 결김에 따귀를 하나 갈겨주지 않고는 배길 수 없었다. 동이도 화를 쓰고 팩하게 일어서기는 하였으나, 허 생원은 조금도 동색하는 법 없이 마음먹은 대로는 다 지껄였다―어디서 주워먹은 선머슴인지는 모르겠으나, 네게도 아비어미 있겠지. 그 사나운 꼴 보면 맘 좋겠다. 장사란 탐탁하게 해야 되지, 계집이 다 무어야. 나가거라, 냉큼 꼴 치워.

2.

	당나귀	허 생원	동일시한 점
①		·주인의 머리털.	
②	·개진개진 젖은 눈.		
③		·허 생원의 늙은 모습을 비유적으로 표현.	
④	·당나귀가 김 첨지의 당나귀를 보고 발정을 한 것.		
⑤		·장터를 맞는 허 생원의 느낌.	

⑥	· 저녁녘에 등불이 어둠 속에 깜박거릴 무렵 우는 것.		
⑦	· 강릉집 피마와 단 한 번의 관계로 새끼를 얻은 일.		

3.

허 생원의 성 처녀에 대한 이야기	동이가 말하는 어머니의 기억
	· 피붙이는 어머니 한 분 뿐이고 아버지는 처음부터 없었음.
· 술집에 팔려 갔다는 소문만 남.	
	· 모친의 친정은 봉평, 아비의 성은 모름. 모친은 늘 아비를 한 번 만나고 싶다고 했다 함.
· 내일 대화장 보고는 제천(행)이다.	

4.

	길	상 황 묘 사
①		산길이 좁아 일행은 한 줄로 길게 늘어서게 된다. 허 생원과 조선달이 차례로 서고, 맨 끝에 동이가 따라 오므로 동이는 허 생원의 이야기를 듣지 못한다.
②		길이 넓어져 동이도 앞으로 나와 나란히 걷게 된다. 이 때부터 동이의 과거 행적에 대한 이야기가 시작되어, 동이의 과거가 벗겨진다.
③		나귀가 힘이 들어 하므로 내려서니 허 생원의 나이를 짐작하고,
④		개울을 만나 허 생원이 물에 빠지게 되는데, 이 때 허 생원이 동이가 친자임을 확인하면서 그로 인해 잠시 정신을 잃어 물에 빠지게 되고, 동이에 의해 업히게 될 때, 허 생원의 가슴이 동이의 등에 맞닿으며 허 생원은 삶의 보람을 느낀다.

3

낙동강

조 명 희

작·가·소·개

조명희의 호는 포석이다. 충북 진천 출생으로 서울 중앙고보를 중퇴하고 1919년 3·1운동과 관련하여 투옥되었다. 석방 후 일본으로 유학 갔다가 1923년 귀국한다. 1925년 카프에 가담하고 1928년 소련 망명 후, 1934년 소련작가 동맹에 가입, 작품활동을 계속하다 간첩혐의로 처형되었다.

그는 '고리끼류의 사실주의'를 추구하여, 계급의식과 투쟁의욕을 하층민들의 가난한 삶을 사실 그대로 폭로하며 고쳐시키는 〈낙동강〉과 같은 작품을 썼다. 단편으로는 〈땅 속으로〉〈저기압〉〈농촌 사람들〉과 시집《봄 잔디밭 위에》등이 있다.

그는 초기에는 자기와 타인 및 세계에 대한 성찰과 그에 입각한 좌절감·절망감을 과장되게 표출되는 내용이 주를 이루었다. 그는 자유연애와 성의 해방감보다 가난한 농촌의 현실을 뼈아프게 생각했던 것이다. 그의 작품에서도 보이듯 예전에는 상당히 큰 마을이던 고향이 지금은 인가가 거의 사라지고 그 자리에는 동척의 창고만이 우뚝 솟아 일제의 가혹한 수탈 현장을 말해주고 있는 모습을 보게 된 것이다. 그는, 우리 민족이 더욱 가난해져, 예전의 중농은 소농으로 변하고, 소농은 소작농으로, 소작농은 풍지박산되어 고향을 등지는 모습을 보고 점차로 사회 운동에 관심을 갖게 되었다. 그 뒤, 그런 세계관은 변모하는데, 1926년 〈마음을 갈아 먹는 사람〉〈농촌 사람들〉 등의 주인공은 농촌의 농민이거나 농촌으로부터 유리된 자들로서 가정이 파탄지경이 된다는 점에서 공통된다. 한편 〈한 여름밤〉에 이르면 최하층 집단인 거지 · 부랑인 · 말단 수직 인간의 공감대가, 〈동지〉〈낙동강〉〈아들의 마음〉에서는 혁명가의 공감대 등이 다양하게 제시되기에 이른다. 특히, 〈낙동강〉은 계급의식과 민족의식을 동시에 지닌 민족 해방사상을 창조해 낸 중요한 작품이다.

등·장·인·물

- 박성운 : 사회주의 혁명가로서 각지에서 고생하다 낙동강에 내려와 생을 마친다.
- 로사 : 박성운의 애인으로 박성운에게 영향을 받아 사회주의자로 변신하는 인물.

줄·거·리

낙동강 어귀에는 방금 차에서 내린 일행이 배를 기다리느라고 강 언덕 위에 옹기종기 모여 섰다. 그들은 사회운동 단체 사람들이 대부분이었다. 그들은 박성운을 인력거에 싣고 마을로 들어가는 길이다. 박성운은 낙동강에 손을 담그며 해외 나갔던 다섯 해 동안 '낙동강', '조선'을 잊어본 적이 없다고 했다. 박성운은 낙동강 어부의 손자요, 농부의 아들이었다. 그런데 마침 독립 운동이 폭발하여, 그는 독립운동에 뛰어들었다. 때문에 철창 생활을 하게 되었고, 서북간도로 갔으나 그곳에서도 편히 살 수가 없어 늙은 아버지는 그 곳에서 잃고, 그는 남북 만주, 북경, 상해 등지로 돌아다니며 독립운동을 하였다. 그러는 동안 다섯 해가 흘러 고향에 돌아올 때는 민족주의자로 변하여 사회주의자가 되었다.

그가 서울에 와 보니 사회운동 단체는 공연히 파벌만 만들어 다투고 있어 경상도로 내려와 사회운동 단체를 만들어 고향인 낙동강 하류 연안 지방 일만을 떼서 보게 되었다. 그가 살던 옛 마을은 백여 호의 대촌이었던 것이 없어지고 동척 창고가 들어서고 중농은 소농으로, 소농은 도회나, 서북간도, 일본 등지로 흩어졌다.

그는 먼저 프로그램을 세웠다. 선전, 조직, 투쟁, 농촌 야학을 실시하여 농민 교양에 힘썼다. 다음 소작 조합을 만들어 동척의 횡포에 대항했다. 그러나 이 조합도 해산 명령을 받았다. 또다시, 국유지가 된 낙동강 기슭의 갈밭을 베기 위해 항거하다가 선동가로 몰려 당국에 붙잡혀 가서 고문을 받고 병이 급해 나오게 되었다. 이해 여름 장거리 사람들과 형평사원들과 싸움이 벌어졌을 때 이 때 여성동맹원 하나가 늘었고, 그가 로사였다. 로사는 서울서 사범학교까지 나온 뒤 함경도 땅에서 보통학교에 있다가 하기 방학으로 내려온 것이다. 두 사람의 사랑은 깊어져 '로사'라는 이름도 성운이가 지어준 것이다.

병든 성운을 둘러싼 일행이 낙동강을 건너 어둠을 뚫고 건넛마을로 향하던 며칠 뒤 낮경이었다. 갈 때보다 더 긴 행렬이 어귀에서부터 강 언덕을 향해 뻗어 나온다. 그리고 수많은 만장이 날린다. 각기 무슨 동맹, 무슨 회, 무슨 조합 등이 모두 용사의 죽음을 애석히 여기는 것이었다.

이해 첫눈이 날리는 어느 날 늦은 아침, 구포역에서 떠나 북으로 움직여 나갈 때, 차안에서 바깥을 내다보고 있는 여성이 있으니 그는 로사였다. 아마 그는 애인이 밟던 길을 자기도 밟아 보려는 뜻인 듯하다.

낙동강

조명희

1

낙동강[1] 칠백 리 길이길이 흐르는 물은 이곳에 이르러 곁가지 강물을 한몸에 뭉쳐서 바다로 향하여 나간다. 강을 따라 바둑판 같은 들이 바다를 향하여 아득하게 열려 있고 그 넓은 들 품안에는 무덤무덤의 마을이 여기저기 안겨 있다.

이 강과 이 들과 거기에 사는 인간——강은 길이길이 흘렀으며, 인간도 길이길이 살아왔었다. 이 강과 이 인간, 지금 그는 서로 영원히 떨어지지 않으면 아니 될 것인가?

> 봄마다 봄마다
> 불어 내리는 낙동강물
> 구포벌에 이르러
> 넘쳐 넘쳐 흐르네
> 흐르네— 에—헤—야
>
> 철렁철렁 넘친 물
> 들로 벌로 퍼지면
> 만 목숨 만만 목숨의
> 젖이 된다네

1) 낙동강 : 소설 속의 '강'은 대개, '도도한 흐름'으로 인해 '끊임없이 이어오는 민족의 정기' 같은 것을 의미하며, 여기서는 '혁명의 기운'을 상징하기도 한다.

젖이 된다네— 에—헤—야

이 벌이 열리고
이 강물이 흐를 제
그 시절부터
이 젖 먹고 자라 왔네
자라 왔네— 에—헤—야

천 년을 산 만 년을 산
낙동강! 낙동강!
하늘가에 간들
꿈에나 잊을쏘냐
잊힐쏘냐— 에—헤—야

어느 해 이른봄에 이 땅을 하직하고 멀리 서북간도로 몰려가
는 한 떼의 무리가 마지막 이 강을 건널 제 그네들 틈에 같이 끼
여가는 한 청년이 있어 뱃전을 두드리며 구슬프게 이 노래를
불러서, 가뜩이나 슬퍼하는 이사꾼들로 하여금 눈물을 자아내
게 하였다 한다.

과연 그네는 뭇 강아지떼같이 이 땅 어머니의 젖꼭지에 매달
려 오래오랫동안 살아왔다. 그러나 그 젖꼭지는 벌써 자기네
것이 아니기 시작한 지도 오래였다. 그러던 터에 엎친 데 덮친
다고 난데없는 이리떼 같은 무리가 닥쳐와서 물어 박지르며 빼
앗아 먹게 되었다. 인제는 한 모금의 젖이라도 입으로 들어가
기 어렵게 되었다. 하는 수 없이 이 땅에서 표박하여 나가게 되

산촌의 봄 집 뒤란의 벗나무가 꽃을 흐드러지게 피웠다. 마을 앞 논에는 겨울을 난 벼 구르터기들이 보인다.

었다. 이렇게 된 것을 우리는 잠깐 생각하여 보자.

이네의 조상이 처음으로 이 강에 고기를 낚고 이 벌에 곡식과 열매를 딸 때부터 세지도 못할 긴 세월을 오래오래 두고 그네는 참으로 자유로웠었다. 서로서로 노래 부르며, 서로서로 일하였을 것이다. 남쪽 벌도 자기네 것이요, 북쪽 벌도 자기네 것이었었다. 동쪽도 자기네 것이요, 서쪽도 자기네 것이었다.

그러나 역사는 한바퀴 굴렀었다. 놀고 먹는 계급이 생기고, 일하여 먹여 주는 계급이 생겼다. 다스리는 계급이 생기고, 다스려지는 계급이 생겼다. 그럼으로부터 임자 없던 벌판에 임자가 생기고 주림을 모르던 백성이 굶주려 가기 시작하였다. 하늘의 햇빛도 고운 줄을 몰라 가게 되고 낙동강의 맑은 물도 맑은 줄을 몰라 가게 되었다. 천 년이다. 오천 년이다. 이 기나긴 세월을 불평의 평화 속에서 아무 소리 없이 내려왔었다. 그네는 이 불평을 불평으로 생각지 아니하게까지 되었다. 흐린 날씨를 참으로 맑은 날씨인 줄 알 듯이. 그러나 역사는 또 한바퀴 구르려고 한다. 소낙비 앞잡이 바람이다. 깃발이 날리었다. 갑오동학이다. 을미운동이다. 그 뒤에 이 땅에는, 아니 이 반도에는 한 괴물이 배회한다. 마치 나래 치고 다니는 독수리같이. 그 괴물은 곧 사회주의다. 그것이 지나치는 곳마다 기어 가는 암나비 궁둥이에 수없는 알이 쏟아지는 셈으로 또한 알을 쏟아 놓고 간다. 청년운동, 농민운동, 형평운동, 노동운동, 여성운동…… 오천 년을 두고 흘러가는 날씨가 인제는 먹장구름에 싸여 간다. 폭풍우가 반드시 오고야 만다. 그 비 뒤에는 어떠한 날씨가 올 것은 뻔히 알 노릇이다.

2

이른 겨울의 어두운 밤, 멀리 바다로 통한 낙동강 어귀에는 고기잡이 불이 근심스러이 졸고 있고 강기슭에는 찬 물결이 울리는 소리가 높아질 때다. 방금 차에서 내린 일행은 배를 기다리느라고 강 언덕 위에 웅기중기 등불에 얼비쳐 모여 섰다. 그 가운데에는 청년회원, 형평사원, 여성동맹원, 소작인조합 사람, 사회운동단체 사람들이 대부분을 차지하였다. 동저고리 바람에 헌 모자 비스듬히 쓰고 보따리 든 촌사람, 검정 두루마기, 흰 두루마기, 구지레한 양복, 혹은 루바슈카[2] 입은 사람, 재킷 깃 위에 짧은 머리털이 다팔다팔하는 단발랑(斷髮孃)[3], 혹은 그대로 틀어 얹은 신여성, 인력거 위에 앉은 병인, 그들은 ○○감옥의 미결수로 있다가 병이 위중한 까닭으로 보석 출옥하는 박성운이란 사람을 고대 차에서 받아서 인력거에 실어 가지고 마을로 들어가는 길이다.

"과연, 들리는 말과 같이 지독했구면. 그같이 억대호[4] 같던 사람이 저렇게 될 때야 여간 지독한 형벌을 하였겠니. 에라, 이 몹쓸 놈들."

이 정거장에 마중을 나와서야 비로소 병인을 본 듯한 사람의 말이다.

"그래 가주고도 죽으면 병이 나서 죽었닥 하겠지."

누가 받는 말이다.

"그러면, 와 바로 병원을 갈 일이지, 곧장 이리 온단 말고?"

"내사 모른다. 병인 당자가 한사코 이리 온닥 하니……"

2) 루바슈카 : 러시아의 남자가 입는 블라우스 풍의 상의로, 깃을 세우고 왼쪽 앞 가슴에서 단추를 여며 허리를 끈으로 맴.
3) 단발랑(斷髮孃) : 단발한 젊은 여자.
4) 억대호 : '억대우'가 바른 표기이며, '억대우같다' 하면, 몸집이 크고 뼈대가 굵으며 힘꼴이 센 것을 이름.

소작인 다 쓰러져가는 초가지붕. 꾀
죄죄한 아이들의 모습이 소작인 가족
의 살림살이를 말해주는 듯하다.

"이거 와 이리 배가 더디노?",

"아, 인자 저기 뱃머리 도렸다. 곧 올락 한다."

한 사람이 저쪽 강기슭을 바라보며 지껄인다. 인력거 위의
병인을 쳐다보며,

"늬 춥지 않나?"

"괜찮다, 내 안 춥다."

"아니, 늬 춥거든 외투 하나 더 주까?"

"언제, 아니다 괜찮다."

병인의 병든 목소리의 대답이다.

"보소, 배 좀 빨리 저오소."

강 저편에서 뱃머리를 인제 겨우 돌려서 저어 오는 뱃사공을
보고 소리를 친다.

"예—."

사이 뜨게 울려 오는 소리다. 배를 저어 오다가 다시 멈추고
섰다.

"저, 뭘 하고 있노?"

"각중에 담배를 피워 무는 모양이락구나. 에라, 이 문둥아."

여러 사람의 웃음은 와그르 쏟아졌다. 배는 왔다. 인력거 탄
사람이 먼저다.

"보소, 늬 인력거 사람 탄 채 그대로 배에 오를 수 있는가?"

한 사람이 인력거꾼보고 묻는 말이다.

"어찌 그럴 수 있능기오."

"아니다. 내사 내리겠다."

병인은 인력거에서 내리며 부축되어 배에 올랐다. 일행이 오
르자 배는 삐꺽삐꺽하는 놋좆 마치는 소리와 수라수라하는 물

젓는 소리를 내며 저쪽 기슭을 바라보고 나아간다. 뱃전에 앉은 병인은 등불빛에 보아도 얼굴이 참혹하게도 여위어졌음을 알 수 있다.

"보소, 배 부리는 양반, 뱃소리나 한마디 하소, 예?"

"각중에 이 사람, 소리는 왜 하라꼬?"

옆에 앉은 친구의 말이다.

"내 듣고 싶다…… 내 살아서 마지막으로 이 강을 건너게 될는지도 모를 일이다……"

"에라, 이 백주 쌈 없는 소리만 탕탕……"

"아니다, 내 참 듣고 싶다. 보소, 배 부리는 양반, 한마디 아니하겠소?"

"언제, 내사 소리할 줄 아능기오."

"아, 누가 소리해 줄 사람이 없능가?…… 아, 로사! 참 소리하소, 의…… 내가 지은 노래하소."

옆에 앉은 단발랑을 조른다.

"노래하라꼬?"

"응, 「봄마다 봄마다」 해라, 의."

"봄마다 봄마다
불어 내리는 낙동강물
구포벌에 이르러
넘쳐 넘쳐 흐르네
흐르네— 에—헤—야
……"

경상도의 독특한 지방색을 띤 민요 「닐리리야」 조에다가 약간 창가 조를 섞은 그 노래는 강개하고도[5] 굳센 맛이 띠어 있

5) 강개하다 : 의지가

복받쳐 원통하고 슬
픈 것.

다. 여성의 음색(音色)으로서는 핏기가 과하고 음률로서는 선
이 좀 굵다고 할 만한, 그러나 맑은 로사의 육성은 바람에 흔들
리는 강 물결의 소리를 누르고 밤하늘에 구슬프게 떠돌았다.
하늘의 별들도 무엇을 느낀 듯이 눈을 끔벅끔벅하는 것 같았
다. 지금 이 배에 오른 사람들이 서북간도 이사꾼들은 비록 아
니건마는 새삼스러이 가슴이 울리지 아니할 수는 없었다.

그 노래 제삼절을 마칠 때에 박성운은 몹시 히스테리컬하여
진 모양으로 핏대를 올려 가지고 합창을 한다.

천 년을 산 만 년을 산
낙동강! 낙동강!
하늘가에 간들
꿈에나 잊을쏘냐
잊힐쏘냐— 아—하—야

노래는 끝났다. 성운은 거진 미친 사람 모양으로 날뛰며, 바
른팔 소매를 걷어 들고 강물에다 잠그며, 팔에 물을 적셔 보기
도 하며, 손으로 물을 만지기도 하고 끼얹어 보기도 한다. 옆사
람이 보기에 딱하던지,

"이 사람, 큰일 났구만. 이 병인이 지금 이 모양에, 팔을 찬물
에 다 정구고 하니, 어쩌란 말고."

"내사 이래 죽어도 좋다. 늬 너무 걱정 마라."

"늬 미쳤구나구마…… 백죄……."

그럴수록에 병인은 더 날뛰며, 옆에 앉은 여자에게 고개를
돌려,

"로사! 늬 팔 걷어라. 내 팔하고 같이 이 물에 정궈 보자, 의."

여자의 손을 잡아다가 잡은 채 그대로 물에다 잠그며 물을 저어 본다.

"내가 해외에 가서 다섯 해 동안을 떠돌아다니는 동안에도, 강이라는 것이 생각날 때마다 낙동강을 잊어 본 적은 없었다…… 낙동강이 생각날 때마다 내가 이 낙동강의 어부의 손자요, 농부의 아들임을 잊어 본 적도 없었다…… 따라서, 조선이란 것도."

두 사람의 손이 힘없이 그대로 뱃전 너머 물 위에 축 처져 있을 뿐이다. 그는 다시 눈앞의 수면을 바라다보며 혼잣말로,

"그 언제인가 가을에 내가 송화강(松花江)을 건널 적에, 이 낙동강을 생각하고 울은 적도 있었다…… 좋은 마음으로 나간 사람같고 보면, 비록 만 리 밖을 나가 산다 하더라도 그같이 상심이 될 리 없으련마는……"

이 말이 떨어지자 좌중은 호흡조차 은근히 끊어지는 듯이 정숙하였다. 로사의 들었던 고개가 아래로 떨어지며 저편의 손이 얼굴로 올라갔다. 성운의 눈에서도 한 방울의 굵은 눈물이 뚝 떨어졌다.

토막집 최하층민들이 이런 집에서 살았다.

한동안 물소리만 높았다. 로사는 뱃전에 늘어져 있던 바른손으로 사나이의 언 손을 꼭 잡아당기며,

"인제 그만둡시대, 의."

이 말끝 악센트의 감칠맛이란 것은 경상도 여자의 쓰는 말 가운데에도 가장 귀염성이 듣는 말투였다. 그는 그의 손에 묻은 물을 손수건으로 씻어 주며 걷었던 소매를 내려 준다.

배는 저쪽 언덕에 가 닿았다. 일행은 배에서 내리자, 먼저 병

인을 인력거 위에다 싣고는 건넛마을을 향하여 어둠을 뚫고 움직여 나갔다.

3

그의 말과 같이, 박성운은 과연 낙동강 어부의 손자요, 농부의 아들이었다. 그의 할아버지는 고기잡이로 일생을 보내었었고 그의 아버지는 농사꾼으로 일생을 보내었었다. 자기네 무식이 한이 되어 그 아들이나 발전을 시켜 볼 양으로 그리하였던지, 남 하는 시세에 좇아 그대로 해보느라고 그리하였던지, 남의 논밭을 빌려 농사를 지어 구차한 살림을 하여 나가면서도, 어쨌든 그 아들을 가르쳐 놓았다. 서당으로, 보통학교로, 도립 간이농업학교로…….

그가 농업학교를 마치고 나서 군청 농업 조수로도 한두 해를 있었다. 그럴 때에 자기 집에서는 자기 아들이 무슨 큰 벼슬이나 한 것같이 여기며, 만나는 사람마다 자기 아들 자랑하기가 일이었다. 그러할 것 같으면 동네 사람들은 또한 못내 부러워하며, 자기네 아들들도 하루바삐 어서 가르쳐 내놀 마음을 먹게 된다.

그러다가 마침 독립운동이 폭발하였다. 그는 단연히 결심하고 다니던 것을 헌신짝같이 집어 던지고는 독립운동에 참가하였다. 일 마당에 나서고 보니 그는 열렬한 투사였다. 그때쯤은 누구나 예사이지마는 그도 또한 일 년 반 동안이나 철창 생활을 하게 되었었다.

그것을 치르고 집이라고 나와 보니 그 동안에 자기 모친은 돌아가고, 늙은 아버지는 집도 없게 되어 자기 딸(성운의 자씨)에게 가서 얹혀 있게 되었다. 마침 그 해에도 이곳에서 살 수가 없게 되어 서북간도로 떠나가는 이사꾼이 부쩍 늘 판이다. 그들의 부자도 그 이사꾼들 틈에 끼여 멀리 고향을 등지고 떠나가게 되었었다. (아까 부르던 그 낙동강 노래란 것도 그때 성운이가 지어서 읊던 것이었다.)

서간도로 가 보니, 거기도 또한 편안히 살 수가 없는 곳이었다. 그 나라의 관헌의 압박, 호인의 횡포, 마적의 등쌀은 여간이 아니었다. 그의 부자도 남과 한가지 이리저리 떠돌았었다. 떠돌다가, 그야말로 이역 타향에서 늙은 아버지조차 영원히 잃어버리게 되었었다.

그 뒤에 그는 남북 만주, 노령, 북경, 상해 등지로 돌아다니며, 시종이 일관하게 독립운동에 노력하였었다. 그러는 동안에 다섯 해의 세월은 갔었다. 모든 운동이 다 침체하고 쇠퇴하여 갈 판이다. 그는 다시 발길을 돌려 고국으로 향하게 되었다. 그가 조선으로 들어올 무렵에, 그의 사상상에는 큰 전환이 생기었다. 그것은 다른 것이 아니라 이때껏 열렬하던 민족주의자가 변하여 사회주의자로 되었다는 말이다.

4

그가 갓 서울로 와서 일을 하여 보려 하였으나 그도 뜻과 같지 못하였다. 그것은 이 땅에 있는 사회운동 단체라는 것이 일에는 힘을 아니 쓰고 아무 주의주장에 틀림도 없이 공연히 파벌을 만들어 가지고 동지끼리 다투기만 일삼는 판이다. 그는 자기와 뜻이 같은 사람끼리 얼리어 양방의 타협운동도 일으켰으나 아무 효과도 없었고, 여론을 일으켜 보기도 하였으나 파쟁에 눈이 뻘건 사람들의 귀에는 그도 크게 울리지 못하였다. 그는 분연히 떨치고 일어서며, '이 파벌이란 시기가 오면 자연히 궤멸될 때가 있으리라'고 예언같이 말을 하여 던지고서는, 자기 출생지인 경상도로 와서 남조선 일대를 망라하여 사회운동 단체를 만들어서 정당한 운동에만 힘을 쓰게 되었다.

그리고 자기는 자기 고향인 낙동강 하류 연안 지방의 한 부분을 떼어 맡아서 일을 보게 되었다.

그리고 그는 이 땅의 사정을 보아, '대중 속으로!'[6]하고 부르짖었다.

그가 처음으로 자기 살던 옛 마을을 찾아와 볼 때에 그의 심사는 서글프기 가이없었다. 다섯 해 전 떠날 때에는 백여 호 대촌이던 마을이 그 동안에 인가가 엄청나게 줄었다. 그 대신에 예전에는 보지도 못하던 크나큰 함석지붕집이 쓰러져 가는 초가집들을 멸시하고 위압하는 듯이 덩두렷이 가로 길게 놓여 있다. 그것은 묻지 않아도 동척 창고임을 알 수 있다. 예전에 중농(中農)이던 사람은 소농(小農)으로 떨어지고, 소농이던 사람은 소작농(小作農)으로 떨어지고, 예전에 소작농이던 많은 사람들은 거의 다 풍비박산하여 나가게 되고, 어렸을 때부터 정들었던 동무들도 하나도 볼 수 없었다. 그들은 모두 도회로, 서북간도로, 일본으로, 산지사방 흩어져 갔었다. 대대로 살아오던 자기네 집터에는 옛날의 흔적이라고는 주춧돌 하나 볼 수 없었고(그 터는 지금 창고 앞마당이 되었으므로) 다만 그 시절에 싸리문 앞에 있던 해묵은 티나무만이 지금도 그저 그 넓은 마당터에 홀로 우뚝 서 있을 뿐이다. 그는 쫓아가서 어린아이 모양으로 그 나무 밑동을 껴안고 맴을 돌아보았다 뺨을 대어 보았다 하며 좋아서 또는 슬퍼서 어찌할 줄을 몰랐다. 그는 나무를 안은 채 눈을 감았다. 지나간 날의 생각이 실마리같이 풀려 나간다. 어렸을 때에 지금 하듯이 껴안고 맴돌기, 여름철에 꼭대기까지 기어올라가 매미 잡다가 대머리 벗어진 할아버지에게 꾸지람당하던 일, 마을의 젊은이들이 그네를 매고 놀 땐 자기도 그네를 뛰겠다고 성화 바치던 일, 앞집에 살던 순이란 계집아이와 같이 나무 그늘 밑에서 소꿉질하고 놀 제 자기는 신랑이 되고 순이는 새악시가 되어 시집가고 장가가는 흉내를 내던 일, 그러다가 과연 소년 때에 이르러 그 순이란 처녀와 서로 사모하게 되던 일, 그 뒤에 또 그 순이가 팔려서 평양인가 서울로 가게 될 제, 어둔 밤 남 모르게 이 나무 뒤에 숨어서 서로 붙들고 울던 일, 이 모든 일이 다 생각에서 떠돌아 지나가자 그는 흐르륵 느껴지는 숨을 길게 한번 내어쉬고는 눈을 딱 떴다.

'내가 이까짓 것을 지금 다 생각할 때가 아니다…… 에잇…… 쩨…….'

하고 혼자 중얼거리고는 이때껏 하던 생각을 떨어 없애려는 듯이 획 발길을 돌려 걸어 나갔다. 그는 원래 정(情)의 사람이었다. 그러나 그는 근래에 그 감정을 의지로 누르려는 노력이 많은 터이다.

'혁명가는 생무쇠쪽 같은 시퍼런 의지의 마음씨를 가져야 한다!'

이것은 그의 생활의 모토이다. 그러나 그의 감정은 가끔 의지의 굴레를 벗어나서 날뛸 때가 많았다.

　그는 먼저 일할 프로그램을 세웠다. 선전, 조직, 투쟁――이
세 가지로. 그리하여 그는 먼저 농촌 야학을 실시하여 가지고
농민 교양에 힘을 썼었다. 그네와 감정을 같이 할 양으로 벗어
부치고 들이덤비어 그네들 틈에 끼어 생일도 하고, 농사 일터
나, 사랑 구석에 모인 좌석에서나, 야학 시간에서나, 기회가 있
는 대로 교화에 전력을 썼었다.

　그 다음에는 소작조합을 만들어 가지고 지주, 더구나 대지주
인 동척의 횡포와 착취에 대하여 대항운동을 일으켰었다.

　첫해 소작쟁의에는 다소간 희생자도 내었지마는 성공이다.
그 다음해에는 아주 실패다. 소작조합도 해산 명령을 받았다.
노동 야학도 금지다. 동척과 관영의 횡포, 압박, 이루 말할 수
가 없었다. 아무리 열성이 있으나, 아무리 참을성이 있으나, 이
땅에서는 어찌할 수 없었다. 모든 것이 침체되고 말 뿐이었다.
그리하여 작년 가을에 그의 친구 하나는 분연히 떨치고 일어
서며,

　"내 구마 밖으로 갈란다. 여기에서 무슨 일을 할 수 있는가?
하자면 테러지. 테러밖에는 더 없다."

　"아니다. 그래도 여기 있어야 한다. 우리가 우리 계급의 일을
하기 위하여는 중국에 가서 해도 좋고 인도에 가서 해도 좋고
세계의 어느 나라에 가서 해도 마찬가지다. 하지마는 우리 경
우에는 여기 있어서 일하는 편이 가장 편리하다. 그리고 우리
는 죽어도 이 땅 사람들과 같이 죽어야 할 책임감과 애착을 가
지고 있다."

　이같이 권유도 하였으나, 필경에 그는 그의 가장 신뢰하던

동무 하나를 떠나 보내게 되고 만 일도 있었다.

졸고 있는 이 땅, 아니 옴츠러들고 있는 이 땅, 그는 피칠함이 생기고 말았다. 그것은 다른 것이 니다. 이 마을 앞 낙동강 기슭에 여러 만 평 되는 갈밭이 하나 있었다. 이 갈밭이란 것도 낙동강이 흐르고 이 마을이 생긴 뒤로부터, 그 갈을 베어 자리를 치고 그 갈을 털어 삿갓을 만들고 그 갈을 팔아 옷을 구하고, 밥을 구하였었다.

기러기 떴다 낙동강 우에
가을 바람 부누나 갈꽃이 나부낀다

이 노래도 지금은 부를 경황이 없게 되었다. 그 갈밭은 벌써 남의 물건이 되고 말았다. 그것은 이 촌민의 무지로 말미암아, 십 년 전에 국유지로 편입이 되었다가 일본 사람 가등이란 자에게 국유 미간지 처리[拂][7]라는 명의로 넘어가고 말았다. 이 가을부터는 갈도 벨 수가 없었다. 도 당국에 몇 번이나 사정을 하였으나 아무 효과가 없었다. 촌민끼리 손가락을 끊어 맹서를 써서 혈서동맹까지 조직하여서 항거하려 하였다. 필경에는 모두가 다 실패뿐이다. 자기네 목숨이나 다름없이 알던 촌민들은 분김에 눈이 뒤집혀 가지고 덮어놓고 갈을 베어 제쳤다. 저편의 수직꾼하고 시비가 생겼다. 사람까지 상하였다. 그 끝에 성운이가 선동자라는 혐의로 붙들려 가서 가뜩이나 경찰 당국에서 미워하던 끝에 지독한 고문을 당하고 나서 검사국으로 넘어가서 두어 달 동안이나 있다가 병이 급하게 되어 나온 터이다.

7) 국유 미간지 처리 : 일본 식민지하에서 농지 수탈의 방법으로서 등록되어 있지 않은 땅을 국유화하였다가 일인에게 불하하여 주는 착취방법을 가리킴.

그런데 여기에 한 에피소드가 있다. 그것은 이해 여름 어느 장날이다. 장거리에서 형평사[8]원들과 장꾼, 그 중에도 장거리 사람들과 큰 싸움이 일어났다. 싸움 시초는 장거리 사람 하나가 이곳 형평사 지부 앞을 지나면서 모욕하는 말을 한 까닭으로 피차에 말이 오락가락하다가 싸움이 되고 또 떼싸움이 되어서 난폭한 장거리 사람들이 몽둥이를 들고 형평사원 촌락을 습격한다는 급보를 듣고 성운이가 앞장을 서서 청년 회원, 소작인 조합원, 심지어 여성 동맹원까지 총출동을 하여 가지고 형평사원 편을 응원하러 달려갔었다. 싸움이 진정된 후,

"늬도 이놈들, 새 백정이로구나."

하는 저편 사람들의 조소와 만매(慢罵)[9]를 무릅쓰고도 그는,

"백정이나 우리나 다 같은 사람이다…… 다만 직업의 구별만 있을 따름이다…… 무릇 무슨 직업이든지, 직업이 다르다고 사람의 귀천이 있는 것은 결코 아니다. 그것은 옛날 봉건 시대 사람들의 하는 말이다…… 더구나 우리 무산계급[10]은 형평사원과 같이 손을 맞붙잡고 일을 하여 나가지 않으면 아니 된다…… 그러므로 형평사원을 우리 무산 계급은 한 형제요, 동무로 알고 나아가야 한다……"

하고 여러 사람 앞에서 열렬히 부르짖은 일이 있었다.

이 뒤에, 이곳 여성 동맹원에는 동맹원 하나가 더 늘었다. 그것이 곧 형평사원의 딸인 로사다. 로사가 동맹원이 된 뒤에는 자연히 성운과도 상종이 잦아졌다. 그럴수록에 두 사람의 사이는 점점 가까워지며 필경에는 남다른 정이 가슴속에 깊이 들어 배게까지 되었었다.

로사의 부모는 형평사원으로서 그도 또한 성운의 부모와 마

찬가지로 딸일망정 발전을 시켜 볼 양으로 그리하였던지 서울을 보내어 여자고등보통학교를 졸업시키고 사범과까지 마친 뒤에 여훈도가 되어 멀리 함경도 땅에 있는 보통학교에 가서 있다가 하기 방학에 고향에 왔던 터이다. 그의 부모는 그 딸이 판임관이라는 벼슬을 한 것이 천지개벽 후에 처음 당하는 영광으로 알았었다. 그리하여 그는,

"내 딸이 판임관 벼슬을 하였는데, 나도 이 노릇을 더 할 수 있는가?"

하고는, 하여 오던 수육업이라는 직업도 그만두고, 인제 그 딸이 가 있는 곳으로 살러 가서 새 양반 노릇을 좀 하여 볼 뱃심이었다. 이번에 딸이 집에 온 뒤에도 서로 의논하고 작정하여 놓은 노릇이다. 그러나 천만 뜻밖에 그 몹쓸 큰 싸움이 난 뒤부터 그 딸이 무슨 여자청년회 동맹이니 하는 데 푸뜩푸뜩 드나들며, 주의자니 무엇이니 하는 사나이 틈바구니에 끼여 놀고 하더니 그만 가 있던 곳도 아니 가겠다, 다니던 벼슬도 내어놓겠다 하고 야단이다. 그리하여 이네의 집안에는 제일 큰 걱정거리가 생으로 하나 생기었다. 달래다, 구스르다, 별별 소리로 다 타일러야 그 딸이 좀처럼 듣지를 않는다. 필경에는 큰소리까지 나가게 되었다.

"이년의 가시내야! 늬 백정놈의 딸로 벼슬까지 했으면 무던하지 그보다 무엇이 더 나은 것이 있더노?"

하고 그의 아버지가 야단을 칠 때에,

"아배는 몇 백 년이나 몇 천 년이나 조상 때부터 그 몹쓸 놈들에게 온갖 학대를 다 받아 왔으며, 그래도 그 몹쓸 놈들의 썩어자빠진 생각을 그저 그대로 가지고 있구먼. 내사 그까짓 더

러운 벼슬이고 무엇이고 싫소구마…… 인자 참사람 노릇을 좀
할란다."
하고 딸이 대거리를 할 것 같으면,
　"아따 그년의 가시내, 건방지게…… 늬 뭐락 했노? 뭐락 해?"
　그의 어머니는 옆에서 남편의 말을 거드느라고,
　"야, 늬 생각해 보아라. 우리가 그 노릇을 해 가며 늬 공부시
키느라꼬 얼마나 애를 먹었노. 늬 부모를 생각기로 그럴 수가
있능가? 자식이라꼬 딸자식 형제에서 늬만 공부를 시킨 것도
다 늬 덕을 보자꼬 한 노릇이 아니가?"
　"그러면 어매 아배는 날 사람 노릇 시킬라꼬 공부시킨 것이
아니라, 돼지 키워서 이(利) 보듯기 날 무슨 덕 볼라꼬 키워 논
물건으로 알었는게오?"
　"늬 다 그 무슨 쏘리고? 내사 한마디 몬 알아듣겠다카니……
아나, 늬 와이라노? 와?"
　"구마, 내 듣기 싫소…… 내 맘대로 할라요."
할 때에 그 아버지는 화가 버럭 나서,
　"에라, 이…… 늬 이년의 가시내, 내 눈앞에 뵈지 말아. 내사
딱 보기 싫다구마."
하고는 벌떡 일어나 나가 버린다.
　이리하고 난 뒤에 로사는 그 자리에 폭 엎어져서 흑흑 느껴
가며 울기도 하였다. 그것은 그 부친에게 야단을 만나고 나서
분한 생각을 참지 못하여 그리하는 것만도 아니었다. 그의 부
모가 아무리 무지해서 그렇게 굴지마는, 그 무지함이 밉다가도
도리어 불쌍한 생각이 난 까닭이었다.
　이러할 때도 로사는 으레같이 성운에게로 달려가서 하소연

한다. 그럴 것 같으면 성운은,

"당신은 최하층에서 터져 나오는 폭발탄 같아야 합니다. 가정에 대하여, 사회에 대하여, 같은 여성에 대하여, 남성에게 대하여, 모든 것에 대하여 반항하여야 합니다."

하고 격려하는 말도 하여 준다. 그럴 것 같으면 로사는 그만 감격에 떠는 듯이 성운의 무릎 위에 쓰러져 얼굴을 파묻고 운다. 그러면 성운은 또,

"당신은 또 당신 자신에 대하여서도 반항하여야 되오. 당신의 그 눈물——약한 것을 일부러 자랑하는 여성들의 그 흔한 눈물도 걷어치워야 되오…… 우리는 다 같이 굳센 사람이 되어야 합니다."

이같이 로사는 사랑의 힘, 사상의 힘으로 급격히 변화하여 가는 사람이 되었다. 그의 본 성명도 로사가 아니었다. 어느때 우연히 로사 룩셈부르크의 이야기가 나올 때에 성운이가 웃는 말로,

"당신 성도 로가고 하니, 아주 로사라고 지읍시다, 의. 그리고 참말로 로사가 되시오."

하고 난 뒤에, 농이 참이 된다고, 성명을 아주 로사로 고쳐 버린 일이 있었다.

5

병든 성운을 둘러싼 일행이 낙동강을 건너 어둠을 뚫고 건넛마을로 향하여 가던 며칠 뒤 낮결이었다. 갈 때보다도 더 몇 배 긴긴 행렬이 마을 어귀에서부터 강 언덕을 향하고 뻗쳐 나온

다. 수많은 깃발이 날린다. 양렬로 늘어선 사람의 손에는 긴 외올 벳자락이 잡혀 있다. 맨 앞에 선 검정테 두른 기폭에는 '고 박성운 동무의 영구' 라고 써 있다.

그 다음에는 가지각색의 기다. 무슨 '동맹', 무슨 '회', 무슨 '조합', 무슨 '사', 각 단체 연합장임을 알 수 있다. 또 그 다음에는 수많은 만장이다.

'용사는 갔다. 그러나 그의 더운 피는 우리의 가슴에서 뛴다.'

'갔구나, 너는! 날 밝기 전에 너는 갔구나! 밝는 날 해맞이 춤에는 네 손목을 잡아 볼 수 없구나.'

'……'

'……'

이루 다 셀 수가 없다. 그 가운데에는 긴 시구(詩句)같이 이렇게 벌여서 쓴 것도 있었다.

장지(葬地)로 향하는 상여

그대는 평시에 날더러, 최하층에서 터져 나오는 폭발탄이 되라, 하였나이다. 옳소이다. 나는 폭발탄이 되겠나이다.

그대는 죽을 때에도 날더러, 너는 참으로 폭발탄이 되라, 하였나이다. 옳소이다. 나는 폭발탄이 되겠나이다.

이것은 묻지 않아도 로사의 만장임을 알 수 있었다.

　이해의 첫눈이 푸뜩푸뜩 날리는 어느 날 늦은 아침, 구포역
(龜浦驛)에서 차가 떠나서 북으로 움직이어 나갈 때이다. 기차
가 들녘을 다 지나갈 때까지, 객차 안 들창으로 하염없이 바깥
을 내어다보고 앉은 여성이 하나 있었다. 그는 로사이다. 아마
그는 돌아간 애인의 밟던 길을 자기도 한번 밟아 보려는 뜻인
가 보다. 그러나 필경에는 그도 머지않아서 다시 잊지 못할 이
땅으로 돌아올 날이 있겠지.

작·품·정·리

- 갈래 : 단편소설.
- 주제 : 1920년대 사회주의 운동가의 파란만장한 삶과 죽음.
- 배경 : 시간적−1920년대.
  공간적−경상도 낙동강 어구의 한 농촌.
- 시점 : 전지적 작가 시점.

작·품·감·상

　〈낙동강〉은 카프문학사에서 신경향파 소설로부터 제2기의 소설로 방향전환을 이룩한 걸작으로 '박성운'의 파란만장한 민중적 일대기를 서사시적으로 요약하였다.

　이 작품의 가장 큰 특징은 그 동안의 소설이 보여준 과장된 전망이나 전망의 부재를 일정하게 극복한 점이다. 이것을 가능하게 해준 것이 로사와 박성운이라는 인물의 설정이다.

　박성운은 운동가로서 사회개혁을 부르짖다 병들어 고향으로 돌아오는 인물이다. 이전의 경향 소설들에서는 대개 영웅적인 인물들이 주인공으로 설정되었다. 이들은 결점이 전혀 없을 뿐만 아니라 사회개혁을 시도하려는 모든 싸움에서 뛰어난 능력을 발휘하여 활로를 개척해 가는 것이 보편적이다. 그러나 박성운이라는 인물은 그러한 능력에 미치지 못했을 뿐만 아니라 결국 실패하고 병들어 고향으로 돌아온다. 이렇게 비극적인 인물을 설정한 것은 세상일이 쉽지 않음을 정직하게 보이는 것이기도 하다.

　또 한가지 특징은 로사라는 인물이다. 그녀는 밝은 미래를 암시하는 인물이지만 그 미래가 현실로 다가온 것은 아니며 다만 가능성으로 남겨져 있음을 상징하는 인물이다. 말하자면 삶이란 그것이 지닌 '가능성'에 의해서만 지탱될 수 있음이 암시된다.

이러한 인물들이 고향으로 돌아오며 시작되는 이 소설은 그간 박성운이 어떤 일을 했는가에 대해 길게 서술하는 데서 시작된다. 이러한 서술은 그의 삶의 과정이 고립된 개인의 여로가 아니라 당대 조선 사회 운동과 일정하게 맥락을 같이 하고 있다는 점에서 의미가 있다.

강의 물줄기는 한두 사람의 힘으로 멈추게 할 수 없다. 그런 까닭에 도도히 흐르는 강물은 역사의 흐름, 혁명의 흐름이라는 뜻에 곧잘 비유된다. 노동자가 지닌 유일한 힘은 수적으로 우세하다는 점이다. 작은 지류가 모여 도도한 물줄기를 이루는 장관과도 같이, 역사의 대열에 참여하는 노동자와 농민의 힘을 '낙동강'에 비유한 것이다.

이 작품 속의 여주인공 '로사'는 백정의 딸이다. 백정은 농민의 부류에도 낄 수 없는 최하층으로 여겨왔다. 농민의 아들 박성운과 백정의 딸 로사의 결합은 백정이라는 봉건적 신분질서를 극복하며, 근대사회 속에서 이루어지는 노동자, 농민들의 단합을 암시하기도 한다.

〈낙동강〉은 조명희 자신의 작품 세계에서도 소지식인적 개인의식의 현실에 대한 불만에서 농민적인 가족 집단성의 단계를 지나 계급의식과 민족의식을 동시에 지닌 민족해방사상을 창조해 낸 중요한 작품이다.

1. 다음 지문을 읽고 박성운은 인간의 기본권과 사회주의에 대해 어떻게 생각
하는가를 써라.

> 이네의 조상이 처음으로 이 강에 고기를 낚고 이 벌에 곡식과 열매를 딴
> 때부터 세지도 못할 긴 세월을 오래오래 두고 그네는 참으로 자유로웠었
> 다. 서로서로 노래 부르며 서로서로 일하였을 것이다. 남쪽벌도 자기네 것
> 이요, 북쪽 벌도 자기네 것이었다. 동쪽도 자기네 것이요, 서쪽도 자기네 것
> 이었다.
>
> 그러나 역사는 한 바퀴 굴렀었다. 놀고 먹는 계급이 생기고, 일하며 먹여
> 주는 계급이 생겼다. 다스리는 계급이 생기고 다스려지는 계급이 생겼다.
> 그러므로부터 임자 없던 벌판에 임자가 생기고 주림을 모르던 백성이 굶주
> 려가기 시작하였다. 하늘에 햇빛도 고운 줄을 몰라가게 되고 낙동강의 맑
> 은 물도 맑은 줄을 몰라가게 되었다. 천 년이다. 오천 년이다. 이 기나긴 세
> 월을 불평의 평화 속에서 아무 소리 없이 내려왔었다. 그네는 이 불평을 불
> 평으로 생각지 아니하게까지 되었다. 흐린 날씨를 참으로 맑은 날씨인 줄
> 알 듯이.
>
> 그러나 역사는 또 한 바퀴 구르려고 한다. 소낙비 앞잡이 바람이다. 깃발
> 이 날리었다.
>
> 갑오동학이다. 을미운동이다. 그 뒤에 이 땅에는 아니, 이 반도에는 한 괴
> 물이 배회한다. 마치 나래치고 다니는 독수리같이. 그 괴물은 곧 사회주의
> 다. 그것이 지나치는 곳마다 기어가는 암나비 궁둥이에 수없이 알이 쏟아
> 지는 셈으로 또한 알을 쏟아놓고 간다. 청년운동, 농민운동, 형평운동, 노동
> 운동, 여성운동…… 오천 년을 두고 흘러가는 날씨가 인제는 먹장구름에
> 쌓여간다. 폭풍우가 반드시 오고야 만다. 그 비 뒤에는 어떠한 날씨가 올 것
> 은 뻔히 알 노릇이다.

_____

_____

_____

_____

_____

_____

2. 이 소설에 나타난 '낙동강'의 의미에 대해 써라.

_____

_____

_____

_____

3. 박성운이 하던 운동을 계승하는 사람으로 '로사'가 선택되었다. 그리고 '로사'는 박성운이 떠났던 것처럼 그렇게 구포역을 떠난다. 소설이 이렇게 끝나는 것은 무엇을 의미하는지 써라.

　　이해의 첫눈이 푸뜩푸뜩 날리는 어느 날 늦은 아침, 구포역(龜浦驛)에서 차가 떠나서 북으로 움직이어 나갈 때이다. 기차가 들녘을 다 지나갈 때까지, 객차 안 들창으로 하염없이 바깥을 내어다보고 앉은 여성이 하나 있었다. 그는 로사이다. 아마 그는 돌아간 애인의 밟던 길을 자기도 한번 밟아보려는 뜻인가 보다. 그러나 필경에는 그도 머지않아서 다시 잊지 못할 이 땅으로 돌아올 날이 있겠지.

1. 인간의 기본권은 모두 같았다. 그러나 사회가 발전하고 계급이 분화되면서 지배계급과 피지배계급이 생겨나 계급간의 갈등이 생겨졌다. 그러나 역사는 이런 문제들을 끌어 안고 오늘에까지 왔으며, 이제는 과거 피지배계급이었던 계층이 깨어서 자신의 권리를 찾으려 한다. 그 힘이 폭풍우처럼 쏟아져 강물처럼 될 때 사회주의는 성공하리라 본다.

2. 도도히 흐르는 강은 역사의 흐름, 혁명의 흐름이라는 의미를 갖기도 한다. 민중이나 노동자의 힘, 그것은 작은 지류가 모여 도도한 물줄기를 이루는 거대한 강과도 같이 역사에 참여하는 민중이나 노동자의 힘을 낙동강에 비유한 것이다.

3. 로사는 박성운이 이루지 못한 혁명을 계승하고 있다. 그러나 그 혁명이 이루어질는지 아니면 박성운처럼 실패하고 다시 고향으로 돌아올 지는 아직 모른다. 그러나 아직은 그 '가능성'을 분명히 보여주고 있다. 그것은 밝은 미래를 의미하는 존재로 볼 수 있다.

4

역마

김동리

작·가·소·개

김동리는 1913년 음력 11월 24일 경상북도 경주에서 5남매의 막내로 태어났다. 이름은 창귀(昌貴)이며, 자를 시종(始鍾)이라 하였으며 동리(東里)는 그의 호이다. 그의 큰형은 동양철학의 대가로 후일 커다란 명성을 얻은 범부선생 김기봉이었다. 김동리는 그의 형보다 16세나 아래이며, 따라서 큰형은 김동리에게 있어 아버지와 다름이 없으며, 김동리에게 여러 가지 면에서 영향을 미쳤다.

김동리는, 그의 어머니가 기독교인이었던 관계로, 처음부터 끝까지 기독교 계통의 학교에만 수학하게 된다. 소학교는 경주 제일 교회 소속의 계남소학교를 다녔고, 중학교도 기독교 계통인 대구의 계성중학교였으며, 16세 때 서울로 올라와 3학년으로 편입한 경신 중학교 역시 기독교 계통의 학교였다. 그러나 김동리는 1929년 경신중학교를 중퇴하고 낙향함으로써 학교생활은 끝이 난다. 1926년 부친이 별세한 후 집안의 살림을 책임져 오던 둘째형의 사업이 기울어져 더 이상 김동리의 학비를 감당할 수 없게 된 때문이다. 그후 김동리는 독학의 뜻을 세우고 큰형의 장서를 읽어 나가는 것을 시작으로 철학과 문학의 독서에 깊이 몰입한다. 또 철도도서관의 장서를 대출받을 수 있었던 그는 웬만한 '세계문학'이라는 것은 일역본으로 거의 완

독할 수가 있었다. 또 그 당시 서정주를 만나게 된다.

1934년 《조선일보》 신춘문예에 시 〈백로〉가 입선되고 1935년 《조선중앙일보》 신춘문예에 소설 〈화랑의 후예〉가 당선되며, 이어 1936년 《동아일보》의 신춘문예에 〈산화〉가 당선되었다. 이후 〈무녀도〉 〈바위〉 등의 문제작을 잇달아 발표하여 주목을 받게 된다. 이 시기에 서정주 등과 함께 동인지 《시인부락》을 만들기도 한다. 1937년에는 다시 낙향, 다솔사에서 소학교에 가지 못한 인근 젊은이들을 위한 교육기관으로 설립한 광명학원의 교사가 된다. 그후 1942년 일제의 탄압으로 광명학교가 폐쇄당할 때까지 김동리는 꾸준히 소설을 발표하여 '신세대의 작가들의 대표자' 라는 지위를 얻게 된다.

일제 말기, 일제는 김동리에게 어용문화단체에 가입하기를 강력히 요구하며, 또한 한글로 발표할 지면이 완전히 사라지는 상황이 되자, 그는 모든 작품활동을 중단하여, 그 시기에 친일적 작품은 한 편도 쓰지 않은 몇 안 되는 문인 가운데 한 사람이 된다. 1945년 5월 15일 해방이 되자, 곧바로 서울로 상경, 좌 · 우익 진영의 대립이 격심한 때 우익진영의 가장 정렬적이고 유능한 조직가 · 이론가 · 소설가로 떠오르게 된다. 그는 '청년 문학가 협회'를 결성하고 좌파 문인들과 논쟁을 벌인다. 이러한 그의 주도적인 활동은 자연스럽게 남한 문학계의 보수의 주류를 대표하는 인물 가운데 하나라는 지위를 얻게 되어, 1995년 83세의 나이로 작고할 때까지 유지되기도 한다. 그는 서라벌 예술대학장, 예술원회장, 한국문인협회 이사장, 한국소설협회 회장, 《문예》, 《월간문학》, 《한국문학》의 발행인이 되기도 한다. 또 그의 공로를 인정하여 아세아 자유문학상, 3 · 1 문화상 예술부문 본상, 국민훈장 동백장, 국민훈장 모란장 등을 받는다. 또 그는 9 · 28 수복후 공산당과 연루된 문인들의 '죄'를 심사할 때 그들 대부분을 무혐의로 처리하는 관용을 베풀었으며, 또 각별한 제자 사랑 역시 널리 알려진 사실이다.

읽기 전에

등·장·인·물

- 옥화 : 화계장터에서 주막을 하는 서른 여섯 살의 여인이다. 그는 서른 여섯 해 전 남사당패가 이 화계장터에서 하룻밤 놀고 갔던 체장사가 자신의 아버지임에 틀림없다 한다.
- 체장사 : 계연이란 소녀를 데리고 화계장터를 찾은 사람으로, 서른여섯 해 전 스물여 살 때 이 장터에서 하룻밤 논 일이 있다며, 계연을 잠시 옥화네 주막에 맡겼다가 데리고 떠나는 노인이다.
- 성기 : 옥화의 아들로, 옥화가 떠돌이 중과 인연을 맺어 가지게 되었으며, 성기는 절에 가서 글공부를 하면서 중이 되기보다는 늘 떠나기를 원하는 소년이며, 끝내는 엿판을 메고 어머니 곁을 떠난다.
- 계연 : 체장사의 손녀이며, 옥화와는 자매가 된다. 그러나 그는 아무것도 모르고 성기를 좋아하다가 할아버지인 체장사를 따라 다시 주막을 떠나면서 성기를 못 잊어 한다.

줄·거·리

화계장터는 하동과 구례, 쌍계사의 세 갈래 길목이다. 장날에는 언제나 흥성거리는 날이 많았다. 장날이면 지리산의 더덕, 도라지 등이, 전라도쪽에서는 황아물 장사들이 실, 바늘, 가위 등을 지고 오고, 하동에서는 해물장사들이 해물을 가져왔다.

화계장터에 자리잡은 옥화네 주막에는 술맛이 좋았고 인심도 좋아 그래서 창극 신파광대들의 진양조의 단가가 울렸다. 주인 옥화는 얼마전 어머니가 죽고 총각 아들 하나와 살아간다. 어느 여름철 석양 무렵이었다. 나이 예순도 훨씬 넘은 늙은 체장사 하나가 옥화네를 찾아왔다. 그 뒤에는 나이 열대여섯 살 가량 되는 소녀 하나가 따랐다. 그리고 스물네 살 때, 꼭 서른 여섯 해 전에 바로 이 장터에서 하룻밤 논일이 있었다고 한다. 옥화는 자기 나이와 꼭같은 그 햇수에 섬뜩 놀란다.

성기는 화개장날만 책전을 편다. 처음에는 글을 배우러 간다고 할머니의 손에 끌려 절에 갔었지만 요즘 와서는 어디로 훨훨 떠나가고 싶은 마음뿐인 것을 잘 알 수 있다. 가끔 할머니는 옥화를 보고 '제 아비를 따라 갈려는가보다'고 했다. 서른 녀섯 해 전에 꼭 하룻밤 놀다갔다는 젊은 남사당과 인연을 맺어온 할머니가 옥화를 배었고, 옥화 역시 떠돌이 중과 인연을 맺어 성기를 가지게 되었다. 그러니 성기로도 불경보다는 이야기책에 끌리는 눈치요, 중질보다는 장사나 해보고 싶다는 것이다.

성기가 집에 돌아오자 옥화는 체장사의 딸을 소개하면서 체장사가 소녀를 잠시 맡기고 다녀오겠다고 말까지 한다. 계연이는 성기의 시중을 잘 들고 따랐다.

성기는 칠불암으로 삼국지 책값 수금을 가려하자 계연이도 따라 나섰다. 성기는 큰길을 두고 산길을 택했다. 가다가 계연이가 나무 가지에 치마가 걸려 성기가 걷어주었다. 둘은 가는 도중 머루알, 딸기알을 따먹기도 하고 샘물을 떠 먹기도 하였다.

화개골로 들어간 체장사는 보름이 넘도록 돌아오지 않고, 그 사이 옥화는 계연의 왼쪽 귀바퀴 위에 있는 조그만 사마귀 한 개를 발견하였다. 그리고는 이튿날 악양에 볼일이 있다고 다니러 갔다. 그동안 계연은 옥화가 없는 주막에서 손님이 찾는 술을 팔자 성기가 이를 보고 어머니가 없는 동안 청에 나가지 말라고 화를 낸다.

사흘 뒤 성기가 절에서 내려오니 체장사 영감은 마루 위에서 막걸리를 마시고, 계연이는 옷을 갈아입고 그 옆에 힘없이 앉아 있었다. 옥화는 계연이가 떠난다고 했다. 두 사람은 구례쪽으로 떠나고, 성기는 아파서 누웠다가 이듬해야 일어나 옥화가 어떻하겠냐고 묻자 성기는 말이 없다. 옥화는 성기에게 체장사 영감이 자기의 아버지임에 틀림없다는 것과 계연은 그 왼쪽 귀바퀴 위의 사마귀로 보아 자기의 동생임이 분명하다는 것을 말하면서, 자기의 같은 왼쪽 귓바퀴 위의 검정 사마귀를 보여주었다.

그리고 달포가 지난 뒤, 성기는 어머니에게 엿판 하나만 맞춰달라고 하여 옥화가 엿판을 맞춰주니, 성기는 그를 메고 어머니와 하직하고 하동쪽을 향해 갔다. 그의 어머니가 그의 시야에서 완전히 사라지자 제법 육자배기 가락으로 콧노래까지 흥얼거리며 가고 있었다.

역 마

김 동 리

1

'화개장터'[1]의 냇물은 길과 함께 세 갈래로 나 있었다. 한 줄기는 전라도 땅 구례(求禮)[2] 쪽에서 오고 한 줄기는 경상도 쪽 화개골(花開峽)에서 흘러내려, 여기서 합쳐서, 푸른 산그림자와 검은 고목 그림자를 거꾸로 비추인 채, 호수같이 조용히 돌아, 경상 전라 양도의 경계를 그어주며, 다시 남을 흘러내리는 것이, 섬진강(蟾津江) 물이었다.

하동(河東)[3], 구례, 쌍계사(雙磎寺)[4]의 세 갈래 길목이라, 오고 가는 나그네로 하여, 화개장터엔 장날이 아니라도 언제나 흥성거리는 날이 많았다. 지리산(智異山) 들어가는 길이 고래로 허다하지만 쌍계사 세이암(洗耳岩)의, 화개협 시오 리를 끼고 앉은 '화개장터'의 이름이 높았고 경상 전라 양도 접경이 한두 군데일 리 없지만 또한 이 '화개장터'를 두고 일렀다. 장날이면 지리산 화전민들의 더덕 도라지 두릅 고사리들이 화개골에서 내려오고 전라도 황아물 장사들의 실 바늘 면경 가위 허리끈 주머니끈 족집게 골백분 들이 또한 구렛길에서 넘어오고, 하동길에서는 섬진강 하류 해물장사 들의 김 미역 청각 명태 간조기 간고등어 들이 들어오곤 하여, 산협(山峽)하고는 꽤 은성한 장이 서는 것이기도 하였으나 그러나 화개장터의 이름

1) 화개장터 : 섬진강 변의 쌍계사 입구의 화개면에 서는 장터.
2) 구례 : '구례군', 전라 남도 북동쪽에 있는 땅. 명승지로 화엄사 · 용호사 등이 있음.
3) 하동 : 섬진강 하류, 경상도 땅에 있는 한 읍.
4) 쌍계사 : 경상남도 하동군 화계면 운수 리에 있는 절. 신라 성덕왕 22년에 해소 가 지은 것으로, 원래 '옥천사'라 불렀음.

은 장으로 하여서만 있는 것은 아니었다.

장이 서지 않는 날일지라도 인근 고을 사람들에게 그곳이 그렇게 언제나 그리운 것은 장터 위에서 화개골로 뻗쳐 앉은 주막마다 유달리 맑고 시원한 막걸리와 펄펄 살아 뛰는 물고기 회를 먹을 수 있기 때문인지도 몰랐다. 주막 앞에 늘어선 능수버들가지 사이사이로 사철 흘러나오는 그 한(恨) 많고 멋들은 진양조[5] 단가 육자배기[6]들이 있기 때문인지도 몰랐다. 여기다 가끔 전라도 지방에서 꾸며 나오는 남사당[7] 여사당[8] 협률(協律) 창극 신파 광대들이 마지막 연습 겸 첫 공연으로 여기서 반드시 재주와 신명을 떨고서야 경상도로 넘어간다는 한갓 관습과 준례가 이 화개장터의 이름을 더욱 높이고 그립게 하는 것인지도 몰랐다.

가운데도 옥화(玉花)네 집은 술맛이 유달리 좋고 값이 싸고 안주인 —— 즉 옥화 —— 의 인심이 후하다 하여 화개장터에서 가장 이름이 들난 주막이었다. 얼마 전에 그 어머니가 죽고 총각 아들 하나와 단두 식구만으로 안주인 옥화가 돌아올 길 망연한 남편을 기다리며 살아간다는 것이라 하여 그들은 더욱 호의와 동정을 기울이는 모양이기도 하였다. 혹 노자가 딸린다거나 행장이 불비할 때 그들은 으레 옥화네 주막을 찾았다.

"나 이번에 경상도서 돌아올 때 함께 회계하지라오."

그들은 예사로 이렇게들 말하곤 하였다.

2

늘어진 버들가지가 강물에 씻기고 저녁바람에 은어가 번득

5) 진양조 : 민속 음악에서 판소리 및 산조 장단의 한 가지.
6) 육자배기 : 남도 지방에서 널리 불리는, 곡조가 활발한 잡가의 하나.
7) 남사당 : 이곳 저곳 떠돌아다니면서 소리나 춤을 파는 남자. 조선 말기에 생긴 것으로, 꼭두쇠를 우두머리로 하여 남사당패를 이룸.
8) 여사당 : 조선시대 경기도 안성군의 청룡사를 근거로 조직된 불교 여신도의 단체. 차차 타락되어 속가를 부르며 관중에게 구걸하여 그 폐해가 커서 정부에서 금함.

이고 하는 여름철 석양 무렵이었다.

　나이 예순도 훨씬 더 넘어 되었을 늙은 체장사⁹⁾ 하나가 체바퀴와 바닥 가음돌을 어깨에 걸머지고 손에는 지팡이와 부채를 들고 옥화네 주막을 찾아왔다. 바로 그 뒤에는 나이 열대엿 살 가량 나 뵈는, 몸매가 호리호리한 소녀 하나가 조그만 보따리를 옆에 끼고 서 있었다. 그들은 무척 피곤해 보였다.

　"저 큰애기까지 두 분입니까?"

　옥화는 노인보다 큰애기의 얼굴을 바라보며 이렇게 물었다. 노인은 조용히 고개를 끄덕였다.

　그날 밤 저녁상을 물린 뒤 노인은 옥화에게 인사를 청했다. 살기는 구례에 사는데 이번엔 경상도 쪽으로 벌이를 떠나온 길이라 하였다. 본시 여수(麗水)가 고향인데, 젊어서 친구를 따라 한때 구례에 와서도 살다가, 그 뒤 목포로 군산으로 전전하여 나중 진도(珍島)로 건너가 거기서 열일여덟 해 사는 동안 그만 머리털까지 세어져서는, 그래 몇해 전부터 도로 구례에 돌아와 사는 것이라 하였다. 그렇지만 저런 큰 애기를 데리고 어떻게 다니느냐고 옥화가 물은즉 그러잖아도 이번에는 죽을 때까지 아무 데도 떠나지 않으려고 했던 것인데, 떠나지 않고는 두 식구 가만히 앉아서 굶을 판이매 할 수 없었던 것이라 하였다.

　"그럼 저 큰애기는 할아부지 딸입니까?"

　옥화는 '남폿불' 그림자가 반쯤 비낀 바람벽 구석에 붙어앉아 가끔 그 환한 두 눈을 떠서 이쪽을 바라보곤 하는, 소녀의 동그스름한 어깨를 바라보며 이렇게 물었다.

　노인은 또 고개를 끄덕였다. 그리고 평생 객지로만 돌아다니고 나니, 이제 고향삼아 돌아온 곳[구례]이래야 또한 객지라,

9) 체장사 : '체'를 파는 사람. '체'는 가루를 곱게 치거나 액체를 거르는 데 쓰는 기구. 얇은 나무로 쳇바퀴를 만들고 쳇불을 메었음.

그들 아비 딸이 어디다 힘을 입고 살아가야 할는지 아무 데도 의탁할 곳이 없다고 그들의 외로운 신세를 한탄하곤 하였다.

"나도 젊었을 때는 노는 것을 좋아했지라오. 동무들과 광대도 꾸며갖고 댕겨봤는디, 젊어서 한번 들어 놓게 평생 못 잡기 마련이여…… 그것이 스물네 살 때 정초닝게 꼭 서른여섯 해 전일 것이여, 바로 이 장터에서도 하룻밤 논 일이 있었지라오."

노인은 조용히 추억의 실마리를 더듬는 듯 방안을 두리번두리번 살펴보곤 하는 것이었다.

순간 옥화는 가슴이 섬뜩하였다. 서른여섯이라면 바로 자기의 나이와 같은 햇수이기도 하였기 때문이었다. 그리고 또…….

이튿날은 비가 왔다.

1964년 여름 김포비행장에서 김동리.

3

화개장날만 책전을 펴는 성기는 내일 장 볼 준비도 할 겸 하루를 앞두고 절에서 마을로 내려오고 있었다.

쌍계사에서 화개장터까지 십 리가 좋은 길이라 해도 굽이굽이 벌어진 물과 돌과 산협의 장려한 풍경은 언제 보나 그에게 길멀미를 내지 않게 하였다.

처음엔 글을 배우러 간다고 할머니에게 손목을 끌리다시피 하여 간 곳이 절이었고 그 다음엔 손윗동무들의 사랑에 끌려다니다시피쯤 하여 왔지만, 이즘 와서는 매일같이 듣는 북 소리 목탁 소리 그리고 그 경을 치게 희말간 은행나무 염주나무[菩提樹], 이런 것까지 모두 다 싫증이 났다.

당초부터 어디로 훨훨 가보고나 싶던 것이 소망이었고, 그러
나 어디로 간다는 건 말만 들어도 당장에 두 눈이 시뻘개져서
역정을 내는 어머니였다.

"서방이 있나 일가 친척이 있나, 너 하나만 믿고 사는 이판에
너조차 밤낮 어디로 간다고만 하니 난 누굴, 믿고, 사냐?"

어머니의 넋두리는 인제 귀에 못이 박힐 정도였다.

이러한 어머니보다도, 차라리, 열 살 때부터 절에 넣어 중질
을 시켰으니 인제 역마살(驛馬殺)10)도 거진 다 풀려갈 것이라
고, 은근히 마음을 늦추시는 편이던 할머니는, 그러나 갑자기
세상을 떠나버렸다. 당사주(唐四柱)11)라면 다시는 더 사죽을
못 쓰던 할머니는 성기가 세 살 났을 때 보인 그의 사주에 시천
역(時天驛)이 들었다 하여 한때는 얼마나 낙담했던 것인지 모
른다. 하동 산다는 그 키가 나지막한, 명주 치마 저고리를 입은
할머니가 혹 갑자 을축을 잘못 꼽지나 않았나 하여, 큰절(쌍계
사를 가리킴)에 있는 어느 노장에게도 가 물어보고, 지리산 속
에서 도를 닦아 나오던다던 어떤 키 큰 영감에게 다시 뵈어도 봤
지만 시천역엔 조금도 요동이 없었다.

"천성 제 애비 팔자를 따라갈려는 게지."

할머니가 어머니를 좀 비꼬아 하는 말이었으나 거기 깊은 원
망이 든 것도 아니었다. 그러나 이런 말엔 각별나게 신경을 쓰
는 옥화는,

"부모 안 닮은 자식 없단다. 근본은 모다 엄마 탓이지."

도리어 어머니를 원망하곤 하였다.

"이년아, 에미한테 너무 오금박지 말어라. 남사당을 붙었음,
너를 버리고 내가 그놈을 찾어갔냐, 너더러 찾어달라 성화를

10) 역마살(驛馬煞) :
늘 이리저리 떠돌아
다니게 된 액운.
11) 당사주(唐四柱) :
중국에서 들어온, 그
림으로 보는 사주.

대나?"

그러나 서른여섯 해 전에 꼭 하룻밤 놀다 갔다는 젊은 남사당의 진양조 가락에 반하여 옥화를 배게 된 할머니나, 구름같이 떠돌아다니는 중과 인연을 맺어서 성기를 가지게 된 옥화나 다 같이 화개장터 주막 집에 태어났던 그들로서는 별로 누구를 원망할 턱도 없는 어미 딸이었다. 성기에게 역마살이 든 것은 어머니가 중 서방을 정한 탓이요, 어머니가 중 서방을 정한 것은 할머니가 남사당에게 반했던 때문이라면, 성기의 역마운도 결국은 할머니가 장본이라, 이에, 할머니는 성기에게 중질을 시켜서 살을 떼려고도 서둘러보았던 것이고 중질에서 못푼 살을 이번에는 옥화가 그에게 책장사를 시켜 마저 풀어보려도 했던 것이다. 성기로서도 불경보다는 분명히 이야기책에 끌리는 눈치요, 중질보다는 차라리 장사나 해보고 싶다는 소청이기도 하여, 그러나, 옥화는 꼭 화개장만 보이기로 다짐까지 받은 뒤, 그에게 책전을 내어주기로 했던 것이었다…….

성기가 마루 앞 축대 위에 올라서는 것을 보자 옥화는 놀란 듯이 자리를 일어나 앉으며,

"더운데 왜 인저사 내려오냐?"

곁에 있던 수건과 부채를 집어주었다.

지금까지 옥화에게 이야기책을 읽어 들려주고 있은 듯한 어떤 낯선 계집애 하나는 책 읽던 것을 그치고 얼굴을 들어 성기를 바라보았다. 동그스름한 얼굴에 흰자위 검은자위가 꽃같이 선연한 두 눈이었다. 순간 성기는 가슴이 찌르르 하며, 갑자기 생기 띤 눈으로 집 앞에 늘어선 버들가지를 바라보았다.

얼마 뒤 계집아이는 안으로 들어간 뒤 옥화는 성기의 점심상

을 차려 들고 와서,

"체장사 딸이다."

하였다. 어머니도 즐거운 얼굴이었다.

"체장사라니?"

성기는 밥상을 받은 채, 그러나 얼른 숟가락을 들려고도 않고 그의 어머니의 얼굴을 쳐다보았다.

"구례 산다드라. 이번에 어쩌면 하동으로 해서 진주 쪽으로 나가볼 참이라는데 어제 저 화갯골로 들어갔다."

그리고 저 딸아이는 그 체장사의 무남독녀인데 영감이 화갯골 쪽으로 들어갔다 나와서 하동 쪽으로 나갈 때 데리고 가겠노라고, 하도 애걸복걸을 하기에 그 동안 좀 맡아 있어 주기로 했다면서, 옥화는 성기의 눈치를 살피듯 그의 얼굴을 물끄러미 쳐다보았다.

"화갯골에서는 며칠이나 있겠다는데?"

"들어가 보고 재미나면 지리산 쪽으로 깊이 들어가 볼 눈치드라."

그리고 나서 옥화는 또,

"그래도 그런 사람 딸같이는 안 뵈지?"

하였다. 계연(契姸)이란 이름이었다.

성기는 잠자코 밥숟가락을 들었다. 그러나 밥은 반도 먹지 않고 상을 물려버렸다.

이튿날 성기가 책전에 있으려니까 그 체장사의 딸이 그의 점심을 이고 왔다. 집에서 장터까지래야 소리지르면 들릴 만한 거리였지만 그래도 전날 늘 이고 다니던 '상돌 엄마'가 있을 터인데 이렇게 완연히 처녀 티가 나는 남의 큰애기더러 이런

사환을 시켜 미안한 생각이 들었다. 그러나 정작 계연의 쪽에
서는 그러한 빛도 없이 꽃송이같이 화안한 두 눈에 웃음까지
담은 채 그의 앞에 밥 함지¹²⁾를 공손스리 놓고는 떡과 엿과 차
미 들을 팔고 있는 음식전 쪽으로 눈을 팔고 서 있었다.

"상돌 엄마 어디 갔는데?"

성기는 계연의 그 아리따운 두 눈에서 흥건한 즐거움을 가슴
으로 깨달으며 그러나 고개를 엉뚱한 방향으로 돌린 채 의외로
거친 음성으로 이렇게 물었다.

"손님이 대청에 가득 찼는디 상돌 엄마가 혼자서 바삐 서두
닝게 어머니가 저더러 갖고 가라 했어요."

그 동안 거의 입을 열어 말하는 일이 없었던 계연은 성기가
묻는 말에 의외로 생경한 전라도 토음(土音)¹³⁾으로 이렇게 말
했다. 그 가냘프고 동그스름한 어깨와 목 하며, 어디서 그렇게
힘차고 쾌활한 음성이 울려나오는 것인지 알 수가 없었다. 한
줌이나 될 듯한 가느다란 허리와 호리호리한 몸매에 비하여 발
달된 팔다리와 토실토실한 두 손등과 조고맣게 도톰한 입술을
가진 탓인지도 몰랐다.

"계연아, 오빠 세숫물 놔드려라."

이튿날 아침에도 옥화는 상돌 엄마를 부엌에 둔 채 역시 계
연에게 성기의 시중을 들게 하였다. 세숫물을 놓는 일뿐 아니
라 숭늉 그릇을 들고 다니는 것이나 밥상을 차려 가는 것이나
수건을 찾아주는 것이나 성기에 따른 잔심부름은 모조리 계연
으로 하여금 하게 하였다.

"아이가 맘이 컴컴치 않고 인정이 많고 얄미운 데가 없어."

옥화는 자랑삼아 가끔 이런 말도 하였다.

"즈이 아버지는 웬일인지 반 억지 비슷하게 거저 곧장 나만 믿겠다고 아주 양딸처럼 나한테다 맡기구 싶은 눈치드라만……."

옥화는 잠깐 말을 끊어서 성기의 낯빛을 살피고 나서 다시,

"그래 너한테도 말을 들어봐야겠고 해서 거저 대강 들을만 하고 있었잖냐."

하는 것이, 흡사 성기의 동의를 구하는 모양 같기도 하였다.

그러고 나서 옥화는 계연의 말을 옮겨, 구례 있는 즈이 집이래야 구례 읍내에서 외따로 떨어져, 무슨 산기슭 밑에 이웃도 없이 있는 오막살인가 보더라고도 하였다.

"그럼 살림은 어쩌 나섰을까?"

"살림이야 그까진 것 머 방문에 자물쇠 채워두었으면 그만 아냐, 허지만 그보다도 나그넷길에 데리고 나선 계연이가 걱정이지."

이러한 옥화의 말투로 보아서는 체장사 영감이 화갯골에서 나오는 대로 계연을 아주 양딸로 정해 둘 생각인 듯이 보였다. 다만 성기가 꺼릴까 보아 이것만을 저어하는 눈치 같았다. 지금까지 몇 번이나 옥화는 성기더러 장가를 들라고 권했으나 그는 응치 않았고 집에 술파는 색시를 몇 차례 두어도 보았으나 색시 쪽에서 성기에게 간혹 말썽을 내인 적은 있어도 성기가 색시에게 그러한 마음을 두는 일은 한번도 있은 적이 없어, 이러한 일들로 해서 이번에도 옥화는 계연으로 하여금 성기의 미움이나 받지 않게끔 되도록이면 그의 좋은 점만 성기에게 이야기하려는 눈치 같아도 보였다.

4

아랫집 실과가게에서 성기가 짚신 한 켤레를 사들고 오려니까, 옥화는 비죽이 웃는 얼굴로 막걸리 한 사발을 그에게 떠주며,

"오늘 날라씨가 너무 덥잖겠냐?"

고 하였다. 술 거를 때 누구에게나 맛뵈기 떠주기를 잘하는 옥화였다.

계연은 방에서 옷을 갈아입고 있었다.

"계연아, 너도 빨리 나와 목마를 텐데 미리 좀 마시고 가거라."

옥화는 방을 향해 이렇게 소리를 질렀다.

항라[14] 적삼에 가는 삼베 치마를 갈아입고 나오는 계연의 두 눈은 물에 어린 연꽃처럼 흰자위 검은자위가 선연해 있었다.

"꼭 스무 해 전에 내가 입었던 거다."

옥화는 유감(有感)한 듯이 계연의 옷맵시를 살펴주며 말했다.

"어제 꺼내서 품을 좀 줄여놨드니만 청성스리 맞는고나. 보기보단 품을 여간 많이 입잖는다 이 앤……자, 얼른 마셔라. 오빠 있음 어때, 음식에 무슨 내외가 있나?"

그러자 계연은 웃는 얼굴로 술잔을 받아 들고는 방으로 들어가 마시고 나오는 모양이었다.

성기도 먼저 수양버드나무 밑에 와서 새 신발에 물을 축이었다. 계연도 곧 뒤를 따라나섰다. 어저께 성기가 칠불암(七佛庵)까지(칠불암에 있는 노장 하나가 그에게서 '삼국지(三國志)' 한

14) 항라 : 명주·모시·무명실 등으로 짠 피륙이며 구멍이 송송 뚫어져 있는 여름 옷감.

질을 외상으로 가져가고는 보름이 넘도록 소식이 없어) 책값 수
금 관계로 좀 다녀올 일이 있다 했더니 옥화가 있다 그러면 계
연도 며칠 전부터 산나물을 캐러 간다고 벼르는 중이니 이왕이
면 좀 데리고 가잖겠느냐고 하였다. 성기는 가슴도 좀 뛰고 그
러나 나물을 내가 어떻게 아느냐고, 싫다고 했더니, 너더러 누
가 나물까지 캐라냐고, 앞에서 길만 끌어주면 되잖냐고 우기어,
기승[15]한 어머니에게 성기는 결국 진 것같이 되었던 것이다.

성기는 처음부터 큰길을 버리고, 사람이 잘 다니지 않는, 수
풀 속 산 길을 돌아가기로 하였다. 원체가 지리산 밑이요, 또 나
뭇길도 본시부터 똑똑히 나 있지 않는 곳이라, 어려서부터 자
라난 고장이라곤 하지만 울울한 수풀 속에서 몇 번이나 길을
잃고 헤매곤 하였다.

쳐다보면 위로는 하늘을 찌를 듯한 높은 산꼭대기요 내려다
보면 발아래는 바다같이 내리깔린 뿌우연 수풀뿐, 그 위에 흰
햇살만 물줄기처럼 내리퍼붓고 있었다. 머루[16] 다래[17] 으름[18]은
아직 철이 일러 파랗고, 가지마다 새빨간 복군자[나무 딸기] 오
디[산 뽕나무의]는 오히려 철이 겨운 듯 한머리 가맣게 먹물이
돌고 있었다.

성기는 제 손으로 다듬은 퍼런 아가위나무 가지로 앞에서 칡
넝쿨을 헤쳐가며 가고 있는데, 계연은 뒤에서 두릅[19]을 꺾는다
딸기를 딴다 하며 자꾸 혼자 떨어지곤 하였다.

"빨리 오잖고 뭘 하나?"

성기가 걸음을 멈추고 서서 나무라면 계연은 딸기를 따다 말
고 두릅을 꺾다 말고 그 도톰한 입술을 꼭 물고는 뛰어오는 것
이었으나 한참만 가다 보면 또 뒤에 떨어지곤 하였다.

15) 기승 : 성기가 굳
세고 억척스러워 좀
처럼 남에게 굽히지
않는 것.

16) 머루 : 포도과에
속하는 왕머루·까마
귀 머루·새머루 등
의 총칭.

17) 다래 : '달래'. 백
합과의 여러해살이
풀. 땅 속에 둥근 모
양의 흰 비늘 줄기가
있고 그 밑에 수염뿌
리가 있음. 4월에 꽃
이 피며, 매운 맛이
있으며 식용함.

18) 아가위나무 : 산
사(山査)나무. 능금나
무과의 작은 낙엽 활
엽 교목. 골짜기나 촌

락 부근에 나는데, 높이 6m 안팎으로 자라고 가지에 가시가 있음. 가을에 붉은 열매가 익음.

19) 두릅 : 두릅나무과의 낙엽 활엽 관목. 산기슭이나 골짜기에 자람. 줄기에는 가시가 많고 8, 9월에 흰 꽃이 핌. 나무껍질과 뿌리는 약으로 씀.

"아이고머니 어쩔 거나!"

갑자기 뒤에서 계연이 소리를 질렀다. 돌아다보니 떡갈나무 위에서, 가지에 치맛자락이 걸려 있다. 하필 떡갈나무에는 뭣 하러 올라갔을까고 곁에 가 쳐다보니 계연의 손이 닿을 만한 곳에 그 아래쪽 딸기나무 가지가 넘어와 있다. 딸기나무에는 가시가 있고 또 비탈에 서 있어 올라갈 수 없으니 그 딸기나무와 가지가 서로 얼킨 떡갈나무 쪽으로 올라간 모양이었다. 몸을 구부려 손으로 치맛자락을 벗기려면 간신히 잡고 서 있는 윗가지에서 손을 놓아야만 하겠고, 손을 놓았다가는 당장 나무에서 떨어질 형편이다. 나무 아래서 쳐다보니 활짝 걷어올려진 벳치마 속에 정강마루까지를 채 가리지 못한 짤막한 베고의가 휘언한 햇살을 통하여 안의 것을 뽀얗게 보여주고 있었다.

성기는 짚고 있던 생나무 지팡이로 치맛자락을 벗겨주려 하였으나 지팡이가 짧았던 관계도 있겠지만 제 자신도 모르게 지팡이 끝은 계연의 그 발그스레하고 매끈한 종아리만을 자꾸 건드리고 있었다.

"아이 싫어, 나무에서 떨어진당게!"

계연은 소리를 질렀다. 게다가 어이한 다람쥐란 놈까지 한 마리 다래넝쿨 위로 타고 와서 지금 막 계연이 잡고 서 있는 떡갈나무 가지 위로 건너뛰려 하고 있다.

"아 곧 떨어진당게! 그 막대로 저 다램지나 때려줬음 쓰겠는디."

계연은 아랫도리를 거진 햇살에 휘언히 드러내인 채 있으면서도, 다래넝쿨 위에서 이쪽을 건너다보고 그 요망스런 턱주가리를 쫑긋거리고 있는 그 다람쥐가 더 안타까운 모양으로 또 이렇게 소리를 질렀다.

"요놈의 다램이가."

성기는 같은 나무 밑 가지에까지 올라갔어야 겨우 계연의 치맛자락을 끌러주고, 그러고는 막대로 다시 조금 전에 다람쥐가 앉아 있던 다래넝쿨을 한번 툭 쳤다. 이 소리에 놀랐는지 산비둘기 몇 마리가 푸드득 하고 아래쪽 머루넝쿨 위로 날아갔다.

"샘물이 있어야 쓰겠는디."

계연은 치맛자락을 걷어올려 이마의 땀을 씻으며 이렇게 말했다.

모퉁이를 돌아 새로운 산줄기를 탈 때마다 연방 더 우악스런 멧뿌리요 어두운 수풀을 지나 환하게 열린 하늘을 내다볼 때마다 바다같이 벌어진 골짜기에 질펀히 차 있느니 머루 다래요 딸기 칡의 넝쿨들이다. 산속으로 산속으로 들어갈수록 여기저기서 난장판으로 뻐꾸기들은 울고 이따금씩 낄낄 하고 골을 건너 날아가는 꿩 울음 소리도 야지[20]의 가을벌레 소리를 듣는 듯 신산[21]할 뿐이었다.

해는 거진 하늘 한가운데를 돌아 바야흐로 불을 끼얹는 듯하고, 어두운 숲 그늘 속에는 해삼만큼씩 한 시커먼 달팽이들이 땅에 붙어 허연 진물을 토하고 있었다.

햇살이 따갑고 땀이 흐르고 목이 마를수록 성기들은 자꾸 넝쿨 속으로만 들짐승처럼 파묻히었다. 나무 딸기 덤불 딸기 머루 다래 오디, 손에 닿는 대로 따서 연방 입으로 가져갔으나 입에 넣으면 눈 녹듯 녹아질 따름 떨적지근한 침을 삼키면 그만이었다. 간혹 이에 걸린다는 것이 아직 익지 않은 풋머루 풋다래요, 딸기 녹은 침물로는 그 쓰고 떫은 것까지 사양 없이 씹어

20) 야지(野地) : 산이 적고 들이 많은 지방.
21) 신산 : (과일, 푸성귀 따위가) 아주 신선함.

넘겨졌다. 처음엔 입술이 먼저 거멓게 열매 물이 들었고 나중엔 온 볼에까지 묻었다. 먹을수록 목이 마른 딸기를 계연은 그 새파란 머루 다래 섞인 둥그런 칡잎으로 하나 가득 따서 성기에게 주었다. 성기는 두 손바닥 위에다 그것을 받아서는 고개를 수그려 물을 먹듯 입을 대어 먹었다. 먹고 난 칡잎은 넝쿨 위로 던져버리고 칡넝쿨이 담뿍 감겨 있는 다래넝쿨 위에 그는 비스듬히 등을 대이고 드러누웠다.

계연은 두 번째 또 칡잎의 것을 성기에게 주었다. 성기는 성가신 듯이 그냥 비스듬히 누운 채 그것을 그대로 입에 들어부어 한입 가득 물고는 남직이를 그냥 넝쿨 위로 던져버렸다. 그리고 그는 곧 코를 골기 시작하였다.

세 번째 칡잎에다 딸기알 머루알을 골라놓은 계연은 그러나 성기가 어느덧 잠이 들어 있음을 보자 아까 성기가 하듯 하여 이번엔 제가 먹어버렸다.

"참 잘도 잔당게."

계연은 혼자말로 중얼거리며 자기도 다래넝쿨에 등을 대이고 비스듬히 드러누워 보았으나 곧 재채기가 났다. 그는 목이 몹시 말랐다. 배도 시장하였다.

갑자기 뻐꾸기 소리가 무서워졌다.

"넝쿨 속에는 샘물이 없는가?"

계연은 넝쿨을 헤치고 한참 들어가다 문득 모과나무 가지에 이러저리 얽히고 주렁주렁 열린 으름[22]넝쿨을 발견하였다.

"이것이 익어 있음 쓰겠는디."

계연은 이렇게 중얼거리며 아직도 파란 오이를 만지듯 한 딴딴한 으름을 제일 큰 놈으로만 세 개를 골라 따 쥐었다. 그리하

22) 으름 : 으름덩굴과의 낙엽활엽덩굴 나무. 길이 5m 내외로 뻗으며 가지는 털이 없고 갈색임. 열매 맛이 좋음. 뿌리는 약용함.

여 한나절 동안 무슨 열매든, 손에 닿는 대로 입에 넣곤 하던 버릇으로 부지중 입으로 가져가 한번 담싹 물어 떼어보았더니 이내 비릿하고 떫스레한 풀 같은 것이 입에 하나 가득 끼었다.

"아 풋내 나!"

계연은 입의 것을 뱉고 나서 성기 곁으로 갔다. 해는 벌써 점심때도 겨운 듯 갈증과 함께 시장기가 잦았다.

"일어나, 샘물 찾아 가장게."

계연은 성기의 어깨를 흔들었다.

성기는 눈을 떴다.

계연은 당황하여 새파란 으름 두 개를 성기의 코끝에 내어밀었다. 성기는 몸을 일으켜 계연의 그 동그스름한 어깨와 목덜미를 껴안았다. 계연의 조그맣고 도톰한 입술에서는 한나절 먹은 딸기 오디 머루다래 으름 들의 달짝지근한 풋내와 함께 황토흙을 찌는 듯한, 향긋한 고기[肉] 냄새가 느껴졌다.

까악까악 하고 난데없는 까마귀 한 마리가 그들의 머리 위로 울며 날아갔다.

"칠불은 아직도 멀지라?"

계연은 다래넝쿨에 걸어두었던 점심을 벗겨 들었다.

5

화갯골로 들어간 체장사 영감은 보름이 넘도록 돌아오지 않았다. 떠날 때 한 말도 있고 하니 지리산 속으로 아주 들어간 모양이라고 옥화와 계연은 생각하고 있었다.

"산중에서 아주 여름을 내시는감네."

옥화는 가끔 이런 말도 하였다. 그리고 그들은 끈기 있게 이야기책을 들고 앉곤 하였다. 계연의 약간 구성진 전라도 지방 토음은 날이 갈수록 점점 더 맑고 처량한 노래조를 띠어왔다.

그 동안 옥화와 계연 사이에 생긴 새로운 사실이 있다면 옥화가 계연의 왼쪽 귓바퀴 위에 있는 조그만 사마귀 한 개를 발견한 것쯤이었다.

어느 날 아침 계연의 머리를 빗어 땋아주고 있던 옥화는 갑자기 정신 잃은 사람처럼 참빗 쥔 손을 부들부들 떨고 있었다.

"어머니, 왜 그리여?"

계연이 놀라 물었으나 옥화는 계연의 두 눈만 멀거니 바라보고 있을 따름 말이 없었다.

"어머니, 왜 그러시여?"

계연이 또 한 번 물었을 때 옥화는 겨우 정신이 돌아오는 듯 긴 한숨을 내쉬며,

"아무것도 아니다."

하고, 다시 빗질을 시작하는 것이었다.

계연은 속으로 이상한 생각이 들었으나 아무것도 아니라는 옥화에게 다시 더 캐어물을 도리도 없었다.

이튿날 옥화는 악양(岳陽)에 볼일이 좀 있어, 다녀오겠노라면서 아침 일찍이 머리를 빗고 떠났다. 성기는 큰방에서 낮잠을 자고 있었다. 소낙비가 왔다. 계연이 밖에서 빨래를 걷어 안고 들어오면서,

"어쩔 꺼나, 어머니 옷 다 젖겠는디!"

하였다. 그의 치맛자락은 바깥 날씨의 추운 비바람을 묻혔다 성기의 자는 낯을 스치게 하였다. 성기는 눈을 뜨는 길로 손을

뻗쳐 계연의 치맛자락을 거머잡았다. 계연은 빨래를 안은 채 고개를 홱 돌이켜 성기의 얼굴을 가만히 바라보았다. 계연의 입가에 바야흐로 조그마한 우물이 패이려 할 때였다. 밖에서 인기척이 났다.

"어머니 옷 다 젖겄는디!"

또 한 번 이렇게 말하며 계연은 청으로 나갔다. 성기는 어느덧 또 코를 골기 시작하였다.

성기가 다시 잠이 깨었을 때는 손님들이 청에서 막걸리를 마시고 있었다. 계연은 그들의 치다꺼리를 해주고 있는 모양으로 부엌에서,

"명태랑 풋고추밖엔 안주가 없는디!"

하는 소리가 났다.

나중 손님들이 돌아간 뒤 성기는 계연더러,

"어머니 없을 땐 손님 받지 말라고."

약간 볼멘소리로 이런 말을 하였다.

"허지만 오늘 해 넘김, 이 술은 시어질 것인디 그냥 두면 어머니 오셔서 화내시지 않을 것이요?"

계연은 성기에게 타이르듯이 이렇게 말했다. 조금 있더니 그는 웃는 낯으로 성기 곁에 다가서며,

"오빠 낼 면경 하나면 사주시오. 똥그란 놈이 꼭 한 개만 있었음 쓰겄는디."

하였다.

이튿날이 마침 장날이라 성기는 점심을 가지고 온 계연에게 미리 사두었던 조그만 면경 하나와 찰떡 한 뭉치를 꺼내주었다.

"아이고머니!"

조선시대 주막의 모습

면경과 찰떡을 보자 계연은 놀란 듯이 소리를 질렀다. 그는 그 꽃같은 두 눈에 웃음을 담뿍 담은 채 몇 번이나 면경을 들여다보곤 하더니 그것을 품속에 넣고는 성기가 점심을 먹고 있는 곁에 돌아앉아, 어느덧 짝짝 소리를 내며 그 떡을 먹고 있었다.

성기는 남이 보지 않게시리 전 앞에 사람 그림자가 얼찐할 때마다 자기의 몸을 이리저리 움직이어 그것을 가리어주곤 하였다. 딴은 떡뿐이 아니라 계연은 참외고 복성이고 엿이고 유과고 일체의 군것을 유달리 좋아하는 성미인 듯하였다. 집 앞으로 혹 참외장사나 엿장사가 지나가는 것을 보거나 하면 계연은 골무를 깁다 말고 바늘겨레²³⁾를 붙이다 말고 뛰어 일어나 그것들이 시야에서 사라질 때까지 멀거니 바라보고 섰곤 하는 것이었다.

한번은 성기가 절에서 내려오려니까 어머니는 어디 갔는지 눈에 뜨이지 않고, 계연만이 청 끝에 걸터앉은 채 이웃 주막의 놈팽이 남자 한 사람과 함께 참외를 먹고 있었다. 성기를 보자 좀 무안스러운 듯이 얼굴을 약간 붉히며 곧 일어나 반가운 표정을 지어 보였다.

"아, 오빠!"

"……."

그러나 성기는 계연에게는 눈도 거들떠보지 않고 그대로 자기의 방으로만 들어가버렸다. 계연은 먹던 참외도 청 끝에 놓은 채 두 눈이 휘둥그래서 성기의 뒤를 따라왔다.

"오빠 왜?"

"……."

"응, 왜 그리여?"

23) 바늘겨레 : 헝겊 속에 솜이나 머리카락을 넣어 바늘을 꽂아 두게 만든 작은 바늘방석.

"……."

그러나 성기는 아무런 대꾸도 없었다. 계연이 두 팔을 성기의 어깨 위에 얹었을 때 성기는 맹렬히 몸을 뒤틀어 계연의 팔을 뿌리치고는 돌연히 미친 것처럼 뛰어들어 계연의 따귀를 때리기 시작하였다.

처음 계연은,

"오빠, 오빠!"

하고 찡그린 얼굴로 성기를 쳐다보며 두 손을 내어밀어 그의 매질을 막으려 하였으나 두 찰 세 찰 철썩철썩 하고 그의 손이 얼굴에 와닿자 계연은 방구석에 가 얼굴을 쿡 처박은 채 얼마든지 그의 매질에 몸을 맡기듯이 하고 있었다.

이튿날 상에 점심을 가지고 온 계연은 그 적고 도톰한 입술을 꼭 다문 채 말이 없었으나 그의 꽃같이 선연한 두 눈에 깊은 적의도 원망도 품어 있지 않은 듯하였다.

그날 밤 계연이 혼자 강가에 나가 있는 것을 보고 성기는 가슴을 울렁거리며 그의 뒤를 쫓아나갔다. 하늘엔 별이 파랗게 나 있었으나 나무 그늘은 강가를 칠야같이 뒤덮어 있었다.

"오빠."

계연은 성기가 바로 그의 곁에까지 왔을 때 뛰어 일어나 성기의 턱 앞으로 바싹 다가 들어서며 낮은 목소리로 이렇게 불렀다.

"오빠, 요즘은 어쩌라꼬 만날 절에만 가 있는 것이여?"

그 몹시도 굴곡이 강렬한 전라도 지방 토음은 이렇게 속삭이었다.

그 즈음 성기는 장을 보러 오는 일 이외에는 절에서 일체 내려오지를 않았다. 옥화가 악양 명도에게 갔다 소낙비에 맞아 돌아온 뒤부터는 어쩐지 그와 계연의 사이를 전과 달리 경계하는 듯한 눈치라, 본래 심장이 약하고 남의 미움 받기를 유달리 싫어하는 그는 그러한 어머니에 대한 노여움도 있고 하여 어쩐지 절에서 배겨나려 했던 것이었다.

그러나 성기가 말끝을 채 맺기도 전에 "계연아 계연아 ──." 하고 또 어느덧 옥화의 계연이 찾는 소리가 들리어, 성기는 콧잔등을 찌푸리며 입을 다물어버렸다.

'아, 어머니도 어쩌면 저다지 야속할까?'

성기는 갑자기 목이 뿌듯해졌다.

반딧불이 지나갔다. 계연은 돌 위에 걸터앉아 손으로 여뀌풀을 움켜잡으며 혼자말같이 또 무어라 속삭이는 것이었으나 냇물 소리에 가리어 잘 들리지 않았다.

이튿날 아침 일찍이 성기가 방안으로 부엌으로 누구를 찾으려는 듯 기웃기웃하다가 좀 실망한 듯한 낯으로 그냥 절로 올라가고 있었을 때, 계연은 역시 이 여뀌풀 있는 냇물가에서 걸레를 빨고 있었던 것이다.

6

사흘 뒤에 성기가 다시 절에서 내려오니까 체장사 영감은 마루 위에서 막걸리를 마시고 있고, 계연은 고개를 떨어뜨린 채 마루 끝에 걸터앉아 있었다. 머리를 감아 빗고 새 옷 ── 새 옷 이래야 전날의 그 항라 적삼을 다시 빨아 다린 것 ──을 갈아 입고 조그만 보따리 하나를 곁에 두고 수심에 잠겨 있던 계연은 성기를 보자 그 꽃같이 선연한 두 눈에 갑자기 기쁨을 띠고 허리를 일으켰다. 그러나 바로 그 다음 순간 그 노기를 띤 듯한 도톰한 입술은 분명히 그들 사이에 일어난 어떤 절박하고 불행한 사실을 전하고 있었다.

막걸리 사발을 들어 영감에게 권하고 있던 옥화는 성기를 보자,

"계연이가 시방 떠난단다."

대번에 이렇게 말했다.

옥화의 말을 들으면 영감은 그 전날 성기가 절로 올라가던 날 저녁 때 돌아왔었더라는 것이었다. 그 이튿날이니까 즉 어저께 영감은 계연을 데리고 떠나려고 하는 것을 하루 더 쉬어 가라고 만류를 해서, 그래, 오늘 아침엔 일찍 떠난다고 이렇게 막 행장을 채려서 나서는 길이라 하였다.

그러나 이것은 실상 모두 나중 들어서 알게 된 것이었다. 처음 그는 쇠뭉치로 돌연히 머리를 얻어맞은 것같이 골치가 뚱하며, 전신의 피가 어느 한 곳으로 쫙 모이는 듯한 양쪽 귀가 머리 위로 쭝긋이 당기어 올라가는 듯한, 혀가 목구멍 속으로 오그라들어 가는 듯한, 눈 언저리에 퍼어란 불이 펀쩍펀쩍 나는 듯한 어지러움과 노여움과 조마로움이 한데 뭉치어 발끝에서 머리끝까지 그의 전신을 휩쓸어가는 듯하였다. 그는 지금껏 이렇게까지 계연에게 마음이 가 있어, 떨어질 수 없게 되었으리라고는 너무도 뜻밖이었다. 그것이 이제 영원히 헤어지려는 이 순간에 와서야 갑자기 심지에 불을 켜듯 확 타오를 마련이던가, 하는 것이 자꾸만 꿈과 같았다. 자칫하면 체면도 염치도 다 놓고 엉엉 울음이 터질 것만 같이 목이 징징 우는 것을, 그러는

중에서도 이 얼굴을 어머니에게 보여서는 아니된다는 의식에서, 떨리는 입술을 깨물며 마루 끝에 궁둥이를 찧듯 털썩 앉아 버렸다.

"아들이 참 잘생겼소."

영감은 분명히 성기를 두고 하는 말인 모양이었다. 그러나 성기는 그쪽으로 고개도 돌려보지 않은 채, 그들에게 무슨 적의나 품은 듯이 앉아 있었다.

옥화는 그 동안 또 성기에게 역시 그 체장사 영감의 이야기를 해 들려주고 있는 모양이었다 ——지리산 속에서 우연히 옛날 고향 친구의 아들이 된다는 낯선 양반을 만났다. 그는 영감의 고향인 여수에서 큰 공장을 경영하는 실업가로, 지리산 유람을 들어왔다가 이야기 끝에 이 영감과 우연히 알게 되었다. 그는 영감에게 함께 고향으로 돌아가 살자고 한다. 영감은 문득 고향 생각도 날 겸 그 청년의 도움으로 어떻게 형편이 좀 필 것같이도 생각되어 그를 따라 여수로 돌아가기로 결심을 하고 나오는 길이다 —— 옥화가 무어라고 한참 하는 이야기는 대개 이러한 의미인 듯하였으나, 조마롭고 어지럽고 노여움으로 이미 두 귀가 멍멍하여진 그에게는 다만 벌떼처럼 무엇이 왕왕거릴 뿐 아무것도 분명히 들리지 않았다.

"막걸리 맛이 어찌나 좋은지 배가 부르당게."

그 동안 마지막 술잔을 들이켜고 난 영감은 부채와 지팡이를 집어들며 이렇게 말했다.

"여수 쪽으로 가시게 되면 영영 못 보게 되겠구만요."

옥화도 영감을 따라 일어서며 이렇게 말했다.

"사람 일을 누가 알간디, 인연 있음 또 볼 것이지."

영감은 커다란 미투리[24]에 발을 꿰며 말했다.

"아가, 잘 가거라."

옥화는 계연의 조그만 보따리에다 돈이 든 꽃주머니를 넣어주며 하직을 하였다.

계연은 애걸하듯 호소하듯 한 붉은 두 눈으로 한참 동안 옥화의 얼굴을 쳐다보고만 있었다.

"또 오너라."

옥화는 계연의 머리를 쓸어주며 다만 이렇게 말하였고, 그러자 계연은 옥화의 가슴에다 얼굴을 묻으며 엉엉 소리를 내어 울기 시작하였다.

옥화는 계연의 그 물결같이 흔들리는 동그스름한 어깨를 쓸어주며,

"그만 울어. 아버지 저기 기다리고 계신다."

하였다. 그의 음성도 이젠 완전히 풀이 죽어 있었다.

"그럼 편히 계시오."

영감은 옥화에게 하직을 하였다.

"하라부지 거기 가보시고 살기 여의찮그던 여기 와서 우리한테 삽시다."

옥화는 또 한 번 이렇게 당부하는 것이었다.

"오빠 편히 사시오."

계연은 이미 시뻘겋게 된 두 눈으로 성기의 마지막 시선을 찾으며 이렇게 말했다.

성기는 계연의 이 말에 꿈을 깬 듯, 청에서 벌떡 일어나 계연의 앞으로 당황히 몇 걸음 어뚤어뚤 걸어오다간 돌연히 다시 정신이 나는 듯, 그 자리에 화석처럼 발이 붙어버린 채, 한참 동

24) 미투리 : 삼·노 따위로 삼은 신. 흔히 날이 여섯 개로 되어 있음.

안 장승같이 계연의 얼굴만 멍하게 바라보고 있었다.

"오빠 편히 사시오."

이렇게 두 번째 하직을 하는 순간까지도 계연의 그 시뻘건 두 눈은 역시 성기의 얼굴에서 그 무슨 기적과도 같은 새로운 명령만을 기다리는 것이었고 그러나 성기는 그 자리에 주저앉아버릴 뻔하다가 겨우 버드나무에 몸을 기댈 수 있었을 뿐이었다.

계연의 시뻘겋게 상기한 얼굴은 거기 옥화와 그의 아버지가 그들을 지켜보고 있다는 것도 잊은 듯이 성기의 얼굴만 바라보고 있었으나, 버드나무에 몸을 기대인 성기의 두 눈엔 다만 불꽃이 활활 타오를 뿐, 아무런 새로운 명령도 기적도 나타나지 않았다. 저만치 가고 있는 계연의 항라 적삼을, 고운 햇빛과 늘어진 버들가지와 산울림처럼 울려오는 뻐꾸기 울음 속에 멀거니 바라보고만 서 있는 성기일 뿐이었다.

장터 위를 지나, 비스듬히 올라간 산모퉁이를 돌아 길은 구례 쪽으로 나고 모퉁이를 도는 곳에 늙은 소나무 한 나무가 서 있었다. 계연은 이 소나무 밑까지 오자 소나무 둥치에다 얼굴을 대이고 서서 한나절 동안이나 소리를 내어 울고 갔다……하는 것을, 그러나 그 이듬해 늦은 봄에야 성기는 알게 되었다.

7

성기가 다시 자리에서 일어나게 된 것은 이듬해 우수(雨水)[25] 경칩(驚蟄)[26]도 다 지나, 청명(淸明)[27] 무렵 비가 질금거리는 때였다. 주막 앞에 늘어선 버들가지는 다시 실같이 늘어지고 살구 복숭아 진달래 들이 골목 사이로 산기슭으로 울긋불

25) 우수 : 2월 18일 경으로, 입춘과 경칩 사이에 있음.

26) 경칩 : 우수의 다

굿 피고 지고 하는 날이었다.

아들의 미음 상을 차려 들고 들어온 옥화는 성기가 미음 그릇 비우는 것을 본 뒤 이렇게 물었다.

"아즉도, 너, 함경도 쪽으로 가보고 싶냐?"

"……."

성기는 조용히 고개를 돌렸다.

"여기서 장가들어 살겠냐?"

"……."

성기는 역시 고개를 돌렸다.

—— 그 해 아직 봄이 오기 전 보는 사람마다 성기의 회춘[28]을 거진 다 단념하곤 하였을 때, 옥화는 이왕 주고 말 것이라면 어미의 심정이나 알고 가라고, 그래 그 체장사 영감은 서른여섯 해 전 남사당을 꾸며 와 이 화개장터에 하룻밤을 놀고 갔다는, 자기의 아버지임에 틀림이 없었다는 것과, 계연은 그 왼쪽 귓바퀴 위의 사마귀로 보아 자기의 동생임이 분명하더라는 것을, 통정하노라면서 자기의 같은 왼쪽 귓바퀴 위의 검정 사마귀까지를 그에게 보여주곤 하였다.

"나도 처음부터 영감 이야기를 듣고 가슴이 섬뜩하긴 했다. 그렇지만 설마했지 그렇게 남의 간을 뒤집어놓을 줄이야 알었나! 하도 아슬해서 이튿날 악양으로 가 명도까지 불러봤드니, 요것도 남의 속을 빤히 들여다보는 듯이 재출대는구나, 차라리 망신을 했지."

옥화는 잠깐 말을 그쳤다. 성기는 두 눈에 불을 켜듯 한 형형한 광채를 띠고 그 어머니의 얼굴을 쳐다보고 있었다.

"차라리 몰랐으면 또 모르지만 한번 알고 나서야 인륜이 있

음으로 양력 3월 5일 경.

27) 청명 : 춘분과 곡우 사이에 있으며, 4월 5일 경이 됨.

28) 회춘(回春) : 중한 병에서 회복되어 건강을 되찾는 것.

는데 어쩌겠냐."

그리고, 부디 에미 야속타고나 생각지 말라고, 옥화는 아들
의 뼈만 남은 손을 잡고서 눈물을 떨어뜨렸다.

옥화의 이 마지막 하직같이 하는 통정 이야기에 의외로도 성
기는 도로 힘을 얻은 모양이었다. 그 불타듯 한 형형한 두 눈으
로 천장을 한참 바라보고 있던 성기는 무슨 새로운 결심이나
하듯 입술을 지그시 깨물고 있었다 ——.

아버지를 찾아 함경도 쪽으로 가볼 생각도 없다. 집에서 장
가들어 살림을 할 생각도 없다, 하는 아들에게 그러나 옥화는
전과 같이 이제 고지식한 희망을 두는 것도 아니었다.

"그럼 어쩔라냐 너 졸 대로 해라."

"……."

성기는 아무런 말도 없이 도로 자리에 드러누워버렸다.

8

그러고 나서 한 달포나 넘어 지난 뒤였다.

성기가 좋아하는 여러 가지 산나물이 화갯골에서 연달아 자
꾸 내려오는 이른 여름의 어느 장날 아침이었다. 두릅 회에 막
걸리 한 사발을 쭉 들이켜고 난 성기는 그 어머니에게,

"어머니, 나 엿판 하나만 맞춰주."
하였다.

"……."

옥화는 갑자기 무엇으로 얻어맞은 듯이 성기의 얼굴을 뻔히
바라보고 있었다.

그런지도 다시 한 보름이나 지나, 뻐꾸기는 또다시 산울림처럼 유창하게 울고 늘어진 버들가지엔 햇빛이 젖어 흐르는 아침이었다. 새벽녘에 잠깐 가는 비가 지나가고, 날은 다시 유달리 맑게 개인 화개장터 가름길 위에서, 성기는 그 어머니와 하직을 하고 있었다. 갈아입은 옥양목 고이 적삼에 명주 수건까지 머리에 동여매고 난 성기는 새로 맞춘 새하얀 나무 엿판을 질빵[29]해서 느직하게 엉덩이 즈음에다 걸고 있었다. 윗목판에는 새하얀 가락엿이 반 넘어 들어 있었고 아랫목판에는 팔다 남은 이야기책 몇 권과 간단한 방물[30]이 좀 들어 있었다.

그의 발 앞에는 물과 함께 갈리어 길도 세 갈래로 나 있었으나 화갯골 쪽엔 처음부터 등을 지고 있었다. 동남으로 난 길은 하동, 서남으로 난 길이 구례, 작년 이맘때도 지나 계연이 한나절이나 얼굴을 대이고 울고 갔다는 늙은 소나무는 올해도 비스듬히 고개져 돌아간 구렛길 산모퉁이에 그냥 서 있었다. 그러나 그 소나무를 한참 동안 바라보고 서 있던 성기는 어느덧 몸을 돌이켜 하동 쪽을 향해 발을 떼어놓았다.

한 걸음 한 걸음 발을 옮겨놓을수록 그의 마음은 한결 경쾌하여져, 멀리 버드나무 사이에서 그의 뒷모양을 바라보고 서 있을 그의 어머니의 주막이 그의 시야에서 완전히 사라져갈 무렵하여서는, 육자배기 가락으로 제법 콧노래까지 흥얼거리며 가고 있는 것이었다.

29) 질빵 : 끈으로 만들어 등에 멜 수 있게 만든 것.
30) 방물 : 여자에게 쓰이는 화장품, 바느질 기구, 패물 따위의 물건.

소년 엿장수

- 갈래 : 단편 소설.
- 주제 : 운명에의 순응과 그에 따른 인간의 구원.
- 배경 : 시간적 — 구체적인 시간은 나오지 않음.

  공간적 — 전라, 경상도의 경계 지역인 화개장터.
- 시점 : 전지적 작가 시점.

작·품·감·상

〈역마〉는 경상도 하동에서 전라도 지리산으로 오르는 경계에 위치한 '화개 장터'에서부터 시작된다. 그곳에 주막을 차리고 있는 옥화네 집에 체장수 영감 이 찾아왔다가 딸 계연이를 맡기고 장사를 떠나게 된다. 옥화는 자기 아들 성기 가 계연이와 맺어지기를 바라며 그녀를 돌보아 준다. 그런 가운데 성기와 계연 이 역시 서로 좋아하는 사이가 된다. 그러던 어느 날 옥화는 계연이의 귓바퀴에 있는 사마귀를 발견하고는 체장수 영감이 자신의 아버지임을 육감으로 깨닫는 다. 그후 이 사실을 확인한 옥화는 두 사람을 떼어놓는다. 계연이는 다시 돌아 온 할아버지가 데리고 떠나게 되며, 성기 역시 사주에서 예언된 역마살을 따라 엿목판을 지고 방장의 길을 떠난다.

이와 같은 줄거리에서 가장 핵심이 되는 것은 각 인물들의 삶이 자신의 의지 나 선택에 의해서 결정되지 못한다는 점이다. 즉, 그들의 삶은 이미 운명적으로 주어져 있어 주어진 삶의 테두리에서 아무리 발버둥쳐 봤자 벗어날 수 없는 것 이다.

옥화 어머니는 꼭 하룻밤 놀다 갔다는 젊은 남사당의 노랫가락에 반해 옥화를 낳게 되었으며, 옥화 역시 구름같이 떠돌아다니는 중과의 인연으로 성기를 낳는다. 그리고 성기 역시 어디론가 떠난다. 따라서, 이미 성기의 할머니에게서 부터 옥화와 성기의 떠돌이 운명은 결정되어 있는 것이며, 성기 역시 운명에 따라 자신에게 주어진 길을 받아들이는 것이다. 여기에는 토착화된 불교의 윤회설이 스며들어 있으며 동양적 운명애가 깔려 있다.

자신이 처한 운명의 한계를 비로소 깨달은 성기는 자연적 과보의 질서에 순응하기 위해 정처 없는 방랑의 길을 떠난다. 만약 그것마저 거부한다면, 중병보다 더 혹독한 시련인 죽음의 형벌로부터 벗어날 수 없기 때문이다.

〈역마〉에 짙게 드리워진 비극의 어두운 그늘은 당사주의 역마살에 근거한 동양적 숙명관과 불교의 윤회설 등과 같은 묵중한 신비주의에 크게 영향받고 있다.

〈무녀도〉〈황토기〉〈바위〉 등에서 보는 바와 같이 다소간 주술적이기도 했던 김동리의 소설이 〈역마〉에 이르러서는 초월적인 생의 존재 방식을 드러내는 반문화적, 반근대적 성격을 다시 한번 아름답고 황홀하게 치장함으로써 그의 장인 기질을 유감없이 발휘하고 있다. 그러나 그가 아득한 허무적 비애감의 심연에 깊이 빠져들게 됨으로써 그만큼 해방기의 동시대가 요구하는 현실적 당면 과제 내지 고유한 역사 경험을 외면했다는 비판도 없지 않다.

1. '화개장터'는 어떤 의미를 갖는가 써라.

_____

_____

2. 작품에 등장하는 인물들이 가는 길에는 어떤 힘에 이끌리는 듯하다. 그들을 이끄는 어떤 힘이란 무엇인가 써라.

_____

_____

3. 옥화 어머니와, 옥화, 그리고 성기에게는 공통된 운명과 만난다. 그것이 무엇인가 써라.

_____

_____

1. '집합'의 의미가 있으나, 그보다 전라도와 경상도의 각기 다른 지방문화와 생활용품이 그곳에서 합쳐진다는 의미가 있다.

2. 자신의 의지에 의해 인생의 길을 걷는 것이 아니라 이미 결정된 '운명'에 이끌려 간다.

3. 불교의 윤회설

5

복덕방(福德房)

이 태 준

작·가·소·개

1904년 11월 강원도 철원 무장면에서, 아버지 이문교(李文敎)와 그의 소실인 순흥 안씨 사이에서 서자로 태어났다. 그러나 아버지 이문교는 35세를 일기로 블라디보스톡에서 객사하고 1912년 겨울 어머니는 조국에 귀국한 뒤 세상을 떠나 이태준은 고아가 된다. 이 때 이태준의 나이는 9세, 1915년 상허 이태준은 5촌 댁에 입양 형식으로 보내졌다가 오래 있지 못하고 다시 용담으로 돌아와 봉명학교에 입학 1918년 이 학교를 우등으로 졸업하며, 그러나 이때 이미 감수성이 예민하였던 그는 양친을 잃은 데 대해 한탄하고 울기도 하였다고 한다.

이후 서울로 올라온 이태준은 1920년 배재학당에 응시 합격하였으나 입학금이 없어 등록을 못하고, 한 상회에서 일을 하고 야학을 다니며 공부를 하였다. 1921년 휘문 고등보통학교에 입학하였으나 학비와 생활비 조달 문제로 결석일수가 많아 1924년 결국 퇴학당한다. 그러나 재학 중, 그의 성적은 우수하였으며, 이때 많은 문학 작품을 탐독하였으며, 교지인《휘문》지에 가람 이병기 선생이 가려 뽑은 글이 6편이나 한꺼번에 수록되기도 할 만큼 그의 글재주는 뛰어남이 인정되었다.

스물한 살 되던 해인 1925년에 동경에서 처녀작〈오몽녀(五夢女)〉를 써서《조선문단》7월호에 입선했는데 정작 발표되기는《시대일보》7월 13일

자에 의해서였다. 1926년 동경 상지대학 예과에 입학, 그러나 이 학교에서
도 고학생활과 굶주림, 병과 고독감을 견디기 힘들어 1924년 중퇴하고 귀
국하였다. 귀국후 모교인 휘문고보와 신문사 등 취직 자리를 찾아 전전하지
만 찾지 못한다.

　1929년 25세 때 드디어 《개벽》사에 취직이 되어 일하는 한편 《학생》,
《신생》지의 편집에 관여하면서 《어린이》지에 수필 및 소년물을 발표하기
시작하였다. 1930년 5월에 이화여전 음악과를 졸업한 이순옥(李純玉)과
결혼. 27세에 《중외일보》 기자, 그 신문이 폐간되고 이름을 바꾸어 《조선중
앙일보》로 되자 그곳에 눌러앉아 학예부장으로 일하게 된다.

　한편 정지용, 이효석, 김기림, 조용만 등과 '구인회(九人會)'를 만들어 당
시 좌익 계열의 카프 문인들이 소리 높여 문학의 실천성을 주장하는 행태에
대응해 예술성을 중시하는 문학 분위기를 형성하였다. 이 때 그의 나이 스
물아홉 살로 꾸준히 작품을 발표하여 중견 작가로 대접받던 시절이다.
1942년 제2회 조선예술상을 수상했으며, 제1회 수상자는 이광수이다.
1943년 일제의 탄압이 극에 달하자 문필활동을 끊고 철원에 칩거, 용담의
한내천에서 낚시질로 소일하며 조국 광복을 기다렸다. 1946년에 발표한
〈해방전후〉가 이 시기의 체험을 자전적으로 그린 작품이다.

　1945년, 그가 마흔한 살 되던 해 8월 16일 한내천에서의 피신생활, 낚시
질 소일로부터 상경하여 임화, 김남천 등과 함께 조선문학 건설본부라는 명
칭의 좌익 문학운동에 참여하기 시작하였다.

　1946년 2월 8일, 서울 종로에 있는 기독교 청년회관에서 열린 전국문학
자 대회에 의장단의 한 사람으로 앞장서 참가하였고, 당시 조선문학가동맹
의 중앙집행 위원회에서 발표한 임원 가운데 위원장 홍명희, 부위원장에는
이병기와 함께 그가 선임되었다.

　1946년 2월 15일에서 16일 사이 민주주의 민족전선 결성대회 대의원·
의장단 일원으로 홍명희와 함께 38선을 넘어 북으로 갔다. 그러나 월북한
이후의 창작의 방향은 급격히 바뀌어 북한 체제에 대한 찬양, 고무로 일관
하게 되며, 그러나 1956년 1월 13일 숙청당해 그후 오늘까지 정확히 그의
신변에 대한 보고가 없다.

- 안 초시 : 여러 차례에 걸친 사업의 실패로 몰락하여 서 참의의 복덕방에 신세를 지고 있는 늙은이. 재기를 위해 애쓰다가 실패하여 음독 자살함.
- 서 참의 : 한말에 훈련원 참의로 있다가 지금은 복덕방을 차려 그다지 어려움이 없이 살아가는 노인.
- 박희완 : 대서업을 한다고 일어공부를 한다. 부동산에 대한 정보를 안 초시에게 제공한다.
- 안경화 : 안 초시의 딸로 현대 무용가. 가식적인 인물.

줄·거·리

안 초시는 열심히 주먹구구로 돈 계산을 하고 있다. 만 원만 들이면 그게 얼마인가, 그는 벌떡 일어났다. 주머니에는 단돈 십 전, 그도 안경다리를 고친다고 벌써 세 번짼가 딸에게서 사오십 전씩 얻어 번번이 담배값으로 쓰고 최후의 십 전이 남았다.

이 복덕방에는 흔히 세 늙은이가 모였다. 주인은 서 참의이다. 합방 후 다섯 해를 논 뒤, 별수가 없어 심심파적으로 이 가옥 중개업을 냈다. 집값이 오르는 때문에, 봄 가을로 어떤 달에는 삼사백 원의 수입이 있어, 가회동에 수십 칸의 집을 세우고, 창동 근처에도 땅을 장만하였다. '세상은 먹구살게 마련이다.' 박희완 영감도 세 영감 중 하나로 안 초시처럼 이 복덕방에 와 자기까지는 안 하나 꽤 쑥쑥이 놀러 오는 늙은이다. 그는 대서업을 하겠다며 속독국어교본(일본어교본)을 노상 끼고 공부를 한다. 안 초시의 딸은 평양으로 대구로 다니며 제법 돈 양이나 걷힌 것 같으나 그 애비를 위해 쓸 돈은 예산에서부터 들지 못하는 모양이다. 그러면서 아버지 보험(생명보험)료만 해두 한 달에 삼 원 팔십 전씩 나간다고 한다. '그게 정말 날 위한 거문 살아서 한 푼이라두 다구 죽은 뒤에 내가 알게 뭐냐' 하는 소리가 나오는 것을 억지로 참았다.

황해 연변에 제이의 나진이 생기는 데, 지금 관에서 그 용지를 비밀리 매수한다는 것이다. 안 초시는 이 사실을 딸에게 알렸고 딸은 연구소 집을 어느 신탁회사에 넣고 삼천 원을 돌려 땅을 매입했다.

일 년이 지났다. 모두 꿈이었다. 그것은 관의 모 유력자라는 사람이 잘못 알고 투자한 자신의 매입부지를 다시 팔기 위해 꾸민 일이었다. 참의는 요즘 와서 울기 잘하는 안 초시를 위로해 주려 엊저녁에는 청요리집으로 추탕집으로 두 점이 넘도록 돌아다니고 보니 머리가 떵했다. 조반을 대충하고, 안 초시를 끌고 나와 해장술이나 먹으려고 복덕방에 오니 아직 문이 열리지 않았다. 미닫이를 밀어제치자, 그는 피를 흘리고 죽어 있었다. 무슨 약을 먹은 듯했다. 자식에게 먼저 알렸다. 딸은 자신의 명예를 생각해서라도 비밀을 지켜달라는 것이다. 참의는 그 대신 그를 위해 든 보험을 그를 위해 모두 쓸 것을 약속 받았다. 안 초시의 소위 영결식은 그 딸의 연구소 마당에서 열렸다.

영결식장에는 제법 반반한 조객들이 모였다. 모두 딸인 안경화를 보아 찾아온 사람들 같다. 그들의 분향이 거의 끝났을 때 얼굴이 시뻘건 서 참의도 나섰다. 분향을 하고 조사를 하였다. '자네 참 호사야, 잘 죽었느니, 자네 살았으문 이런 호살 해보겠나? 인전 안경다리 고칠 걱정두 없구.' 박희완 영감이 참의를 밀어냈다. 그리고 터져나오는 울음을 울었다. 서 참의와 박희완 영감은 묘지까지 갈 작정이었으나 거기 모인 사람들이 하나도 마음에 들지 않아 도로 술집으로 내려오고 말았다.

복덕방(福德房)

이태준

철썩, 앞집 판장 밑에서 물 내버리는 소리가 났다. 주먹구구에 골똘했던 안 초시에게는 놀랄 만한 폭음이었던지, 다리 부러진 돋보기 너머로, 똑 먹이를 쪼으려는 닭의 눈을 해 가지고 수채[1] 구멍을 내다본다. 뿌연 뜨물에 휩쓸려 나오는 것이 여러 가지다. 호박 꼭지, 계란 껍질, 거피해 버린 녹두 껍질.

"녹두 빈자떡을 부치는 게로군 흥……."

한 오륙 년째 안 초시는 말끝마다 '젠−장…'이 아니면 '흥!' 하는 코웃음을 잘 붙였다.

"추석이 벌써 낼 모래지! 젠−장……."

안 초시는 저도 모르게 입맛을 다셨다. 기름내가 코에 풍기는 듯 대뜸 입 안에 침이 흥건해지고 전에 괜찮게 지낼 때, 충치니 풍치니 하던 것은 거짓말이었던 것처럼 아래 웃니가 송곳 끝같이 날카로워짐을 느꼈다.

안 초시는 그 날카로워진 이를 빈 입인 채 빠드득 소리가 나게 한 번 물어 보고 고개를 들었다.

하늘은 천리같이 트였는데 조각 구름들이 여기저기 널렸다. 어떤 구름은 깨끗이 바래 말린 옥양목[2]처럼 흰빛이 눈이 부시다. 안 초시는 이내 자기의 때묻은 적삼 생각이 났다. 소매를 내려다보는 그의 얼굴은 날래 들리지 않는다. 거기는 한 조박의 녹두 빈자나 한 잔의 약주로써 어쩌지 못할, 더 슬픔과 더 고적

1) 수채 : 집 안에서 버린 허드랫물이나 빗물이 흘러나오도록 만든 시설.

2) 옥양목 : 생목보다 빛이 고운 무명의 피륙, 빛이 아주 곱고 얇음.

함이 품겨 있는 것 같았다.

혹혹 소매 끝을 불어보고 손끝으로 투겨 보기도 하다가 목침[3] 을 세우고 눕고 말았다.

3) 목침 : 나무로 만든 베개.

"이사는 팔하고 사오는 이십이라 천이 되지……. 가만……. 천이라? 사루 했으니 사천이라 사천 평……. 매 평에 아주 줄여 잡아 오 원씩만 하게 돼두 사 원 칠십오 전씩이 남으니 그 럼……. 사사는 십륙, 일만 육천 원 하구……."

안 초시가 다시 주먹구구를 거듭해서 얻어낸 총액이 일만 구 천 원, 단 천 원만 들여도 일만 구천 원이 되리라는 심속이니, 만 원만 들이면 그게 얼만가? 그는 벌떡 일어났다. 이마가 화끈 해졌다. 되사렸던 무릎을 얼른 곧추세우고 뒤나 보려는 사람처 럼 쪼그렸다. 마코갑이 번연히 빈 것인 줄 알면서도 다시 집어 다 눌러보았다. 주머니에는 단돈 십 전, 그도 안경다리를 고친 다고 벌써 세 번짼가 네 번짼가 딸에게서 사오십 전씩 얻어 가 지고는 번번이 담배값으로 다 내어 보내고 말던 최후의 십 전, 안 초시는 주머니에 손을 넣어 그것을 집어내었다. 백통화 한 푼을 얹은 야윈 손바닥, 가만히 떨리었다. 서 참의(徐參議)의 투박한 손을 생각하면 너무나 얇고 잘망스러운 손이거니 하였 다. 그러나, 이따금 술잔을 얻어먹고, 이렇게 내 방처럼 그의 복 덕방에서 잠까지 빌어 자건만 한번도, 집 거간이나 해먹는 서 참의의 생활이 부럽지는 않았다. 그래도 언제든지 한번쯤은 무 슨 수가 생겨 다시 한 번 내 집을 쓰게 되고, 내 밥을 먹게 되고, 내 힘과 내 낯으로 다시 한 번 세상에 부딪쳐 보려니 믿어졌다.

초시는 전에 어떤 관상쟁이의 '엄지손가락을 안으로 넣고 주먹을 쥐어야 재물이 나가지 않는다.' 는 말이 생각났다. 늘 그

렇게 쥐노라고는 했지만 문득 생각이 나서 내려다볼 때는 으레
엄지손가락이 얄밉도록 밖으로 쥐어져 있었다. 그래 드팀전[4]
을 하다가도 실패를 하였고, 그래 집까지 잡혀서 장전[5]을 내었
다가도 그만 화재를 보았거니 하는 것이다.

'이놈의 엄지손가락아 안으로 좀 들어가아, 젠-장.'
하고 연습삼아 엄지손가락을 먼저 안으로 넣고 아프도록 두 주
먹을 꽉 쥐어 보았다. 그리고 당장 내어 보낼 돈이면서도 그 십
전짜리를 그렇게 쥔 주먹에 단단히 넣고 담배가게로 나갔다.

이 복덕방에는 흔히 세 늙은이가 모였다.
언제, 누가 와서, 집 보러 가잴지 몰라, 늘 갓을 쓰고 앉아서
행길을 잘 내다보는, 얼굴 붉고 눈방울 큰 노인은 주인 서 참의
이다. 참의로 다니다가 합병 후에는 다섯 해를 놀면서 시기를
엿보았으나 별수가 없을 것 같아서 이럭저럭 심심 파적으로 갖
게 된 것이 이 가옥 중개업(家屋仲介業)이었다. 처음에는 겨우
굶지 않을 만한 수입이었으나 대정 팔구 년 이후로는 시골 부
자들이 세금(稅金)에 몰려, 혹은 자녀들의 교육을 위해 서울로
만 몰려들고, 그런데다 돈은 흔해져서 관철동(貫鐵洞), 다옥정
(茶屋町) 같은 중앙 지대에는 그리 고옥만 아니면 만 원대를 예
사로 훌훌 넘었다. 그 판에 봄가을로 어떤 달에는 삼사백 원 수
입이 있어, 그러기를 몇 해를 지나 가회동(嘉會洞)에 수십 간의
집을 세웠고 또 몇 해 지나지 않아서는 창동(倉洞) 근처에 땅을
장만하기 시작하였다. 지금은 중개업자도 많이 늘었고 건양사
(建陽社) 같은 큰 건축 회사(建築會社)가 생겨서 당자끼리 직
접 팔고 사는 것이 원칙처럼 되어 가기 때문에 중개료의 수입

은 전보다 훨씬 줄은 셈이다. 그러나 이십여 간 집에 학생을 치고 싶은 대로 치기 때문에 서 참의의 수입이 없는 달이라고 쌀 값이 밀리거나 나무값에 졸릴 형편은 아니다.

"세상은 먹구 살게는 마련야……."

서 참의가 흔히 하는 말이다. 칼을 차고 훈련원에 나서 병법을 익힐 때는, 한번 호령만 하고 보면 산천이라도 물러설 것 같던, 그 기개와, 오늘의 자기, 한낱 가쾌[家僧][6]로 복덕방 영감으로 기생, 갈보 따위가 사글세방 한 간을 얻어 달래도 녜– 녜– 하고 따라 나서야 하는, 만인의 심부름꾼인 것을 생각하면 서글픈 눈물이 아니 날 수도 없는 것이다. 워낙 술을 즐기기도 하지만 어떤 때는 남 몰래 이런 감회(感懷)를 이기지 못해서 술집에 들어선 적도 여러 번이다.

그러나 호반[武人]들의 기개란 흔히 혈기(血氣)에서 나오는 것이기 때문인지 몸에서 혈기가 줆에 따라 그런 감회를 일으킴조차 요즘은 적어지고 말았다. 하루는 집에서 점심을 먹다 듣노라니 무슨 장사치의 외우는 소리인데 이상히 귀에 익은 목청이 들렸다. 자세히 귀를 기울이니 점점 가까이 오는 소리인데 제법 무엇을 사라는 소리가 아니라 '유리병이나 간장통 팔거– 쏘–.' 하는 소리이다. 그런데 그 목청이 보면 꼭 알 사람 같애, 일어서 마루 들창으로 내어다 보니 이번에는 '가마니나 신문 잡지나 팔거–쏘–.' 하면서 가마니 두어 개를 지고 한 손에는 저울을 들고 중노인이나 된 사람이 지나가는데 아는 사람은 확실히 아는 사람이다. 그러나 그를 어디서 알았으며 성명이 무엇이며 애초에는 무엇을 하던 사람인지가 감감해지고 말았다.

"오라! 그렇군…… 분명……."

6) 가쾌[家僧] : 집주름, 집 흥정을 붙이는 일을 업으로 삼는 사람.

하고 그는 한참만에 고개를 끄덕였다. 그 유리병과 간장 통을 외우는 소리가 골목 안으로 사라져 갈 즈음에야 서 참의는 그가 누구인 것을 깨달아 낸 것이다.

"동관 김 참의…… 허!"

나이는 자기보다 훨씬 연소하였으나 학식과 재기가 있는 데다 호령 소리가 좋아 상관에게 늘 칭찬을 받던 청년 무관이었었다. 이십여 년 뒤에 들어도 갈 데 없이 그 목청이요 그 모습이었다. 전날의 그를 생각하고 오늘의 그를 보니 저으기 감개가 사무치어 밥숟가락을 멈추고 냉수만 거듭 마셨다.

그러나 전에 혈기 있을 때와 달리 그런 기분이 오래 가지는 않았다. 중학교 졸업반인 둘째 아들이 학교에 갔다 들어서는 것을 보고, 또 싸전에서 쌀값 받으러 와 마누라가 선선히 시퍼런 지전을 내어 헤이는 것을 볼 때 서 참의는 이내 속으로

'거저 살아야지 별수 있나. 저렇게 개가죽을 쓰고 돌아다니는 친구도 있는데…… 에헴.'

하였을 뿐 아니라 그런 절박한 친구에다 대면 자기는 얼마나 훌륭한 지체냐 하는 자존심도 없지 않았다.

"지난 일 그까짓 생각할 건 뭐 있나. 사는 날까지…… 허허."

여생을 웃으며 살 작정이었다. 그래 그런지 워낙 좀 실없는 티가 있는 데다 요즘 와서는 누구에게나 농지거리가 늘어갔다. 그래 늘 눈이 달리고 뿌르퉁한 입으로는 말끝마다 젠—장 소리만 나오는 안 초시와는 성미가 맞지 않았다.

"쫌보야 술 한잔 사주랴?"

쫌보라는 말이 자기를 업수이 여기는 것 같아서 안 초시는 이내 발끈해 가지고

"네깟놈 술 더러워 안 먹는다."

한다.

"화토패나 밤낮 떼면 너이 어멈이 살아온다던?"

하고 서 참의가 발끝으로 화투장들을 밀어 던지면 그만 얼굴이 새빨개져서 쌔근쌔근하다가 부채면 부채, 담배갑이면 담배갑, 자기의 것을 냉큼 집어들고 다시 안 올 듯이 새침해 나가 버리는 것이다.

"조게 계집이문 천생 남의 첩감이야."

하고 서 참의는 껄껄 웃어 버리나 안 초시는 이렇게 돼서 올라가면 한 이틀씩 보이지 않았다.

한 번은 안 초시의 딸의 무용회(舞踊會) 날 밤이었다. 안경화(安京華)라고, 한동안 토월회(土月會)[7]에도 다니다가 대판(大阪)에 가 있느니 동경(東京)에 가 있느니 하더니 오륙 년 뒤에 무용가노라 이름을 날리며 서울에 나타나게 된 것이다. 바로 제일회 공연날 밤이었다. 서 참의가 조르기도 했지만, 안 초시도 딸의 사진과 이야기가 신문마다 나는 바람에 어깨가 으쓱해서 공표를 얻을 수 있는 대로 얻어 가지고 서 참의뿐 아니라 여러 친구를 청했던 것이다.

"허! 저기 한가운데서 지금 한창 다리짓 하는 게 자네 딸인가?"

남은 다 멍멍히 앉았는데 서 참의가 해괴한 것을 보는 듯, 마땅치 않은 어조로 물었다.

"무용이란 건 문명국일수록 벗구 한다네그려."

약기는 한 안 초시는 미리 이런 대답을 하였다.

"모르겠네 원……. 지금 총각 놈들은 모두 등신인가 봐……."

7) 토월회(土月會) :
1922년 동경 유학생이 조직한 신극의 극단 이름. 창립회원으로는 박승희, 김을한, 김기진 등이 중심이 되고 안석주, 원우전 등이 협력함.

"왜?"

하고 이번에는 다른 친구가 탄하였다.

"우린 총각 시절에 저런 걸 봤대문 그냥 못 배기네."

"빌어먹을 녀석……. 나잇값을 못 하구 개야 저건 개……."

벌써 안 초시는 분통이 발끈거려서 나오는 소리였다.

한 가지가 끝나고 불이 환하게 켜졌을 때였다.

"도루, 차라리 여배우 노릇을 댕기라구 그래라. 여배운 그래
두 저렇게 넓적다린 내놓구 덤비지 않더라."

"그 자식 오지랖 경치게 넓네. 네가 안방 건넌방이 몇 칸이요
나 알었지 뭘 쥐뿔이나 안다구 그래? 보기 싫건 나가렴."

하고 안 초시는 화를 빨끈 내었다. 그러니까 서 참의도 안방 건
넌방 말에 화가 나서 꽤 높은 소리로

"넌 또 뭘 아니? 요 쫌보야."

하고 일어서 버렸다.

이 일이 있은 후 안 초시는 거의 달포나 서 참의의 복덕방에
나오지 않았었다. 그런 걸 박희완(朴喜完) 영감이 가서 데리고
왔다.

박희완 영감이란 세 영감 중 하나로 안 초시처럼 이 복덕방
에 와 자기까지는 안 하나 꽤 쏠쏠히 놀러 오는 늙은이다. 아니
놀러 오기만 하는 것이 아니라 와서는 공부도 한다. 재판소에
다니는 조카가 있어 대서업(代書業) 운동을 한다고 속수 국어
독본(速修國語讀本)을 노상 끼고 와서 그 삼국지(三國志) 읽던
투로

"긴상 도꼬에 유끼마쓰까."

어쩌고를 외우고 있는 것이다.

그러나 속수 국어 독본 뚜껑이 손때에 절고, 또 어떤 때는 목침 위에 받쳐 베고 낮잠도 자서 머리 때까지 새까맣게 쩔어 조선 총독부 편찬(朝鮮總督府編纂)이란 잔글자들은 보이지 않게 되도록, 대서업 허가는 의연히 나오지 않는 모양이었다.

"너나 내나 다 산 것들이 업은 가져 뭘 허니 무슨 세월에……
흥!"

하고 어떤 때, 안 초시는 한나절이나 화투패를 떼어 보고 안 떨어지면 그 화풀이로 박희완 영감이 들고 중얼거리는 속수 국어 독본을 툭 채어 행길로 팽개치며 그랬다.

"넌 또 무슨 재술 바라구 밤낮 화토패나 떨어지길 바라니?"

"난 심심풀이지."

그러나 속으로는 박희완 영감보다 더 세상에 대한 야심이 끓었다. 딸이 평양으로 대구로 다니며 지방 순회까지 하여서 제법 돈냥이나 걷힌 것 같으나 연구소를 내노라고 집을 뜯어고친다 유성기를 사들인다 교제를 하러 돌아다닌다 하노라고, 더구나 귀찮게만 아는 이 애비를 위해 쓸 돈은 예산에부터 들지 못하는 모양이었다.

"얘! 낡은 솜이 돼 그런지, 삯바느질이 돼 그런지, 바지 솜이 모두 치어서 어떤 덴 홑옷이야. 암만 해두 사쓸 한 벌 사 입어야겠다."

하고 딸의 눈치만 보아 오다 한번은 입을 열었더니

"어련이 인제 사 드릴라구요."

하고 딸은 대답은 선선하였으나 셔츠는 그해 겨울이 다 지나도록 구경도 못하였다. 셔츠는커녕 안경다리를 고치겠다고 돈 일

원만 달래도 일 원짜리를 굳이 바꿔다가 오십 전 한 닢만 주었다. 안경은 돈을 좀 주무르던 시절에 장만한 것이라 테만 오륙 원 먹은 것이어서 오십 전만으로 그런 다리는 어림도 없었다. 오십 전짜리 다리도 있지만 살 바에는 조촐한 것을 택하던 초시의 성미라 더구나 면상에서 짝짝이로 드러나는 것을 사기가 싫었다. 차라리 종이 노끈인 채 쓰기로 하고 오십 전은 담배값으로 나가고 말았다.

"왜 안경다린 안 고치셨어요?"

딸이 그날 저녁으로 물었다.

"흥⋯⋯."

초시는 말을 하지 않았다. 딸은 며칠 뒤에 또 오십 전을 주었다. 그러면서 어떻게 들으라고 하는 소리인지,

"아버지 보험료만 해두 한 달에 삼 원 팔십 전씩 나가요."

하였다. 보험료나 타먹게 어서 죽어 달라는 소리로도 들렸다.

"그게 내게 상관 있니?"

"아버지 위해 들었지 누구 위해 들었게요, 그럼?"

초시는 '정말 날 위해 하는 거문 살아서 한 푼이라두 다구. 죽은 뒤에 내가 알게 뭐냐.' 소리가 나오는 것을 억지로 참았다.

"오십 전이문 왜 안경다릴 못 고치세요?"

초시는 설명하지 않았다.

"지금 아버지가 좋고 낮은 걸 가리실 처지야요?"

그러나 오십 전은 또 마코값으로 다 나갔다. 이러기를 아마 서너 번째다.

"자식도 소용없어. 더구나 딸자식⋯⋯ 그저 내 수중에 돈이 있어야⋯⋯."

초시는 돈의 긴요성(緊要性)을 날로날로 더욱 심각하게 느꼈다.

"돈만 가지면야 좀 좋은 세상인가!"

심심해서 운동삼아 좀 나다녀 보면 거리마다 짓느니 고층 건축(高層建築)들이요 동네마다 느느니 그림 같은 문화 주택(文化住宅)들이다. 조금만 정신을 놓아도 물에서 가주 튀어나온 미여기처럼 미끈미끈한 자동차가 등덜미에서 소리를 꽥 지른다. 돌아다보면 운전수는 눈을 부릅떴고 그 뒤에는 금시계 줄이 번쩍거리는, 살진 중년 신사가 빙그레 웃고 앉았는 것이었다.

"예순이 낼 모레…… 젠-장할 것."

초시는 늙어 가는 것이 원통하였다. 어떻게 해서나 더 늙기 전에 적게 돈 만 원이라도 붙들어 가지고 내 손으로 다시 한 번 이 세상과 교섭해 보고 싶었다. 지금 이 꼴로서야 문화 주택이 암만 서기로 내게 무슨 상관이며 자동차, 비행기가 개미떼나 파리 떼처럼 퍼지기로 나와 무슨 인연이 있는 것이냐. 세상과 자기와는 자기 손에서 돈이 떨어진, 그 즉시로 인연이 끊어진 것이라 생각하였다.

"그러면 송장이나 다름없지 뭔가?"

초시는 이런 질문을 자신에게 던진 지가 이미 오래였다.

"무슨 수가 없을까?"

또,

"무슨 그루테기가 있어야 비비지!"

그러다가도,

"그래도 돈냥이나 엎질러 본 녀석이 벌기도 하는 게지."

하고 그야말로 무슨 그루터기만 만나면 꼭 벌기는 할 자신은 가졌다.

그러다가 박희완 영감에게서 들은 말이었다. 관변에 있는 모유력자를 통해 비밀리에 나온 말인데 황해 연변(黃海沿邊)에 제이의 나진(羅津)이 생긴다는 말이다. 지금은 관청에서만 알 뿐이나 축항 용지(築港用地)는 비밀리에 매수되었으므로 불원하여 당국자로부터 공표(公表)가 있으리라는 것이다.

"그럼 거기가 황무진가? 전답들인가?"

초시는 눈이 뻘개 물었다.

"밭이라데."

"밭? 그럼 매 평 얼마나 간다나?"

"좀 올랐대. 관청에서 사는 바람에 아무리 시골 사람들이기루 그만 눈치 없겠나. 그래두 무슨 일루 관청서 사는진 모르거던……."

"그래?"

"그래 그리 오르진 않았구……. 아마 평당 이십오륙 전씩이면 살 수 있다나 보데. 그러니 화중지병이지 뭘 허나 우리가……."

"음……."

초시는 관자놀이가 욱신거렸다. 정말이기만 하면 한 시각이라도 먼저 덤비는 놈이 더 남는 판이다. 나진도 오륙 전 하던 땅이 한번 개항된다는 소문이 나자 당년으로 오륙 전의 백배 이상이 올랐고 삼사 년 뒤에는, 땅 나름이지만 어떤 요지(要地)는 천 배 이상이 오른 데가 많다.

"다 산 나이에 오래 끌건 뭐 있나. 당년으로 넘겨두 최소한도

오 원씩야 무려할 테지……."

혼자 생각한 초시는

"대관절 어디란 말야 거기가?"

하고 나앉으며 물었다.

"그걸 낸들 아나?"

"그럼?"

"그 모씨라는 이만 알지. 그러게 날더러 단 만 원이라도 자본
을 운동하면 자기는 거기서도 어디어디가 요지라는 걸 설계도
를 복사해 낸 사람이니까 그 요지만 산단 말이지. 그리구 많이두
바라진 않어. 비용 죄다 제치구 순이익의 이 할만 달라는 거야."

"그럴 테지……. 누가 그런 자국을 일러 주구 구경만 하쟈겠
나……. 이 할이라…… 이 할……."

초시는 생각할수록 이것이 훌륭한, 그 무슨 그루터기가 될
것 같았다. 나진의 선례도 있거니와 박희완 영감 말이 만주국
이 되는 바람에 중국과의 관계가 미묘해지므로 황해 연변에도
으레 나진과 같은 사명을 갖는, 큰 항구가 필요할 것은 우리 상
식으로도 추측할 바이라 하였다. 초시의 상식에도 그것을 믿을
수 있었다.

오늘은 오래간만에 피죤을 사서, 거기서 아주 한 대를 피워
물고 들어왔다. 어째 박희완 영감이 종일 보이지 않는다. 다른
데로 자금 운동을 다니나 보다 하였다. 서 참의는 점심 전에
나간 사람이 어디서 흥정이 하나 떨어지노라고인지 아직 돌아
오지 않는다. 안 초시는 미닫이틀 위에서 다 낡은 화투를 꺼내
었다.

"허, 이거 봐라!"

여간해선 잘 떨어지지 않던 거북패가 단번에 똑 떨어진다. 누가 옆에서 좀 보아 줬으면 싶었다.

"아무래두 이게 심상치 않어……. 이제 재수가 티나부다."

초시는 반도 타지 않은 피죤을 행길로 내어 던졌다. 출출하던 판에 담배만 몇 대를 피우고 나니 목이 컬컬해진다. 앞집 수채에는 뜨물이 떠내려가다 막힌 녹두 껍질이 그저 누렇게 보인다.

"오냐, 내년 추석엔……."

초시는 이날 저녁에 박희완 영감에게서 들은 이야기를 딸에게서 하였다. 실패는 했을지라도 그래도 십수 년을 상업계에서 논 안 초시라 출자(出資)를 권유하는 수작만은 딸이 듣기에도 딴 사람같이 놀라웠다. 딸은 즉석에서는 가부를 말하지 않았으나 그의 머릿속에서도 이내 잊혀지지는 않았던지 다음날 아침에는, 딸 편이 먼저 이 이야기를 다시 꺼내었고, 초시가 박희완 영감에게 묻던 이상으로 시시콜콜이 캐어물었다. 그러면 초시는 또 박희완 영감 이상으로 손가락으로 가리키듯 소상히 설명하였고, 일 년 안에 청장(淸帳)⁸⁾을 하더라도 최소한도로 오십 배 이상의 순이익이 날 것이라고 장담하였다.

딸은 솔깃했다. 사흘 안에 연구소 집을 어느 신탁 회사(信託會社)에 넣고 삼천 원(三千圓)을 돌리기로 하였다. 초시는 금시 발복⁹⁾이나 된 듯 뛰고 싶게 기뻤다.

"서 참의 이놈, 날 은근히 멸시했것다. 내 굳이 널 시켜 네 집보다 난 집을 살 테다. 네깟놈이 천생 가쾌지 별 거냐……."

그러나 신탁 회사에서 돈이 되는 날은 웬 처음 보는 청년 하나가 초시의 앞을 가리며 나타났다. 그는 딸의 청년이었다. 딸은 아버지의 손에 단 일 전도 넣지 않았고 꼭 그 청년이 나서 돈을 쓰며 처리하게 하였다. 처음에는 팩 나오는 노염을 참을 수가 없었으나 며칠 밤을 지내고 나니, 적어도 삼천 원의 순이익이 오륙만 원은 될 것이라 만 원 하나야 어디로 가랴 하는 타협이 생겨서 안 초시는 으실으실 그, 이를테면 사위 녀석 격인 청년의 뒤를 따라 나섰다.

　일 년이 지났다.
　모두 꿈이었다. 꿈이라도 아주 악한 꿈이었다. 삼천 원어치 땅을 사 놓고 날마다 신문을 들여다보며 수소문을 하여도 거기는 축항이 된단 말이 신문에도, 소문에도 나지 않았다. 용당포 (龍塘浦)와 다사도(多獅島)에는 땅 값이 삼십 배가 올랐느니 오십 배가 올랐느니 하고 졸부들이 생겼다는 소문이 있어도 여기는 감감소식일 뿐 아니라 나중에, 역시, 이것도 박희완 영감을 통해서 알고 보니 그 관변 모씨에게 박희완 영감부터 속아 떨어진 것이었다. 축항 후보지로 측량까지 하기는 하였으나 무슨 결점으로인지 중지되고 마는 바람에 너무 기민하게 거기다 땅을 샀던, 그 모씨가 그 땅 처치에 곤란하여 꾸민 연극이었다.
　돈을 쓸 때는 일 원짜리 한 장 만져도 못 봤지만 벼락은 초시에게 떨어졌다. 서너 끼씩 굶어도 밥 먹을 정신이 나지도 않았거니와 밥을 먹으러 들어갈 수도 없었다.
　'재물이란 친자간의 의리도 배추밑 도리듯 하는 건가.'
　탄식할 뿐이었다. 밥보다는 술과 담배가 그리웠다. 물론 안경다리는 그저 못 고쳤다. 그러나 이제는 오십 전 짜리는커녕 단 십 전 짜리도 얻어 볼 길이 없었다.

추석 가까운 날씨는 해마다의 그때와 같이 맑았다. 하늘은 천 리같이 트였는데 조각구름들이 여기저기 널리었다. 어떤 구름은 깨끗이 바래 말린 옥양목처럼 흰 빛이 눈이 부시다. 안 초시는 이번에도 자기의 때묻은 적삼 생각이 났다. 그러나 이번에는 소매 끝을 불거나 떨지는 않았다. 고요히 흘러내리는 눈물을 그 더러운 소매로 닦았을 뿐이다.

여름이 극성스럽게 더웁더니 추위도 그럴 징조인지 예년보다 무서리가 일찍 내렸다. 서 참의가 늘 지나다니는 식은 관사(殖銀官舍)에들 울타리가 넘게 피었던 코스모스들이 끓는 물에 데쳐낸 것처럼 시커멓게 죽고 말았다.

참의는 머리가 띵– 하였다. 요즘 와서 울기 잘하는 안 초시를 한번 위로해 주려, 엊저녁에는 데리고 나와 청요리집으로, 추탕집으로 새로 두 점을 치도록 돌아다닌 때문 같았다. 조반이라고 몇 술 뜨기는 했으나 해도 그냥 뻑뻑하다. 안 초시도 그럴 것이니까 해는 벌써 오정 때지만 끌고 나와 해장술이나 먹으려고 부지런히 내려와 보니, 웬일인지 복덕방이라고 쓴 베발이 아직 내 걸리지 않았다.

"이 사람 봐아…… 어느 땐 줄 알구 코만 고누…….."

그러나 코고는 소리는 들리지 않았다. 미닫이를 밀어제친 서 참의는 정신이 번쩍 났다. 안 초시의 입에는 피, 얼굴은 잿빛이었다.

"아니……?"

참의는 우선 미닫이를 닫고 눈을 부비고 초시를 들여다보았다. 안 초시는 벌써 아니요, 안 초시의 시체일 뿐이었다. 방안을 둘러보니 무슨 약병 하나가 굴러져 있었다.

참의는 한참 만에야 눈물이 나왔다.

"어쩌누 이걸······."

파출소로 갈까 하다 그래도 자식한테 먼저 알려야겠다 하고 말만 듣던 그 안경화 무용 연구소를 찾아가서 안경화를 데리고 왔다. 딸이 한참 울고 난 뒤이다.

"관청에 어서 알려야지?"

"아스세요."

하고 그 딸은 펄쩍 뛰었다.

"아스라니?"

"제 명예도 좀······."

하고 그는 애원하였다.

"안 될 말이지. 명옐 생각하는 사람이 애빌 저 모양으루 세상 떠나게 해?"

"······."

안경화는 엎디어 다시 울었다. 그러다가 나가려는 서 참의의 다리를 끌어안고 놓지 않았다. 그리고

"절 살려 주세요."

소리를 몇 번이나 거듭하였다.

"그럼, 비밀은 내가 지킬 테니 나 하자는 대루 할까?"

"네."

서 참의는 다시 앉았다.

"부친 위해 보험 든 거 있지?"

"네, 간이 보험이야요."

"무슨 보험이던······. 얼마나 타누?"

"사백팔십 원요."

"부친 위해 들었으니 부친 위해 다 써야지?"

"그럼요."

"그럼……, 돌아간 이가 늘 속사쓸 입구퍼 했어. 좋은 털사쓰를 사다 입히구 그 위에 진견으로 수의[10] 일습[11] 잘 허구. 선산이 있나, 묻힐 데가?"

"웬 그런 준비야 있어요."

"그럼 공동 묘지라도 특등지루 넓직하게 사구……. 장례식을 잘 해야 말이지 초라하게 해 버리면 내가 그저 안 있을 게야 알아들어?"

"네에."

하고 안경화는 그제야 핸드백을 열고 눈물 젖은 얼굴을 닦았다.

안 초시의 소위 영결식(永訣式)이 그 딸의 연구소 마당에서 열렸다.

서 참의와 박희완 영감은 술이 거나하게 취해 갔다. 박희완 영감이 무얼 잡혀서 가져왔다는 부의(賻儀) 이 원을 서 참의가

"장례비가 넉넉하니 자네 돈 그 계집애 줄 거 없네."

하고 우선 술집에 들러 거나하게 곱배기들을 한 것이다.

영결식장에는 제법 반반한 조객들이 모여들었다. 예복을 차리고 온 사람도 두엇 있었다. 모두 고인을 알아 온 것이 아니요 무용가 안경화를 보아 온 사람들 같았다. 그 중에는, 고인의 슬픔을 알아 우는 사람인지, 덩달아 기분으로 우는 사람인지 울음을 삼키노라고 끅끅하는 사람도 있었다. 안경화도 제법 눈이 젖어 가지고 신식 상복이라나 공단 같은 새까만 양복으로 관

---

10) 수의 : 염습할 때 시체에 입히는 옷.

11) 일습 : 옷, 기구 따위의 한 벌.

앞에 나와 향불을 놓고 절하였다.

그 뒤를 따라 한 이십 명 관 앞에 와 꿈벅거렸다. 그리고 무어라고 지껄이고 나가는 사람도 있었다.

그들의 분향이 거의 끝난 듯하였을 때

"에헴."

하고 얼굴이 시뻘건 서 참의도 나섰다. 향을 한 움큼이나 집어 놓아 연기가 시커멓게 올려 솟더니 불이 일어났다. 후─ 후─ 불어 불을 끄고, 수염을 한 번 쓰다듬고 절을 했다. 그리고 다시

"헴……."

하더니 조사(弔辭)를 하였다.

"나 서 참의일세. 알겠나? 흥……자네 참 호사(豪奢)야…… 호살세. 잘 죽었느니 자네 살았으문 이런 호살 해보겠나? 인전 안경다리 고칠 걱정두 없구…… 아무턴지……."

하는데 박희완 영감이 들어서더니

"이 사람 취했네그려."

하며 서 참의를 밀어냈다.

박희완 영감도 가슴이 답답하였다. 분향을 하고 무슨 소리를 한 마디 했으면 속이 후련히 트일 것 같아서 잠깐 멈칫하고 서 있어 보았으나,

"으흐윽……."

하고 울음이 먼저 터져 그만 나오고 말았다.

서 참의와 박희완 영감도 묘지까지 나갈 작정이었으나 거기 모인 사람들이 하나도 마음에 들지 않아 도로 술집으로 내려오고 말았다.

작·품·정·리

- 갈래 : 단편 소설.
- 주제 : 일제에 의해 몰락되어 가는 한국인의 우울한 삶의 현실.
- 배경 : 시간적−1930년대.
         공간적−일제에 의해 삶의 기반이 상실된 서울의 변두리.
- 시점 : 전지적 작가 시점.

작·품·감·상

　몰락해 가는 안 초시를 중심으로 서 참의와 박희완이 모여 있는 복덕방을 무대로 한 작품이다.

　구한말 무관이었으며 지금은 가옥 중개업으로 근근히 먹고 사는 주인 서 참의, 재판소에 다니는 조카를 빌미로 대서업을 하려고 운동을 하며 속수 국어 독본을 끼고 다니는 박희완, 무용가 딸을 두고 땅 투기를 하다가 실패한 안 초시가 복덕방을 중심으로 연명해 간다.

　이 작품은 현실에 대해서 정면 대결을 피한 대신, 그 제재로 서민생활의 한 단면을 부각시켰다.

　또한 일제의 가혹한 식민 통치에 의해서 계층과 성격, 세대가 각기 다른 당대 중류 사회 한국인들이 각자 뿌리 박고 서 있어야 할 정신적 · 경제적 기반을 상실하고, 굴절 · 몰락되어 가는 모습을 '복덕방'이라는 작은 공간 속에 압축하여 표현하였다.

　순수한 우리말과 독특한 한자어, 각 처의 방언이 소설 지문에 자주 등장하여 이태준 문장의 아름다움을 보여 준다.

　〈복덕방〉은 노인들의 우울한 사연들이 사회의 구조 속의 이야기보다는 죽음이 예고되어 있는 노년의 눈에 비친 세태 풍경이라는 점에서 이태준 소설 인물의 범박성을 드러낸다.

　또한 인생의 황혼기에 접어든 노인들이 '복덕방'이란 공간 속에서 어떻게 퇴색해 가는지 잘 그려져 있는 이 작품은 작중 인물인 안 초시, 서 참의, 박희완 영감을 통해 당시의 시대 상황까지도 보여 준다. 그들이 세상과 떨어지는 것은 노쇠함만이 아니라 일제 치하에서 각자 뿌리 박고 있는 정신적 기반까지 상실하고 몰락해 가는 과정을 통해 보여 준다.

　이렇듯 소외된 세 노인의 삶의 적응 방식을 세밀히 묘사하여 그들의 고적함과 슬픔을 잘 드러내고 있다.

1. 작품 〈복덕방〉에는 황혼기에 접어든 세 노인이 나온다. 그러나 이들의 생활은 단지 노인이 되었기 때문에 겪는 쓸쓸함만은 아니다. 이들 세 노인의 심정을 나타낸 지문을 찾고 그에 대한 사회적 배경에 대해 써라.

• 안 초시 :

• 서 참의 :

• 박희완 :

2. 다음 지문을 읽고 안 초시의 딸 안경화의 태도에 대해 옹호하는 입장의 글을
써라.

파출소로 갈까 하다 그래도 자식한테 먼저 알려야겠다 하고 말만 듣던
그 안경화 무용 연구소를 찾아가서 안경화를 데리고 왔다. 딸이 한참 울고
난 뒤이다.

"관청에 어서 알려야지?"

"아스세요."

하고 그 딸은 펄쩍 뛰었다.

"아스라니?"

"제 명예도 좀……."

하고 그는 애원하였다.

"안될 말이지. 명옐 생각하는 사람이 애빌 저 모양으루 세상 떠나게 해?"

"……."

안경화는 엎디어 다시 울었다. 그러다가 나가려는 서 참의의 다리를 끌
어안고 놓지 않았다. 그리고,

"절 살려 주세요."

소리를 몇 번이나 거듭하였다.

"그럼 비밀은 내가 지킬 테니 나 하자는 대루 할까?"

"네."

서 참의는 다시 앉았다.

"부친 위해 보험 든 거 있지?"

"네, 간이 보험이야요."

"무슨 보험이던…… 얼마나 타누?"

"사백팔십 원요."

"부친 위해 들었으니 부친 위해 다 써야지?"

"그럼요."

"그럼 …… 돌아간 이가 늘 속사쓸 입구퍼 했어. 좋은 털사쓰를 사다 입히구 그 위에 진견으로 수의 일습 잘허구. 선산이 있나, 묻힐 데가?"

"웬 그런 준비야 있어요."

"그럼 공동 묘지라도 특등지루 널찍하게 사구…… 장례식을 잘해야 말이지 초라하게 해버리면 내가 그저 안 있을 게야 알아들어?"

"네에."

1. · 안 초시 :

안 초시가 다시 주먹구구를 거듭해서 얻어낸 총액이 일만 구천 원, 단 천 원만 들여도 일만 구천 원이 되리라는 심속이니, 만 원만 들이면 그게 얼만가? 그는 벌떡 일어났다. 이마가 화끈해졌다. 되사렸던 무릎을 얼른 곧추세우고 뒤나 보려는 사람처럼 쪼그렸다. 마코갑이 번연히 빈 것인 줄 알면서도 다시 집어다 눌러보았다. 주머니에는 단돈 십 전, 그도 안경다리를 고친다고 벌써 세 번짼가 네 번짼가 딸에게서 사오십 전씩 얻어 가지고는 번번이 담뱃값으로 다 내어 보내고 말던 최후의 십전, 안 초시는 주머니에 손을 넣어 그것을 집어 내었다. 백통화 한 푼을 얹은 야윈 손바닥, 가만히 떨리었다.

· 서 참의 :

서 참의가 흔히 하는 말이다. 칼을 차고 훈련원에 나서 병법을 익힐 때는, 한번 호령만 하고 보면 산천이라도 물러설 것 같던, 그 기개와 오늘의 자기, 한낱 가쾌[家儈]로 복덕방 영감으로 기생, 갈보 따위가 사글세방 한 간을 얻어 달래도 네― 네― 하고 따라나서야 하는, 만인의 심부름꾼인 것을 생각하면 서글픈 눈물이 아니 날 수도 없는 것이다.

워낙 술을 즐기기도 하지만 어떤 때는 남몰래 이런 감회(感懷)를 이기지 못해서 술집에 들어선 적도 여러 번이다.

· 박희완 :

박희완 영감이란 세 영감 중 하나로 안 초시처럼 이 복덕방에 와 자기까지는 안 하나 꽤 쏠쏠히 놀러 오는 늙은이다. 아니 놀러 오기만 하는 것이 아니라 와서는 공부도 한다. 재판소에 다니는 조카가 있어 대서업(代書業) 운동을 한다고 속수 국어 독본(速修國語讀本)을 노상 끼고 와서 그 삼국지(三國志) 읽던 투로,

"긴상 도꼬에 유끼마쓰까."

어쩌고를 외우고 있는 것이다.

그러나 속수 국어 독본 뚜껑이 손때에 절고, 또 어떤 때는 목침 위에 받쳐 베고 낮잠도 자서 머리 때까지 새까맣게 쩔어 조선 총독부 편찬(朝鮮總督府編纂)이란 잔글자들은 보이지 않게 되도록, 대서업 허가는 의연히 나오지 않는 모양이었다.

→ 일제하에서 몰락해 가는 우리민족의 모습을 복덕방이란 공간 속에 압축해 넣고 있다.

2. (해답 생략)

6

논 이야기

채 만 식

작·가·소·개

채만식은 부친 규섭 씨와 모친 조우섭 씨 사이에서 6남 3녀 중 다섯째 아들로 태어났다. 그의 가문은 그리 이름나지는 않았으나 읍내에서는 알아주는 집안이었으며 가산은 부친 규섭 씨에 와서 부쩍 늘어 상당한 축재를 한 것으로 알려졌다. 특히 어머니는 천성이 부지런하고 규모 있는 살림꾼으로 봄이면 남편과 아들이 먹을 고추장을 따로 담글 정도로 남편과 자식에 대한 보살핌이 극진한 것으로 알려졌다.

그후 집안은 재산을 큰 형이 맡아 재산이 점점 줄어들었으며, 채만식은 1914년 봄 임피 보통학교를 졸업하고 1918년 상경하여 중앙 고등 보통학교에 입학, 1922년 졸업하고 도일하여 와세다 대학 부속 제일 와세다 고등학원 문과에 입학했으나 1924년 제적당한다. 그전에 그는 중앙 고보 재학 시절 18세 되던 1919년 4월 부인 은선홍 씨와 결혼한다.

일본에서 학업을 중단하고 돌아온 그가 처음 찾은 생업은 동아일보 정치부 기자였다. 단편 〈세 길로〉로 문단에 데뷔한 것도 1924년 동아일보사 근무 시절이다. 1926년 다시 조선일보사로 전근, 이 생활이 1936년까지 계속되나 그 사이 몇 군데 잡지사의 편집기자 생활을 거쳤던 것으로 보인다.

채만식은 주로 신문사와 잡지사를 전전하며 문단 데뷔 이후 십 년을 보냈지만 안정된 생활을 못했던 것으로 알려졌으며 따라서 그는 이사를 자주 하면서 서울 변두리인 안성과 광장리 등으로 전전하며 힘든 생활을 해나갔던 것으로 보인다. 이런 생활 속에서 그는 두 번째 부인인 김시영 씨와 다시 결혼을 하게 되며, 두 번째 부인인 김시영 씨는 당시 그의 하숙집의 딸로서 숙명여고를 졸업했다고 한다.

채만식은 1934년 자전적 작품인 〈레디 메이드 인생〉을, 〈태평천하(장편)〉와 〈치숙〉을 1937년에 발표하고 이후 오랜 기자 생활을 청산하고 금광업을 하는 형 준식에게 가 있으면서 〈탁류(장편)〉를 쓰기 시작하였으며 1945년 고향으로 돌아온다. 고향으로 돌아온 채만식은 실의의 나날을 보내다가 해방을 맞으며, 이때 폐결핵 악화로 비참한 생활을 계속했으나 창작 의욕은 더하여 사과 궤짝을 책상 대용으로 사용하여 글을 썼다고 한다.

한 때 〈탁류〉의 인세를 받아 양기와 집을 마련하여 그곳으로 옮기기도 하였으나 치료비로 인해 다시 낡은 초가집으로 옮겨 49세를 일기로 사망했다. 유해는 유언에 따라 들꽃에 묻혀 화장되어 임피면 계남리 선산에 안장되었다.

그의 초기 작품에서 동반자적 입장의 작품 경향을 보여 주었으나 〈레디 메이드 인생〉 등을 발표하면서 물질주의를 비판하는 주제 의식을 보여 주며, 아이러니의 기법을 통한 풍자 소설을 개척하였다.

그의 작품에는 단순한 조롱이나 익살 등을 탈피한 집단적, 사회적 풍자가 드러나는데, 이러한 풍자 수법은 전적으로 당시의 시대상과 사회상을 반영하는 것에 이용되며, 작가 정신과도 이어진다.

겉으로 보기에 그저 평범한 소시민을 주인공으로 등장시키고 있지만 그런 평범한 인물들이 그려 내는 이야기 속에 당시대에 대한 무한한 저항 정신을 숨겨 놓고 있다. 이는 적극적으로 현실을 비판하거나 항의할 수 없을 때 소극적 · 간접적으로 야유하고 조소하는 수단이다. 이렇듯 채만식의 작품에서는 작가의 자기 풍자를 통해서 자기를 에워싸고 있는 현실을 실감 있게 깨닫게 해주는 것이다.

• 한 생원 : 논 열세 마지기는 조선 말기에 아버지를 살리기 위해 원님에게 바치고 나머지 일곱 마지기는 일인 길천에게 팔았다가 해방이 되어 일인이 쫓겨감에 따라 판 땅을 되찾을 수 있으리라 여겼다가 다른 사람에게 넘어갔다는 말을 듣고 독립을 달갑게 여기지 않는다.

일인들이 토지와 그밖에 온갖 재산을 죄다 그대로 내어놓고, 보따리 하나에 몸만 쫓기어 가게 되었다는 이야기를 들은 한 생원은 어깨가 우쭐하였다. 그러면 그렇지, 그들이 땅을 짊어지고 도망갈 수는 없으므로 그냥 두고 달아난 것이다.

한 생원네는 그의 아버지가 부지런히 일한 때문에 열서너 마지기와 일곱 마지기의 두 자리 논이 있었다. 그것이 병신년 한 생원의 나이 스무 살 적에 관사에서 한 생원의 아버지를 잡아다가 동학에 가담하였다는 누명을 씌워 매질을 하고난 뒤, 이방이 찾아와 한 생원에게 아버지를 살리려면 논문서(열서너 마지기짜리)를 가지고 오라 하여, 하는 수 없이 그로써 아버지를 구했다. 그 후부터 가난한 소작농이 되었다.

그 뒤 경술년에 일본이 조선을 합방하여 나라는 망하였다. 가난한 한 생원으로서는 조선이 망하기 전이나 망한 뒤나 매한가지였다.

신해년 빼앗기고 남은 논 일곱 마지기를 불가불 팔아야 할 형편에 이르렀다. 칠팔 명이나 되는 권솔에, 남의 논 몇 마지기로 소작하여 가지고는 살아가기가 어려웠다. 거기다 살림 규모가 없고, 헤픈 편이어서 노름과 술을 좋아하니 느느니 빚이었다. 마침 그 무렵 용말에 사는 일인 길천이가 시세보다 더 주고 땅을 산다는 소문이 나서 선술집의 주모에게 찾아가 알아보았다. 소문은 사실이었다. 한 생원은 일곱 마지기를 팔아서 빚 갚고 아홉 마지기로 다시 살 수 있겠다 생각하고 팔기로 작정했다. 일인 길천에게 일곱 마지기 논을 팔아서 빚을 갚고 나머지로 아홉 마지기를 사려 했던 계획은 수포로 돌아갔다. 모두가 길천에게 비싸게 팔려 했기 때문이다. 그래서 한 생원은 그럭저럭 나머지 돈을 잃고 송곳 하나 꽂을 땅도 없는 신세가 되고 말았다. 그 뒤 이를 아는 사람이 어떡하려고 그랬냐고 물으면, '일인들이 다 쫓겨가면 그 땅 도로 내것 된다'고 대답한다. 그랬던 것이 팔 월 십오 일에 일본이 항복을 하고 조선은 독립이 되었다. 한 생원은 신이 났다.

한 생원은 일인 길천에게 판 논을 다시 돌려받을 수 있겠다는 기쁨에 송 생원을 만나 술을 한잔 하고 길천에게 판 논을 보러 가다가 동네 젊은 사람으로부터 읍내 사는 영남이가 길천 농장 멧갓의 산판을 사서 벌목하는데 우죽 가져가라는 이야기를 꺼내자 한 생원은 정신이 번쩍 들었다. 그것은 자신이 길천에게 팔았다가 논만을 생각하느라고 잠시 잊었던 것이다. 한 생원은 부지런히 그리로 가서 벌목 주인 앞으로 달려들어 호통을 친다. 그러나 벌목 주인은 길천 농장 산림관리인에게 이천 원을 주고 계약서 받고 샀다고 한다. 해방 직후 혼란한 틈을 타서 일인 소유의 땅을 관리자들과 부동이 되어 부당처분한다는 소문이 돌았고, 한 생원의 땅도 그런 경우였다.

한 생원은 분이 나서 주먹을 쥐고 구장에게로 쫓아 갔다. 구장의 말은 그 말이 맞다고 했다. 일인이 내놓고 가는 내 땅을 저희가 팔아먹으려구 들어? 그게 나라야, 병신년에는 원놈 김가가 우리 논을 열두 마지기 빼앗고, 그러니 나는 나라 없는 백성이다. 나라가 있으면 백성에게 고마운 일을 해야지, 백성의 땅을 뺏어서 팔아먹는 게 나라 명색이냐? 독립했을 때 만세 안 부른 것이 다행이라고 생각한다.

논 이야기

채 만 식

일인들이 토지와 그밖에 온갖 재산을 죄다 그대로 내어놓고, 보따리 하나에 몸만 쫓기어 가게 되었다는 이야기를 들은 한 생원은 어깨가 우쭐하였다.

"거 보슈 송 생원. 인전들, 내 생각 나시지?"

한 생원은 허연 탑삭부리에 묻힌 쪼글쪼글한 얼굴이 위아래 다섯 개밖에 안 남은 누런 이빨과 함께 흐물흐물 웃는다.

"그러면 그렇지. 글쎄 놈들이 제 아무리 영악하기로소니 논에다 네 귀탱이 말뚝 박구섬 인도깨비처럼, 어여차어여차, 땅을 떠가지구 갈 재주야 있을 이치가 있나요?"

한 생원은 참으로, 일본이 항복을 하였고, 조선은 독립이 되었다는 그날——8월 15일 적보다도 신이 나는 소식이었다. 자기가 한 말(豫言)이 꿈결같이도 이렇게 와 들어맞다니…… 그리고 자기가 한 말(豫言)대로, 자기가 일인에게 팔아넘긴 땅이 꿈결같이도 도로 자기의 것이 되게 되었다니……이런 세상에 신기하고 희한할 도리라고는 없었다.

조선이 독립이 되었다는 8월 15일, 그때는 한 생원은 섬뻑[1] 만세를 부르고 싶은 생각이 나지 않았어도, 이번에는 저절로 만세소리가 나와지려고 하였다.

8월 15일 적에 마을에서는 젊은 사람들이 설도를 하여, 태극기를 만들고 닭을 추렴하고 술을 사고 하여놓고, 조촐히 만세

1) 섬뻑 : '섬벅'. 잘 드는 칼에 쉽게 잇달아 베어지는 모양.

를 불렀다.

한 생원은 그 자리에 참예를 하지 아니하였다. 남들이 가서 같이 만세를 부르자고 하였으나 한 생원은 조선이 독립이 되었다는 것이 별로 반가운 줄을 모르겠었다. 그저 덤덤할 뿐이었었다.

물론 일본이 항복을 하였으니, 전쟁은 끝이 난 것이요, 전쟁이 끝이 났으니 벼 공출을 비롯하여, 솔뿌리 공출이야, 마초 공출이야, 채소 공출이야, 가지가지의 그 억울하고 성가신 공출이 없어지고 말 것이었다.

또, 열 여덟 살박이 손자놈 용길이가, 징용에 뽑혀나갈 염려가 없을 터이었다. 얼마나 한 생원은, 일찍이 아비를 여의고, 늙은 손으로 여태껏 길러온 외톨 손자놈 용길이가 징용에 뽑히지 말게 하려고, 구장과 면의 노무계 직원과, 부락담당 직원에게 굽은 허리를 굽실거리며 건사를 물고 하였던고. 굶는 끼니를 더 굶어가면서 그들에게 쌀을 보내어 주기, 그들이 마을에 얼씬하면 부랴부랴 청해다, 씨암탉 잡고, 술 대접하기, 한참 농사일이 몰릴 때라도, 내 농사는 손이 늦어도, 용길이를 시켜 그들의 논에 모심고 김매어 주고 하기. 이 노릇에 흰머리가 도로 검어질 지경이요, 빚은 고패가 넘도록 지고 하였다.

하던 것이 인제는 전쟁이 끝이 났으니, 징용 이자는 싹 씻은 듯 없어질 것. 마음 턱놓고 두 발 쭉 뻗고 잠을 자도 좋았다.

이런 일을 생각하면 한 생원도 미상불 다행스럽지 아니한 것은 아니었다. 그러나 오직 그뿐이었다.

독립?

신통할 것이 없었다.

독립이 되기로서니, 가난뱅이 농투성이가 별안간 나으리 주
사 될 리 만무하였다. 가난뱅이 농투성이가 남의 세토(貰土;小
作) 얻어, 비지땀 흘려가면서 일 년 농사 지어, 절반도 넘는 도
지(小作料) 물고, 나머지로 굶으며 먹으며 연명이나 하여 가기
는 독립이 되거나 말거나 매양 일반일 터이었다.

공출이야 징용이야 하여서 살기가 더럭 어려워지기는, 전쟁
이 나면서부터였다. 전쟁이 나기 전에는 일 년 농사 지어 작
정한 도지, 실수 않고 물면, 모자라나따나, 아무 시비와 성가심
없이 내 것 삼아놓고 먹을 수가 있었다.

징용도 전쟁이 나기 전에는 없던 풍도였었다. 마음 놓고 일
을 하였고, 그것으로써 그만이었지, 달리는 근심걱정 될 것이
없었다.

전쟁 사품에 생겨난 공출이니 징용이니 하는 것이 전쟁이
끝이 남으로써 없어진 다음에야 독립이 되기 전 일본 정치 밑
에서도 남의 세토 얻어, 도지 물고 나머지나 차지하는 가난뱅
이 농투성이에서 벗어날 것이 없을진대, 한갓 전쟁이 끝이 나
서 공출과 징용이 없어진 것이 다행일 따름이지, 독립이 되었
다고 만세를 부르며 날뛰고 할 흥이, 한 생원으로는 나는 것이
없었다.

일인에게 빼앗겼던 나라를 도로 찾고, 그래서 우리도 다시
나라가 있게 되었다는 이 잔주도, 역시 한 생원에게는 시쁘듬
한 것이었다. 한 생원은 나라를 도로 찾는다는 것은, 구한국
시절로 다시 돌아가는 것으로 밖에는 달리는 생각할 수가 없
었다.

한 생원네는 한 생원의 아버지의 부지런으로 장만한, 열 서

너 마지기와 일곱 마지기의 두 자리 논이 있었다. 선대의 유업
도 아니요, 공문서(空文書;無登記) 땅을 거저 주운 것도 아니요,
뻐젓이 값을 내고 산 것이었다. 하되 그 돈은 체계나 돈놀이(高
利貸金業)하여 모은 돈도 아니요, 품삯받아 푼푼이 모고 악의
악식하면서 모은 돈이었다. 피와 땀이 어린 땅이었다.

그 피땀어린 논 두 자리에서, 열 서 마지기를 한 생원네는 산
지 겨우 오 년 만에 고을 원(郡守)에게 빼앗겨 버렸다.

지금으로부터 오십 년 전, 갑오 을미 병신 하는, 병신년(丙申
年) 한 생원의 나이 스물 한 살 적이었다.

그 안해 을미년 늦은 가을에 김아무(金某)라는 원이 동학란
에 도망친 원 대신으로, 새로이 도임을 해 와서 동학의 잔당을
비질하듯 잡아 죽였다.

피비린내나는 살륙이 이듬해 병신년 봄까지 계속되었고, 그
러고 여름…… 인제는 다 지났거니 하여 겨우 안도를 한 참인
데, 한태수(한생원의 아버지)가 원두막에서 동헌으로 붙잡혀
가, 옥에 갇히었다. 혐의는 동학에 가담하였다는 것이었다.

한태수는 전혀 동학에 가담한 일이 없었다. 그의 말대로 하
면, 동학 근처에도 가보지 아니한 사람이었다.

옥에 가두어놓고는, 매일 끌어내다 실토를 하라고, 동류의
성명을 불라고, 주리를 틀면서 문초를 하였다. 육십이 넘은 늙
은 정강이가 살이 으깨어지고 뼈가 아스러졌다.

나중 가서야 어찌될망정, 당장의 아픔을 견디다 못하여, 동
학에 가담하였노라고 자복을 하였다. 입에서 나오는 대로 아는
사람의 이름을 불렀다.

불린 일곱 사람이 잡혀 들어와, 같은 문초를 받았다. 처음에

는들 내뻗었으나 원체 아픔을 이기지 못하여 자복을 하였다.

　남은 것은 처형을 하는 것뿐이었다.

　하루는 이방이, 한태수의 아내와 아들(한 생원)을 조용히 불렀다.

　이방은 모자더러, 좌우간 살려낼 도리를 하여야 않느냐고 하였다.

　모자는 엎드려 빌면서, 제발 이방님 덕택에 목숨만 살려지이다고 하였다.

　"꼭 한 가지 묘책이 있기는 있는데…… 그럼 내가 시키는 대로 할 테냐?"

　"불 속이라도 뛰어 들어가겠습니다."

　"논문서를 가져오너라. 사또께다 바쳐라."

　"논문서를요?"

　"아까우냐?"

　"……"

　"가장이나 애비의 목숨보다 논이 더 소중하냐?"

　"그 땅이 다른 땅과도 달라서……"

　"정히 그렇게 아깝거든 고만두는 것이고."

　"논문서만 가져다 바치면 정녕 모면을 할까요?"

　"아니 될 노릇을 시킬까?"

　"그럼 이 길로 나가서 가지고 오겠습니다."

　"밤에 조용히 내아(內衙;官舍)로 오도록 하여라. 나도 와서 있을 테니. 그리고 네 논이 두 자리가 있것다?"

　"네."

　"열 서 마지기와 일곱 마지기."

"네."

"그 열 서 마지기를 가지고 오너라."

"열 서 마지기를요?"

"아까우냐?"

"……"

"아깝거들랑 고만두려무나."

"그걸 바치고 나면 소인네는 논 겨우 일곱 마지기를 가지고 수다한 권솔에 살아갈 방도가……"

"당장 가장이나 애비의 목숨은 어데로 갔던지?"

"……"

"땅이야 다시 장만도 할 수가 있는 것이 아니냐?"

모자는 서로 돌아보면서 말하였다.

"바칩시다."

"바치자."

사흘만에 한태수는 놓여 나왔다. 다른 일곱 명도 이방이 각기 사이에 들어, 각기 얼마씩의 땅을 바치고 놓여 나왔다.

그 뒤 경술년(庚戌年)에 일본이 조선을 합방하여, 나라는 망하였다.

사람들이 나라 망한 것을 원통히 여길 때, 한 생원은,

"그깐놈의 나라, 시언히 잘 망했지."

하였다. 한 생원 같은 사람으로는 나라란 백성에게 고통이지, 하나도 고마운 것이 아니었다. 또 꼭 있어야 할 요긴한 것도 아니었다.

그런 나라라는 것을 도로 찾았다고 하여, 섬뻑 감격이 일지 아니한 것도 일변 의당한 노릇이라 할 것이었다.

논 스무 마지기에서 열 서 마지기를 빼앗기고 나니, 원통한 것도 원통한 것이지만, 앞으로 일이 딱하였다. 논이나 겨우 일곱 마지기를 가지고는 어림도 없었다.

하릴없이 남의 세토를 얻어, 그 보충을 하여야 하였다. 그러나 남의 세토는 도지를 물어야 하는 것이라, 힘은 내 논을 지을 때와 마찬가지로 들면서도, 가을에 가서 차지를 하기는 절반이 못되는 것이었었다. 그렇지만 그렇다고 남의 세토를 소작 아니할 수는 없었다.

이리하여 한 생원네는 나라 명색이 망하지 않고 내 나라를 있을 적부터 가난한 소작농이었다.

경술년 나라가 망하고, 삼십 육 년 동안 일본의 다스림 밑에서도 같은 가난한 소작농이었다.

그리고 속담에, 남의 불에 게 잡기로, 남의 덕에 나라를 도로 찾기는 하였다지만 한국 말년의 나라만을 여겨, 그 나라가 오죽할 리 없고, 여전히 남의 세토나 지어먹는 가난한 소작농이기는 일반일 것이라고 한 생원은 생각하던 것이었다.

일본이 항복을 하던 바로 전의 삼사 년에, 공출이야 징용이야 하면서 별안간 군색함과 불안이 생겼던 것이지, 그밖에는 나라가 망하여 없어지고서, 일본의 속국 백성으로 사는 것이 경술년 이전 나라가 있어가지고 조선백성으로 살 적보다 별로 못한 것이 한 생원에게는 없었다. 여전히 남의 세토를 지어, 절반 이상이나 도지를 물고 그 나머지를 차지하는 가난한 소작인이요, 순사나 일인이나 면서기들의 교만과 압박보다 못할 것도 없거니와 더할 것도 없었다.

독립이 된 이 앞으로도, 그것이 천지개벽이 아닌 이상, 가난한 농투성이가 느닷없이 부자 장자 될 이치가 없는 것이요, 원, 아전, 토반이나 일본놈 대신에, 만만하고 가난한 농투성이를 핍박하는 '권세있는 양반들'이 생겨나고 할 것이매, 빼앗겼던 나라를 도로 찾아 다시금 조선백성이 되었다는 것이 조금도 신통하거나 반가운 것이 없었다.

원과 토반과 아전이 있어, 토색질이나 하고 붙잡아다 때리기나 하고 교만이나 피우고, 하되 세미(稅米;納稅)는 국가의 이름으로 꼬박꼬박 받아가면서 백성은 죽어야 모른 체를 하고 하는 나라의 백성으로도 살아보았다.

천하 오랑캐, 아비와 자식이 맞담배질을 하고, 남매간에 혼인을 하고, 뱀을 먹고, 하는 왜인들이, 저이가 주인이랍시고서 교만을 부리고 순사와 헌병은 칼바람에 조선 사람을 개돼지 대접을 하고, 공출을 내어라 징용을 나가거라 야미(闇)[2]를 하지마라 하면서 볶아대고, 또 일본이 우리나라다, 나는 일본 백성이다, 이런 도무지 그럴 마음이 우러나지를 않는 억지 춘향이 노릇을 시키고 하는 나라의 백성으로도 살아보았다.

결국 그러고 보니 나라라고 하는 것은 내 나라였건 남의 나라였건 있었댔자, 백성에게 고통이나 주자는 것이지, 유익하고 고마울 것은 조금도 없는 물건이었다. 따라서, 앞으로도 새나라는 말고 더한 것이라도, 있어서 요긴할 것도, 없어서 아쉬울 일도 없을 것이었다.

2) 야미(闇) : '암거래'.

신해년(辛亥年)…… 경술합방 바로 이듬해였다. 한 생원은——때의 젊은 한덕문은——빼앗기고 남은 논 일곱마지기를 불가불 팔아야 할 형편에 이르렀다.

칠팔 명이나 되는 권솔인데, 내 논 일곱 마지기에다 남의 논이나 몇 마지기를 소작하여 가지고는 여간한 규모와 악의악식이 아니고서는 도저히 현상유지를 하기가 어려웠다.

한덕문은 그 부친과는 달라, 살림규모가 없었다. 사람이 좀 허황하고 헤픈 편이었다.

3) 당가산(當家産) : '가산'을 담당함. 집안 살림을 맡음.

부친 한태수가 죽고, 대신 당가산(當家産)3) 한 지 불과 오륙 년에 한덕문은 힘에 넘치는 빚을 졌다.

이 빚은 단순히 살림에 보태노라고만 진 빚은 아니었다.

한덕문은 허황하고 헤픈 값을 하노라고, 술과 노름을 쏠쏠히 좋아하였다.

일 년 농사를 지어야 일 년 가계가 번히 모자라는데, 거기다 술을 먹고 노름을 하니, 늘어가느니 빚밖에는 있을 것이 없었다.

빚은 갚아야 되었다.

팔 것이라고는 논 일곱 마지기, 그것뿐이었다.

한덕문이 빚을 이리 틀어막고, 저리 틀어막고, 오늘로 밀고 내일로 밀고 하여 오던 끝에, 마침내는 더 꼼짝을 할 도리가 없어, 논을 팔기로 작정을 했을 무렵에, 그러자 용말(龍田) 사는 일인 길천(吉川)이가 웃세로 바짝 땅을 많이 사들인다는 소문이 들리었다. 그리고 값으로 말하여도, 썩 좋은 상답이면 한 마지기(二百坪)에 스무 냥으로 스물 닷 냥(四圓 乃至 五圓)까지 내고, 아주 박토라도 열 냥(二圓) 안짝은 없다고 하였다.

땅마지기나 가진 인근의 다른 농민들도 다들 그러하였지만 한덕문은 그 중에서도 귀가 반짝 띄었다.

시세의 갑절이었다.

고래실논으로, 개똥배미[4] 상지상답이라야 한 마지기에 열 냥으로 열 두어 냥이고, 땅 나쁜 것은 기지개 켜야 닷 냥(一圓)이었다.

'팔자!'

한덕문은 작정을 하였다.

일곱 마지기 논이 상지상답은 못되어도, 상답은 되니, 잘하면 열 냥은 받을 것. 열 냥이면 이칠 십사 일백 마흔 냥(二十八圓).

빚이 이럭저럭 한 오십 냥(十圓)되나 그것을 갚고 나면 아흔 냥(十八圓)이 남아. 아흔 냥을 가지고 도로 논을 장만해. 판 일곱 마지기만한 토지의 논을 사더라도 아홉 마지기를 살 수가 있어.

결국, 논 한번 팔고 사고 하는 노름에, 빚 오십 냥 거저 갚고도, 논은 두 마지기가 늘어 아홉 마지기가 생기는 판이 아니냐.

이런 어수룩한 노름을 아니 하잘 머리가 없는 것이었었다.

양친은 이미 다 없은 때요, 한덕문 그가 대주(大主;戶主)였으므로, 혼자서 일을 결단하여도 간섭을 받을 일은 없었다.

곡우(穀雨)[5]머리의 어느날 한덕문은 맨발 짚신 풀상투에 삿갓 쓰고 곰방대 물고, 마을에서 십 리 상거의 용말(龍田) 출입을 나갔다. 일인 길천이가 적실히 그렇게 후한 값으로 논을 사는지, 진가를 알아보고자 함이었다.

금강(錦江) 어귀의 항구 군산(群山)에서 시작되어, 동북간방(東北間方)으로 임파읍을 지나, 용말로 나온 한길이, 용말 동쪽 변두리에서 솜리(裡里)로 가는 길과 황등장터(黃登市)로 가는 길의 두 갈랫길로 갈리는, 그 삼에가, 전주집이라는 주모가 업

4) 개똥배미 : '배미'는 '논의 구석', '개똥배미'는 시원치 않은 논의 한 구석을 이름.

5) 곡우(穀雨) : 24절기의 여섯째 절기. 청명과 입하의 사이로 양력 4월 20일경.

을 하고 있는 주막이 오도카니 홀로 놓여있었다.

　한덕문은 전주집과는 생소치 아니한 사이였다.

　마당이자 바로 한길인, 그 마당 앞에 섰는 한 그루의 실버들이 한창 푸르른, 전주집네 주막, 살진 봄볕이 드리운 마루에 나란히 걸터앉아, 세상물정 이야기, 피차간 살아가는 이야기, 훨씬 한담을 하던 끝에 한덕문이 지난말처럼 넌지시 물었다.

　"참 저, 일인 길천이가 요새 땅을 많이 산다구?"

　"많일께 아니라, 그녀석이 아마, 이 근처 일판을, 땅이라구 생긴 건, 깡그리 쓸어 사자는 배폰가 봅디다!"

　"헷소문은 아니로구면?"

　"달리 큰 배포가 있던지, 그렇잖으면 그녀석이 상성(發狂)을 했던지."

　"……"

　"한 서방 으런두 속내 아는배. 이 근처 논이 물 걱정 가뭄 걱정 없구, 한 마지기에 넉 섬은 먹는 논이라야 열 냥(二圓)이 상값 아니우? 그런 걸 글쎄, 녀석은 스무 냥 스물 댓 냥을 퍼주구 사는구랴. 제마석(一斗落에 一石)두 못 먹는 자갈바탕의 박토[6]라두, 논 명색이면 열 냥 안짝 잽히는 건 없구."

6) 박토 : 매우 메마른 땅.

　"허긴, 값이나 그렇게 월등히 많이 내야, 일인한테 논을 팔지, 그렇잖구서야 누가."

　"제엔장, 나두 진작에 논이나 시늉만 생긴 거라두 몇 섬지기 장만해 두었더라면, 이런 판에 큰 횡잴 했지."

　"그래, 많이들 와 파나?"

　"대가릴 싸구 덤벼든답디다. 한 서방 으런두 논 좀 파시구랴? 이런 때 안 팔구, 언제 팔우?"

"팔 논이 있나!"

이유와 조건의 어떠함을 물론하고, 농민이 논을 판다는 것은, 남의 앞에 심히 떳떳스럽지 못한 일이었다. 번히 내일 모레면 다 알게 될 값이라도, 되도록 그런 기색을 숨기려고 드는 것이 통정이었다.

뚜벅뚜벅 말굽소리가 나더니, 말탄 길천이가, 주막 앞을 지난다. 언제나 그러하듯이, 깜장 됫박모자(中山帽子)에, 깜장 복장(洋服;쓰메에리)을 입고, 깜장 목깊은 구두를 신고, 허리에는 육혈포를 차고 하였다.

한덕문은 길에서 몇 차례 본 적이 있어, 그가 길천인 줄을 안다.

"어디 갔다 와요?"

전주집이 웃으면서 알은 체를 하는 것을, 길천은 웃지도 않으면서,

"웅, 조오기. 우리, 나쁜 사라미 자바리 갔다 왔소."

길천의 차인꾼이요, 통역꾼이기도 한 백남술이가 밧줄로 결박을 지은 촌 젊은 사람 하나를 앞장 세우고 뒤미처 나타났다.

채만식 비석

죄수(?)는 상투가 풀어지고, 발기발기 찢긴 옷과 면상으로 피가 묻고 한 것으로 보아, 한바탕 늘씬 두들겨 맞은 것이 역력했다.

"어디 갔다 오시우?"

전주집이 이번에는 백남술더러 인사로 묻는다.

백남술은 분연히,

"남의 돈 집어먹구 도망 댕기는 놈은 죽어 싸지."

하면서 죄수에게 잔뜩 눈을 흘긴다.

그리고 나서 전주집더러,

"댕겨 오께시니, 닭이나 한 마리 잡구 해 놓게나. 놈을 붙잡느라구 한승강했더니 목이 컬컬허이."

그느라고 잠깐 한눈을 파는 순간이었다. 죄수가 밧줄 한끝 붙잡힌 것을 홱 뿌리치면서 몸을 날려 쏜살같이 오던 길로 내뺀다.

"엇!"

백남술이 병신처럼 놀라다 이내 죄수의 뒤를 쫓는다.

길천의 탄 말이 두 앞발을 번쩍 들어 머리를 돌리면서, 땅을 차고 달린다. 그러면서 길천의 손에서 육혈포가 땅······폴썩 연기가 나면서 재우쳐 땅······

죄수는 그러나 첫 한방에 그대로 길바닥에 가 동그라진다. 같은 순간 버선발로 뛰어내려 전주집이 에구머니 비명을 지른다.

죄수는 백남술에게 박승 한 끝을 다시 붙잡히어 일어난다. 길천은 피스톨 사격의 명인(名人)은 아니었었다.

일인에게 빚을 쓰는 것을 왜채(倭債)라고 하고, 이 젊은 친구는 왜채를 쓰고서 갚지 아니하고, 몸을 피해 다니다가 붙잡힌 사람이었다.

길천은 백남술이가,

"이 사람은 논이 몇 마지기가 있소."

하고 조사 보고를 하면, 서슴지 아니하고, 왜채를 주곤 한다. 이 자도 항용 체계나 장변보다 헐하였다.

빚을 주는 데는 무른 것 같아도, 받는 데는 무서웠다.

기한이 지나기를 기다려, 채무자를 제 집으로 데려다 감금을 하고, 사형(私刑)으로써 빚 채근을 하였다.

부형이나 처자가 돈을 가지고 와서 빚을 갚는 날까지 감금과 사형을 늦추지 아니하였다.

논문서를 가지고 오는 자리는 우대를 하였다. 이자를 탕감하고 본전만 쳐서, 논으로 받는 것이었었다. 논이 있는 사람은, 돈을 두어 두고도, 질기어 논으로 갚고 하였다.

한덕문은 다시 끌려가고 있는 죄수의 뒷모양을 우두커니 바라다보면서,

'제엔장, 양반호랑이도 지질한데, 우환 중에 왜놈 호랭이까지 들어와서 이 등쌀이니, 갈수록 죽어나는 건 만만한 백성뿐이로구나.'

'쯧, 번연히 알면서 왜채를 쓰는 사람이 잘못이지, 누구를 원망하나.'

'참새가 방앗간을 거저 지날까. 이왕 외상술이라도 한잔 먹고 일어설까, 어떡헐까?'

이런 생각을 하고 앉았는 차에, 생각찮이, 외가편으로 아저씨뻘 되는 윤 첨지가, 퍼뜩 거기에 당도하였다. 윤 첨지는 황등 장터에서 제 논 석 지기나 지니고 탁신히 사는 농민이었다.

아저씨 웬일이시냐고, 조카 잘 있었더냐고, 항용 하는 인사가 끝난 후에, 이 동네 사는 길천이라는 일인이 값을 후히 내고 땅을 사들인다는 소문이 있으니 적실하냐고 아까 한덕문이 전주집더러 묻던 말을, 윤 첨지가 한덕문더러 물었다.

그렇단다는 한덕문의 대답에, 윤 첨지는 이윽히 생각을 하고 있더니 혼잣말같이,

"그럼 나두 이왕 궐(厥)[7]한테나 팔아야 하겠군."

7) 궐(厥) : '그 사람'의 '그'.

하다가 한덕문더러,

"황등이까지 가서두 살까? 예서 이십 리나 되는데."

하고 묻는다.

"글쎄요…… 건데 논은 어째 파실영으루?"

"허. 그거 온 참…… 저어 공주 한밭(大田)서 무안 목포(木浦)루 철로(鐵路)가 새루 나는데, 그것이 계룡산(鷄龍山) 앞을 지나 연산, 팥거리(連山豆溪)루 해서 논메·강경(論山·江景)으루 나와가지구, 황등장터를 지나게 된다네그려."

"그런데요?"

"그런데 철로가 난다치면 그 십 리 안짝은 논을 죄 버리게 된다는 거야."

"어째서요?"

"차가 댕기는 바람에 땅이 울려가지구 모를 심어두 뿌릴 제 대루 잡지 못하구 해서, 벼가 자라질 못한다네그려!"

"무슨 그럴 리가……"

"건 조카가 속을 몰라 하는 소리지. 속을 몰라 하는 소린 것이, 나두 작년 정월에 공주 한밭엘 갔다, 그놈 차가 철로 위루 달리는 걸 구경했지만, 아 그 쇳덩이루 만든 집채더미 같은 시꺼면 수레가 찻길 위루 벼락치듯 달리는데, 땅바닥이 사뭇 움죽움죽하더라니깐! 여승 지동(地震)이야…… 그러니 땅이 그렇게 지동하듯 사철들이 울리니, 근처 논이 모가 뿌리를 잡을 것이며 자라기를 할 것인가?"

"……"

듣고 보니 미상불 근리한 말이었다.

"몰랐으면이어니와, 알구두 그대루 있겠던가? 그래 좀 덜 받

더래두 팔아넘길 영으루 하고 있는데, 소문을 들으니 길천이라
는 손이 요새 값을 시세보다 갑절씩이나 내구 논을 산다데나그
려. 정녕 그렇다면 철로 조간이 아니라두 팔아가지구 딴데루
가서 판 논 갑절 되는 논을 장만함직두 한 노릇인데, 황차……"

"철로가 그렇게 난다는 건 아주 적실한가요?"

"말끔 다 측량을 하구, 말뚝을 박아놓구 한걸…… 황등장터
그 일판은 그래, 논들을 못 팔아 난리가 났다니까."

일인 길천이에게 일곱 마지기 논을, 일백 마흔 냥(二十八圓)
에 판 것과, 그 중 쉰 냥(十圓)은 빚을 갚은 것, 이것까지는 한덕
문의 예산대로 되었었다.

그러나 나머지 아흔 냥(十八圓)으로, 판 논 일곱 마지기보다
토리가 못하지 아니한 논으로 두 마지기가 더한 아홉 마지기를
삼으로써 빚 쉰 냥은 공으로 갚고, 그러고도 논이 두 마지기가
붙게 된다던 것은 완전히 허사가 되고 말았다.

아무도 한덕문에게 상답 한 마지기를 열 냥씩에 팔려는 사람
은 없었다.

이왕 일인 길천에게 팔면 그 갑절 스무 냥씩을 받는고로 말
이었다.

필경 돈 아흔 냥은 한덕문의 수중에서 한 반년 동안 구르는
동안, 스실사실 다 없어지고 말았다.

이리하여 한덕문은 논 일곱 마지기로 겨우 빚, 쉰 냥을 갚고
는, 아무것도 남은 것이 없어, 손 싹싹 털고 나선 셈이었다.

친구가 있어 한덕문을 책하면서 물었다.

"어떡허자구 논을 판단 말인가?"

"인제 두구 보게나."

"무얼 두구 보아?"

"일인들이 다 쫓겨가면, 그 땅 도로 내 것 되지, 갈데 있던 가?"

"쫓겨날 놈이 논을 사겠나?"

"저희놈들이 천지운수를 안다든가?"

"자네는 아나?"

"두구 보래두 그래."

한덕문은 혼자 속으로는 어뿔사, 논이래야 단지 그것뿐인 것을, 팔고서 이제는 송곳 꽂을 땅도 없으니 이 노릇을 어찌한단 말이냐고, 심히 후회하여 마지아니하였다.

그러면서도 남더러는 그렇게 배포있는 장담을 탕탕하였다.

한덕문은 장차에 일인들이 쫓기어 가리라는 것을 확언할 아무런 근거도 가진 것이 없었다. 따라서 자신도 없었다. 오직 그는 논을 판 명예롭지 못함과 어리석음을 싸기 위하여 그런 희떠운 소리를 한 것일 따름이었다.

한덕문은, 일인들이 다 쫓기어 가면, 그 논이 도로 제 것이 될 터이래서 논을 팔았다고 한다더라, 이 소문이 한입 두입 퍼지자, 듣는 사람마다 그의 희떠움을, 혹은 실없음을 웃었다.

하는 양을 보느라고 우정,

"자네 논 팔았다면서?"

한다치면,

"팔았지."

"어째서?"

"돈이 좀 아쉬워서."

"돈이 아쉽다구 논을 팔아서 어떡허자구?"

"일인들이 다 쫓겨가면 그 논 도루 내 것 되지 갈데 있나?"

"일인들이 쫓겨간다든가?"

"그럼 백 년 살까?"

또 누구는 수작을 바꾸어,

"일인들이 쫓겨간다지?"

한다치면,

"그럼!"

"언제쯤 쫓겨가는구?"

"건 쫓겨가는 때 보아야 알지."

"에구 요 맹추야. 요 허풍선이야. 우리나라 상감님을 쫓어내구 저희가 왕 노릇을 하는데 쫓겨가?"

"자넨 그럼 일인들이 안 쫓겨가구, 영영 그대루 있으면 좋을 건 무언가?"

"좋기루 할말이야 일러 무얼 하겠나만, 우리 좋구푼 대루 세상 일이 돼 준다던가?"

"그래두 인제 내 말을 이를 때가 오느니."

"괜히, 논 팔구선 할말 없거들랑, 구구루 잠자코 가만히나 있어요."

"체에, 내 논 내가 팔아먹는데, 죄 될 일 있나?"

"걸 누가 죄라니?"

"길천이한테 논 팔아먹은 놈이 한덕문이 하나뿐인감?"

"누가 논 판 걸 나무래? 희떤 장담을 하니깐 그러는 거지."

"희떤 장담인지 아닌지 두고 보잔 말야."

이로부터 한덕문은 그 말로 인하여 마을과 인근에서 아주 호가 났고, 어느 겨를인지 그것이 한 속담(俗談)까지 되었다.

가령 어떤 엉뚱한 계획을 세운다든지 허랑한 일을 시작하여 놓고서는, 천연스럽게 성공을 자신한다든지, 결과를 기다린다든지 하는 사람이 있으라치면,

"흥, 한덕문이 길천이에게다 논 팔아먹던 대 났구나."

하고 비웃곤 하는 것이었다.

그 후, 그 속담은 삼십 오 년을 두고 전하여 내려왔다. 전하여 내려올 뿐만이 아니었다. 일본 제국주의의 조선에 있어서의 지반이 해가 갈수록 완구한 것이 되어감을 따라, 더욱이 만주사변 때부터 시작하여 중일전쟁을 거쳐, 태평양 전쟁으로 일이 거창하게 벌어진 결과, 전쟁 수단으로써, 조선의 가치는 안으로 밖으로, 적극적으로 소극적으로, 나날이 더 커감을 쫓아, 일본이 조선에다 박은 뿌리는 깊이 더욱 뻗어 들어가고, 가지와 잎은 더욱 무성하여서, 일본이 조선으로부터 둘러간다는 것은, 독립과 한가지로, 나날이 더 잠꼬대 같은 생각이던 것처럼 되어버려 감을 따라, 그래서 한덕문의 장담하던 '일인들이 다 쫓겨가면……' 이 말이, 해가 가고 날이 갈수록, 속절없이 무색하여 감을 따라, 그와 반비례하여, 그 말의 속담으로서의 가치와 효과만이 멸하지 않고 찬란히 빛을 내었다.

바로 팔월 십사일까지도 그러하였다. 팔월 십사일까지도, '흥, 한덕문이 길천이한테 논 팔아먹던 대 났구나.'

는 당당히 행세를 하였었다.

그랬던 것이, 팔월 십오일에, 일본이 항복을 하고, 조선은 독립(실상은 우선 독립)이 되고 하였다. 그러고 며칠 아니하여 '일인들이 토지와, 그밖 온갖 재산을 죄다 그대로 내어놓고 보

1945년 낙향 직전

따리 하나에 몸만 쫓기어 가게 되었다'는 데까지 이르렀다.

　한 생원(한덕문)의,

　'일인들이 다 쫓겨가면……'

은 이리하여 부득불 빛이 환하여지고 반대로,

　'한덕문이 길천이한테 논 팔아먹던 대 났구나.'

는 그만 얼굴이 벌개서 납작하고 말 수밖에 없었다.

　"여보슈 송 생원?"

　한 생원이 허연 탑삭부리에 묻힌 쪼글쪼글한 얼굴이 위아래 다섯 대밖에 안 남은 누런 이빨과 함께 흐물흐물 자꾸만 웃어지는 웃음을, 언제까지고 거두지 못하면서, 그러나 별안간 송 생원의 팔을 잡아 흔들면서 아주 긴하게,

　"우리 독립만세 한번 부르실까?"

　"남 다아 부르구 난 댐에, 건 불러 무얼 허우?"

　송 생원은 한 생원과 달라, 길천이한테 팔아먹은 논도 없으려니와, 따라서 일인들이 쫓기어 가더라도 도로 찾을 논도 없었다.

　"송 생원, 접때 마을에서 만세를 부를 제, 나가 부르셨던가?"

　"난 그날, 허리가 아파 꼼짝 못하구 누웠었는걸."

　"나두 그날 고만 못 불렀어."

　"아따 못 불렀으면 못 불렀지, 늙은 것들이 만세 좀 아니 불렀기루 귀양살이 보내겠수?"

　"난 그래두 좀 섭섭해 그랬지요…… 그럼 송 생원 우리 술 한잔 자실까?"

　"술이나 한잔 사 주신다면."

"주막으루 나갑시다."

두 늙은이가 지팡이를 짚고 마을에 단 한 집밖에 없는 주막으로 나갔다.

"에구머니, 독립두 되구 볼 거야. 영감님들이 술을 다 자시러 오시구."

이십 년이나 여기서 주막을 하노라고, 인제는 중늙은이가 된 주모 판쇠네가, 손님을 환영이라기보다 다뿍 걱정스러 한다.

"미리서 외상인 줄이나 알구, 술 좀 주게나."

한 생원이 그러면서 술청으로 들어가 앉는 것을, 송 생원도 따라 들어가 앉으면서 주모더러,

"외상 두둑히 드리게. 수가 나셨다네."

"독립되는 운덤에 어느 고을 원님이나 한 자리 해 가시는 감?"

"원님을 걸 누가 성가시게, 흐흐……"

한 생원은 그러자 다시,

"거, 안주가 무어 좀 있나?"

"안주두 벤벤찮구 술두 막걸린 없고, 소주뿐인 걸, 노인네들이 소주 잡숫구 어떡허시게."

"아따 오줌은 우리가 아니 싸리."

젊었을 적에는 동이술을 사양치 아니하던 영감들이었다. 그러나 둘이가 다 내일모레가 칠십. 더구나 자주자주는 술을 입에 대지 않던 차에, 싱겁다고는 하지만 소주를 칠팔 잔씩이나 하였으니, 과음일 수밖에 없었다.

송 생원은 그대로 술청에 쓰러져 과연 소변을 지리기까지 하였다.

한 생원은 송 생원보다는 아직 기운이 조금은 좋은 덕에, 정신을 놓거나 몸을 가누지 못할 지경은 아니었다.

"우리 논을 좀 보러 가야지, 우리 논을. 서른 다섯 해만에 우리 논을 보러 간단 말야, 흐흐흐."

비틀거리면서 한생원은 술청으로부터 나온다.

주모 판쇠네가 성화가 나서,

"방으로 들어가 누셨다, 술 깨신 댐에 가세요. 노인네들 술 드렸다구, 날 또 욕허게 됐구면."

"논 보러 가, 논. 길천이에게다 판 우리 논. 흐흐흐. 서른 다섯 해만에 도루 찾은, 우리 일곱 마지기 논, 흐흐흐."

"글쎄 논은 이댐에 보러 가시면 어디루 가요?"

"날 희떤소리 한다구들 웃었지. 미친놈이라구 웃었지들. 흐흐흐. 서른 다섯 해 만에 내 말이 들어맞일 줄을 누가 알았어? 흐흐흐."

말은 혀꼬부라진 소리로, 몸은 위태로이 비틀거리면서, 한 생원은 지팡이를 휘젓고 밖으로 나간다. 나가다 동네 젊은 사람과 마주쳤다.

"아, 한 생원 웬일이세요?"

"논 보러 간다. 논. 흐흐흐. 너두 이녀석, 한덕문이 길천이한테 논 팔아먹던 대 났구나, 그런 소리 더러 했었지? 인제두 그런 소리가 나오까?"

"취하셨군요."

"나, 외상술 먹었지. 논 찾았은간 또 팔아서 술값 갚으면 고만이지. 그럼 한 서른 다섯 해만에 또 내 것 되겠지, 흐흐흐. 그렇지만 인전 안 팔지, 안 팔아. 우리 용길이놈, 물려줘야지. 우리 용길이놈."

"참, 용길이 요새 있죠?"

"있지. 길천이한테 팔아먹었을까?"

"저어, 읍내 사는 영남이가 산판(山坂)[7] 하날 사서, 벌목(伐木)을 하는데, 이 동리 사람들더러 와 남구 비어 주구, 그 대신 우죽(枝葉) 가져가라구 하니, 용길이두 며칠 보내서 땔나무나 좀 장만하시죠."

"걸 누가…… 논을 도루 찾았는데."

"논만 찾으면 땔나문 없어두 사시나요?"

"논두 없어두 서른 다섯 해나 살지 않았느냐?"

"허허 참. 그러지 마시구 며칠 보내세요. 어서 다 비어 버려야 할 텐데, 도무지 사람을 못 구해 그러니, 절더러 부디 그럭허두룩 서둘러 달라구, 영남이가, 여간만 부탁을 해싸야죠. 아, 바루 동네서 가찹겠다, 져 나르기 수월허구…… 요위 가재골 있는 길천농장 멧갓이래요."

"무어?"

한 생원은 별안간 정신이 번쩍 나면서 대어든다.

"가재골 있는 길천농장 멧갓이라구?"

"네."

"네라니? 그 멧갓이…… 가만있자, 아아니, 그 멧갓이 뉘멧갓이길래?"

"길천농장 멧갓 아녜요? 걸, 영남이가 일인들이 이번에 거덜이 나는 바람에, 농장 산림감독하던 강 서방한테 샀대요."

"하, 이런 도적놈들. 이런 천하 불한당놈들. 그래, 지끔두 벌목을 하구 있더냐?"

7) 산판(山坂) : 멧갓. 멧갓은 산에 있는 말림갓으로, 나무나 풀을 함부로 베지 못하게 가꾸는 땅이나 산.

"오늘버틈 시작했다나봐요."

"하, 이런 천하 날불한당놈들이."

한 생원은 천방지축으로 가재골을 향하여 비틀걸음을 친다.

솔은 잘 자라지 않고, 개간하여 밭을 만들자 하니, 힘이 부치고 하여, 이름만 멧갓이지, 있으나마나 한 멧갓 한 자리가 있었다. 한 삼천 평 될까말까, 그다지 크지도 못한 것이었었다.

이 멧갓을 한 생원은 길천이에게다 논을 팔던 이듬핸치 그 이듬핸지, 돈이 아쉽고 한 판에, 또한 어수룩히 비싼 값으로 팔아 넘겼었다.

길천은 그 멧갓에다 낙엽송을 심어, 삼십여 년이 지난 지금 와서는 아주 한다는 산림이 되었었다.

늙은이의 총기요, 논을 도로 찾게 되었다는 것에만 정신이 팔려, 깜빡 멧갓 생각은 미처 아직 못하였던 모양이었다.

마침 전신주감의 쪽쪽 곧은 낙엽송이 총총 들이섰다. 베기에 아까워 보이는 나무였다.

한 서넛이 나가 한편에서부터 깡그리 베어 눕히고, 일변 우죽을 치고 한다.

"이놈, 이 불한당놈들. 이 멧갓 벌목한다는 놈이 어떤 놈이냐?"

비틀거리면서 고함을 치고 쫓아오는 한 생원을, 사람들은 영문을 몰라, 일하던 손을 멈추고, 뻔히 바라다보고 섰다.

"이놈, 너로구나?"

한 생원은 영남이라는 읍내 사람 벌목 주인 앞으로 달려들면서, 한대 갈길 듯 지팡이를 둘러멘다.

명색이 읍사람이래서, 촌 농투성이에게 무단히 해거를 당하면서 공수하거나 늙은이 대접을 하려고는 않는다.

"아아니, 이 늙은이가 환장을 했나? 왜 그러는 거야, 왜?"

"이놈. 네가 왜 이 멧갓을 손을 대느냐?"

"무슨 상관여?"

"어째 이놈아 상관이 없느냐?"

"뉘 멧갓이길래?"

"내 멧갓이다. 한덕문이 멧갓이다, 이놈아."

"허허, 내 별꼴 다 보네. 괜시리 술잔 든질렀거들랑 고이 삭히진 아녀구서, 나이께나 먹은 것이, 왜 남 일하는 데 와서 이 행악야 행악이. 늙은인 다리뼉다구 부러지지 말란 법 있나?"

"오오냐 이놈, 날 죽여라. 너구 나구 죽자."

"대체 내력을 말을 해요. 무엇 때문에 이 야룐지, 내력을 말을 해요."

"이 멧갓이 그새까진 길천이 것이라두, 조선이 독립됐은깐 인전 내 것이단 말야, 이놈아."

"조선이 독립이 됐는데, 어째 길천이 멧갓이 한덕문이 것이 되는구?"

"길천인, 일인들은 땅을 죄다 내놓구 간깐, 그 전 임자가 도루 차지하는 게 옳지, 무슨 말이냐?"

"오오, 이녁이 이 멧갓을 전에 길천이한테다 팔았다?"

"그래서."

"그랬으니깐, 일인들이 땅을 다 내놓구 가니깐, 이녁은 팔았던 땅을 공짜루 도루 차지하겠다?"

"그래서."

"그 개 뭣 같은 소리 인전 엔간치 해 두구, 어서 없어져 버려요. 난 뻐젓이 길천농장 산림관리인 강태식이한테 시퍼런 돈 이천 원 주구서, 계약서 받구 샀어요. 강태식인 길천이가 해준 위임장 가지구 팔구. 돈 내구 산 사람이 임자지, 저어 옛날 돈 받구 팔아먹은 사람이 임잘까?"

8·15 직후, 낡은 법이 없어지고 새로운 영이 서기 전, 혼란한 틈을 타서, 잇속에 눈이 밝은 무리들이 일본인 농장이나 회사와 관리자들과 부동이 되어가지고, 일인의 재산을 부당 처분하여 배를 불린 일이 허다하였다. 이 산판사건도 그런 것의 하나였다.

그 뒤 훨씬 지나서.

일인의 재산을 조선 사람에게 판다. 이런 소문이 들렸다.

사실이라고 한다면 한 생원은 그 논 일곱 마지기를 돈을 내고 사지 않고서는 도로 차지할 수가 없을 판이었다. 물론 한 생원에게는 그런 재력이 없거니와 도대체 전의 임자가 있는데, 그것을 아무에게나 판다는 것이 한 생원으로 보기에는 불합리한 처사였다.

일제하의 남대문 앞 거리

한 생원은 분이 나서 두 주먹을 쥐고 구장에게로 쫓아갔다.

"그래 일인들이 죄다 내놓구 가는 것을, 백성더러 돈을 내구 사라구 마련을 했다면서?"

"아직 자세힌 모르겠어두, 아마 그렇게 되기가 쉬우리라고들 하더군요."

해방 후에 새로 난 구장의 대답이었다.

"그런 놈의 법이 어딨단 말인가? 그래, 누가 그렇게 마련을 했는구?"

"나라에서 그랬을 테죠."

"나라?"

"우리 조선나라요."

"나라가 다 무어 말라 비틀어진 거야? 나라 명색이 내게 무얼 해준 게 있길래, 이번엔, 일인이 내놓구 가는 내 땅을 저희가 팔아먹으려구 들어? 그게 나라야?"

"일인의 재산이 우리 조선나라 재산이 되는 거야 당연한 일이죠."

"당연?"

"그렇죠."

"흥, 가만 둬 두면 저절루, 백성의 것이 될 걸, 나라 명색은 가만히 앉었다, 어디서 툭 튀어나와가지구, 걸 뺏어서 팔아먹어? 그따위 행사가 어딨다든가?"

"한 생원은, 그 논이랑 멧갓이랑 길천이한테 돈을 받구 파셨으니깐 임자로 말하면 길천이지 한 생원인가요?"

"암만 팔았어두, 길천이가 내놓구 쫓겨갔은깐, 도루 내 것이 돼야 옳지, 무슨 말야. 걸, 무슨 탁에 나라가 뺏을 영으루 들어?"

"한 생원한테 뺏는 게 아니라, 길천이한테 뺏는 거랍니다."

"흥, 둘러다 대긴 잘들 허이. 공동묘지 가 보게나, 핑계없는 무덤 있던가? 저어, 병신년에 원놈(郡守) 김가가 우리 논 열두 마지기 뺏을 제두 핑겐 다 있었더라네."

"좌우간, 아직 그렇게 지레 염렬 하실 게 아니라, 기대리구 있노라면, 나라에서 억울치 않두룩 처단을 하겠죠."

"일없네. 난 오늘버틈 도루 나라 없는 백성이네. 제에길 삼십육 년두 나라없이 살아왔을려드냐. 아아니 글쎄, 나라가 있으면 백성한데 무얼 좀 고마운 노릇을 해주어야, 백성두 나라를 믿구, 나라에다 마음을 붙이구 살지. 독립이 됐다면서 고작 그 래, 백성이 차지할 땅 뺏어서 팔아먹는 게 나라 명색야?"

그러고는 털고 일어서면서 혼잣말로,

"독립했다구 했을 제, 내. 만세 안 부르기 잘했지."

- 갈래 : 단편 소설, 풍자 소설.
- 주제 : 해방 후의 국가의 농정에 대한 비판과 풍자.
- 배경 : 시간적─일제시대와 8 · 15 광복 직후.
  공간적─군산 부근의 어느 농촌.
- 시점 : 전지적 작가 시점.

작·품·감·상

〈논 이야기〉는 한 생원의 논에 얽힌 삶의 역사와 현재의 생각 등이 주요 내용을 이루고 있으며, 8 · 15 광복 직후 국가의 농정을 풍자한 작품이다.

한일합방이 되던 1910년부터 1917년까지 토지조사사업에 의하여 사유권의 확립이라는 근대적 법률이 생겨나고, 농민은 조상 대대의 세습적 토지 점유에서 쫓겨나 소작농으로 전락한다. 일제 식민지하에서 소작지의 경작은 조선 시대보다 더 열악한 계약 조건을 수반하였고, 그 조건을 이행하지 못했을 때는 농지를 빼앗기고 화전민이 되거나 날품팔이가 되어야 했다.

한 생원의 아버지 한태수는 부지런한 농민이었다. 부지런히 일하여 악의 악식하면서 푼돈을 모아 열서너 마지기와 일곱 마지기의 논 두 자리를 샀다가 열서너 마지기를 고을 원에게 빼앗겼다. 그것은 아무 죄도 없는 한태수를 잡아다가 족치는 바람에 하는 수 없이 논 열서너 마지기를 원에게 바치고 풀려나왔던 것이다. 그 후 한일합방이 되고 논 일곱 마지기로는 식구를 거느릴 수 없어 한덕문은 시세의 두 배를 쳐서 준다는 일인 길천에게 팔았던 것이다. 그러면서 누가 물으면 일인이 쫓겨가게 되면 그 논은 다시 자기 것이 될 것이라고 큰 소리를 쳤다. 과연 8·15해방이 되고 우리 나라가 독립이 되자 일인은 모두 이 땅에서 쫓겨 갔다. 그리고 한덕문은 이 소식을 전해듣고 우리 나라가 해방이 되었다고 할 때도 만세를 부르지 않던 것을 그때는 만세를 부르며 기뻐하였다. 그것은 일인 길천에게 판 논이 자기 논이 될 것이라 여겼기 때문이다. 농민들이 8·15해방에 걸었던 기대와 꿈은 짐작하고도 남는다. 그것은 봉건적, 식민지적 토지 소유 관계를 지양하고 농민에게 토지를 돌려주어 농민이 토지의 소유주가 되는 것이다. 소작 제도의 속박에서 해방되지 않고서는 그 어떠한 정치적 변화도 이들에겐 해방일 수 없었던 것이다. 이렇게 볼 때 한 생원이 단순히 나라의 독립에 대해 기쁨을 느끼지 못하고 일인(日人)이 버리고 간 토지에 대한 소식을 들었을 때 기뻐한 것은 당연한 것이다. 하지만 그 논이 한 생원에게 되돌아올 리가 없다. 8·15 직후의 혼란한 틈을 타서 잇속에 밝은 무리들에 의해 벌써 다른 사람의 소유가 되어 버린 후였기 때문이다. 이렇게 살펴볼 때 농민 현실의 모순은 8·15 이후에도 해소되지 않았음을 알 수 있다.

〈논 이야기〉에는 농민 문제의 근본적 해결을 회피하는 체제와 스스로 한 사람의 지주가 되면 어떤 곳에서든 살 용의가 있다는 인물이 엮어 내는 아이러니가 내재되어 있다. 그렇기 때문에 회화적인 인물이 등장하여 이야기를 이끌어 가고 있는 것이다. 이 작품은 해방 후 채만식의 유일한 농민 소설로, 그의 문학 세계 전체에서도 농촌 현실의 문제를 가장 포괄적으로 다룬 작품으로 평가받는다.

1. 한 생원은 나라란 백성에 대해 어떻게 해 주는 것이라고 생각하는가?

_____

_____

2. 한 생원은 농민의 토지 문제가 해방이 되었어도 일제시대보다 나아진 것이 없다고 여기는 근거가 무엇인가 지문을 찾아 써라.

_____

_____

_____

3. 다음 제시된 지문은 일인들의 소유였던 땅을 그냥 놓고 간 것을 백성에게 돈을 내고 사라고 하는 잘못된 조치에 대한 한 생원의 비난이다. 한 생원의 비난에 대한 지지하는 입장이나, 또는 반대하는 입장을 정하고 자신의 주장을 써라.

> "그래 일인들이 죄다 내놓구 가는 것을, 백성더러 돈을 내구 사라구 마련을 했다면서?"
> "아직 자세힌 모르겠어두, 아마 그렇게 되기가 쉬우리라고들 하더군요."
> 해방 후에 새로 난 구장의 대답이었다.
> "그런 놈의 법이 어딨단 말인가? 그래, 누가 그렇게 마련을 했는구?"

"나라에서 그랬을 테죠."

"나라?"

"우리 조선나라요."

"나라가 다 무어 말라 비틀어진 거야? 나라 명색이 내게 무얼 해준 게 있 길래, 이번엔, 일인이 내놓구 가는 내 땅을 저희가 팔아먹으려구 들어? 그 게 나라야?"

"일인의 재산이 우리 조선 나라 재산이 되는 거야 당연한 일이죠."

"당연?"

"그렇죠."

"흥, 가만 둬 두면 저절루, 백성의 것이 될 걸, 나라 명색은 가만히 앉었 다, 어디서 툭 튀어나와가지구, 걸 뺏어서 팔아먹어? 그따위 행사가 어딨다 든가?"

"한 생원은, 그 논이랑 멧갓이랑 길천이한테 돈을 받구 파셨으니깐 임자 로 말하면 길천이지 한 생원인가요?"

"암만 팔았어두, 길천이가 내놓구 쫓겨갔은깐, 도루 내 것이 돼야 옳지, 무슨 말야. 걸, 무슨 탁에 나라가 뺏을 영으루 들어?"

"한 생원한테 뺏는 게 아니라, 길천이한테 뺏는 거랍니다."

1. 나라의 관리는 백성이 열심히 농사지어 잘 살도록 보살피고 관리해주는 것이라고 생각
한다.

2. 8 · 15 직후, 낡은 법이 없어지고 새로운 영이 서기 전, 혼란한 틈을 타서, 잇속에 눈이
밝은 무리들이 일본인 농장이나 회사와 관리자들과 부동이 되어가지고, 일인의 재산을
부당 처분하여 배를 불린 일이 허다하였다. 이 산판사건도 그런 것의 하나였다.

3. (해답 생략)

7

잉여인간(剩餘人間)

손 창 섭

작·가·소·개

　1922년 평양에서 3대 독자로 태어나 아버지를 일찍 여의고 할머니, 어머니와 함께 초등학교 1학년 때까지 살았다. 1935년 만주로 갔다가 이듬해 일본으로 건너가 동경 니혼 대학(日本大學)에서 수학했다. 1946년 해방과 함께 귀국하여 1949년 연합신문에 〈얄궂은 비〉를 발표하였다. 손창섭의 본격적인 작품 활동은 1952년 《문예》에 〈공휴일〉이 추천됨으로써 시작되었다. 등단 이후 단편 소설 〈생활적〉 〈미해결의 장〉 〈혈서〉 〈유실몽〉 〈인간동물원초〉 등을 잇달아 발표하였는데, 이는 현실의 밑바닥을 어둡고 침통하게 그려내면서 인간의 내면을 파헤치는 작품 경향으로 크게 주목을 받았다. 〈유실몽〉은 1950년대의 극단적으로 불황과 인플레 속에서 비정상적인 방식으로 살아가는 도시 빈민층의 삶을 그렸고, 〈인간동물원초〉에서는 모멸과 자조 의식이 내포된 가면을 벗은 인간들의 모습을 보여 주었다.

　1955년 남의 하숙비를 뜯어먹고 사는 실직가, 불구자, 간질병 환자들의 병적인 도착 심리를 그린 단편 소설 〈혈서〉로 제1회 현대 문학 신인상을 수상했고, 1959년 역사적 전환기를 살아가는 인간군상을 회화적으로 그려낸 〈낙서족〉을 발표하였다. 이 해에 〈잉여인간〉으로 제 4회 동인 문학상을 수상하였다.

　1960년대에는 신문 연재 소설 〈길〉〈부부〉 등의 장편 소설을 발표하였으나 일상성의 한계를 벗어나지 못하였다. 1970년 《손창섭 대표작 선집》을 낸 후에 일본으로 건너가 생활하고 있다.

　손창섭은 천성이 비사교적이고 외골수여서 문단의 기인으로 알려져 있으며, 착실한 사실적 필치로 이상 인격의 인간형을 1950년대의 불안한 상황을 사실적으로 묘사하면서 냉소적인 문체로 인간의 실존 세계를 그려내었다.

　김성한, 장용학 등과 함께 전후 세대 작가 그룹의 대표 작가로 꼽히는 그의 소설에는 인간에 대한 모멸과 부정이 가득차 있다. 그는 그 자신을 '신의 회작'으로 보았으며 그의 이 같은 발상은 소설 인물들에게 짙게 투영되어 있다. 폐병 환자, 간질 환자, 절름발이 등 비정상적 인물들의 비정상적 생활이 소설의 테마이다. 이러한 인물들은 모멸받아 마땅한 행동만 하며 이 세상의 허망함만을 드러내 보일 뿐이다. 그러나 그가 이처럼 정상적인 육체와 삶을 지니지 못한 인물들을 등장시켜 인간에 대한 이유를 퍼붓고 있는 이면에는 인간의 따스한 애정에 대한 향수가 깃들어 있다. 이는 자신의 비극적 생애와 그 생애의 표현으로서의 문학 사이에는 일종의 보상행위라는 관계가 성립하는 것이다.

　또한, 손창섭의 소설이 아무리 개인사의 기록이라 할지라도 그의 작품 속에는 해방 후의 혼란과 6 · 25라는 민족사의 비극이 교차하고 있다. 그러므로 역사적 드라마가 개인을 짓밟고 내팽개친 상처를 손창섭은 자학적으로 그리고 있는 것이다.

- 채익준 : 부지런하고 정의감이 강하며 부조리한 현실을 비판하고 현실과의 타협을 거부하는 비분강개한 성격의 인물이나, 자기 앞가림도 못하면서 결벽증이 강한 괴대망상증의 인물이다.
- 천봉우 : 자신의 의지와는 상관 없이 전개되는 외적인 상황에 수동적으로 끌려다니는 부지런한 비현실적인 인물이다.
- 서만기 : 현실의 모순 속에서 자신을 지키며, 새로운 미래에 대한 가능성을 보여 주는 모범적이고 긍정적인 인물이다.

만기 치과의원에는 원장인 서만기 씨와 간호원 홍인숙 양 외에도 거의 날마다 출근하다시피 하는 두 사람이 있었다. 한 사람은 비분강개파 채익준이요, 다른 한 사람은 실의의 인간 천봉우 씨다. 두 사람은 다 같이 서만기 원장의 중학교 동창생이다.

채익준은 간호원보다도 먼저 나와 아침 청소를 돕는다. 청소를 마치고 신문을 보다 곧잘 흥분하여 탁자를 주먹으로 내려치며 욕을 하고, 어떻게 처벌해야 한다는 둥 떠들어 댄다.

봉우는 언제나 수면 부족을 느끼고 있다. 그것은 6 · 25 사변을 치르고 나서부터 현저해졌다는 것이다. 자면서도 어렴풋이 깨어 있으므로, 깨어 있을 적에도 반 수면 상태인 셈이다. 그러므로 자연 무슨 일이나 관심과 정열을 기울이지 못하는 것이다. 그러나 중학 시절에는 재기 발랄한 야심가였다고 한다.

봉우의 아내는 여러 가지 불미한 소문을 퍼뜨리고 다니었다. 봉우와 결혼한 지

여덟 달 만에 낳은 아이가 봉우의 친 자식이 아니라는 것은 가까운 사람들은 다 알고 있다.

만기는 좀처럼 흥분하거나 격하지 않는 인물이다. 그렇다고 활동적인 타입도 아니지만 봉우처럼 유약한 존재는 물론 아니다. 그는 외유내강한 사내였다. 그는 언제나 부드러운 미소와 침착한 언동으로 남에게 친절히 대할 것을 잊지 않았다. 그는 기술도 출중한 편이지만 현재는 근방의 딴 치과에게 많은 손님을 뺏기고 있다. 그것은 시설이 빈약하고 건물이 초라한 때문이다. 그가 사용하고 있는 건물은 만기의 것이 아니라 세를 들고 있다. 건물이나 기구 모두 봉우 처가의 소유물이고, 다달이 셋돈을 봉우 처가 받는다.

봉우 처는 분방하기 이를 데 없으며, 툭하면 병원을 찾아 왔다. 그리고는 치료한답시고 만기의 가운 자락을 잡기도 하도 눈을 찌그리며 웃어 보이기도 한다. 만기는 봉우 처에 대해 경계를 한다. 그럴 적마다 봉우 처는 병원의 시설 문제, 월세 등의 문제로 만기를 괴롭힌다.

은주는 만기의 처제다. 은주는 소녀다운 감동으로 형부를 우러러 보고 사모하고 있다. 은주는 형부를 위해서라면 죽을 각오도 되어 있다. 만기 부처가 기회 있을 때마다 은주에게 배필을 물색해 와도 거들떠보지도 않았다. 은주의 마음을 언니는 알고 있다. 물론 만기도 짐작을 한다. 그러나 은주는 언니가 있는 데서만 형부에 대한 사랑을 나타내지 형부와 단둘이 있을 때는 처제로서 할 일을 할 뿐이다. 거기에 봉우 처가 노골적인 추태로 만기를 위협해 오고, 봉우와 미스 홍, 익준의 암담한 가정 내막, 심해지는 경제적인 고통, 이런 복잡한 관계들이 뒤얽히어 만기의 마음속을 더욱 어둡고 무겁게 해주고 있다.

삼십이 좀 넘어 보이는 낯선 남자가 봉우 처의 편지를 가지고 병원을 찾아 왔다. 내용은 병원 시설을, 작자가 나섰을 때 팔아치울 생각이라는 것, 이 편지를 가지고 간 분에게 기구 일습을 잘 구경시켜드리라는 것. 매매계약은 오늘 안으로 성립될 것이라는 것, 계약이 성립되면 일 주일 내에 병원과 시설 일체를 내어주시기 바란다는 것이다.

몇 시간 뒤, 한 소년이 대합실 문 앞에서 기웃거린다. 그는 아버지를 찾아 온 익준의 아들이다. 어머니는 두 시간 전에 죽었다고 한다. 외할머니도 아침에 생선 장사를 나간 채 아직 돌아오지 않았다고 한다. 만기는 서랍에 있는 돈을 챙겨 막 나가려는 데 어떤 청년이 들어와 쪽지 한 장을 건넨다. 계약이 성립되었다는 내용이고, 그러니 일주일 내에 병원을 비워달라는 것이다.

침침한 방안에는 옆방에 산다는 주인 노파가 역시 이웃 아낙네와 마주앉아 시체를 지키고 있었다. 만기가 주동이 되어 장례를 치르게 되었다. 만기는 돈을 마련하기 위해 나왔다. 병원에 들어서자 인숙이가 만기를 붙들고 자기에게 오십만 환이 있으며, 나머지는 싼 이자로 빚내올 터이니, 병원을 내라고 한다.

봉우 처에게 연락하고 그가 지정한 다방으로 가니 기다리고 있었다. 장례 비용을 빌려 달라고 간청했더니 오만 환 정도는 당장 현금으로 주겠다고 한다. 그리고 의논할 일이 있으니 일단 다시 들려달라고 한다. 만기는 그 돈으로 관을 사오고, 상복 준비를 하여 망우리에 무덤을 남기기로 했다. 장지로 가는 차 안에는 익준이가 없었다. 황혼 무렵 산에서 돌아온 일행이 집 골목 어귀에서 차를 내렸을 때 위쪽에서 머리에 흰 붕대를 감고 이리로 오는 허술한 사내가 있었다. 아이들이 먼저 알아내고 '아버지다!' 한다. 그는 무표정한 표정으로 이쪽을 향하고 꼼짝 않고 서 있었다.

일곱 살 먹은 끝엣놈이,

"아부지, 나, 새옷 입고 자동차 타구 산에 갔다 왔다!"

익준은 장승처럼 선 채 움직일 줄 몰랐다.

잉여인간(剩餘人間)

손 창 섭

만기 치과의원(滿期齒科醫院)에는 원장인 서만기씨와 간호원 홍인숙 양 외에도 거의 날마다 출근하다시피 하는 사람 둘이 있다. 그 한 사람은 비분강개파 채익준씨요, 다른 한 사람은 실의의 인간 천봉우씨다. 두 사람은 다같이 서만기 원장의 중학교 동창생이다. 그들은 도리어 원장보다도 먼저 나와서 대합실에 자리잡고 신문을 읽고 있는 날도 있었다. 더구나 채익준은 간호원보다도 일찍 나오는 수가 많았다. 큼직한 미제 자물쇠가 잠겨 있는 출입문 앞에 버티고 섰다가 간호원이 나타날 말이면,

"미스 홍, 오늘은 나에게 졌구려."

익준은 반가운 낯으로 맞이하는 것이었다. 그런 날은 인숙이가 아침 청소를 하는 데 한결 편했다. 한사코 말려도 익준은 굳이 양복 저고리를 벗어붙이고 소매까지 걷고 나서서 거들어 주기 때문이다. 대합실과 진찰실을 합쳐서 겨우 다섯 평이 될까말까한 방이지만 익준은 손수 마룻바닥에 물을 뿌리고 방구석이나 테이블 밑까지도 말끔히 쓸어내는 것이다. 무슨 일에나 몸을 사리지 않고 앞장을 서는 그의 성품은 이런 데도 잘 나타났다. 청소가 끝나면 익준은 작달막한 키에 가로퍼진 그 둥실한 몸집을 대합실 의자에 내던지듯 털썩 걸터앉아서 신문을 본다. 그러노라면 원장과 천봉우가 대개 전후해서 나타나는 것

이다.

　오늘도 간호원을 도와 실내 청소를 마치고 난 익준은 대합실에 자리잡고 신문을 펴 들었다. 아마도 세상에 그처럼 충실한 신문 독자는 없을 것이다. 이 병원에서 구독하고 있는 두 종류의 신문을 그는 한 시간 이상이나 시간을 소비해가며 첫줄 처음부터 끝줄 끝자까지 기사고 광고고 할 것 없이 하나도 빼지 않고 죄다 읽어버리는 것이다. 익준은 또한 그저 신문을 읽는 데만 그치지 않는다. 거기 보도된 기사 내용에 대해서 자기류의 엄격한 비판을 가할 것을 잊지 않는 것이다. 지금도 익준은 신문을 보다 말고 앞에 놓여 있는 소형 탁자를 주먹으로 내리치며 격분하여 고함을 질렀다.

　"천하에 이런 죽일 놈들이 있어!"

　참지 못해 신문을 든 채 벌떡 일어섰다. 익준은 진찰실로 달려들어가서 그 신문지를 간호원의 턱밑에 들이대며,

　"미스 홍, 이걸 좀 봐요. 아니 이런 주리를 틀 놈들이 있어 글쎄!"

　눈을 부라리고 치를 부르르 떨었다. 신문 사회면에는 어느 제약회사에서 외국제 포장갑을 대량으로 밀수입해다가 인체에 유해한 위조품을 넣어가지고 고급 외국 약으로 기만 매각하여 수천만 환에 달하는 부당 이득을 취하였다는 기사가 크게 보도되어 있었다. 인숙이가 그 기사를 읽는 동안 익준은 분을 누르지 못해 진찰실과 대합실 사이를 왔다갔다하며 혼자 투덜거리었다. 이윽고 인숙에게서 신문지를 도로 받아든 익준은 그것을 둘둘 말아가지고 옆에 있는 의자를 한번 딱 치고 나서,

　"그래 미스 홍은 어떻게 생각해. 이놈들을 어떻게 처치했으

면 속이 시원하겠느냐 말요?"

　마치 따지고 들 듯 했다.

　"그야 뻔하죠 뭐. 으레 법에 의해서 적당히 처벌될 게 아니겠
어요."

　그러자 익준은 한층더 분개해서 흡사 인숙이가 범인이기나
한 듯이 핏대를 세우고 대드는 것이었다.

　"뭐라구? 법에 의해서 적당히 처벌될 게라? 아니 그래 이따
위 악질 도배들을 그 뜨뜻미지근한 의법 처단으루 만족할 수
있단 말요! 미스 홍은 그 정도루 만족할 수 있느냔 말요? 무슨
소리요, 어림없소, 이런 놈들은 그저 대번에 모가질 비틀어버
리구 말아야 돼, 아니 즉각 총살이다. 그저 당장에 빵빵 하구 쏴
죽여버리구 말아야 돼. 그리구두 모가지를 베어서 옛날처럼 네
거리에 효수(梟首)[1]를 해야 돼요. 극형에 처해야 마땅하단 말
요!"

　"어마 선생님두 온. 끔찍스레 그렇게까지 할 게 뭐예요!"

　"끔찍하다? 아 그럼 그놈들을 몇만 환의 벌금이다, 몇 년 징
역이다, 하구 감방 속에 피신시켜놓구 잘 처먹구 낮잠이나 자
게 하다가 세상에 도로 내놔야 옳단 말요?"

　익준은 잠시 인숙을 노려보듯 하다가,

　"이거 봐요, 미스 홍, 우리가 누구 때문에 이렇게 못사는지
알우? 우리나라는 누구 때문에 이렇게 피폐해 가는지 알우? 모
두가 이따위 악당들 때문이오. 이거 봐요, 그런 놈들은 말야 이
완용이나 마찬가지 역적이오! 나라야 망하든 말든 동포들이야
가짜 약을 사 쓰구 죽든 말든 내 배때기만 불리면 그만이라구
생각하는 그딴 놈들은 살인 강도 이상의 악질범이오. 그런 놈

1) 효수(梟首) : 죄인
의 목을 베어 높은 곳
에 매달던 처형.

들을 극형에 처하지 않으니까 유사한 사건이 꼬리를 물구 발생한단 말이오. 난 그놈들의 뼈를 갈아 마셔두 시원치 않겠소……"

익준은 아직도 불을 끄지 못해 이를 가는 것이었다. 그는 대합실 의자에 돌아가 앉아서 다른 기사들을 읽어내려 가다가도 갑자기 땅이 꺼지게 한숨을 푹 내쉬고는,

"천하에 죽일 놈들 같으니……"

내뱉듯 하고 비참한 표정을 짓는 것이었다.

그가 나머지 기사를 죄다 주워읽고 차츰 흥분도 가라앉을 때쯤 해서야 이 병원의 주인이 나타났다. 서만기 원장은 언제나처럼 부드러운 미소를 보이며 가방을 들고 문안에 들어선 것이다.

"어서 나오게!"

익준은 늘 하는 식으로 인사를 건네고 나서 만기가 흰 가운을 걸치고 자리에 앉기가 바쁘게,

"여보게 만기, 세상에 그래 이런 날도둑놈들이 있나!"

그렇게 개탄하고 신문을 펴들고 만기 곁으로 가앉는 익준의 얼굴은 흥분으로 도로 붉어지기 시작했다. 만기는 여전히 품 있는 미소를 머금은 채,

"그러지 않아두 집에서 신문을 보구 자네가 또 몹시 격분했으리라구 짐작했네."

그러면서 담배 케이스를 열고 먼저 익준에게 권하였다. 권하는 대로 익준은 손을 내밀어서 한 대 뽑아들었다.

"이게 나 혼자만 격분할 일인가? 그럼 자네나 딴사람들은 심상하다 그 말인가?"

"아니지. 남달리 정의감과 의분이 강한 자네니까 남보다 몇

배 격분하지 않을 수 없으리란 말일세. 그렇지만 혼자 흥분해서 펄펄 뛰면 뭘하나!"

만기도 탄식하듯 하였다. 둘이는 담배에 불을 붙여물었다.

"정의감의 강약이 문젠가, 이사람아. 그래 이런 극악무도한 놈들을 보구 가만하구 있을 수 있겠나. 가슴속에서 불덩이가 치미는데 잠자코 있을 수 있느냐 말야."

익준은 만기가 함께 흥분해주지 않는 것이 불만인 모양이었다. 그때 마침 봉우가 기척도 없이 슬그머니 문안에 들어섰다. 언제나 다름없이 수면 부족이 느껴지는 떠름한 얼굴이다. 그는 먼저 인숙이 쪽을 바라보고 다음에 만기와 익준을 번갈아 보면서 멋쩍게 씩하고 웃었다. 그리고는 거의 자기 자리로 정해진 대합실 소파의 맨 구석 자리에 조심히 걸터앉았다. 그러자 자기의 흥분을 같이 나눠줄 사람이 나타났다는 듯이 익준은 탁자 위에 놓았던 신문을 집어서 봉우 눈앞에 바로 가져다댔다.

"봉우, 이거 봐. 글쎄 능지처참할 놈들이 있느냐 말야!"

익준은 핏대를 세우며 다시 흥분하기 시작했다. 봉우는 선잠을 깬 사람처럼 어릿어릿한 표정으로 익준을 쳐다보았다. 희미하게 웃었다. 그리고 흥미없는 듯이 신문을 받아들었다.

"뭐 말야?"

"뭐 말이야가 뭐야, 이런 빙충이[2] 같은 녀석. 아 그래 자네 눈깔엔 이게 안 뵌단 말야?"

화가 동해서 견딜 수 없다는 듯이 익준은 손가락끝으로 톱기사의 주먹 같은 활자를 찔렀다. 봉우는 강요당하듯이 제목을 입속말로 읽고 있었다. 내용은 마지못해 두어 줄 읽다가 말았다. 이어 딴 제목들을 대강 훑어보고 나서 봉우는 도로 신문을

2) 빙충이 : 똑똑하지 못하고 어리석고 수줍어 하는 사람.

접어서 탁자 위에 얹었다. 그러더니 만기와 익준을 번갈아 쳐다보고 웃으려다가 말았다. 익준은 더 참을 수 없다는 듯이 고함을 질렀다.

"왜 아무말이 없는 거야?"

봉우는 동정을 구하듯 하는 눈동자로 만기와 익준을 번갈아 보았다.

"임마, 그래 넌 아무렇지두 않단 말야? 눈뜬 채 코를 베어먹히구두 심상하단 말야?"

"누가 코를 베어먹혔대? 난 잘 안 봤어!"

봉우는 얼른 신문을 다시 집어들었다. 그러자 익준은 그 신문지를 홱 낚아채서는 탁자 위에다 힘껏 동댕이를 치고 나서,

"이런 쓸개빠진 녀석…… 에잇, 난 다신 자네들카 얘기 않네!"

우쭐해가지고 홱 돌아서더니 댓바람에 문을 차고 나가버리었다.

《夫婦》를 연재할 무렵의 孫昌涉

익준이 다시는 안 올 듯이 밖으로 사라지자 한동안 어리둥절하고 있던 봉우는 다시 신문을 집어들고 기사 제목을 대강 더듬어보기 시작하였다. 봉우는 언제나 그랬다. 거슴츠레한 낯으로 대합실에 나타나면 익준이가 한자 빼지 않고 샅샅이 읽고 놓아둔 신문을 펴들고 건성건성 제목만 되는대로 주워읽고 마는 것이다. 그리고 나서는 진찰을 받으러 온 환자처럼 말없이 우두커니 앉아서 시간을 보내는 것이다. 그의 시선은 자주 간호원에게로 간다. 그때만은 그의 눈도 노상 황홀하게 빛난다. 그러다가 간호원과 시선이 마주치면 봉우는 당황한 표정으로

외면해버리는 것이다. 빼빼 말라붙은 몸집에 키만 멀쑥하게 큰
그는 언제나 말이 적고 그림자처럼 조용하다. 어딘가 방금 자
다 깬 사람모양 정신이 들어 보이지 않는 표정을 하고 있다. 하
기는 그는 대합실 구석 자리에 앉은 채 곧잘 낮잠을 즐긴다. 봉
우의 낮잠 자는 모양이란 아주 신기하다. 소파에 앉은 대로 허
리와 목을 꼿꼿이 펴고 깍지 낀 두손을 얌전히 무릎 위에 얹고
는 눈을 감고 있다. 그러고 자는 것이다. 그는 밤에 집에서 잘
때에도 자세를 헝클지를 않는다고 한다. 천장을 향하고 반듯이
누우면 다음날 아침까지 몸을 움직이지 않고 그대로 잔다는 것
이다. 그러한 봉우는 언제나 수면 부족을 느끼고 있다고 한다.
그것은 6·25 사변을 치르고 나서부터 현저해졌다는 것이다.
전차나 버스를 타도 자리를 잡고 앉기만 하면 그는 으레 잠이
들어버린다. 그렇지만 자다가도 그는 자기가 내릴 정류장을 지
나쳐버리는 일이 없다. 자면서도 그는 차장의 고함소리를 꿈속
에서처럼 어렴풋이 듣고 있기 때문이다. 밤에 집에서 잘 때에
도 그렇다. 자는 동안에도 그는 주위에서 일어나는 소리를 다
들을 수 있다. 재깍재깍 시계 돌아가는 소리, 천장이나 부엌에
쥐 다니는 소리, 아내나 아이들의 잠꼬대며 바깥의 바람소리까
지도 들으면서 잔다. 말하자면 봉우는 오관(五官) 중 다른 감각
기관들은 다 자지마는 청각만은 늘 깨어 있는 셈이다. 그러니
까 자연 깊은 잠을 이루지 못한다. 그렇게 된 연유를 그는 6·
25 사변으로 돌리는 것이다. 피난 나갈 기회를 놓치고 적치(赤
治) 삼 개월을 꼬박 서울에 숨어지낸 봉우는 빨갱이와 공습에
대한 공포감 때문에 잠시도 마음 놓고 깊이 잠들어본 적이 없
다고 한다. 밤이나 낮이나 이십사 시간을 조금도 긴장을 완전

히 풀어본 일이 없다는 것이다. 그처럼 불안한 긴장 상태가 어느덧 고질화되어 오늘까지도 지속되고 있다는 것이다. 그러기에 꼬집어 말하면 그는 자면서도 깨어 있고 깨어 있으면서도 자고 있는 상태인 것이다. 까닭에 그는 밤낮없이 자면서도 항시 수면 부족을 느끼지 않을 수 없는 모양이다. 그것은 단지 육체적으로 오는 증상이기보다는 더 많이 정신적인 데서 결과하는 심리적 현상인 것이다.

이러한 봉우는 자연 무슨 일에나 깊은 관심과 정열을 기울이지 못하는 것이었다. 중학 시절에는 그토록 재기 발랄하고 야심가였던 그가 일단 현실 사회에 몸을 잠그고 부대끼기 시작하면서부터 차츰 무슨 일에나 시들해지기 시작하더니 전란통에 양친과 형제를 잃고 난 다음부터는 영 딴사람처럼 인간 만사에 흥미를 잃은 사람이 되어버리고 말았다. 심지어 그는 자기 아내에게까지 남편다운 관심과 구실을 다하지 못하고 있는 것이다. 한 달이면 절반은 사업을 합네 혹은 친정에 가 입읍네 하고 집을 비우기가 일쑤인 봉우 아내는 여러 가지 불미한 소문을 퍼뜨리고 다니었다. 그 여자는 본시 평판이 좋지 못하였다. 봉우와 결혼한 지 여덟 달 만에 낳은 첫아기가 봉우의 친자식이 아니라는 것은 가까운 사람들은 다 알고 있는 사실이었다. 둘째아이 역시 누구의 씬지 알게 뭐냐고 봉우 자신 신용을 하려들지 않았다. 그러면서도 둘이 헤어지지 않고 지내는 것이 이상한 일이었다. 그러나 거기에는 그럴 만한 이유가 있으리라고 만기는 생각하는 것이다. 이를테면 활동 의욕과 생활력을 완전히 상실하다시피 한 봉우는 아내의 부양에 의존하는 수밖에 없었고 경제 활동이 비범한 봉우 처는 무슨 짓을 하며 나가돌아

다녀도 말썽을 부리지 않으니 어쨌든 봉우가 편리한 남편이었는지도 모르는 것이다. 아무튼 봉우는 그만큼 가정에 대해서나 세상 일에 무관심한 인간이었다. 이상한 것은 그러면서도 단 한 가지 간호원 인숙양을 바라볼 때만은 잠에서 덜 깬 사람같이 언제나 거슴츠레하던 그의 눈이 깨어 있는 사람의 눈답게 빛나는 것이었다. 봉우는 인숙을 사랑하고 있는 성싶었다. 그러고 보면 봉우가 날마다 이 병원 대합실을 찾아와서 시간을 보내는 것은 오로지 인숙을 보기 위해서인지도 모른다. 그것은 그의 다음과 같은 거동으로써도 짐작할 수 있는 일이었다. 퇴근 시간이 되어 만기와 인숙이가 병원 문을 잠그고 한길로 나서면 물론 봉우도 그림자처럼 따라나선다. 그러면 인숙은 만기와 봉우에게 인사를 남기고 헤어져 전차 정류장 쪽으로 간다. 거기서 인숙이가 전차를 기다리다보면 어느새 봉우가 옆에 척 따라와 서 있는 것이다.

"어마, 선생님, 어디 가셔요?"

인숙이가 의외란 듯이 물으면 봉우는 아이들모양 손을 들어 한 방향을 가리키며,

"저어기 좀……"

그리고는 자기도 같이 전차를 기다리는 것이다. 인숙이가 전차를 타면 얼른 봉우도 따라오른다. 전차 안에서도 봉우는 별로 말이 없이 인숙이 곁에 서 있다가 인숙이가 내리면 그도 따라내리는 것이다. 인숙은 한참 앞서 걷다가 자기 집 골목 어귀에 이르러 걸음을 멈추고,

"그럼 안녕히 다녀가세요."

머리를 숙이고 나서 인숙이가 빠른 걸음으로 골목길을 걸어

들어가면, 봉우는 처량한 표정을 하고 서서 인숙의 뒷모양을 지켜보다가 보이지 않게 되어서야 풀이 죽어서 발길을 돌이키는 것이었다. 봉우는 거의 매일 그러하였다. 어떤 기회에 인숙에게서 우연히 그 이야기를 들었을 때 만기는 단순히 웃어버릴 수만은 없었던 것이다.

만기와 익준이와 봉우는 중학 시절에 비교적 가깝게 지낸 사이지만 가정 환경이나 취미나 성격이나 성장해서의 인생 태도는 판이하게 달랐다. 만기는 좀처럼 흥분하거나 격하지 않는 인물이었다. 그렇다고 활동적인 타이프도 아니지만 봉우처럼 유약한 존재는 물론 아니었다. 반대로 외유내강한 사내였다. 자기의 분수를 알고 함부로 부딪치지도 않고 꺾이지도 않고 자기의 능력과 노력과 성의로써 차근차근 자기의 길을 뚫고 나가는 사람이었다. 아무리 놀라운 일에 부닥치거나 비위에 거슬리는 사람을 대해서도 도리어 반감을 느낄 만큼 그는 침착하고 기품 있는 태도를 잃지 않는다. 그것은 본시 천성의 탓이라고도 하겠지만 한편 그의 풍부한 교양의 힘이 뒷받침해주는 일이기도 하였다. 문벌 있는 가문에 태어나서 화초 가꾸듯 정성어린 어른들의 손에서 구김살없이 곧게 자라난 만기는 예의범절이 자연스럽게 몸에 배어 있을 뿐 아니라, 미술, 음악, 문학을 비롯해서 무용, 스포츠, 영화에 이르기까지 깊은 이해와 고급한 감상안을 갖추고 있었다. 크레졸 냄새만을 인생의 유일한 권위로 믿고 있는 그런 부류의 의사와는 달랐다. 게다가 만기는 서양사람처럼 후리후리한 키와 알맞은 몸집에 귀공자다운 해사한 면모를 빛내고 있었다. 또한 넓고 반듯한 이마와 맑고

잔잔한 눈은 그의 총명성과 기품을 설명해주고 있었다. 누구를
대해서나 입을 열 때는 기사(棋士)가 바둑돌을 적소에 골라놓
듯이 정확하고 품있는 말을 한마디 한마디 신중히 골라썼다.
언제나 부드러운 미소와 침착한 언동으로 남에게 친절히 대할
것을 잊지 않았다. 좋은 의미에서 그는 영국풍의 신사였다. 자
연 많은 사람 틈에 섞이면 군계일학(群鷄一鶴)³⁾ 격으로 그의
품격은 더욱 두드러져 보였다. 그는 한편 같은 치과 의사들 가
운데서도 기술이 출중한 편이었다. 그러면서도 현재는 근방에
있는 딴 치과에게 많은 손님을 뺏기고 있는 형편이었다. 그것
은 단지 시설이 빈약하고 병원 건물이 초라한 까닭이었다. 그
렇지만 지금의 만기로서는 딴 도리가 없었다. 좀더 많은 손님
을 끌기 위해서는 목 좋은 곳에 아담한 건물을 얻어 최신식 시
설을 갖추는 길밖에 없는데 현재의 경제 실정으로는 요원한 꿈
이 아닐 수 없었다. 이나마도 병원 건물은 물론 시설 일체가 만
기 자신의 것이 아니었다. 건물이나 기구 일습이 봉우 처가의
소유물인 것이다. 봉우의 장인이 생존했을 당시 빚값에 인수했
던 담보물이었는데 막상 팔아치우려고 하니 워낙 구식인 데다
가 고물이어서 값이 나가지 않기 때문에 6·25사변 이래 줄곧
세를 놓아오던 터였다. 그걸 봉우의 소개로 만기가 빌어쓰게
되었던 것이다. 다달이 그 셋돈을 받으러 오는 것은 봉우 처였
다. 친정에 가서도 도리어 오빠들보다 발언권이 강한 봉우 처
는 종내 오빠를 휘어잡아 병원 건물과 거기에 딸린 시설을 거
의 자기 소유나 다름없이 만들어놓았던 것이다. 이 분방하기
이를 데 없는 봉우처로 말미암아 만기는 난처한 일을 당한 적
이 한두 번이 아니었다. 봉우 처는 툭하면 병원을 찾아왔다. 한

3) 군계일학(群鷄一
鶴) : 닭의 무리 가운
데서 한 마리의 학이
란 뜻으로 여럿 가운
데서 가장 뛰어난 사
람.

달에 한번씩 셋돈을 받으러 들르는 외에도 치석⁴⁾이 끼었느니 입치(入齒)가 어떠니 충치가 생기는 것 같다느니 핑계를 내걸고 걸핏하면 나타나는 것이었다. 그때마다 봉우 처는 짙은 화장과 화려한 의상으로 풍요한 육체를 장식하고 있었다. 그러한 경우 물론 봉우 부부는 대합실에서 서로 얼굴을 대하게 마련이나 잠깐 보고는 그만이다. 모르는 사이처럼 담담한 표정으로 말을 거는 일조차 거의 없다. 봉우는 이내 도로 반수반성(半睡半醒)⁵⁾ 상태에 빠지고 그 아내는 만기에게 친밀한 미소를 보내며 다가앉는 것이다. 얼마 전 치석 소제를 하러 왔을 때 일이다. 얼굴을 젖히게 하고 만기가 열심히 잇사이를 긁어내고 있노라니까 눈을 감고 가만하고 있던 봉우 처가 슬며시 만기의 가운 자락을 잡아당기었다. 그러면서 눈을 감은 채 배시시 웃었다. 만기는 내심 적지않이 당황하여 얼른 봉우 아내의 손을 뿌리치려고 했지만 여인은 손에 더욱 힘을 주어서 끌어당기었다. 만기는 할수없이 봉우나 딴사람이 눈치채지 못하도록 몸으로 가리듯이 하며 다가서서 하던 일을 계속했다. 대강 치석을 긁어내고 양치질을 시켰다. 봉우 처는 그제야 만기의 가운 자락을 틀어쥐고 있던 손을 놓고 컵에 준비된 물을 머금고 울렁울렁 입을 부셔냈다. 그러더니,

"아파서 그랬어요!"

만기를 쳐다보며 변명하듯 하고 애교 있게 웃었다.

언젠가 한번은 이런 일도 있었다. 충치가 생긴 것 같아 들렀다고 하며 눈이 부시게 차리고 나타난 봉우 처는 만기의 지시도 없이 치료 의자에 성큼 올라앉았다. 만기가 다가가서 어디 입을 벌려보라고 하니까 봉우 처는 지그시 눈을 찌그리며 웃어

보이고는 일부러 그러 듯이 입술을 오물오물하다가 겨우 삼분
의 일쯤 벌리고 말았다.

"좀더 힘껏, 아아."

그래도 여자는 다시 입술을 오물오물해보이고는 역시 삼분
의 일쯤 벌리고 그만이었다. 그리고는 미태를 담뿍 담은 눈으
로 연방 소리 없이 웃었다. 그때부터 만기는 의식적으로 봉우
처를 경계하지 않을 수 없었던 것이다. 본시가 만기에게는 여
자들이 많이 따르는 편이었다. 여자들은 기회만 있으면 만기에
게 지나친 호의를 보이려고 애쓰곤 하였다. 사철을 가리지 않
고 국산지 춘추복 한 벌로 몇 년을 두고 버티어오는 가난한 치
과 의사지만 귀공자다운 그의 기품 있는 풍모와 알맞은 체격과
교양인다운 세련된 언동이 그를 사모하고 있는 것이었다. 그러
기 그 부인이 가끔 농담삼아 만기에게 이런 말을 걸어오는 것
도 무리가 아니었다.

"결코 잘난 남편을 섬길 게 아닌가봐요!"

"그게 무슨 소리요? 대체."

"모두들 당신에게 눈독을 들이구 있으니, 미안하기두 하구
민망하기두 해서 그래요!"

"온 별소릴 다…… 그래 내가 그렇게 잘났던가?"

물론 그러고 둘이 다 농담으로 웃어넘기고 마는 일이었으되
만기 자신 이상히도 여자들이 자기를 따르고 있다는 사실을 부
인할 수는 없었다. 그러고 보면 병원을 찾아오는 단골 환자의
거개가 젊은 여자들이라는 사실도 무심히 보아넘길 일만은 아
니었다. 많은 여자 환자 가운데는 여러 가지 방법으로 만기에
게 호감을 보이려드는 사람도 있었다. 한 주일이면 끝날 치료

를 자진해서 열흘 내지 보름씩 받으러 다닌다거나 완치된 다음에도 사례라고 하며 와이샤쓰나 양복지 같은 것을 사들고 일부러 찾아오는 여자가 결코 한둘에 그치지 않았다. 그때마다 여자들의 단순하지 않은 호의를 물리치기에 만기는 진땀을 빼곤 했던 것이다. 그러한 여성들 가운데는 외모로나 교양으로나 퍽 매력적인 상대가 없지도 않아서 만기의 맑고 잔잔한 마음속에 뜻하지 않았던 잔물결을 일으키는 경우도 간혹 있는 일이었다. 그러나 그저 그것뿐이었다. 사랑하는 주위 사람들에게 깊은 상처를 주고 싶지 않았다. 비극이 두려웠다. 더구나 현대적 의미에서의 현처양모인 아내를 생각하면 부질없는 마음 구석의 잔물결도 이내 가라앉아버리고 마는 것이었다. 십 년 가까이나 가난한 살림에 들볶이면서도 한결같이 변함없는 애정과 신뢰로써 남편을 섬기었고 심혈을 쏟아 어린것들을 보살펴오는 아내의 쪼들은 모습을 눈앞에 그려볼 때 만기는 꿈에라도 딴생각을 품어볼 수가 없었다. 그러기에 아름다운 여성 환자의 지나친 호의를 물리친 날이면 만기는 아내가 좋아하는 물건을 무엇이고 사들고 돌아가는 것이었다. 신혼 때나 다름없이 지금도 대문께까지 달려나와 남편을 맞아들이는 아내에게 사갖고 온 물건을 들려주고 나서 까칠해진 아내의 손을 꼭 쥐어주며,

"고생시켜 미안허우!"

혹은,

"나이들며 더 예뻐지는구려!"

그러고는 봄볕처럼 다사로운 미소를 아내 얼굴에 부어주는 만기였다.

그러한 만기라, 봉우 처에 대해서는 항시 경계해오고 있었지만 요즘 와서 은근히 골치를 앓지 않을 수 없었다. 만기에 대한 봉우 처의 접근 공작이 너무나 집요하고 대담하게 나타나기 시작했기 때문이다. 어제만 해도 만기는 봉우 처를 딴 장소에서 만나지 아니할 수 없었다. 며칠 전부터 병원 건물과 시설에 관해서 긴급히 의논할 일이 있으니 꼭 좀 만나달라는 연락이 오곤 했다. 그때마다 만기는 바쁘기도 하고 몸도 좀 불편해서 지정한 장소까지 나갈 수가 없으니 안되었지만 병원으로 내방해 줄 수는 없느냐는 회답을 보냈던 것이다. 그러나 봉우 처에게서는 자기도 여러 가지 사정으로 찾아갈 수가 없으니 꼭 좀 나와달라는 쪽지를 사람을 시켜서 거푸 보내오는 것이었다. 어제는 마침내 자기와의 면담을 고의적으로 회피하는 것은 결국 자기를 공공연히 모욕하는 행위라는 위협조의 연락이 왔던 것이다. 그래서 만기는 할수없이 퇴근하는 길로 지정한 다방에 봉우처를 만나러 갔던 것이다. 여자는 역시 여왕처럼 성장을 하고 먼저 와 있었다.

"고마워요. 귀하신 몸이 이처럼 행차해주셔서."

만기에게 맞은쪽 자리를 권하고 나서 여자는 친밀한 미소와 함께 약간 비꼬는 어투로 인사를 던져왔다.

"퍽 재미있는 농담이십니다."

만기가 그랬더니,

"선생님은 농담을 덜 좋아하실지 모르겠군요. 워낙 고상한 신사시니까."

그래서,

"너무 기술적인 용어에는 전 대답할 자신이 없습니다."

만기는 그러고 가볍게 웃어보였다. 봉우 처는 만기의 의향을 묻지도 않고 오렌지 주스 두 잔을 시켰다. 그것을 마셔가면서 대체 의논할 일이란 무엇이냐고 만기 편에서 먼저 물었다.

　"다른 게 아니라, 병원 건물이 하두 낡아서 전면적인 수릴 해야겠어요."

　그래서 병원 옆에 있는 사무실이나 아래층 가게에서 들은 셋돈을 인상하는 동시에 삼 개월분씩 선불을 받기로 했다는 것이다.

　"그렇지만 여러 가지 점으루 선생님께만은 말씀드리기가 안 되어서 어떻게 할까 망설이다가 솔직히 의논해보려구 뵙자구 헌 거예요."

　여자는 말을 마치고 만기의 얼굴을 살짝 치떠보았다. 아닌게 아니라 만기로서는 아픈 이야기였다. 현재도 매달 셋돈을 맞춰놓기에 쩔쩔매는 판이었다. 게다가 석 달치 선불이란 거의불가능에 가까운 일이었다.

　"얼마나 올려받으실 예정이십니까?"

　"삼할은 올려받아야겠어요. 그 근처에서들은 다들 그정도 받는 걸요."

　"그럼, 우리 옆 사무실이나 아래층 가게에서들은 이미 양해를 얻으셨습니까?"

　그러자 여자는 만기의 얼굴을 정면으로 쳐다보며,

　"선생님, 우리 그런 사무적 얘기는 딴데 가서 하십시다. 이런 장소에선 싫어요. 제가 저녁을 대접하겠어요. 늘 폐를 끼쳐왔으니까요."

　그러고는 만기가 뭐라고 할 사이도 없이 여자는 일어서 카운

터로 가서 셈을 치르고 밖으로 나가는 것이었다. 만기가 어리
둥절해서 따라나가자 봉우 처는 어느새 택시를 불러세웠다.

"먼저 오르세요!"

만기는 다음날 다시 만나 사무적으로 타협하기로 하고 우선
빠져돌아가려고 했으나,

"고의로 남의 호의를 무시하는 건 신사도가 아니에요."

여자는 만기를 차 안으로 떼밀듯이 했다. 번잡한 길거리에서
승강이를 할 수도 없고 해서 만기는 시키는 대로 차에 오를 수
밖에 없었다. 십분도 채 달리지 않아서 택시는 어느 음식집 앞
에 닿았다. 여염집들 사이에 끼어 있는 그 음식집은 외양과 달
리 안에 들어가보면 방도 여러개 있고 제법 아담하게 꾸며져
있었다. 봉우 처는 그 집 마담과는 친숙한 사이인 모양이라 허
물없는 인사를 나누고 나서,

"별실 비어 있니?"

하고, 물었다. 마담은 호기심에 찬 눈으로 만기를 힐끔 쳐다보
고,

"별실 삼호가 비어 있을 거야. 그리루 모셔."

그리고는 안을 향하고,

"별실 삼호실에 두 분 손님!"

소리를 질렀다. 열대여섯 살 먹은 소녀가 조르르 달려나와
안내를 하였다. 자그마한 홀을 지나 긴 복도를 휘어도니 저쪽
으로 돌아앉은 참한 방이 있었다.

"이 집 마담, 여학교 동창예요. 그래서 귀한 손님을 대접할
일이 있으면 가끔 오죠."

여자는 묻지도 않는 말을 하고 다가와서 만기의 양복 저고리

를 벗기려고 했다. 만기는 얼른 제 손으로 벗어서 벽에 걸려고 했다. 그러자 여자는 그것을 낚아채듯 뺏어서 옷걸이에 얌전히 걸었다. 조그만 식탁을 사이에 하고 마주앉아 여자는 만기를 쳐다보며 피로한 듯한 미소를 짓고 가늘게 한숨을 토했다. 소녀가 물수건과 찻물을 날라왔다. 봉우 처는 이 집은 갈비찜이 명물이라고 하고 두 손으로 턱을 괴고 한동안 가만하고 있었다. 왜 그런지 몹시 피로해 보였다. 삼십을 한둘 남긴 여자의 무르익은 모습은 어떤 요염한 독소조차 느끼게 해주었다. 만기도 까닭 모를 피로감과 함께 저절로 긴장해졌다.

"병원 시설을 사겠다는 사람이 있어요. 헐값이지만 고물이라서 차라리 팔아치울까 해요!"

여자는 만기를 빠끔히 쳐다보며 엉뚱한 소리를 했다. 만기는 속으로 놀랐다. 여자의 마음을 얼른 파악하기 힘들었다. 진담인가, 그렇지 않으면 야비한 복선인가. 어느쪽이든 만기에게는 타격이었다. 그 시설은 지금의 만기에게 있어서 생명선이나 다름이 없었기 때문이다. 그러나 만기는 그러한 내심을 조금도 표면에 비치지 않고 태연히 듣고만 있었다.

"낡아빠진 그 시설을 쓰기에는 선생님의 탁월한 기술이 아까워요. 그래서 작자가 나선 김에 팔아치우고 선생님에게는 현대적인 최신식 시설을 갖춰드리구 싶어서 그래요. 제게 그정도의 자금은 마련되어 있어요!"

여자의 음성과 표정이 왜 그렇게 차분차분할까? 거기에는 심리적 호흡의 기술이 필사적으로 작용되고 있었다. 그러기 아까 다방에서 내논 말과는 아주 딴 얘기라는 점을 노골적으로 지적해줄 수가 없었다.

"경제적 면에서 제게는 그런 최신 시설을 빌릴 만한 능력이 없습니다."

"셋돈 말씀이죠?"

여자가 간격 없이 웃고 나서,

"선생님이 독립하실 수 있을 때까지 오년이구 십년이구 그냥 빌려드려두 좋아요!"

만기는 대답할 말이 없었다. 상대편에서 이렇게 자꾸 엉뚱하게만 나오니 더욱 조심해질 뿐이었다.

"이상하게 생각하실 건 없어요. 이왕 놀고 있는 돈이 있으니까 제가 존경하고 있는 선생님에게 조금이라도 편리를 봐드리구 싶은 것뿐예요!"

순간 여자의 표정이 놀랄 만큼 진지한 빛으로 변했다. 만기는 봉우 처의 이러한 얼굴을 본 일이 없었다.

마침 주문한 음식이 들어오기 시작했다. 식사를 하는 동안 봉우 처는 소매를 걷고 마치 남편에게 하듯 잔시중까지 들었다. 만기는 음식을 먹으면서도 마음이 조마조마했다. 아무래도 심상치 않은 예감이 들었기 때문이다. 만기의 그러한 예감은 마침내 적중하고야 말았다. 식사가 거의 끝나갈 무렵 봉우 처는 상 밑에서 한쪽 발을 슬며시 만기의 무릎 위에 얹었다. 그리고는 지그시 힘을 주며 요염한 웃음을 쏟았다. 그 눈이 불같았다. 만기는 꽤 당황했지만 시선을 피하며 슬그머니 물러앉았다. 여자는 발끝으로 옴츠리는 만기의 무릎을 쿡 찌르고 어깨를 으쓱해보였다. 이미 전기가 들어와 있었다. 잠시 멋쩍게 앉아서 먹다남은 음식들에 공연히 젓가락질을 하다 말고 여자는 갑자기 자리를 떠서 밖으로 나가버리었다. 한참동안 여자는 돌아오지 않았다. 만기는 어지간히 불쾌하고 불안한 생각에 앉았다 섰다 하며 마음의 자세를 가다듬었다. 십분 이상 지나서야 여자는 돌아왔다. 대번 알아보게 얼굴에는 주기가 돌았다. 여자는 방안에 들어서면서 안으로 문고리를 잠갔다. 짤그락하는 소리가 이상하게 도전적이었다. 여자는 다시 창문의 커튼까지 내리고 제자리에 가 앉았다. 초가을 저녁 무렵이지만 밀폐되다시피 한 실내는 한증속처럼 더웠다. 여자는 술잔을 들어 만기 앞으로 내밀며,

"따라주세요!"

명령조였다. 원래 만기는 한두 잔밖에 못하기 때문에 주전자에는 술이 거의 그대로 남아 있었다. 만기는 한 손으로 주전자 뚜껑을 누르고,

"인제 그만 돌아가실까요. 오늘은 정말 오래간만에 포식했습니다."

달래듯 했다.

"내버려두세요. 거룩하신 선생님 눈엔 제가 사람같이 안 보일 테니까요."

여자는 무리로 주전자를 뺏어서 자기 손으로 따라 마시었다. 안주도 안 먹고 거푸 물마시듯 했다. 만기는 겁이 났다. 이 이상 취하면 어떤 추태를 부릴지도 모른다. 버려둘 수가 없었다. 만기는 간신히 술 주전자를 뺏어 감추었다. 그러자 여자는 그것을 도로 뺏으려고 덤벼들었다. 앉은 채 잠시 붙잡고 돌아갔다. 주전자를 떨어뜨려서 술이 엎질러졌다. 여자는 그것을 훔칠 생각도 않고 만기 무릎 위에 쓰러지듯 푹 엎더져버리고 말았다.

"골샌님!"

여자는 어린애처럼 어깨를 추며 울기 시작했다.

대합실 문밖에서 웬 소년이 안을 기웃거리고 있었다.
"너 웬 아이냐?"
간호원이 먼저 발견하고 물었다. 소년은 대답 없이 조심히
문을 밀고 들어섰다. 여남은 살 먹었을 그 소년의 얼굴은 제법
귀염성 있게 생겼지만 거지아이나 다름없는 꼴을 하고 있었다.
"여기가 병원이죠?"
소년은 어릿어릿하며 조그만 소리로 간호원에게 물었다.
"그래. 너 어째서 왔니?"
소년은 이번에도 대답을 않고 대합실과 진찰실 안을 두리번
거리고 나서,
"울아버지 안 오셨어요?"
영문 모를 질문을 했다. 테이블 앞에 앉아서 외국 잡지를 뒤
적이고 있던 만기가,
"너의 아버지가 누구냐?"
물으니까,
"울아버지 채익준씨야요."
그러고 소년은 다시한번 방안을 둘러보았다.
"오, 너 익준이 아들이구나!"
만기는 일어나 소년 옆으로 다가갔다. 좀 불안한 표정을 하
고 섰는 소년의 손목을 잡아서 옆 의자에 앉히고 만기도 소파
에 마주앉았다.
"너, 아버지 찾아왔구나. 이름이 뭐지?"
"채갑성이에요!"

"나이는?"

"열한 살예요!"

만기가 친절히 말을 걸어주는 바람에 안심이 되었는지,

"울아버지는 안 오셨어요?"

소년은 걱정스레 다시 물었다.

"아버진 아침에 잠깐 다녀나가셨는데…… 그래 너 왜 아버
질 찾아왔니?"

"어머니가 아버지 찾아오랬어요. 어머니 죽을 것 같대요!"

소년에게는 여동생 하나와 남동생 하나가 있어서 외할머니
까지 합치면 모두 여섯 식구라고 한다. 그런데 지금까지 집안
살림의 중심이 되어오던 모친이 반년 가까이나 병석에 누워지
낸다는 것이다. 모친은 자리에 눕기까지 생선 장사를 했다는
것이다. 아이들이 자고 있는 꼭두새벽에 첫차로 인천에 가서
생선을 한 광주리 받아이고는 서울로 되돌아와서 행상을 하였
다는 것이다. 모친이 병으로 누운 다음부터는 오십이 넘은 외
할머니가 어머니 대신 생선 장사를 해서 간신히 가족들 입에
풀칠을 하고 지낸다는 것이다. 그러니까 어머니는 제대로 가서
치료를 받아보지도 못한 채 집에 누워서 앓고 있다는 것이다.
그래서 병세는 나날이 더 심해만 갔는데 아까 점심때쯤 해서
어머니는 소녀를 불러놓고 숨이 자꾸 가빠오는 것 보니 죽을
것 같다고 하며 얼른가서 아버지를 찾아오라고 하였다는 것이
다. 만기가 차근차근 캐어묻는 말에 대충 이상과 같은 내용의
대답을 하고 난 소년은 별안간 쿨적거리고 울기 시작했다. 만
기는 우선 소년을 달래놓고,

"그래, 너 이 병원은 어떻게 알았니?"

"접때 아버지하구 돈 꾸러 왔댔어요."

"돈 꾸러? 여길?"

"네. 아버지 엄마하구 무슨 얘기하다가 울었어요. 그리구 나 데리구 여기까지 왔댔어요."

"그래서 돈은 꾸어갔니?"

"아니요. 나보구 길거리에 서서 기다리라구 해서 한참이나 이앞에서 기다리구 있었는데 아버지가 나와서 그냥 돌아가라구 했어요. 그러면서 저녁에 돈을 마련해가지구 돌아갈 테니 집에 가서 엄마보구 조금만 더 참구 기다리라구 했어요."

만기는 지그시 눈을 감았다. 마음이 복잡하거나 괴로울 때 하는 버릇이었었다. 옷이라곤 언제나 탈색한 사지 군복 바지에 퇴색한 해군 작업복 상의만을 걸치고 다니는 초라한 익준의 몰골이 감은 눈앞을 스치고 지나갔다. 그러면서도 익준은 병원에 와서 돈을 꾸려고 한번도 손을 내밀어본 일이 없었다. 뿐만 아니라 그는 단 한마디도 딱한 집안 사정을 입밖에 비추어본 일조차 없었다. 만기도 그의 가정 형편이 그렇게까지 말이 아닌 줄은 모르고 있었다.

"너 몇 학년이니?"

"학교 그만뒀어요."

"그럼 놀고 있어?"

"신문 장사해요."

만기는 그런 말까지 캐어물은 것을 도리어 후회했다. 그는 소년을 위로해서 돌려보내고 나서도 마음이 무거웠다. 남의 일 같지 않았다. 남의 시설을 빌어서 나마 개업을 하고 있다고는 하지만 만기 자신 생활에는 극도로 시달리고 있었기 때문이다.

자그만치 열 식구에 버는 사람이라곤 만기뿐이니 당할 도리가 없었다. 대가족이 먹고 입는 일만도 숨이 가쁠 지경인데 동생들의 학비까지 당해내야만했다. 대학이 하나, 고등학교가 둘, 거기에 국민학교 다니는 자기 장남까지 합친다면 그야말로 무서운 지출이었다. 피를 짜내듯 해서 거의 기적적으로 감당해오고 있었다. 그밖에 늙은 장모와 어린 처남 처제들만이 아득바득하고 있는 처가에도 다달이 쌀말 값이라도 보태주지 않아서는 안되었다. 하기는 그런대로 개업을 하고 있는 만기에게는 다소라도 수입이 있었다. 그러나 동란 이래 직업을 갖지 못하고 있는 익준네 생활이 그만큼이라도 지탱되어왔다는 것은 한편 수수께끼 같은 일이기도 했다. 익준은 취직을 단념하고 있었다. 왜정 때 겨우 중학을 나왔을 뿐 특수한 기술도 백도 없는데다가 나이마저 삼십고개를 반이나 넘어섰고 보니, 취직이란 말 그대로 별따기였다. 게다가 남달리 정의감과 결벽성이 세기 때문에 사소한 부정이나 불의를 보고도 참지 못하는 그는 설사 어떤 직장이 얻어걸렸다 해도 오래 붙어 있지 못했을 것이다. 사변 전에도 직장다운 직장을 오래 가져보지 못했던 것은 오로지 그러한 그의 성격 탓이었다. 그렇다고 장사를 하자니 밑천도 없었거니와 이 또한 고지식한 그에게 될 일이 아니었다. 언젠가는 생각다 못해 노동판에도 섞여보았다. 그 역시 해보지 않던 일이라 한몫을 감당할 수도 없었거니와 사무실에서 인부들의 임금을 속여먹는 줄 알게 되자 대뜸 쫓아가서 시비끝에 주먹다짐까지 벌어졌던 것이다. 그러기 최근 일년 동안은 양심적이고 동지적인 자본주를 얻어, 먹고 살 수도 있고 동시에 국가 사회에도 이익될 수 있는 사업을 스스로 일으켜야겠다고 하

며 그는 날마다 거리를 휘젓고 다녔다. 그가 말하는 국가 사회
에도 보익(補益)[6]하며 먹고살 수도 있는 사업이란 한국에 와
있는 외국인 상대의 일용 잡화 및 식료품 상회였다. 그의 친지
가운데 외국인 선교사들과 교섭이 잦은 기독교인이 있었다. 그
친지 말에 의하면 현재 한국에 와 있는 외국 민간인들의 대부
분이 식료품이나 일용품 같은 것을 거의 도쿄나 홍콩에서 주문
해다 쓰고 있다는 것이다. 그것은 외국인 자신들에게 있어서도
시간적으로 경제적으로 상당한 손실일 뿐 아니라 불편하기 이
를 데 없는 일이지만 한국 상인의 물품은 그 가격이나 질에 있
어서 도무지 신용할 수가 없으니 부득이한 일이라는 것이다.
그러기 때문에 외국인을 상대로 식료품과 일용품을 공급해줄
만한 양심적인 한국 상점의 출현을 누구보다도 외국인 자신들
이 절실히 요망하고 있다는 것이다. 친구에게서 그 말을 들은
익준은 단박 얼굴이 벌개가지고 병원으로 달려와서 이게 얼마
나 수치스럽고 손실을 자초하는 일이냐고 탄식했던 것이다. 그
런 지 며칠 뒤부터 익준은 자기 자신이 양심적인 출자자를 구
해서 외국인 상대의 점포를 자기가 직접 경영해보겠다고 서둘
며 싸돌아 다니었다. 최고 일할 이득을 목표로 철두철미 신용
과 친절 본위로 외국인을 상대하면 자연 잃어진 한국인의 체면
도 회복할 수 있고 그들의 신용과 성원을 얻어 사업도 번창해
질 게 아니냐는 것이다. 그뒤 익준은 양심적인 출자자를 찾아
내기 위해 맹렬한 열의로 거리를 헤매기 시작했던 것이다. 그
러나 그가 찾고 있는 돈 있고 양심적인 동지는 상금 나타나지
않고 있는 것이다. 점심요기조차 못하고 나서지 않는 출자자를
찾아 거리를 휘젓고 다니다가 저녁때 맥없이 돌아오는 익준은

6) 보익(補益) : 보충
하여 늘게 하여서 도
움이 되게 하는 것.

보기에 딱하도록 지쳐 있었다. 쓰러지듯 대합실 소파에 털썩 주저앉아버린 그는 비참한 표정으로 세상을 개탄하는 것이다. 친구의 소개로 돈푼이나 있다는 사람을 만나 얘기를 비추어 보았더니 지금 세상에 일할 장사를 위해 돈내놀 시러베아들[7]이 어디 있겠느냐고 영 상대도 않더라는 것이다. 그러면서 한다는 소리가 양키 상대라면 한두 번에 팔자를 고칠 구멍을 뚫어야지 제정신 가지고 금리도 안되는 미친 짓을 누가 하겠느냐고 핀잔을 주더라는 것이다. 그러니 세상사람이 모두 도둑놈이 아니냐고 외쳤다. 사리사욕을 위해서는 남을 속이거나 망치는 일쯤 당연하다고 생각할 판이니 도대체 이놈의 세상이 끝장에 가서는 어떻게 되겠느냐고 익준은 비분강개를 금하지 못하는 것이었다. 그런 때마다 그는 해당 당국의 무능을 통매하면서 〈DDT 정책〉이라는 말을 내세우곤 했다. 디디티를 살포해서 이나 벼룩을 박멸하듯이 국내의 해충적 존재에 대해서는 강력한 말살 정책을 써야 한다는 것이다. 이를테면 소매치기나 날치기에서 부터 간상 모리배도 총살, 협잡 사기한도 총살, 뇌물을 먹고 부정을 묵인해주는 관리도 총살, 밀수범도 총살, 군용 물자를 훔쳐내다 팔아먹는 자도 총살, 국고금을 횡령해먹는 공무원도 총살, 아무튼 이런 식으로 부정 불법을 자각하면서도 사리사욕에 눈이 멀어서 국가 사회에 해독을 끼치는 행위를 자행하는 대부분의 형사범은 모조리 총살해버려야 한다는 것이다. 그러지 않고는 양민이 안심하고 살 수 없을 뿐 아니라 나라의 앞날이 위태롭기 짝이 없다는 것이다. 흥분한 어조로 이러한 지론을 내세울 때의 익준의 눈에는 살기에 가까운 노기가 번득거리었다. 그런 때 만일 누가 옆에서 그의 지론을 반박할 말이면 당장 눈

7) 시러베아들 : 실없는 사람을 낮추어 일는 말.

앞에 총살형에 해당하는 범법자라도 발견한 듯이 격분하는 것이다. 언젠가 어느 경솔한 외국 기자가 한국을 가리켜 도둑의 나라라고 해서 물의를 일으켰을 때의 일이다. 대개의 신문이나 명사들이 그 기사를 쓴 외국기자를 비난하고 한국의 사회 실정을 변명하려는 논조로만 치우쳐 있었다. 그 당시의 익준은 거의 매일같이 흥분해 있었다. 그 외국 기자야말로 한국의 현실을 날카롭게 투시하고 가차없는 비평을 가해왔다는 것이다. 잠깐 다녀간 외국 기자의 눈에도 도둑의 나라로 비치리만큼 부패한 우리나라의 현실이 슬프고 부끄러울망정 바른 소리를 한 외국 기자에게는 잘못이 없다는 것이다. 우리는 덮어놓고 외국 기자를 공박하기 전에 먼저 우리 자신을 냉정히 반성하고 다시는 외국인으로부터 그처럼 치욕적인 말을 듣지 않도록 전 국민이 깊은 각성과 새로운 노력을 가져야 할 일이 아니냐. 결국 도둑놈 소리가 듣기 싫거든 도둑질을 하지 않으면 될 게 아니냐는 것이다. 그래서 만기는 몇마디 반대 의견을 말해본 일이 있었다. 어쨌든 그 외국 기자가 한국에 대해서 호감을 갖고 보지 않았다는 것만은 사실인 이상 국교상의 우호 관계로 보아서도 경솔한 태도였다는 비난을 면할 수는 없었다는 점과 어느 나라치고 도둑이 없는 나라란 있을 수 없을 터인데 정도가 좀 심하다고 해서 왜 그렇게 되지 않을 수 없었는가 하는 객관적인 원인과 이유를 밝히는 일이 없이 일언지하에 대뜸 도둑의 나라라고 단정해버린다는 것은 너무나 피상적 관찰에만 치우친 편견이 아닐 수 없다는 점을 들어서 만기는 은근히 익준의 소견을 반박해보았던 것이다. 그랬더니 익준은 대번에 안색이 달라져 가지고 만기에게 대들 듯 덤비었다.

"아니, 도둑놈에게 도대체 변명이 무슨 변명야? 그래 자낸 아직두 한국놈이 도둑놈이 아니라구 우길 수 있단 말야? 이 지구상에 우리나라처럼 도둑이 들끓구 판을 치는 나라가 또 있단 말인가? 이거 봐, 만기. 덮어놓구 자기 나라를 두둔하구 추켜올리는 게 애국자 애국심은 아닌 거야. 말을 좀 똑바로 하란 말야. 그래 아무리 조심을 해두 전차나 버스를 한번 탔다 내리기만 하면 돈 지갑이나 시계 만년필 따위가 감쪽같이 사라져버리는데 이래두 한국이 도둑의 나라가 아니란 말인가? 백주에 대로상을 걸어가노라면 바람도 안 부는데 모자가 행방불명이 되기 일쑤구, 또 어떤 놈이 불쑥 나타나 골목으로 끌구 들어가서는 무조건 두들겨팬 다음 양복을 벗겨가지구 달아나는 판이니, 아, 이래두 한국은 도둑의 나라가 아니구 알량한 동방예의지국이군 그래. 시장바닥은 물론 심지어는 일국의 수도 한복판에 있는 소위 일류 백화점이란 델 들어가 물건을 사두 가격을 속이구 품질을 속이구 중량을 속여먹기가 여반장[8]이니 아, 이래두 한국은 의젓한 신사국이란 말인가. 아무리 아전인수라두 분수가 있지, 열 놈이면 아홉 놈까지 도둑놈이라 눈 뜬 채 코 베어먹힐 세상인데, 그래두 자낸 한국이 도둑의 나라가 아니라구 뻔뻔스레 잡아뗄 셈인가. 그야 물론 핑계 없는 무덤이 없다구 자네 말대루 도둑질하는 놈에게두 이유야 있을 테지. 이를테면 사흘 굶어 도둑질 않는 사람이 있느냐는 식으로 말일세. 그렇지만 남은 사흘은 고사하구 닷새 엿새를 굶어두 도둑질 않구 배기는데 한국놈은 어째서 단 한 끼만 굶어두 서슴지 않구 도둑질을 하느냐 말야. 아니 한 끼를 굶기는커녕 하루에 네 끼 다섯 끼 배지가 터지도록 처먹구두 한국놈은 왜 도둑질을 하느냐

8) 여반장 : '손바닥을 뒤집다'는 뜻으로 아주 쉬운 것을 이름.

말야. 이러니 죽일 놈들 아냐. 복통을 할 노릇이 아니냐 말야.!"

익준은 흡사 미친 사람모양 입에 거품을 물고 핏발 선 눈알을 뒹굴이었던 것이다.

어느날 퇴근 시간이 임박해서다. 미스 홍이 조용히 의논할 말이 있노라고 했다. 그동안 석 달치나 밀린 급료 애기가 아닌가 싶어 만기는 새삼스레 가책을 느끼었다. 홍인숙은 만기에게 있어서는 소중한 사업의 보조자였다. 치의전(齒醫專)을 나아온 이래 십여 년 간의 의사 생활을 통해서 수많은 간호원을 부려 보았지만 인숙이만큼 만족하게 의사를 돕는 솜씨도 드물었다. 가려운 데 손 가듯이 빈구석 없이 만기를 받들어주었다. 눈치가 빠르고 재질도 풍부해서 간호원으로서의 지식이나 기술뿐 아니라 웬만한 의사 못지않게 능숙한 수완을 발휘해주었다. 중태가 아닌 진찰이나 치료 정도는 만기가 없어도 충분히 대진(代診)의 역할을 감당할 수 있었다. 그만큼 인숙은 자기 직무 이상의 일에까지도 열성을 기울여 묵묵히 만기를 도왔다. 한말로 말해서 인숙은 이처럼 시설이 빈약한 변두리의 개인 병원에서는 분에 넘칠 만큼 더할나위 없이 유능하고 성실한 간호원이었다. 인격적인 면에서 볼 때에도 얌전하고 귀엽게 생긴 얼굴이어서 환자에게 호감을 주었다. 그러한 인숙에게 스스로 만족할 정도로 충분한 물질적 대우를 해주지 못하는 것이 만기에게는 늘 미안한 일이었다. 그러나 인숙은 삼년 이상이나 같이 있는 동안 단 한번도 불만이나 불평을 말해본 일이 없었다. 도리어 인숙은 자기집의 생활이 자기의 수입을 필요로 할이만큼 군색한 형편이 아니라면서 미안해하는 만기를 위로하듯 했다. 그만큼 이해하고 봉사해주는 인숙에게 최근 삼 개월분의 급료를 지불하지 못하고 있었던 것이다. 그래서 가뜩이나 미안하던 판이라 만기는 저녁 식사라도 같이 하면서 얘기할까 했으나 인숙은 굳이 마다고 했다.

"정 그러시문 차나 한잔 사주세요."

병원을 잠그고 나서 그들은 밖으로 나갔다. 물론 대합실 소파에 지키고 있던 봉우도 따라나섰다. 그들은 가까운 다방으로 갔다. 역시 봉우도 잠자코 따라들어왔다. 인숙은 퍽 난처한 기색으로 걸음을 멈추고 만기를 쳐다보았다. 만기는 이내 눈치를 채고 봉우를 돌아보며,

"미안허네, 봉우. 병원 일루 둘이서 조용히 의논할 일이 있어 그러는데……"

사양해달라는 뜻을 표했더니,

"그럼 문밖에서 기다릴까?"

봉우는 도리어 어린애같이 솔직한 태도로 반문해왔다.

만기는 딱해서,

"무슨 딴 볼일이라두 없는가?"

그랬지만,

"딴 볼일은 없어. 그럼 문밖에서 기다리지!"

돌아서 나가려는 것을,

"그제서야 되겠나. 그러면 저쪽 빈자리에서 기다려주겠나."

도리어 만기 쪽이 민망하기 이를 데 없었다. 봉우와는 멀찍이 떨어진 위치에 자리잡고 앉아서 만기는 차를 시켜놓고 인숙의 이야기를 들었다. 급료 독촉이 아니었다. 거북한 듯이 인숙이가 꺼내놓는 이야기는 봉우에 관한 문제였다. 봉우는 거의

하루도 거르는 날이 없이 인숙을 따라다닌다는 것이다. 퇴근하고 돌아가는 인숙을 같은 전차를 타고 집 앞까지 따라와서는 인숙이가 자기 집 대문 안으로 사라지는 걸 보고 나서야 봉우는 처량한 얼굴로 발길을 돌이킨다는 것이다. 그런 말은 전에도 잠깐 귀에 담은 일이 있었지만 어쩌다가 봉우 자신 그 방면에 볼일이 있으니까 그러려니 생각하고 있었다. 그런데 얘길 자세히 듣고 보니 딴 용건이 있어서가 아니라 인숙을 따라다니는 행동 그 자체가 엄연한 목적이라는 것이다. 날마다 병원 대합실에 나와서 낮잠을 자듯이 저녁때마다 봉우가 자진해서 인숙을 집에까지 바래다주는 것은 하나의 일과로 되어 있다는 것이다. 인숙이 자신 처음 얼마 동안은 봉우의 엉뚱한 행동에 그리 신경을 쓰지 않았지만, 요즘 와서는 미칠 것만 같다는 것이다. 무엇보다도 남의 이목이 두렵다는 것이다. 그렇지 않아도 벌써 동네에서는 별별 소문이 다 떠돌고 집안 어른들에게도 잔소리를 듣게 되었다는 것이다. 인숙은 더러 그러한 봉우를 피하기 위해서 곧장 집으로 돌아가지 않고 일부러 딴 방향으로 돌아가보기도 했지만 봉우는 역시 어린애처럼 떨어지지 않고 줄줄 따라다닌다는 것이다. 그렇다고 지긋지긋 귀찮게 실없이 수작을 거는 것은 아니다. 고작 꿈을 꾸듯 황홀한 눈을 인숙의 전신에 몰래 퍼부을 뿐이다. 처음엔 그러한 봉우가 그저 우습기만 했다. 그뒤에는 징그러웠다. 요즘 와서는 무서워졌다는 것이다.

"저를 바라볼 때의 천 선생님의 그 이상히 빛나는 눈이 꼭 저를 어떻게 할 것만 같아요. 소름이 끼쳐요!"

그래서 인숙은 밖에도 잘 못 나온다는 것이다. 꿈에서까지 그런 봉우의 눈과 마주쳤다가 소스라쳐 깬다는 것이다. 병원이 휴업을 하는 일요일 아침이면 봉우는 직접 인숙이네 집 대문 앞에 와서 우두커니 지키고 섰다는 것이다. 하도 기가 차서 인숙이가 홧김에 쫓아나가,

"천 선생님, 왜 또 여기 와 서 계셔요?"

따지듯 하면,

"오늘은 병원이 노는 걸 어떡해요?"

그러니까 이리로밖에 찾아올 데가 없지 않느냐는 듯이 무엇을 호소하듯한 눈으로 인숙을 내려다본다는 것이다.

"이웃이 챙피해요. 집식구들두 시끄럽구요. 얼른 돌아가주세요. 네!"

사정하듯 하면 봉우는 갑자기 풀이 죽어서 천천히 골목길을 걸어나간다는 것이다. 그렇지만 얼마 있다 밖을 또 내다보면 봉우는 어느새 대문 앞에 도로 와서 척 지키고 서 있다는 것이다. 이래서 인숙은 자나깨나 신경이 씌어 흡사 미칠 것만 같다는 것이다.

"어떡허면 좋겠어요, 선생님."

말을 마치고 만기를 쳐다보는 인숙의 귀여운 얼굴이 아닌게 아니라 이제 보니 핼끔하게 좀 파리해 있었다.

"천 선생은 가정적으루나 사회적으루나 퍽 불행한 사람이오."

만기는 호젓한 말씨로 그렇게 대신 변명하듯 했다.

"저두 대강은 짐작하구 있어요."

"또한 본래 바탕이 너무나 선량한 사람이오. 중학 때부터 남에게 이용이나 당하구 피해나 입었지, 전연 남을 해칠 줄은 모

르는 사람이었소. 그러니까 미스 홍두 천 선생에게 악의나 증오감을 품구 대하진 말아요."

"저두 알아요. 그러니까 여태 참구 지내다 못해 선생님께 의논하는 게 아니에요?"

"천 선생은 분명히 미스 홍을 사랑하구 있나보오. 그러나 사랑을 노골적으로 고백할 수 있으리만큼 천 선생은 당돌하지 못한 사람이오. 그만치 인간의 자격에 자신을 잃구 있는 분이지. 그러면서두 미스 홍을 떠나서는 못살겠는 모양이오. 잠시라두 미스 홍을 안 보구는 못 배기겠는 모양이란 말이오. 그렇다구 일방적인 천 선생의 애정에 대해서 미스 홍이 책임을 질 필요는 없을 테지. 다만 질적으로나 양적으로나 피차 더 큰 괴로움을 가져올 방향으로 이 문제를 해결해서는 안된다는 것뿐이오. 물론 미스 홍의 불쾌하구 난처한 처지는 알 수 있소만 조금 더 참고 지내오. 적당한 기회에 내가 천 선생하구 조용히 얘길 해볼 테니. 그렇다구 이런 문제를 제삼자인 내가 아무 때나 불쑥 들구 나설 수두 없으니까 좀 기다리란 말요. 그동안에 자연스럽게 얘기할 기회를 만들어볼 테니까."

인숙은 붉어진 얼굴을 숙이고 가만히 듣고만 있었다. 얘기를 마치고 나서 만기는 인숙이더러 먼저 돌아가라고 했다. 인숙이가 문밖으로 사라진 뒤에야 만기도 일어나 봉우 자리로 가려니까 봉우는 그제야 눈이 휘둥그래서 벌떡 일어서더니 만기를 밀치듯이 하고 황황히 밖으로 쫓아나가버리었다. 만기도 할수없이 얼른 셈을 치르고 따라나가보았다. 전차 정류장 쪽을 향해 저만큼 걸어가고 있는 인숙의 뒤를 봉우는 부리나케 쫓아가고 있었다. 그 광경이 흡사 엄마를 놓칠세라 질겁을 해서 발버둥치며 쫓아가는 어린애 모양과 비슷하였다. 그꼴을 묵묵히 바라보고 서 있던 만기는 저도 모르게 가만한 한숨을 토했다. 계산이 닿지 않는 애정에 저렇게 열중해야 하는 봉우가——그리고 저러지 않고는 못 배기는 인간이 딱했기 때문이다. 동시에 만기 자신을 중심으로 자꾸만 얼크러지는 애정과 애욕의 미묘한 혼란이 숨가쁜 까닭이기도 했다. 물론 봉우 처의 저돌적인 육박도 골치 아픈 일이기는 했지만 그보다도 오히려 처제인 은주가 만기의 마음을 더 어지럽게 하였다.

은주는 어머니를 모시고 밑으로 어린 두 동생을 거느리고 어느 관청에 사무원으로 나가고 있었다. 6·25동란 이후 삼사 년간은 전적으로 만기에게 얹혀 지냈다. 그러니까 만기는 처가네 식구까지 열네 명이나 되는 대가족을 거느리고 있었던 것이다. 친동생들을 학교에 보내면서 처제들이라고 모르는 체할 수는 없었다. 은주와 그 두 동생까지 모두 여섯 명이나 중학교, 고등학교, 대학교에 집어넣었다. 그들의 학비와 열네 식구의 생활비를 위해서 만기는 문자 그대로 고혈(膏血)을 짜바쳤다. 물론 동생들은 고학을 한답시고 각자가 능력껏 활동들을 해서 잡비 정도는 저희들이 벌어썼지만, 그렇다고 만기의 짐이 덜릴 수는 없었다. 만기는 자연 나날이 쪼들리지 않을 수 없었다. 얼마 안되는 병원 수입만으로는 어림도 없었다. 참다참다 급하게 되면 어쩔 수 없이 여기저기서 돈을 둘러다 썼다. 부모가 남겨준 유일한 재산이었던 집 한 채마저 팔아버리고 유축에 전셋집을 얻어갔다. 이러한 곤경속에서도 만기는 가족들 앞에서 결코 짜증을 내거나 불평을 말하는 일이 없었다. 얼굴 한번 찡그려본 일이 없었다. 아무와도 나눌 수 없는 고민이란 영혼까지도 고갈하게 만드는 법이다. 만기는 자기에게 지워진 고통을 혼자서만 이를 사려물고 이겨나갔다. 하도 고민이 심할 때는 입맛을 잃고 잠도 제대로 이루지 못했다. 그러한 만기의 심중을 아내만은 알았다. 밤새껏 엎치락뒤치락하며 남편이 잠을 못 드는 밤이면 아내는 말없이 만기를 끌어안고 소리를 죽여가며 흐느껴 울었다. 그런 때 만기는 도리어 아내의 등을 어루만지며 위로해주는 것이었다.

"쟝 크리스토프라는 로랑의 소설 가운데 이런 말이 있다우. '사람이란 행복하기 위해서 살고 있는 것은 아니다. 자기의 정해진 길을 가기 위해서 살고 있는 것이다.' 여보, 나를 위해서 진심으로 울어주는 아내가 있는 이상 나는 결코 꺽이지 않을 테요. 그러니까 날 위하여 과히 걱정 말구 어서 울음을 그쳐요. 자 어서, 이게 뭐야 언내처럼."

만기가 그러고 달래듯이 눈물을 닦아주려면 아내는 참아오던 울음소리를 탁 터뜨리고 발버둥치며 더욱 섧게 우는 것이다. 아내는 세상의 어떤 아내보다도 만기를 깊이 이해하고 존경하고 사랑하고 동정하고 있었다.

그러나 그밖에도 또 한 여인이 만기 아내에 못지않게 만기를 존경하고 사랑하고 동정하며 한지붕 밑에 살고 있었다. 그는 물론 처제인 은주였다. 은주는 소녀다운 깊은 감동으로 형부를 우러러보고 사모하였다. 귀공자다운 풍모, 알맞은 체격, 넓고 깊은 교양, 굳은 의지와 확고한 신념, 강한 의리감과 풍부한 인정미, 어떤 점으로 보나 형부 같은 남성은 세상에 다시 없을 것 같았다. 그러한 형부가 보잘것없는 가족들을 위해서 노예처럼 희생당하고 있다. 형부를 위해서는 이따위 가족들이 다 없어져도 좋지 않을까. 아니, 형부를 둘러싸고 있는 너절한 인간들이 온통 사라져버려도 좋지 않을까. 불공평한 현실 속에서 가족을 위해 죄인처럼 고민하는 형부를 생각할 때 은주는 속으로 혼자 울며 그렇게 중얼거려보기도 했다. 은주는 그처럼 형부를 위해 마음이 아팠다. 자연스럽게 형부를 사랑했다. 사랑하지 않고는 견딜 수 없는 심경이었다. 은주는 형부를 위해서라면 사랑을 위해서라면 언제든지 서슴지 않고 웃으며 죽을 수 있을 것 같았다. 은주는 오랫동안 여러 가지로 혼자 궁리한 끝에 대학교 일학년을 마치는 길로 자진해서 학업을 중단하고 취직해버렸다.그러고는 어머니와 동생들을 데리고 셋방을 얻어나가 자립생활을 시작했다. 조금이라도 사랑하는 형부의 짐을 덜어주고 싶어서였다. 이사해나가는 날 마지막으로 식사를 같이 하고 나서 은주는 가족들이 있는 앞에서 언니에게 대담하게 이런 말을 했다.

"언니, 나 형부를 사랑해두 좋아?"

다들 웃었다. 물론 농담인 줄 알았기 때문이다. 그러나 만기와 그의 아내만은 겉으로는 웃었지만 속으로는 웃지 못했다. 은주의 말이 결코 농담에 그치는 것이 아님을 짐작할 수 있었던 탓이다. 작년부터는 가족들 사이에 자주 은주의 결혼 문제가 화제에 올랐다. 장모가 들를 적마다 사위와 딸 앞에서 은주의 나이 걱정을 해서다. 하기는 아버지 없는 은주에게 대해서 언니나 형부 노릇뿐 아니라 어머니 노릇까지도 대신 해야 할 그들의 처지로서는 은주의 결혼 문제에 무심할 수는 없었다. 만기 부처는 기회 있는 대로 은주의 배필을 물색해보았다. 그러다가 적당한 상대가 나서면 사진을 구해두었다가 은주가 들를 때 내보이곤 했다. 그러나 은주는 그때마다 사진 같은 건 거들떠보지도 않고,

"미안합니다, 누가 시집간댔어요!"

그리고 나서는 장난꾸러기같이 어깨를 으쓱하며 쿡쿡 웃었다.

"얘두, 그럼 평생 처녀루 늙을래?"

언니가 가볍게 눈을 흘기면,

"형부만한 신랑감을 골라주신다면……"

또 아까와 같이 어깨를 으쓱하며 웃었다.

"나보다 몇갑절 나은 청년이야. 우선 사진이나 구경해."

만기가 남자 사진을 눈앞에 들이대도,

"사랑하는 사람을 두구 시집가란 말씀예요!"

정색하고 은주는 사진을 받아던지었다.

"그렇지만 딱허지 않니? 형부를 이제 와서 둘이 섬길 수두 없구…… 그럼 차라리 내가 형부를 양보할까!"

만기 처가 농담 아닌 농담을 건네고 미묘하게 웃었다.

"언니, 건 안될 말씀. 난 언니두 사랑하는 걸요!"

그리고는 살며시 다가앉으며, 서양사람이 그러듯 언니 볼에 가볍게 입을 맞추었다.

"여보, 세상에 나 같은 행운아가 어딨겠소? 선녀처럼 예쁘구 어진 당신과 비너스같이 황홀한 우리 은주 아가씨의 사랑을 독차지하게 됐으니 말이오!"

은주의 태도를 어디까지나 장난으로 구슬려버리려는 만기의 의도를 은주는 묵살해버리듯,

"언니, 나 꼭 한번만 형부하구 키스해두 괜찮우?"

어리광 피우듯 해서,

"여보, 이애 소원을 풀어주시구려!"

언니가 어색한 웃음을 지으며 만기를 쳐다보았더니 은주는,

"거짓말, 언니 거짓말!"

언니를 나무라듯 몸부림치고 두손으로 얼굴을 가리고 언니 무릎 위에 푹 엎드려버리고 말았다. 얼마 뒤에 고개를 드는 은주의 두눈이 의외에도 젖어 있었다. 신뢰에 찬 미소로 시선을 교환하는 만기 부처의 얼굴에는 똑같이 복잡하고 난처한 기색이 떠오르고 있었다. 그러면서도 다행한 것은 만기와 단둘이 만났을 때는 은주는 추호도 연정(戀情)을 표시하는 일이 없었다. 어디까지나 처제의 위치에서 형부를 대하는 담담한 태도였다. 은주가 만기에 대한 걷잡을 수 없는 사랑을 언동으로 표시하는 것은 반드시 언니가 동석한 자리에서만이었다. 그만큼 은주는 깨끗한 아이였다. 만기 처 역시 그랬다. 형부에 대한 은주의 사랑을 시인하지 않을 수 없으면서도 남편과 동생의 사이를 의심하지는 않았다. 그만큼 남편과 동생을 믿고 있는 것이다. 이렇듯 알뜰한 아내와 은주 사이에 끼어서 만기는 참말 난처하지 않을 수 없었다. 결혼하기를 주위에서는 아무리 달래고 권해도 은주는 영 듣지 않았다. 한 평생 만기만을 생각하고 사랑하며 깨끗이 혼자 늙겠다는 것이다. 그것이 일시적인 단순한 흥분에서가 아니라 필사적인 각오로 은주 스스로가 대하는 자기 인생의 엄숙한 선언이었다. 그러니만큼 주위 사람들도 다 함께 괴로웠고 당자인 만기는 더할 수밖에 없었다. 거기에 봉우 처마저 노골적인 추태로써 만기를 위협해왔고 봉우와 미스 홍의 어쩔 수 없는 문제, 외면해 버릴 수 없는 익준의 암담한 가

정 내막, 나날이 더 심해가는 경제적인 고통, 이런 복잡한 관계
들이 뒤얽히어 만기의 마음속을 더욱 어둡고 무겁게만 해주었
다. 그러나 만기는 역시 외면의 잔잔함만은 잃지 않았다. 한결
같이 부드럽고 품 있는 미소로써 누구에게나 친절히 대하기를
잊지 않는 것이다.

　삼십이 좀 넘어 보이는 낯선 남자가 봉우 처의 편지를 가지
고 병원을 찾아왔다. 만기는 남자에게 의자를 권하고 편지를
펴보았다. 비교적 달필로 남자 글씨처럼 시원스레 내리갈긴 편
지의 내용은 이러했다.

　〈일전에는 실례했나봐요. 저를 천한 계집이라고 아마 웃었을
것입니다. 그건 아무래도 좋아요. 지극히 인격이 고상하신 도
학자님의 옹졸한 취미를 저는 구태여 방해하고 싶지는 않으니
까요. 한편 저 같은 계집에게 도선생님같이 점잖은 분을 비웃
을 권리나 자격이 어쩌면 아주 없지도 않을 거예요. 삶을 대담
하게 엔조이할 줄 아는 현대인 가운데 먼지 낀 샘플처럼 거의
폐품에 가까운 도금(鍍金)한 인간이 자기 만족에 도취하고 있
는 우스꽝스런 꼴을 아시겠습니까? 선생님 자신이 바로 그러
한 인간의 표본이야요. 선생님에게 또 비웃음을 받을 이따위
수작은 작작하고 그러면 용건을 말씀드리겠습니다.
　다름 아니라 그날도 말씀드린 바와 같이 병원 시설을 작자가
나섰을 때 팔아치울 생각입니다. 이 편지를 갖고 간 분에게 기
구 일습을 잘 구경시켜드리기 바랍니다. 매매계약은 대개 오늘
안으로 성립될 것이오며 계약 성립 즉시로 통지해드리겠사오

니 그때는 일 주일 이내에 병원과 시설 일체를 내어주시기 바랍니다.

저는 선생님이 원하신다면 새로이 현대적 시설을 갖추어드리고 싶었고, 현재도 그러한 제 심정에는 변함이 없습니다. 그러나 솔직한 제 호의를 침뱉아 버리는 선생님의 인격 앞에 저는 하릴없이 물러서는 수밖에 없나봅니다.〉

그러한 본문 끝에 추백(追白)이라고 하고 〈만일 제게 용건이 계시면 다음 번호로 언제든지 전화를 걸어주시기 바랍니다.〉에 이어서 전화 번호가 잔글씨로 적히어 있었다.

편지를 읽고 난 만기는 언제나 다름없이 침착한 태도로 알맹이를 도로 접어서 봉투 안에 집어넣었다. 그의 손끝이 가늘게 떨리었다. 인숙이만이 재빨리 그것을 눈치챌 수 있었다. 만기는 편지를 서랍 속에 간직하고 나서 그 편지를 갖고 온 남자에게 친절한 태도로 시설을 보여주었다. 남자는 의료 기구상을 하고 있다고 하면서도 기계에 대한 내용을 잘 모르는 것 같았다. 그 남자가 돌아간 뒤 만기는 자기 자리에 앉아서 담배를 피워 물었다. 몹시 피로해 보였다. 얼굴색도 알아보게 창백해져 있었다.

인숙이가 조심히 다가와서,

"이제 그분 뭐하러 왔어요?"

걱정스레 물었다.

"시설을 보러왔소."

"건 왜요?"

"어찌 되면 이 병원의 시설이 그 사람에게 팔릴지두 모르겠소."

그 말에 놀란 것은 간호원뿐이 아니었다. 대합실 소파의 구석 자리에 앉아서 반은 자고 반은 깨어 있던 봉우가 별안간 눈을 휘둥그렇게 뜨고 만기를 건너다 보았다.

"정말인가?"

"그런가보이!"

"그럼 이 병원은 아주 문을 닫아버린단 말인가?"

"그렇게 되기 쉬울 거야!"

봉우는 어처구니없다는 듯이 입을 벌린 채 잠시 만기를 멍하니 바라보고 있었다.

"그럼 대체 자네나 미스 홍은 어떻게 되는 건가?"

"글쎄 아직 막연하지!"

봉우는 거의 절망적인 눈으로 만기와 인숙을 번갈아 보았다.

"천 선생님, 이 병원을 팔지 말구 이대루 두라구 사모님께 잘 좀 부탁을 하세요, 네!"

인숙은 심각한 표정으로 애원하듯 했다.

"내가? 내가 부탁헌다구 들어줄까요?"

"선생님 사모님이신데 아무렴 선생님이 간곡히 부탁하면 안 들으실라구요."

"그럼 뭐라구 하문 될까요?"

"어마, 그걸 제가 어떻게 알아요. 선생님이 잘 생각해서 말씀하셔야죠."

봉우는 더 대답을 못하고 고개를 숙여버리고 말았다. 그에게는 아내를 움직이는 일은 하늘을 움직이는 일만큼 불가능한 일이었던 것이다. 그러나 아내를 움직이지 못한다면 그는 유일한 휴식처요 보금자리인이 대합실 소파를 빼앗겨버리고 말 것이 아닌가! 그뿐만이 아니다. 마음의 빛이요, 보람인 미스 홍을 놓쳐버리고 말 것이 아닌가! 봉우는 그만 처참할 정도로 푹 기가 죽어버리고 말았다.

몇시간 뒤의 일이었다. 마침 환자가 있어서 치료해 보내고 만기가 자기 자리로 돌아와 환자 카드를 정리하려는데 허줄한 소년이 대합실 문앞에서 기웃거리며 안을 살피고 있었다. 전번에 왔던 익준의 아들이었다.

"너 웬일이냐?"

만기는 직감적으로 어떤 불길한 예감에 쏠리며 물었다. 소년은 먼젓번처럼 가만히 문을 밀대고 대합실 안에 들어섰다. 소년의 얼굴에는 눈물 자국이 있었다. 소년은 병원 안을 한바퀴 둘러보고 나서 만기를 보았다.

"울아버지 안 오셨어요?"

"안 오셨다. 이삼 일 전부터 통 보이질 않는구나."

소년은 한 발에만 고무신을 신고 왜 그런지 한 짝은 벗어서 손에 들고 있었다.

"아버지 집에두 안 돌아오셔요."

"그래? 언제부터?"

만기는 이상해서 다그쳐 물었다.

"어저께두 그전날두 안 돌아오셨어요."

"웬일일까?"

정말 알 수 없는 일이었다. 소년은 무슨 말을 할 듯 할 듯 하다 말고 그대로 돌아서 나가려고 했다. 만기는 얼른 소년을 도로 붙들어 세운 다음,

"어머닌 좀 어떠시냐?"

묻고서, 그 대답이 무서웠다.

"죽었어요!"

소년은 수치스러운 일처럼 고개를 숙이고 가만한 소리로 대답했다. 예측했던 일이지만 만기는 가슴이 섬찍했다. 언제 돌아가셨느냐니까,

"좀 아까에요!"

소년은 그러고 외면을 했다. 더 자세히 얘기를 듣고 보니 소년의 모친은 약 두 시간 전에 눈을 감은 모양이었다. 집에는 두 동생과 주인집 할머니만이 시체를 지키고 있다는 것이다. 외할머니도 아침에 생선 장사를 나간 채 아직 돌아오지 않았다고 한다. 만기는 소년의 한쪽 손을 꼭 쥐어주며,

"대체 아버지는 어딜 가셨을까?"

다정하게 물었다.

"모르겠어요!"

소년은 슬그머니 손을 빼고 돌아서 나가려고 했다.

"가만있거라. 나랑 같이 가자."

만기는 흰 가운을 벗고 양복 저고리를 바꾸어 입었다. 그리고 오늘 들어온 돈을 죄다 긁어서 주머니에 넣었다.

"여보게 봉우. 자네두 같이 가지."

"뭐? 나두?"

봉우는 자다 깬 사람처럼 얼떨결에 놀라 묻고 좀 머뭇거리다가 엉거주춤 따라서 일어섰다. 이십 살쯤 되었을 어떤 청년이 들어섰다. 청년은 원장선생님을 찾더니 만기에게 한 장의 쪽지를 전하였다. 봉우 처에게서 온 통지였다.

〈병원 시설은 매매 계약이 성립되었습니다. 앞으로 일 주일

이내에 병원을 비워주시기 바랍니다.〉

그리고 이번에도 언제든 용건이 있으면 서슴지 말고 연락을 해달라고 하고 전화 번호가 적혀 있었다. 만기는 말없이 쪽지를 편 대로 간호원에게 넘겨주고 밖으로 나왔다.

익준의 아들은 밖에 나와서도 한쪽 고무신을 손에 든 채 그 쪽은 맨발로 걷고 있었다. 남 보기에도 덜 좋으니 그러지 말고 한쪽 고무신마저 신으라고 권해도,

"발에 땀이 나서 그래요."

소년은 점직한 듯이 그리고 한쪽 손에 든 고무신을 뒤로 슬며시 감추었다. 그러나 만기는 그제야 눈치를 채고 소년이 들고 있는 고무신을 걸으면서 유심히 보았다. 그것은 닳아서 뒤꿈치가 터지고 코뚜리가 쭉 찢어져서 도무지 발에 걸리지 않게 되었다. 만기는 가슴이 찌르르했다. 그러나 그 근처에는 고무신 가게가 눈에 뜨이지 않았고 때마침 전차가 눈앞에 와 멎어서 그대로 이내 차에 오르고 말았다.

소년의 가족이 들어 있는 집은 지붕을 기름 종이로 덮은 토담집이었다. 소년의 어린 두 동생이 거지아이 꼴을 하고 문턱에 기운 없이 걸터앉아 있었다. 역한 냄새가 울컥 코를 찌르는 침침한 방안에는 옆방에 산다는 주인 노파가 역시 이웃 아낙네와 마주앉아 시체를 지키고 있었다. 방바닥에 착 달라붙은 듯한 시체 위에는 낡은 담요 조각이 덮여 있었다. 우선 집 주인노파에게 인사를 하고 나서 만기는 할일을 생각했다. 주인이 없더라도 사망 진단서와 사망 신고 등의 절차는 밟아두어야 했다. 요행 반장의 협력을 얻어서 그런 일들은 무난히 끝낼 수가

있었다. 아이들의 외할머니는 저녁때가 되어서야 비린내가 나
는 광우리를 이고 돌아왔다. 딸이 죽은 것을 알고도 그리 슬퍼
하지도 않았다. 그저 노파의 전신에는 보기에 딱하리만큼 심한
피로가 배어 있었다. 노파의 말에 의하면 익준은 이삼 일 전에
인천 방면의 어느 공사판을 찾아갔다는 것이다. 환자에게 주사
몇 대라도 놓아주면 한이나 풀릴 것 같아서 벌이를 떠났다는
것이다. 부득이 만기가 주동이 되어서 장례식 일을 맡아보아주
는 수밖에 없었다. 첫째 비용이 문제였다. 만기는 자기 호주머
니를 톡톡 털어서 당장 사소한 비용을 썼다. 봉우는 그저 시무
룩하니 앉아서 만기 눈치만 살피다가 어디를 나가면 그림자처
럼 따라다닐 뿐이었다. 상가에서 밤을 새우고 나서 만기는 이
튿날 아침 잠깐 병원에 들러보았다. 물론 봉우도 함께 와서 대
합실 구석 자리에 앉아 있었다. 만기도 나른히 지쳐 있었다. 인
숙이가 걱정스레 만기를 바라보며 무슨 말을 할 듯 하다가 말
았다. 만기는 한동안 묵연히 생각에 잠겨 있다가 대합실 소파
로 가서 봉우 옆에 바싹 다가앉았다.

"여보게, 같이 가서 자네 부인을 좀 만나보구 올까!"

"아니, 건 또 무슨 소리야."

"당장 장례 비용이 있어야 할 게 아닌가. 그러니 자네두 같이
가서 조언을 좀 해줘야겠단 말이네."

만기는 봉우 처에게서 장례 비용을 좀 뜯어볼 생각이었다.
아무리 간소히 치른다 해도 관은 사야 할 게고 세 어린 것에게
상복을 입히고 영구차도 불러야 하겠는데 그 비용을 변통할 길
이 달리는 전혀 없었기 때문이다. 밖에 나가 전화를 걸고 찾아
가려고 만기는 그리 달가와하지 않는 봉우를 끌고 일어섰다.

그러자,

"선생님, 잠깐만……."

무슨 각오를 지닌 듯한 표정으로 인숙이가 불러세웠다.

"왜 그러우?"

인숙은 만기를 진찰실 구석으로 끌고 가서 나지막한 소리로,

"이 병원 결정적으로 팔리게 되었나요?"

캐어묻듯 했다.

"그런 모양이요!"

인숙은 심각한 표정으로 고개를 숙이었다. 잠시 말을 못하고 서 있었다. 밀린 급료 문제나 실직될 것을 걱정해서 그러는 줄로 만기는 알았다.

"미스 홍이 삼년 이상이나 마치 자기 일처럼 성의껏 거들어 준 데 대해서는 그 고마움을 평생 잊지 않겠소. 그런 만큼 헤어지게 될 때는 충분히 물질적 사례를 취하는 것이 도리지만, 미스 홍도 아다시피 현재의 내 경제적 사정으로는 그건 어렵겠으나 밀린 급료만은 어떡해서든 책임지고 청산하도록 할 테니 그리 알아요. 그리구 미스 홍의 취직 문젠데, 나도 딴 병원을 극력 알아볼 테니까 미스 홍도 오늘부터라두 아는 사람에게 미리 부탁해두어요."

만기는 한편으로는 사과하듯 한편으로는 위로하듯 했다. 그러자 불시에 고개를 바짝 들고 정면으로 쳐다보는 인숙의 시선에 부딪친 만기는 가슴에 뭉클하는 충동을 받았다. 원망스러이 쳐다보는 인숙의 눈에는 눈물이 핑그르 돌고 있었기 때문이다.

"절 그렇게만 보셨어요!"

인숙은 외면하면서 손가락끝으로 눈물을 뭉개고 나서,

"건 가혹한 오해세요!"

입술을 깨물었다.

"미스 홍, 내가 피로해 있었기 때문에 실언을 했나보오. 너무 노골적인 말이어서 노엽거든 용서해요."

"선생님, 저보다두 실상 선생님이 더 큰일 아니애요? 그 숱 한 식구의 생활비며……학비며 개업중에두 늘 곤란을 받으셨 는데 병원을 내놓게 되면 당장 어떡허세요!"

"고맙소. 그러나 스스로 애쓰는 자는 하늘이 돕는다지 않소. 우선 채 선생네 장례식이나 끝내고 나서 나도 백방으로 살길을 찾아볼 테니 과히 걱정 말아요!"

인숙은 이상히 빛나는 눈으로 만기를 쳐다보다가,

"선생님, 새로 병원을 차리려면 최소한도 얼마나 자금이 필 요해요?"

주저하며 물었다.

"아마, 팔십만 환은 가져야 불충분한 대로 개업할 수 있을 게 요."

인숙은 잠깐동안 입술을 깨물고 섰다가 불시에 고개를 들고 호소하는 듯한 눈으로 만기를 쳐다보며,

"선생님, 제게 오십만 환이 있어요. 그걸 선생님께 드리겠어 요. 그리구 오빠에게 부탁해서 삼십만 환은 어디서 싼 이자루 빚내오도록 하겠어요. 선생님, 병원을 내세요!"

말을 마치자 인숙의 눈에서는 갑자기 눈물이 주르르 쏟아졌 다. 인숙은 그것을 씻을 생각도 않고 젖은 눈으로 열심히 만기 를 쳐다보며 서 있었다. 조금이라도 만기가 움직이기만 하면 인숙은 쓰러지듯 그대로 만기 가슴에 얼굴을 묻고 매어달릴 것

같았다.

"미스 홍이 어떻게 그런 대금을 자유로 할 수 있겠소!"

만기는 그럴수록 냉정한 언동을 유지하려고 애쓰며 물었다.

"그동안 제가 받은 급료에는 전혀 손을 대지 않구 제 몫으로 고스란히 모아왔어요. 어른들은 제 결혼 비용으로 생각하고 계셨지만 저는 선생님께 병원을 채려드릴 일념으루 모아온 돈이에요!"

동일한 자세로 만기의 얼굴을 지켜보고 섰는 인숙의 눈에는 새로운 눈물이 계속해 흘렀다. 그 눈물 저쪽에 타오르고 있는 인숙의 눈에서 만기는 아내의 애정을 보았고 은주의 열정을 느끼었다. 영롱하게 젖은 그 눈속에는 모든 여자가 진정으로 사랑하는 남자에게만 보여주는 마음의 비밀이 빛나고 있었다. 만기도 가슴속이 혹 달아오르는 것을 참고 눌렀다.

"미스 홍, 입이 있어도 내게는 당장 대답할 말이 없소. 인제 그만 눈물을 닦아요. 어제 오늘은 내 머리도 몹시 복잡합니다. 훗날 머리가 좀 식은 다음에 천천히 애기합시다."

겨우 그런 말을 중얼거리고 만기는 문간에서 기다리고 섰는 봉우를 따라 밖으로 나와버리고 말았다.

봉우 처에게 전화를 걸었더니 딴사람이 전화를 받았지만 이내 만날 수 있게 연락을 취해주었다. 지정한 다방으로 가보니 봉우 처가 기다리고 있었다. 앞장서 들어서는 만기를 보고 반색을 하다가 뒤따라들어오는 자기 남편을 보고 여자는 놀라는 눈치였다. 마주앉기가 바쁘게 만기는 용건부터 애기했다. 익준이와 봉우와 자기는 중학 시절 이래 막역한 친구임을 말하고 나서 익준이네 비참한 가정 형편을 들려주었다. 그리고는 장례 비용을 희사하거나 빌려주기를 간청한 것이다.

"정말야, 이친구 말대루야. 나두 보구 가만있을 수가 없어. 몇 달 동안 내 용돈을 안 타써두 좋으니까 사정을 봐줘."

봉우는 제법 용기를 내서 아이가 어머니에게 조르듯 옆에서 거들었다. 그사이 봉우 처는 몇 번이나 낯색이 변하였다.

"선생님에게두 저 같은 여자가 소용에 닿을 때가 있군요. 좋아요. 저는 점잖은 선생님의 청을 거절할 용기가 없어요."

여자는 언어 이상의 의미를 표정으로 나타내고 나서 일어서 저쪽으로 가려다가,

"오만 환 정도라면 당장 되겠어요. 물론 현금이 좋으시겠죠."

대답도 듣지 않고 카운터 뒤로 사라져버리더니 좀 뒤에 현찰을 신문지에 꾸려가지고 돌아왔다. 만기가 치하를 하고 일어서려니까,

"이 돈 그냥 드리는 건 아니애요."

여자가 그래서,

"알겠습니다. 이 자리에서 기일 약속은 할 수 없지만 반드시 책임지고 갚아드리겠습니다."

그랬더니 봉우 처는 문간까지 따라나오며 애교띤 농담조로,

"고지식한 양반, 그렇다면 원금만 갖고는 안되겠어요. 적당한 이자까지 듬뿍. 아시겠어요?"

거의 아양에 가까운 교태였다. 봉우의 눈치를 곁눈질로 살피며 당황히 줄달음치듯 나오는 만기 등뒤에다 대고,

"일간 다시 들려주세요. 선생님 일루 꼭 의논할 일이 있으니까요!"

여자는 거리낌없이 소리를 지르는 것이었다.

하여간 그 돈으로 간소하나마 격식을 갖추어 장례식을 무사히 치룰 수 있은 것은 다행한 일이었다. 관을 사오고 광목을 떠다 아이들에게 상복을 지어입히고 고무신도 사다 신겼다. 의논해서 화장을 않고 망우리에 무덤을 남기기로 했다. 장지로 향하는 차 안에서 익준이가 없는 것을 만기가 탄식했더니,

"살아서두 남편 구실 못한 위인, 죽은 댐에야 있으나마나지!"

익준의 장모는 개의치 않았다. 그러나 좀 늦게나마 남편 구실을 못한 익준이 그날로 집에 돌아오기는 한 것이다. 거의 황혼 무렵이 되어서 산에서 돌아온 일행이 익준에 집 골목 어귀에서 차를 내렸을 때였다. 저쪽에서 머리에 흰 붕대를 감고 이리로 걸어오는 허즐한 사내가 있었다. 아이들이 먼저 알아차리고,

"아, 아버지다!"

소릴 질렀다. 그러자 익준은 멈칫 걸음을 멈추었고 이쪽에서들도 일제히 그리로 시선을 보냈다. 익준은 머리에 상처를 입은 모양이었다. 한 손에는 아이들 고무신 코숭이가 비죽이 내보이는 종이 꾸러미를 들고 있었다. 그는 무표정한 얼굴로 이쪽을 향하고 꼼짝 않고 서 있었다. 석상처럼 전연 인간이 느껴지지 않는 얼굴이었다.

"어이구, 차라리 쓸모없는 저따위나 잡아가지 않구, 염라대왕두 망발이시지!"

익준의 장모는 사위를 바라보면서 그렇게 중얼대고 인제야 눈물을 질금거리었다. 그래도 아이들이 제일 반가와했다. 일곱 살 먹은 끝엣놈은,

"아부지!"

하고 부르며 쫓아가서 매어달렸다.

"아부지, 나, 새옷 입구 자동차 타구 산에 갔다왔다!"

어린 것이 자랑스레 상복을 쳐들어보여도 익준은 장승처럼
선 채 움직일 줄을 몰랐다.

작·품·정·리

- 갈래 : 단편 소설, 전후 소설.
- 주제 : 전후 사회 속에서의 인간 소외 의식과 비인간화된 현실 비판.
- 배경 : 시간적–1950년대.
  공간적–전후 사회의 현실.
- 시점 : 전지적 작가 시점.

작·품·감·상

〈잉여인간〉은 전후의 사회상과 그 현실에 적응하지 못하고 떠도는 몇 가지 인물 유형을 사실주의적 기법으로 제시한다.

손창섭의 다른 소설들과 마찬가지로 이 소설에서도 50년대 전후 사회의 피폐한 현실과 일그러진 사회상이 세태 묘사의 기법으로 그려지고 있다. 익준과 봉우는 외면적 행동에 있어서는 정반대의 형상을 지니고 있지만, 사회적 소외와 무력감을 온 몸으로 표현하고 있다는 점에서 사실상 동일하며, 손창섭의 소설적 특징을 잘 보여 주는 인물들이기도 하다.

〈잉여인간〉에는 서만기·채익준·천봉우, 세 인물들이 전후에 나타날 수 있는 인물 유형으로 등장한다.

우선 채익준은 부조리한 현실과 타협하지 못함으로써 궁핍한 생활을 벗어나지 못하고, 부조리한 사회 현실을 비판한다. 하지만 자신의 삶에 대해서 적극적인 개혁 의지를 갖지 못한 인물이다.

천봉우는 자신의 의지와는 상관없이 외적인 상황에 끌려가는 수동적이고 비극적인 존재다. 그의 삶의 의미는 홍인숙을 사랑하는 것에 있으나, 그 사랑은 비현실적인 것이다.

서만기는 이들을 포용하고 이들이 가진 문제들과 자신의 문제를 해결할 수 있는 가능성을 믿는 긍정적 인물이다. 그는 어떤 악조건 속에서도 비굴하지 않게 현실을 헤쳐 가려 노력하는 이상적 인물로 작가의 관념 속에 만들어진 인물인 것이다.

손창섭의 소설은 대개 뒤틀리고 절망에 빠진 병리적인 인간이 소설의 단골이었으나, 여기서는 건실하고 정직한 인물들이 등장한다. 또 이들은 가정이 있고, 가난하지만 병원을 경영한다. 사회 속에서 일하는 생활을 지닌 인물이다. 그의 자의식과 행동, 개인과 사회, 가정과 정치를 중재하는, 손창섭의 인물에서 유례가 드문 긍정적 인물이자 지식인이다. 그는 의사 일을 하면서 봉우 처의 노골적 추태, 봉우와 미스 홍의 문제, 익준의 암담한 가정 내막, 나날이 더해지는 경제적 고통, 자기를 사랑하는 처제 사이에서 갈등하면서도, 모든 자기 주변의 문제들을 내면화하고 견디며 묵묵히 할 일을 모색한다. 서만기는 인간 쓰레기 같은 봉우 처의 유혹을 물리치고, 어려운 익준을 돕고, 선한 인물 편에 선다.

이 소설에서는 이 소설이 씌어진 1950년대 말의 모습이 반영되어 있다. '신문팔이 소년, 외국인 선교사들과 교섭이 잦은 기독교인, 식료품이나 일용품 같은 것을 동경이나 홍콩에서 주문해서 쓰고 있는 외국 민간인, 양심적인 한국 상점의 결여, 한국은 도둑의 나라라는 외국 신문기자의 보도, 사리사욕을 위해서는 양심도 도덕도 없는 세상 사람들' 등과 같은 여러 삽화가 그것이다.

〈잉여인간〉은 손창섭의 작품 중에서 거의 말기에 해당하는 작품으로서 당대의 부정적 세대를 묘사하는 수작(秀作)이다. 또, 이 작품은 손창섭의 주요 특징인 맹목적 인간 혐오와 부정이 많이 탈색된 작품으로 평가된다. 그러한 평가는 치과 의사 만기가 고도의 교양과 인품을 지니고 현실의 어떤 어려움에도 품위를 잃지 않는 인물이라는 것이 기존의 손창섭의 다른 소설에서는 볼 수 없는 유형이라는 점에서 기인한다.

그러나 치과 의사 만기의 완전 무결함은 오히려 그의 성격을 지극히 추상적인 것으로 만들고 말았다. 인간적 완벽함을 담았지만 소설적으로는 추상적이고 비현실적인 이러한 인물의 형상화는 이 소설의 한계로 지적되고 있다.

되짚어 보는 문제

1. 다음 지문을 읽고 물음에 대답하라.

"미스 홍, 이걸 좀 봐요. 아니 이런 주리를 틀 놈들이 있어 글쎄!"

눈을 부라리고 치를 부르르 떨었다. 신문 사회면에는 어느 제약회사에서 외국제 포장갑을 대량으로 밀수입해다가 인체에 유해한 위조품을 넣어가지고 고급 외국 약으로 기만 매각하여 수천만 환에 달하는 부당 이득을 취하였다는 기사가 크게 보도되어 있었다. 인숙이가 그 기사를 읽는 동안 익준은 분을 누르지 못해 진찰실과 대합실 사이를 왔다갔다하며 혼자 투덜거리었다. 이윽고 인숙에게서 신문지를 도로 받아든 익준은 그것을 둘둘 말아가지고 옆에 있는 의자를 한번 딱 치고 나서,

"그래 미스 홍은 어떻게 생각해. 이놈들을 어떻게 처치했으면 속이 시원하겠느냐 말요?"

마치 따지고 들 듯 했다.

"그야 뻔하죠 뭐. 으레 법에 의해서 적당히 처벌될 게 아니겠어요."

그러자 익준은 한층더 분개해서 흡사 인숙이가 범인이기나 한 듯이 핏대를 세우고 대드는 것이었다.

"뭐라구? 법에 의해서 적당히 처벌될 게라? 아니 그래 이따위 악질 도배들을 그 뜨뜻미지근한 의법 처단으루 만족할 수 있단 말요! 미스 홍은 그 정도루 만족할 수 있느냔 말요? 무슨 소리요, 어림없소, 이런 놈들은 그저 대번에 모가질 비틀어버리구 말아야 돼, 아니 즉각 총살이다. 그저 당장에 빵빵 하구 쏴 죽여버리구 말아야 돼. 그리구두 모가지를 베어서 옛날처럼 네거리에 효수(梟首)를 해야 돼요. 극형에 처해야 마땅하단 말요!"

① 최익준의 성격에 대해 써라.

_____

_____

② 당시 사회가 어떠한지 써라.

_____

2. 작품 속의 인물의 성격을 크게 두 유형으로 나누어 볼 수 있다. 그들을 어떤 유형으로 나누어 설명할 수 있는가 써라.

_____

_____

_____

_____

1.

　① 부조리한 것, 부당한 것을 용납하거나 타협하지 않으려는 성격으로, 쉽게 냉정을 잃
　고 격분하는 성격이다.

　② 부정과 사기가 난무하며, 이를 바로 잡을 사회기강이나 법의 엄정한 실행을 할 의지
　가 약하다.

2. 정상적인 인간과 비정상적인 인물들이다. 치과 원장인 서만기와 간호원 홍인숙은 정상
적인 인물들이다. 이에 비해 비분강개파인 채익준과 실의의 인간인 천봉우, 그리고 봉
우의 아내, 끝으로 만기의 처제 은주는 비정상적인 인물들로 볼 수 있다.

8

무진기행

김승옥

　　작가 김승옥은 일제 말기인 1941년 일본의 오오사카에서 출생하여 해방
이 되던 1945년 귀국하여 전남 순천에서 성장했다. 1957년 순천 고등 학교
에 입학하고, 1960년 서울대 문리대 불문과에 입학했다.

　　1962년《한국 일보》신춘 문예에 〈생명 연습〉이 당선되어 문단에 데뷔하
였다. 그 뒤 '산문 시대' 동인으로서 활동하며 중편 〈황산 수첩〉과 〈건
(乾)〉, 〈누이를 이해하기 위하여〉, 〈역사(力士)〉, 〈무진기행〉, 등을 발표하
였고, 1965년에는 〈서울, 1964년 겨울〉로 동인 문학상을 수상하면서 작가
적 지위를 굳혔다. 1966년에 〈다산성〉, 〈염소는 힘이 세다〉, 〈시골 처녀〉 등
을 발표하는 한편, 장편 〈달빛 무덤 속〉을 문학지에 연재하였다. 또 '천재의
소산' 이라고 극찬받은 첫 창작집《서울, 1964년 겨울》이 출간되었다.
1967년 중편 〈내가 훔친 여름〉을《중앙 일보》에 연재하고, 〈무진 기행〉을
'안개' 라는 제목으로 바꿔 영화하였다. 또한 김동인의 〈감자〉를 각색, 연출
함으로써 영화쪽에 관심을 갖기 시작하고, 1968년에 이어령의 〈장군의 수
염〉을 각색하여 대종상 각색상을 받았다. 그 후부터는 주로 시나리오를 각
색하는 일에 열중하였다. 1969년 단편 〈야행〉을《월간 중앙》에 발표하고,
1970년에《60년대식》을 출간하였으며, 1977년 〈서울의 달빛 0장〉을《문

학 사상》에 발표하여 제1회 이상 문학상을 수상한 이후에는 이렇다 할 문학적 활동 없이 오늘에 이르렀다.

그는 1950년대 작가들의 작가 의식이 거의 한국 전쟁과 그로 인한 사회적 피폐에 쏠려 있을 때, 그러한 경향과는 다른 인간 기미(人間氣味)의 내밀성과 사회적 관계와의 윤리적 측면을 중요한 테마로 부각시켜 화제를 불렀고, '감수성 혁명'이라는 극찬을 받기도 했다.

그의 소설의 특징은 일상적 소재에서 인간의 기미, 특히 섹스를 모티브로 포착, 그것을 통해 개아(個我) 의식을 자각해 나가는 데 있고, 그런 의미에서 개체와 전체와의 관계, 인간 관계가 중요한 주제로 부각되고 있다.

사랑과 증오, 연민과 분노 등의 교감 문제나 소외의 문제는 모두 이같은 주제 의식과 관련 있으며, 밀도 있는 유려한 문체로 소설을 써 나간 그는 한국 사회의 총체적 현실의 구조적 갈등에 대해 거시적 시각으로 구명하는 인식론적 작가로 평가되고 있다.

- 나 : 장인이 경영하는 제약회사의 전무로 승진 예정이나 그 사실을 달갑게 여기
  지 않는 인물로, 아내의 권유로 무진을 찾는다. 무진은 그에게 있어 새출발을 위
  한 시기, 어두운 과거를 지낼 때만 찾던 곳이다.
- 하인숙 : 삶의 의미나 희망 같은 것과는 동떨어진 곳에 사는 듯한 여자, 나의 모
  교인 중학교 음악선생으로 무진을 떠나고 싶어하는 인물이다.

줄·거·리

무진으로 가는 버스

버스가 산모퉁이를 돌아갈 때 나는 '무진'이라는 이정비를 보았다. 내 뒷좌석에
앉아 있는 사람들은 농사 관계의 시찰원들인 듯했다. 그들은 무진엔 명산물이 별로
없다고 했다. 그러나 무진에 명산물이 없는 것은 아니다. 무진에는 안개, 무진의 안
개가 무진의 명산물이 아닐까!

버스의 덜컹거림이 좀 덜해졌다. 동시에 무진이 가까웠다는 것이 더욱 실감되었
다. 아내는 내게 어머니의 산소에 다녀온다는 핑계를 대고 무진에 며칠 다녀오라고
했다. 그동안 주주 총회에서의 일은 아버지와 함께 다 꾸며 놓겠다고 했다. 나는 새
출발이 필요할 때 무진으로 갔다. 그러나 어둡던 세월이 지나가 버리면 항상 무진
을 잊고 있다.

버스는 무진 읍내로 들어서고 있었다. 기와 지붕들도 양철 지붕들도 초가 지붕
들도 햇빛을 받아 은빛으로 번쩍이고 있었다.

밤에 만난 사람들

저녁 식사를 하기 전 나는 신문지국이 있는 거리로 갔다. 그곳에 가서 이모님 댁의 주소와 약도를 그려주었다. 돌아와 저녁을 먹고 있을 때 나는 중학 후배인 박이란 사람의 방문을 받았다. 그는 여러 가지 이야기를 묻고 '조' 형에 대해 이야기했다. 박은 모교에서 교편을 잡고 있다고 했다. 저녁 식사 후 우리는 세무서장이 된 조의 집으로 갔다. 응접실에는 손님이 넷 있었다. 조는 내게 한 여선생을 인사시켰다. '하인숙'이라고 했다. 전공이 성악으로 우리 모교의 음악선생이라고 한다. 잠시후 술상이 나왔다. 많은 이야기가 지난 뒤, 여선생에게 노래를 부르라고 한다. 여선생은 '목포의 눈물'을 부른다. 노래가 끝나자 자리에서 일어난다. 박 군은 하 선생을 좋아하는 것 같았다. 마지막 나와 하 선생이 남아 밖으로 나왔다. 나는 하 선생을 바래다 주면서 '왜 유행가를 부르느냐'고 물었다. 하 선생은 심심해서 불렀다고 한다. 나는 개구리 울음소리를 들었다. 하 선생은 지금껏 무진에서 개구리 울음소리를 들어보지 못했다고 한다. 하 선생은 '나'에게 서울로 데리고 가 달라고 한다. '나'는 서울에서의 생활이란 '책임' 뿐이라고 한다. 그리고 내일 오후 바닷가에 함께 가자고 하고 헤어진다.

바다로 뻗은 긴 방죽

그날 아침은 이슬비가 내리고 있었다. 나는 우산을 받쳐들고 어머니 산소에 갔다. 엄마의 품을 파고드는 아이처럼 묘 속으로 기어들어가고 싶었다.

돌아오는 길은 방죽길로 왔다. 뚝 아래는 자살한 여인의 시체가 있었다. 읍내에 있는 술집 작부라고 순경은 말했다. 집에 돌아오니 세무서장인 '조'가 세무서로 들러달라는 쪽지가 있었다. 사무실에 가니 조는 런닝셔츠바람으로 부채를 부치고 있었다. 그는 여선생을 전혀 아내감으로 생각하지 않고 있다고 했다. 박군이 그를 좋아한다 했다.

'나'는 시간이 되어 바다로 뻗은 방죽으로 갔다. 그는 이미 나와 있었다. 그는 다시 서울로 데리고 가 달라고 졸랐다. 그와 함께 내가 오래전에 썼던 그 집으로 갔다. 그리고 그 여자와 자리에 들었다. 우리는 일어나 다시 밖으로 나왔다. '나'는 그 여자에게 '사랑한다'고 말하고 싶었으나 하지 않았다.

　당신은 무진을 떠나고 있습니다.
　이튿날, 한통의 전보를 받았다. 급히 상경하라는 아내로부터의 전보였다. '나'는 갑자기 떠나가게 된 이유를 편지에 적었다. 그리고 당신을 사랑하고 있다고 썼다. 그러나 그 편지를 읽어보고는 찢어버렸다. 버스를 타고 어디쯤 가니, '당신은 무진을 떠나고 있다'는 팻말을 보았다.

무진기행

김 승 옥

무진(霧津)[1]으로 가는 버스

버스가 산모퉁이를 돌아갈 때 나는 '무진 Mujin 10km'라는 이정비(里程碑)를 보았다. 그것은 옛날과 똑같은 모습으로 길가의 잡초 속에서 튀어나와 있었다. 내 뒷좌석에 앉아 있는 사람들 사이에서 다시 시작된 대화를 나는 들었다. "앞으로 십킬로 남았군요." "예, 한 삼십분 후에 도착할 겁니다." 그들은 농사(農事) 관계의 시찰원들인 듯했다. 아니 그렇지 않은지도 모른다. 그러나 하여튼 그들은 색 무늬 있는 반소매 셔츠를 입고 있었고 데드롱직(織)의 바지를 입었고 지나쳐오는 마을과 들과 산에서 아마 농사 관계의 전문가들이 아니면 할 수 없는 관찰을 했고 그것을 전문적인 용어로 얘기하고 있었다. 광주(光州)에서 기차를 내려서 버스로 갈아탄 이래 나는 그들이 시골 사람답지 않게 낮은 목소리로 점잔을 빼면서 얘기하는 것을 반수면(半睡眠)상태 속에서 듣고 있었다. 버스 안의 좌석들은 많이 비어 있었다. 그 시찰원들의 대화에 의하면 농번기(農繁期)이기 때문에 사람들이 여행을 할 틈이 없어서라는 것이었다. "무진엔 명산물이…… 뭐 별로 없지요?" 그들은 대화를 계속하고 있었다. "별게 없지요. 그러면서도 그렇게 많은 사람들이 살고 있다는 건 좀 이상스럽거든요." "바다가 가까이 있으니 항구로 발전할 수도 있었을 텐데요?" "가 보시면 아시겠지만 그럴 조건

1) 무진(霧津) : 여기서 무진은 실제 지명이 아니다. 작가가 만든 바다를 낀 한 소도시다. 이런 지명은 '황석영'의 '삼포 가는 길'에서 '삼포' 역시 마찬가지다.

이 되어 있는 것도 아닙니다. 수심(水深)이 얕은 데다가 그런 바다를 몇 백리나 밖으로 나가야만 비로소 수평선이 보이는 진짜 바다다운 바다가 나오는 곳이니까요." "그럼 역시 농촌이군요." "그렇다고 이렇다 할 평야가 있는 것도 아닙니다." "그럼 그 오륙만(五六萬)이 되는 인구가 어떻게들 살아가나요?" "그러니까 그럭저럭 이란 말이 있는 게 아닙니까?" 그들은 점잖게 소리 내어 웃었다. "원, 아무리 그렇지만 한 고장에 명산물 하나쯤은 있어야지." 웃음 끝에 한 사람이 말하고 있었다.

무진에 명산물이 없는 게 아니다. 나는 그것이 무엇인지 알고 있다. 그것은 안개다. 아침에 잠자리에서 일어나서 밖으로 나오면, 밤사이에 진주(進駐)해 온 적군(敵軍)들처럼 안개가 무진을 빙 둘러 싸고 있는 것이었다. 무진을 둘러싸고 있던 산들도 안개에 의하여 보이지 않는 먼 곳으로 유배(流配)당해 버리고 없었다. 안개는 마치 이승에 한(恨)이 있어서 매일 밤 찾아오는 여귀(女鬼)가 뿜어내 놓은 입김과 같았다. 해가 떠오르고 바람이 바다 쪽에서 방향을 바꾸어 불어오기 전에는 사람들의 힘으로써는 그것을 헤쳐 버릴 수가 없었다. 손으로 잡을 수 없으면서도 그것은 뚜렷이 존재했고 사람들을 둘러쌌고 먼 곳에 있는 것으로부터 사람들을 떼어 놓았다. 안개, 무진의 안개, 무진의 아침에 사람들이 만나는 안개, 사람들로 하여금 해를, 바람을 간절히 부르게 하는 무진의 안개 그것이 무진의 명산물이 아닐 수 있을까! 버스의 덜커덩거림이 좀 덜해졌다.

버스의 덜커덩거림이 더하고 덜하는 것을 나는 턱으로 느끼고 있었다. 나는 몸에서 힘을 빼고 있었으므로 버스가 자갈이 깔린 시골길을 달려오고 있는 동안 내 턱은 버스가 껑충거리는

데 따라서 함께 덜그럭거리고 있었다. 턱이 덜그럭거릴 정도로
몸에서 힘을 빼고 버스를 타고 있으면 긴장해서 버스를 타고
있을 때보다 피로가 더욱 심해진다는 것을 알고 있었지만 그러
나 열려진 차창(車窓)으로 들어와서 나의 밖으로 드러난 살갗
을 사정없이 간지럽히고 불어가는 유월의 바람이 나를 반수면
상태로 끌어넣었기 때문에 나는 힘을 주고 있을 수가 없었다.
바람은 무수히 작은 입자(粒子)로 되어 있고 그 입자들은 할 수
있는 한, 욕심껏 수면제를 품고 있는 것처럼 내게는 생각되었
다. 바람 속에는, 신선한 햇볕과 아직 사람들의 땀에 밴 살갗을
스쳐 보지 않았다는 천진스러운 저온(低溫), 그리고 지금 버스
가 달리고 있는 길을 에워싸며 버스를 향하여 달려오고 있는
산줄기의 저편에 바다가 있다는 것을 알리는 소금기, 그런 것
들이 이상스레 한데 어울리면서 녹아 있었다. 햇볕의 신선한

밝음과 살갗의 탄력을 주는 정도의 공기의 저온, 그리고 해풍
(海風)에 섞여 있는 정도의 소금기, 이 세 가지만 합성(合成)해
서 수면제를 만들어 낼 수 있다면 그것은 이 지상(地上)에 있는
모든 약방의 진열장 안에 있는 어떠한 약보다도 가장 상쾌한
약이 될 것이고 그리고 나는 이 세계에서 가장 돈 잘 버는 제약
회사(製藥會社)의 전무(專務)님이 될 것이다. 왜냐하면 사람들
은 누구나 조용히 잠들고 싶어하고 조용히 잠든다는 것은 상쾌
한 일이기 때문이다…….
　그런 생각을 하자 나는 쓴웃음이 나왔다. 동시에 무진이 가
까웠다는 것이 더욱 실감되었다. 무진에 오기만 하면 내가 하
는 생각이란 항상 그렇게 엉뚱한 공상(空想)들이었고 뒤죽박
죽이었던 것이다. 다른 어느 곳에서도 하지 않았던 엉뚱한 생

각을, 나는 무진에서는 아무런 부끄럼없이, 거침없이 해내곤 했었던 것이다. 아니 무진에서는 내가 무엇을 생각하고 어쩌고 하는 게 아니라 어떤 생각들이 나의 밖에서 제멋대로 이루어진 뒤 나의 머릿속으로 밀고 들어오는 듯했었다.

"당신 안색(顔色)이 아주 나빠져서 큰일났어요. 어머님의 산소에 다녀온다는 핑계를 대고 무진에 며칠 동안 계시다가 오세요. 주주총회(株主總會)에서의 일은 아버지하고 저하고 다 꾸며 놓을께요. 당신은 오랜만에 신선한 공기를 쐬고 그리고 돌아와보면 대회생제약회사의 전무님이 되어 있을 게 아니에요?"라고, 며칠 전날밤, 아내가 나의 파자마 깃을 손가락으로 만지작거리며 나에게 진심에서 나온 권유를 했을 때도, 가기 싫은 심부름을 억지로 갈 때 아이들이 불평을 하듯이 내가 몇 마디 입안엣소리로 투덜댄 것도, 무진에서는 항상 자신을 상실하지 않을 수 없었던 과거의 경험에 의한 조건 반사였다.

내가 좀 나이가 든 뒤로 무진에 간 것은 몇 차례 되지 않았지만 그 몇 차례 되지 않은 무진행이 그러나 그때마다 내게는 서울에서의 실패로부터 도망해야 할 때거나 하여튼 무언가 새출발이 필요할 때였었다. 새출발이 필요할 때 무진으로 간다는 그것은 우연이 결코 아니었고 그렇다고 무진에 가면 내게 새로운 용기라든가 새로운 계획이 술술 나오기 때문도 아니었었다. 오히려 무진에서의 나는 항상 처박혀 있는 상태였다. 더러운 옷차림과 누우런 얼굴로 나는 항상 골방 안에서 뒹굴었다. 내가 깨어 있을 때는, 수없이 많은 시간의 대열이 멍하니 서 있는 나를 비웃으며 흘러가고 있었고, 내가 잠들어 있을 때는, 긴긴 악몽(惡夢)들이 거꾸러져 있는 나에게 혹독한 채찍질을 하였었다. 나의 무진에 대한 연상(聯想)의 대부분은 나를 돌봐 주고 있는 노인들에 대하여 신경질을 부리던 것과 골방 안에서의 공상(空想)과 불면(不眠)을 쫓아보려고 행하던 수음(手淫)과 곧잘 편도선(扁桃腺)을 붓게 하던 독한 담배 꽁초와 우편 배달부를 기다리던 초조함 따위거나 그것들에 관련된 어떤 행위들이었다. 물론 그것들만 연상되었던 것은 아니다. 서울의 어느 거리에서고, 나의 청각(聽覺)이 외부(外部)로 향하면 무자비하게 쏟아져 들어오는 소음(騷音)에 비틀거릴 때거나, 밤늦게 신당동(新堂洞) 집앞의 포장된 골목을 자동차로 올라갈 때, 나는 물이 가득한 강물이 흐르고, 잔디로 덮인 방죽이 시오 리 밖의 바닷가까지 뻗어 나가 있고 작은 숲이 있고 다리가 많고 흙담이 많고 높은 포플러가 에워싼 운동장을 가진 학교들이 있고, 바닷가에서 주워 온 까만 자갈이 깔린 뜰을 가진 사무소들이 있고 대로 만든 와상(臥床)이 밤거리에 나앉아 있는 시골을 생각했고 그것은 무진이었다. 문득 한적(閑寂)이 그리울 때도 나는 무진을 생각했었다. 그러나 그럴 때의 무진은 내가 관념 속에서 그리고 있는 어느 아늑한 장소일 뿐이지 거기엔 사람들이 살고 있지 않았다. 무진이라고 하면 그것에의 연상은 아무래도 어둡던 나의 청년(靑年)이었다.

그렇다고 무진에의 연상이 꼬리처럼 항상 나를 따라다녔다는 것은 아니다. 차라리, 나의 어둡던 세월이 일단 지나가 버린 지금은 나는 거의 항상 무진을 잊고 있었던 편이다. 어제 저녁 서울에서 기차를 탈 때에도, 물론 전송 나온 아내와 회사 직원 몇 사람에게 일러둘 말이 너무 많아서 거기에 정신이 쏠려 있던 탓도 있었겠지만, 하여튼 나는 무진에 대한 그 어두운 기억들이 그다지 실감나게 되살아오지는 않았다. 그런데 오늘 이른 아침, 광주에서 기차를 내려서 역구내(驛構內)를 빠져 나올 때 내가 본 한 미친 여자가 그 어두운 기억들을 홱 잡아 끌어당겨서 내 앞에 던져 주었다. 그 미친 여자는 나일론의 치마저고리를 맵시있게 입고 있었고 팔에는 시절에 맞추어 고른 듯한 핸드백도 걸치고 있었다. 얼굴도 예쁜 편이고 화장이 화려했다. 그 여자가 미친 사람이라는 것을 알 수 있는 것은 쉬임없이 굴리고 있는 눈동자와 그 여자를 에워싸고 선하품을 하며 그 여자를 놀려대고 있는 구두닦이 아이들 때문이었다. "공부를 많이 해서 돌아 버렸대." "아냐, 남자한테서 채여서야." "저 여자 미국 말도 참 잘한다. 물어 볼까?" 아이들은 그런 얘기를 높은 목소리로 하고 있었다. 좀 나이가 든 여드름쟁이 구두닦이 하나는 그 여자의 젖가슴을 손가락으로 집적거렸고 그럴 때마다 그 여자는 여전히 무표정한 얼굴로 비명만 지르고 있었다. 그 여자의 비명이, 옛날 내가 무진의 골방 속에서 쓴 일기의 한 구절을 문득 생각나게 한 것이다.

그때는 어머니가 살아 계실 때였다. 6·25사변으로 대학의 강의가 중단되었기 때문에 서울을 떠나는 마지막 기차를 놓친 나는 서울에서 무진까지의 천여 리(千餘里)길을 발가락이 몇 번이고 부르터지도록 걸어서 내려왔고, 어머니에 의해서 골방에 처박혀졌고 의용군(義勇軍)의 징발도 그후의 국군(國軍)의 징병도 모두 기피해 버리고 있었다. 내가 졸업한 무진의 중학교의 상급반 학생들이 무명지(無名指)에 붕대를 감고 '이 몸이 죽어서 나라가 선다면……'을 부르며 읍 광장에 서 있는 트럭들로 행진해 가서 그 트럭들에 올라타고 일선으로 떠날 때도 나는 골방 속에 쭈그리고 앉아서 그들의 행진이 집 앞을 지나가는 소리를 듣고만 있었다. 전선(戰線)이 북쪽으로 올라가고 대학이 강의를 시작했다는 소식이 들려 왔을 때도 나는 무진의 골방 속에 숨어 있었다. 모두가 나의 홀어머님 때문이었다. 모두가 전쟁터로 몰려갈 때 나는 내 어머니에게 몰려서 골방 속에 숨어서 수음을 하고 있었다. 이웃집 젊은이의 전사 통지(戰死通知)가 오면 어머니는 내가 무사한 것을 기뻐했고, 이따금 일선의 친구에게서 군사 우편이 오기라도 하면 나 몰래 그것을 찢어 버리곤 하였다. 내가 골방보다는 전선을 택하고 싶어해하는 것을 알고 있었기 때문이다. 그 무렵에 쓴 나의 일기장들은, 그후에 태워 버려서 지금은 없지만, 모두가 스스로를 모멸하고 오욕(汚辱)을 웃으며 견디는 내용들이었다. '어머니, 혹시 제가 지금 미친다면 대강 다음과 같은 원인들 때문일테니 그 점에 유의(留意)하셔서 저를 치료해 보십시오…….' 이러한 일기를 쓰던 때를, 이른 아침 역구내에서 본 미친 여자가 내 앞으로 끌어당겨 주었던 것이다. 무진이 가까웠다는 것을 나는 그 미친 여자를 통하여 느꼈고 그리고 방금 지나친 먼지를 둘러쓰고 잡초 속에서 튀어나와 있는 이정비를 통하여 실감했다.

제1회 이상문학상을 수상하는 김승옥

"이번에 자네가 전무가 되는 건 틀림없는거구, 그러니 자네, 한 일주일 동안 시골에 내려가서 긴장을 풀고 푹 쉬었다가 오게. 전무님이 되면 책임이 더 무거워질 테니 말야." 아내와 장인 영감은 자신들은 알지 못하는 사이에 퍽 영리한 권유를 내게 한 셈이었다. 내가 긴장을 풀어 버릴 수 있는, 아니 풀어 버릴 수밖에 없는 곳을 무진으로 정해준 것은 대단히 영리한 짓이었다.

버스는 무진 읍내로 들어서고 있었다. 기와 지붕들도 양철 지붕들도 초가 지붕들도 유월 하순의 강렬한 햇빛을 받고 모두 은빛으로 번쩍이고 있었다. 철공소(鐵工所)에서 들리는 쇠망치 두드리는 소리가 잠깐 버스로 달려들었다가 물러났다. 어디선지 분뇨(糞尿) 냄새가 새어 들어왔고 병원 앞을 지날 때는 크레졸 냄새가 났고, 어느 상점의 스피커에서는 느려빠진 유행가가 흘러나왔다. 거리는 텅 비어 있었고 사람들은 처마 끝의 그늘에 쭈그리고 앉아 있었다. 어린 아이들은 빨가벗고 기우뚱거리며 그늘 속을 걸어 다니고 있었다. 읍의 포장(鋪裝)된 광장도 거의 텅 비어 있었다. 햇볕만이 눈부시게 그 광장(廣場) 위에서 끓고 있었고 그 눈부신 햇빛 속에서, 정적(靜寂) 속에서 개 두 마리가 혀를 빼물고 교미를 하고 있었다.

밤에 만난 사람들

저녁 식사를 하기 조금 전에 나는 낮잠에서 깨어나서 신문 지국(新聞支局)들이 몰려 있는 거리로 갔다. 이모님댁에서는 신문을 구독하고 있지 않았다. 그렇지만 신문은, 도회인의 누구나 그렇듯이 이제 내 생활의 일부로서 내 하루의 시작과 끝을 맡아보고 있었던 것이다. 내가 찾아간 신문 지국에 나는 이모님댁의 주소와 약도를 그려 주고 나왔다. 밖으로 나올 때 나는 내 등뒤에서 지국 안에 있던 사람들이 그들끼리 무어라고 수군거리는 소리를 들었다. 아마 나를 알고 있는 사람들이었던 모양이다. "……그래애? 거만하게 생겼는데……." "……출세했다지?……" "……옛날……폐병……" 그런 속삭임 속에서, 나는 밖으로 나오면서 은근히 한마디를 기다리고 있었다. 그러

나 결국 "안녕히 가십시오."는 나오지 않고 말았다. 그것이 서
울과의 차이점이었다. 그들은 이제 점점 수군거림 소용돌이 속
으로 끌려 들어가고 있으리라. 자기 자신조차 잊어버리면서,
나중에 그 소용돌이 밖으로 내던져 졌을 때 자기들이 느낄 공
허감(空虛感)도 모른다는 듯이, 그들은 수군거리고 수군거리고
또 수군거리고 있으리라. 바다가 있는 쪽에서 바람이 불어오고
있었다. 몇 시간 전에 버스에서 내릴 때보다 거리는 많이 번잡
해졌다. 학생들이 학교에서 돌아오고 있었다. 그들은 책가방이
주체스러운 모양인지 그것을 뱅뱅 돌리기도 하며 어깨 너머로
넘겨 들기도 하며 두 손으로 껴안기도 하며, 혀끝에 침으로써
방울을 만들어서 그것을 입바람으로 훅 불어날리곤 했다. 학교
선생들과 사무소의 직원들도 달그락거리는 빈 도시락을 들고
축 늘어져서 지나가고 있었다. 그러자 나는 이 모든 것이 장난
처럼 생각되었다. 학교에 다닌다는 것, 학생들을 가르친다는
것, 사무소에 출근했다가 퇴근한다는 이 모든 것이 실없는 장
난이라는 생각이 든 것이다. 사람들이 거기에 매달려서 낑낑댄
다는 것이 우습게 생각되었다.

　이모 댁으로 돌아와서 저녁을 먹고 있을 때, 나는 방문(訪問)
을 받았다. 박(朴)이라고 하는 무진중학교의 내 몇 해 후배였
다. 한때 독서광(讀書狂)이었던 나를 그 후배는 무척 존경하는
눈치였다. 그는 학생 시대에 이른바 문학소년이었던 것이다.
미국의 작가인 피츠제랄드를 좋아한다고 하는 그 후배는 그러
나 피츠제랄드의 팬답지 않게 아주 얌전하고 매사(每事)에 엄
숙하였고 그리고 가난하였다. "신문 지국에 있는 제 친구에게
내려오셨다는 애길 들었습니다. 웬일이십니까?" 그는 정말 반

가워해 주었다. "무진엔 왜 내가 못 올 덴가?" 그렇게 대답하며 나는 내 말투가 마음에 거슬렸다. "너무 오랫동안 오시지 않았으니까 그러는거죠. 제가 군대에서 막 제대했을 때 오시고 이번이 처음이시니까 벌써……" "벌써 한 사 년 되는군." 사 년 전 나는, 내가 경리(經理)의 일을 보고 있던 제약회사가 좀더 큰 다른 회사와 합병되는 바람에 일자리를 잃고 무진으로 내려왔던 것이다. 아니 단지 일자리를 잃었다는 이유만으로 서울을 떠났던 것은 아니다. 동거하고 있던 희(姬)만 그대로 내 곁에 있어 주었던들 실의(失意)의 무진행은 없었으리라. "결혼하셨다더군요?" 박이 물었다. "흐응, 자넨?" "전 아직. 참, 좋은 데로 장가드셨다고들 하더군요." "그래? 자넨 왜 여태 결혼하지 않고 있나? 자네 금년에 어떻게 되지?" "스물아홉입니다." "스물아홉이라. 아홉 수가 원래 사납다고 하데만. 금년엔 어떻게 해보지 그래?" "글쎄요." 박은 소년처럼 머리를 긁었다. 사 년 전이니까 그 해의 내 나이가 스물아홉이었고 희가 내 곁에서 달아나 버릴 무렵에 아내의 전남편이 죽었던 것이다. "무슨 나쁜 일이 있었던 건 아니겠죠?" 옛날의 내 무진행의 내용을 다소 알고 있는 박은 그렇게 물었다. "응, 아마 승진(昇進)이 될 모양인데 며칠 휴가를 얻었지." "잘 되셨군요. 해방 후의 무진중학 출신 중에선 형이 제일 출세 하셨다고들 하고 있어요." "내가?" 나는 웃었다. "예, 형님하고 형님 동기(同期) 중에서 조 형(趙 兄)하고요." "조라니 나하고 친하게 지내던 애 말인가?" "예, 그 형이 재 작년엔가 고등고시에 패스해서 지금 여기 세무서장으로 있거든요." "아, 그래?" "모르셨어요?" "서로 소식이 별로 없었지. 그애가 옛날엔 여기 세무서에서 직원으로 있었지, 아마?" "예" "그거 잘됐군. 오늘 저녁엔 그 친구에게나 가볼까?" 친구 조는 키가 작았고 살결이 검은 편이었다. 그래서 키가 크고 살결이 창백한 나에게 열등감을 느낀다는 얘기를 내게 곧잘 했었다. "옛날에 손금이 나쁘다고 판단 받은 소년이 있었다. 그 소년은 자기의 손톱으로 손바닥에 좋은 손금을 파가며 열심히 일했다. 드디어 그 소년은 성공해서 잘 살았다." 조는 이런 얘기에 가장 감격하는 친구였다. "참, 자넨 요즘 뭘하고 있나?" 내가 박에게 물었다. 박은 얼굴을 붉히고 잠시 동안 머뭇거리다가 모교(母校)에서 교편을 잡고 있다고, 그것이 무슨 잘못이라도 되는 것처럼 우물거리며 대답했다. "좋지 않아? 책 읽을 여유가 있으니까 얼마나 좋은가. 난 잡지 한 권 읽을 여유가 없네. 무얼 가르치고 있나?" 후배는 내 말에 용기를 얻었는지 아까보다는 조금 밝은 목소리로 대답했다. "국어를 가르치고 있습니다." "잘했어. 학교측에서 보면 자네 같은 선생을 구하기도 힘들거야." "그렇지도 않아요. 사범대학 출신들 때문에 교원 자격 고시 합격증 가지고 견디기가 힘들어요." "그게 또 그런가?" 박은 아무말 없이 씁쓸한 미소만 지어 보였다.

저녁 식사 후 우리는 술 한잔씩을 마시고 나서 세무서장이 된 조의 집을 향하여 갔다. 거리는 어두컴컴했다. 다리를 건널 때 나는 냇가의 나무들이 어슴푸레하게 물 속에 비춰 있는 것을 보았다. 옛날 언젠가, 역시 이 다리를 밤중에 건너면서 나는 이 시커멓고 웅크리고 있는 나무들을 저주했었다. 금방 소리를 지르며 달려들 듯한 모습으로 나무들은 서 있었던 것이다. 세상에 나무가 없다면 얼마나 좋을까 하고 생각하기도 했었다. "모든게 여전하군." 내가 말했다. "그럴까요?" 후배가 웅얼거리듯이 말했다.

　조의 응접실에는 손님들이 네 사람 있었다. 나의 손을 아프
도록 쥐고 흔들고 있는 조의 얼굴이 옛날보다 윤택해지고 살결
도 많이 하얘진 것을 나는 보고 있었다. "어서 자리로 앉아라.
이거 원 누추해서…… 빨리 마누랄 얻어야겠는데……" 그러나
방은 결코 누추하지 않았다. "아니 아직 결혼 안했나?" 내가 물
었다. "법률책 좀 붙들고 앉아 있었더니 그렇게 돼 버렸어. 어
서 앉아." 나는 먼저 온 손님들에게 소개되었다. 세 사람은 남
자로서 세무서 직원들이었고 한 사람은 여자로서 나와 함께 온
박과 무언가 얘기를 주고받고 있었다.

　"어어, 밀담(密談)들은 그만 하시고, 하(河)선생, 인사해요.
내 중학 동창인 윤희중이라는 친굽니다. 서울에 있는 큰 제약
회사의 간사(幹事)님이시고 이쪽은 우리 모교에 와 계시는 음
악 선생님이시고. 하인숙씨라고, 작년에 서울에서 음악대학을
나오신 분이지." "아, 그러세요. 같은 학교에 계시는군요."

　나는 박과 그 여선생을 번갈아 가리키며 여선생에게 말했다.
"네." 여선생은 싱긋 웃으며 대답하고 내 후배는 고개를 숙여
버렸다. "고향이 무진이신가요?" "아녜요. 발령(發令)이 이곳
으로 났기 땜에 저 혼자 와 있는 거예요." 그 여자는 개성있는
얼굴을 가지고 있었다. 윤곽은 갸름했고 눈이 컸고 얼굴 색은
노리끼리했다. 전체로 보아서 병약(病弱)한 느낌을 주고 있었
지만 그러나 좀 높은 콧날과 두꺼운 입술이 병약하다는 인상을
버리도록 요구하고 있었다. 그리고 카랑카랑한 목소리가 코와
입이 주는 인상을 더욱 강하게 하고 있었다. "전공(專攻)이 무
엇이었던가요?" "성악 공부 좀 했어요." "그렇지만 하 선생님

은 피아노도 아주 잘 치십니다." 박이 곁에서 조심스런 목소리로 끼여들었다. 조도 거들었다. "노래를 아주 잘하시지. 소프라노가 굉장하시거든." "아, 소프라노를 맡으시는가요?" 내가 물었다. "네, 졸업 연주회(演奏會) 땐 〈나비부인〉 중에서 〈어떤 개인 날〉을 불렀어요." 그 여자는 졸업 연주회를 그리워하고 있는 듯한 음성으로 말했다.

　방바닥에는 비단의 방석이 놓여 있고 그 위에는 화투짝이 흩어져 있었다. 무진(霧津)이다. 곧 입술을 태울 듯이 불타 들어가는 담배 꽁초를 입에 물고 눈으로 들어오는 그 담배 연기 때문에 눈물을 찔끔거리며 눈을 가늘게 뜨고, 이미 정오(正午)가 가까운 시각에야 잠자리에서 일어나서 그날의 허황한 운수를 점쳐 보던 그 화투짝이었다. 또는 자신을 팽개치듯이 끼어들던 언젠가의 노름판, 그 놀음판에서 나의 뜨거워져 가는 머리와 떨리는 손가락만을 제외하곤 내 몸을 전연 느끼지 못하게 만들던 그 화투짝이었다. "화투가 있군, 화투가." 나는 한 장을 집어서 딱 소리가 나게 내려치고 다시 그것을 집어서 내려치고 또 집어서 내려치고 하며 중얼거렸다. "우리 돈내기 한판하실 까요?" 세무서 직원 중의 하나가 내게 말했다. 나는 싫었다. "다음 기회에 하지요." 세무서 직원들은 싱글싱글 웃었다. 조가 안으로 들어갔다가 나왔다. 잠시 후에 술상이 나왔다. "여기엔 얼마쯤 있게 되나?" "일주일 가량." "청첩장 한 장 없이 결혼해버리는 법이 어디 있어? 하기야 청첩장을 보냈더라도 그땐 내가 세무서에서 주판알 튕기고 있을 때니까 별수도 없었겠지만 말이다." "난 그랬지만 넌 청첩장 보내야 한다." "염려 말아. 금년 안으로는 받아볼 수 있게 될 거다." 우리는 별로 거품이 일지 않는 맥주를 마셨다. "제약회사라면 그게 약 만드는 데 아닙니까?" "그렇죠." "평생 병 걸릴 염려는 없겠습니다그려." 굉장히 우스운 익살을 부렸다는 듯이 직원들은 방바닥을 치며 오랫동안 웃었다. "참 박 군(朴君), 학생들한테서 인기가 대단하더구먼. ……기껏 오 분쯤 걸어오면 될 거리에 살면서 나한테 왜 통 놀러 오지 않나?" "늘 생각은 하고 있었습니다만……" "저기 앉아 계시는 하 선생님한테서 자네 애긴 늘 듣고 있었지. ……자, 하 선생, 맥주는 술도 아니니까 한잔 들어봐요. 평소엔 그렇지도 않던데 오늘 저녁엔 왜 이렇게 얌전을 피우실까?" "네 네, 거기 놓으세요. 제가 마시겠어요." "맥주는 좀 마셔 봤겠지요?" "대학 다닐 때 친구들과 어울려서 방문을 안으로 잠가 놓고 소주도 마셔본걸요." "이거 술꾼인 줄은 몰랐는데." "마시고 싶어서 마신 게 아니라 시험삼아서 맛 좀 본 거예요." "그래서 맛이 어떻습디까?" "모르겠어요. 술잔을 입에서 떼자마자 쿨쿨 자버렸으니까요." 사람들이 웃었다. 박만이 억지로 웃는 듯한 웃음이었다. "내가 항상 생각하는 바지만, 하 선생님의 좋은 점을 바로 저기에 있거든. 될 수 있으면 애기를 재미있게 하려고 한다는 점, 바로 그거야." "일부러 재미있게 하려고 하는 게 아네요. 대학 다닐 때의 말버릇이에요." "아하, 그러고 보면 하 선생의 나쁜 점은 바로 저기 있어. '내가 대학 다닐 때' 라는 말을 빼 놓고 애기가 안됩니까? 나처럼 대학엔 문전(門前)에도 가보지 못한 사람은 서러워서 살겠어요?" "죄송합니다아." "그럼 내게 사과하는 뜻에서 노래 한 곡 들려주시겠어요?" "그거 좋습니다." "좋지요." "한번 들어봅시다." 사람들이 박수를 쳤다. 여선생은 머뭇거렸다. "서울 손님도 오고 했으니까……. 그 지

난번에 부르던 거 참 좋습디다." 조는 재촉했다. "그럼 부릅니
다." 여선생은 거의 무표정한 얼굴로 입을 조금 달싹거리며 노
래를 부르기 시작했다. 세무서 직원들이 손가락으로 술상을 두
드리기 시작했다. 여선생은 〈목포의 눈물〉을 부르고 있었다.
〈어떤 개인 날〉과 〈목포의 눈물〉사이에는 얼마큼의 유사성(類
似性)이 있을까? 무엇이 저 아리아들로써 길들여진 성대에서
유행가를 나오게 하고 있을까? 그 여자가 부르는 〈목포의 눈
물〉에는 작부(酌婦)들이 부르는 그것에서 들을 수 있는 것과
같은 꺾임이 없었고 대체로 유행가를 살려주는 목소리의 갈라
짐이 없었고, 흔히 유행가가 내용으로 하는 청승맞음이 없었
다. 그 여자의 〈목포의 눈물〉은 이미 유행가가 아니었다. 그렇
다고 〈나비부인〉 중의 아리아는 더욱 아니었다. 그것은 이전에
는 없었던 어떤 새로운 양식(樣式)의 노래였다. 그 양식은 유행
가가 내용으로 하는 청승맞음과는 다른 좀더 무자비한 청승맞
음을 포함하고 있었고 〈어떤 개인 날〉의 그 절규(絶叫)보다도
훨씬 높은 옥타브의 절규를 포함하고 있었고, 그 양식에는 머
리를 풀어 헤친 광녀(狂女)의 냉소(冷笑)가 스며 있었고 무엇
보다도 시체가 썩어 가는 듯한 무진의 그 냄새가 스며 있었다.

그 여자의 노래가 끝나자 나는 의식적으로 바보 같은 웃음을
띠고 박수를 쳤고 그리고 육감(六感)으로서랄까, 나는 후배인
박이 이 자리에서 떠나고 싶어하는 것을 알았다. 나의 시선이
박에게로 갔을 때, 나의 시선을 받은 박은 기다렸다는 듯이 자
리에서 일어났다. 누군지가 그에게 앉아 있기를 권했으나 박은
해사한 웃음을 띠며 거절했다. "먼저 실례합니다. 형님은 내일
또 뵙지요." 조는 대문까지 따라나왔고 나는 한길까지 박을 바

래다 주러 나갔다. 밤이 깊지 않는데도 거리는 적막했다. 어디선지 개 짖는 소리가 들려왔고 쥐 몇 마리가 한길 위에서 무엇을 먹고 있다가 우리의 그림자에 놀라 흩어져버렸다. "형님, 보세요. 안개가 내리는군요." 과연 한길의 저 끝이, 불빛이 드문드문 박혀 있는 먼 주택지의 검은 풍경들이 점점 풀어져 가고 있었다. "자네, 하 선생을 좋아하고 있는 모양이군." 내가 물었다. 박은 다시 해사한 웃음을 띠었다. "그 여선생과 조 군(趙君)과 무슨 관계가 있는 모양이지?" "모르겠습니다. 아마 조 형이 결혼 대상자 중의 하나로 생각하고 있는 거 같아요." "자네가 그 여선생을 좋아한다면 좀더 적극적으로 나가야해. 잘 해봐." "뭐 별로……." 박은 소년처럼 말을 더듬거렸다. "그 속물(俗物)들 틈에 앉아서 유행가를 부르고 있는 게 좀 딱해 보였을 뿐이지요. 그래서 나와 버린 거죠." 박은 분노를 누르고 있는 듯이 나직나직 말했다. "클래식을 부를 장소가 있고 유행가를 부를 장소가 따로 있다는 것뿐이겠지, 뭐 딱할 거까지야 있나?" 나는 거짓말로써 그를 위로했다. 박은 가고 나는 다시 '속물'들 틈에 끼었다. 무진에서는 누구나 그렇게 생각하는 것이다. 타인은 모두 속물들이라고. 나 역시 그렇게 생각하는 것이다. 타인이 하는 모든 행위는 무위(無爲)와 똑같은 무게밖에 가지고 있지 않은 장난이라고.

밤이 퍽 깊어서 우리는 자리에서 일어났다. 조는 내가 자기 집에서 자고 가기를 권했다. 그러나 다음날 아침에 잠자리에서 일어나서 그 집을 나올 때까지의 부자유스러움을 생각하고 나는 기어코 밖으로 나섰다. 직원들도 도중에 흩어져 가고 결국엔 나와 여자만이 남았다. 우리는 다리를 건너고 있었다. 검은 풍경 속에서 냇물은 하얀 모습으로 뻗어 있었고 그 하얀 모습의 끝은 안개 속으로 사라지고 있었다. "밤엔 정말 멋있는 고장이에요." 여자가 말했다. "그래요? 다행입니다." 내가 말했다. "왜 다행이라고 말씀하시는 줄 짐작하겠어요." 여자가 말했다. "어느 정도까지 짐작하셨어요?" 내가 물었다. "사실은 멋이 없는 고장이니까요. 제 대답은 맞았어요?" "거의." 우리는 다리를 다 건넜다. 거기서 우리는 헤어져야 했다. 그 여자는 냇물을 따라서 뻗어 나간 길로 가야 했고 나는 곧장 난 길로 가야 했다. "아, 글루 가세요. 그럼……" 내가 말했다. "조금만 바래다 주세요. 이 길은 너무 조용해서 무서워요." 여자가 조금 떨리는 목소리로 말했다. 나는 다시 여자와 나란히 서서 걸었다. 나는 갑자기 이 여자와 친해진 것 같았다. 다리가 끝나는 바로 거기에서부터, 그 여자가 정말 무서워서 떠는 듯한 목소리로 내게 바래다 주기를 청했던 바로 그때부터 나는 그 여자가 내 생애 속에 끼어든 것을 느꼈다. 내 모든 친구들처럼, 이제는 모른다고 할 수 없는, 때로는 내가 그들을 훼손하기도 했지만 그러나 더욱 많이 그들이 나를 훼손시켰던 내 모든 친구들처럼. "처음에 뵈었을 때, 뭐랄까요, 서울 냄새가 난다고 할까요, 퍽 오래 전부터 알던 사람처럼 느껴졌어요. 참 이상하죠?" 갑자기 여자가 말했다. "유행가." 내가 말했다.

"네?" "아니 유행가는 왜 부르십니까? 성악 공부한 사람들은 될 수 있는 대로 유행가를 멀리하지 않았던가요?" "그 사람들은 항상 유행가만 부르라고 하거든요." 대답하고 나서 여자는 부끄러운 듯이 나지막하게 소리내어 웃었다. "유행가를 부르지 않으려면 거기에 가지 않는 게 좋다고 얘기하면 내정 간섭이 될까요?" "정말 앞으론 가지 않을 작정이에요. 정말 보잘것 없는 사람들이에요." "그럼 왜 여태까진 거기에 놀러 다녔습니까?" "심심해서요." 여자는 힘없이 말했다. 심심하다, 그래 그게 가장 정확한 표현이다. "아까 박 군은 하 선생님께서 유행가를 부르고 계시는 게 보기에 딱하다고 하면서 나가 버렸지요." 나는 어둠 속에서 여자의 얼굴을 살폈다. "박 선생님은 정말 꽁생원이에요." 여자는 유쾌한 듯이 높은 소리로 웃었다. "선량한 사람이죠." 내가 말했다. "네, 너무 선량해요." "박 군이 하 선생님을 사랑하고 있다는 생각을 해본 적은 없었던가요?" "아이, '하 선생님 하 선생님' 하지 마세요. 오빠라고 해도 제 큰 오빠뻘이나 되실 텐데요." "그럼 무어라고 부릅니까?" "그냥 제 이름을 불러주세요. 인숙이라고요." "인숙이, 인숙이." 나는 낮은 소리로 중얼거려보았다. "그게 좋군요." 나는 말했다. "인숙인 왜 내 질문을 피하지요?" "무슨 질문을 하셨던가요?" 여자는 웃으면서 말했다. 우리는 논 곁을 지나고 있었다. 언젠가 여름밤, 멀고 가까운 논에서 들려오는 개구리들의 울음소리를, 마치 수많은 비단조개 껍질을 한꺼번에 맞비빌 때 나는 듯한 소리를 듣고 있을 때 나는 그 개구리 울음소리들이 나의 감각 속에서 반짝이고 있는, 수없이 많은 별들로 바뀌어져 있는 것을 느끼곤 했었다. 청각(聽覺)의 이미지가 시각(視覺)의 이미지로 바뀌어지는 이상한 현상이 나의 감각 속에서 일어나곤 했었던 것이다. 개구리 울음소리가 반짝이는 별들이라고 느낀 나의 감각은 왜 그렇게 뒤죽박죽이었을까. 그렇지만 하늘에서 쏟아질 듯이 반짝이고 있는 별들을 보고 개구리의 울음소리가 귀에 들려 오는 듯했었던 것은 아니다. 별들을 보고 있으면 나는 나와 어느 별과 그리고 그 별과 또 다른 별들 사이의 안타까운 거리가, 과학책에서 배운 바로써가 아니라, 마치 나의 눈이 점점 정확해져 가고 있는 듯이, 나의 시력에 뚜렷하게 보여 오는 것이었다. 나는 그 도달할 길 없는 거리를 보는 데 홀려서 멍하니 서 있다가 그 순간 속에서 그대로 가슴이 터져 미쳐 버리는 것 같았다. 왜 그렇게 못 견디어 했을까. 별이 무수히 반짝이는 밤하늘을 보고 있던 옛날 나는 왜 그렇게 분해서 못 견디어 했을까. "무얼 생각하고 계세요?" 여자가 물어 왔다. "개구리 울음소리." 대답하며 나는 밤하늘을 올려다 봤다. 내리고 있는 안개에 가려서 별들이 흐릿하게 떠보였다. "어머, 개구리 울음소리. 정말예요. 제겐 여태까지 개구리 울음소리가 들리지 않았어요. 무진의 개구리는 밤 열두시 이후에만 우는 줄로 알고 있었는데요." "열두 시 이후에요?" "네, 밤 열두 시가 넘으면, 제가 방을 얻어 있는 주인댁의 라디오 소리도 꺼지고 들리는 거라곤 개구리 울음 소리뿐이거든요." "밤 열두 시가 넘도록 잠을 자지 않고 무얼 하시죠?" "그냥 가끔 그렇게 잠이 오지 않아요." 그냥 그렇게 잠이 오지 않는다, 아마 그건 사실이리라. "사모님 예쁘게 생기셨어요?" 여자가 갑자기 물었다. "제 아내 말씀인가요?" "네." "예쁘죠." 나는 웃으면서 대답했다. "행복하시죠? 돈이 많고 예쁜 부인이 있고 귀여운 아이들이 있고 그러면……." "아이들은 아직 없으니까 쬐끔 덜 행복하겠군요." "어머, 결혼을 언제 하셨는데 아직 아이들이 없어요?" "이제 삼 년 좀 넘었습니다." "특별한 용무도 없이 여행하시면서 왜 혼자 다니세요?" 이 여자는 왜 이런 질문을 할까? 나는 조용히 웃어 버렸다. 여자는 아까보다 좀더 명랑한 목소리로 말했다. "앞으로 오빠라고 부를 테니까 절 서울로 데려가 주시겠어요?" "서울에 가고 싶으신 가요?" "네." "무진이 싫은가요?" "미칠 것 같아요. 금방 미칠 것 같아요. 서울엔 제 대학 동창들도 많고…… 아아, 서울로 가고 싶어 죽겠어요." 여자는 잠깐 내 팔을 잡았다가 얼른 놓았다. 나는 갑자기 흥분되었다. 나는 이마를 찡그렸다. 찡그리고 또 찡그렸다. 그러자 흥분이 가셨다. "그렇지만 이젠 어딜 가도 대학 시절과는 다를걸요. 인숙은 여자니까 아마 가정으로나 숨어버리기 전에는 어느 곳에 가든지 미칠 것 같을 걸요." "그런 생각도 해봤어요. 그렇지만 지금 같아선 가정을 갖는다고 해도 미칠 것 같은 생각이 들어요. 정말 맘에 드는 남자가 아니면요. 정말 맘에 드는 남자가 있다고 해도 여기서는 살기 싫어요. 전 그 남자에게 여기서 도망하자고 조를 거예요." "그렇지만 내 경험으로는 서울에서의 생활이 반드시 좋지도 않더군요. 책임, 책임뿐입니다." "그렇지만 여긴 책임도 무책임도 없는 곳인 걸요. 하여튼 서울에 가고 싶어요. 절 데려가 주시겠어요?" "생각해 봅시다." "꼭이에요, 네?" 나는 그저 웃기만 했다. 우리는 그 여자의 집앞까지 왔다. "선생님, 내일은 무얼 하실 계획이세요?" 여자가 물었다. "글쎄요. 아침엔 어머님 산소엘 다녀와야 하겠고, 그러고 나면 할 일이 없군요. 바닷가에 가 볼까 하는데요. 거긴 한때 내가 방을 얻어 있던 집이 있으니까 인사도 할겸." "선생님, 내일 거긴 내일 오후에 가세요." "왜요?" "저도 같이 가고 싶어요. 내일은 토요일이니까 오전 수업뿐이에요." "그럽시다." 우리는 내일 만날 시간과 장소를 약속하고 헤어졌다. 나는 이상한 우울에 빠져서 터벅터벅 밤길을 걸어 이모 댁으로 돌아왔다.

내가 이불 속으로 들어갔을 때 통금(通禁) 사이렌이 불었다. 그것은 갑작스럽게 요란한 소리였다. 그 소리는 길었다. 모든 사물(事物)이 모든 사고(思考)가 그 사이렌에 흡수되어 갔다. 마침내 이 세상에선 아무것도 없어져 버렸다. 사이렌만이 세상에 남아 있었다. 그 소리도 마침내 느껴지지 않을 만큼 오랫동안 계속할 것 같았다. 그때 소리가 갑자기 힘을 잃으면서 꺾였고 길게 신음하며 사라져갔다. 내 사고만이 다시 살아났다. 나는 얼마 전까지 그 여자와 주고받던 얘기들을 다시 생각해보려 했다. 많은 것을 얘기한 것 같은데 그러나 귓속에는 우리의 대화가 몇 개 남아 있지 않았다. 좀더 시간이 지난 후, 그 대화들이 내 귓속에서 내 머리 속으로 자리를 옮길 때는 그리고 머릿속에서 심장 속으로 옮겨갈 때는 또 몇 개가 더 없어져 버릴 것인가. 아니 결국엔 모두 없어져 버릴지도 모른다. 천천히 생각해 보자. 그 여자는 서울에 가고 싶다고 했다. 그 말을 그 여자는 안타까운 음성으로 얘기했다. 나는 문득 그 여자를 껴안고 싶은 충동에 사로잡혔다. 그리고…… 아니, 내 심장에 남을 수 있는 것은 그것뿐이었다. 그러나 그것도 일단 무진을 떠나기만 하면 내 심장 위에서 지워져 버리리라. 나는 잠이 오지 않았다. 낮잠 때문이기도 하였다. 나는 어둠 속에서 담배를 피웠다. 나는 우울한 유령들처럼 나를 내려다보고 있는 벽에 걸린 하얀 옷들을 흘겨보고 있었다. 나는 담뱃재를 머리맡의 적당한 곳에 떨었다. 내일 아침 걸레로 닦아내면 될 어느 곳에. '열두 시 이후에 우는' 개구리 울음소리가 희미하게 들려 오고 있었다. 어디선가 한 시를 알리는 시계소리가 나직이 들려 왔다. 어디선가 두 시를 알리는 시계 소리가 들려 왔다. 어디선가 세 시를 알리는 시계 소리가 들려 왔다. 어디선가 네 시를 알리는 시계 소리가 들려 왔다. 잠시 후에 통금 해제의 사이렌이 불었다. 시계와 사이렌 중 어느 것 하나가 정확하지 못했다. 사이렌은 갑작스럽고 요란한 소리였다. 그 소리는 길었다. 모든 사물이 모든 사고가 그 사이렌에 흡수되어 갔다. 마침내 이 세상에선 아무 것도 없어져 버렸다. 사이렌만이 세상에 남아 있었다. 그 소리도 마침내 느껴지지 않을 만큼 오랫동안 계속할 것 같았다. 그 때 소리가 갑자기 힘을 잃으면서 꺾였고 길게 신음하며 사라져 갔다. 어디선가 부부들은 교합(交合)하리라. 아니다. 부부가 아니라 창부(娼婦)와 그 여자의 손님이리라. 나는 왜 그런 엉뚱한 생각을 하고 있는지 알 수 없었다. 잠시 후에 나는 슬며시 잠이 들었다.

바다로 뻗은 긴 방죽

그날 아침엔 이슬비가 내리고 있었다. 식전(食前)에 나는 우산을 받쳐들고 읍 근처의 산에 있는 어머니의 산소로 갔다. 나는 바지를 무릎 위까지 걷어올리고 비를 맞으며 묘를 향하여 엎드려 절했다. 비가 나를 굉장한 효자로 만들어 주었다. 나는 한 손으로 묘 위의 긴 풀을 뜯었다. 풀을 뜯으면서 나는, 나를 전무님으로 만들기 위하여 전무 선출(選出)에 관계된 사람들을 찾아다니며 그 호걸 웃음을 웃고 있을 장인 영감을 상상했다. 그러나 나는 묘 속으로 엄마의 품을 파고드는 아이처럼 기어들어가고 싶었다.

돌아가는 길은, 좀 멀기는 하지만 잔디가 곱게 깔린 방죽 길을 걷기로 했다. 이슬비가 바람에 뿌옇게 날리고 있었다. 비를

따라서 풍경이 흔들렸다. 나는 우산을 접어 버렸다. 방죽 위를
걸어가다가 나는 방죽의 경사 밑, 물가의 풀밭에, 읍에서 먼 촌
으로부터 등교하기 위하여 온 학생들이 모여서 웅성거리고 있
는 것을 보았다. 나이 많은 사람들이 몇 사람 끼어 있었고 비옷
을 입은 순경 한 사람이 방죽의 비탈 위에 쭈그리고 앉아서 담
배를 피우며 먼 곳을 바라보고 있었고 노파 한 사람이 혀를 차
며 웅성거리고 있는 학생들의 틈을 빠져나와서 갔다. 나는 방
죽의 비탈을 내려갔다. 순경 곁을 지나면서 나는 물었다. "무슨
일입니까?" "자살 시쳅니다."

　순경은 흥미 없는 말투로 말했다. "누군데요?" "읍내에 있는
술집 여잡니다. 초여름이 되면 반드시 몇 명씩 죽지요." "네에."
"저 계집애는 아주 독살스러운 년이어서 안 죽을 줄 알았더니,
저것도 별수없는 사람이었던 모양입니다." "네에" 나는 물가로
내려가서 학생들 틈에 끼었다. 시체의 얼굴은 냇물을 향하고
있었으므로 내게는 보이지 않았다. 머리는 파마였고 팔과 다리
가 하얗고 굵었다. 붉은색의 얇은 스웨터를 입고 있었고 하얀
스커트를 입고 있었다. 지난 밤의 새벽은 추웠던 모양이다. 아
니면 그 옷이 그 여자의 맘에 든 옷이었던가 보다. 푸른 꽃무늬
있는 하얀 고무신을 머리에 베고 있었다. 무엇인가를 싼 하얀
손수건이 그 여자의 축 늘어진 손에서 좀 떨어진 곳에 굴러 있
었다. 하얀 손수건은 비를 맞고 있었고 바람이 불어도 조금도
나부끼지 않았다. 시체의 얼굴을 보기 위해서 많은 학생들이
냇물 속에 발을 담그고 이쪽을 향하여 서 있었다. 그들은 푸른
색 유니폼이 물에 거꾸로 비쳐 있었다. 푸른색의 깃발들이 시
체를 옹위하고 있었다. 나는 그 여자를 향하여 이상스레 정욕

이 끓어오름을 느꼈다. 나는 급히 그 자리를 떠났다. "무슨 약을 먹었는지 모르지만 지금이라도 어쩌면……" 순경에게 내가 말했다. "저런 여자들이 먹는 건 청산가립니다. 수면제 몇 알 먹고 떠들썩한 연극 같은 건 안하지요. 그것만은 고마운 일이지만." 나는 무진으로 오는 버스 안에서 수면제를 만들어 팔겠다는 공상을 한 것이 생각났다. 햇빛의 신선한 밝음과 살갗에 탄력을 주는 정도의 공기의 저온 그리고 해풍(海風)에 섞여 있는 정도의 소금기, 이 세 가지를 합성하여 수면제를 만들 수 있다면……. 그러나 사실 그 수면제는 이미 만들어져 있었던 게 아닐까. 나는 문득, 내가 간밤에 잠을 이루지 못하고 뒤척거리고 있었던 게 이 여자의 임종을 지켜 주기 위해서가 아니었을까 하는 생각이 들었다. 통금 해제의 사이렌이 불고 이 여자는 약을 먹고 그제야 나는 슬며시 잠이 들었던 것만 같다. 갑자기 나는 이 여자가 나의 일부처럼 느껴졌다. 아프긴 하지만 아끼지 않으면 안될 내 몸의 일부처럼 느껴졌다. 나는 접어든 우산에 묻은 물을 홱홱 뿌리면서 집으로 돌아왔다. 집에는 세무서장인 조가 보낸 쪽지가 기다리고 있었다. "할 일 없으면 세무서에 좀 들러 주게." 아침 밥을 먹고 나는 세무서로 갔다. 이슬비는 그쳤으나 하늘은 흐렸다. 나는 조의 의도를 알 것 같았다. 서장실에 앉아 있는 자기의 모습을 보여주고 싶은 거다. 아니 내가 비꼬아서 생각하고 있는지 모른다. 나는 고쳐 생각하기로 했다. 그는 세무서장으로 만족 하고 있을까? 아마 만족하고 있을 게다. 그는 무진에 어울리는 사람이다. 아니, 나는 다시 고쳐 생각하기로 했다.어떤 사람을 잘 안다는 것——잘 아는 체 한다는 것이 그 어떤 사람의 입장에서 보면 무척 불행한 일이다.

우리가 비난할 수 있고 적어도 평가하려고 드는 것은 우리가 알고 있는 사람에 한하는 것이기 때문이다.

조는 런닝셔츠 바람으로, 바지는 무릎 위까지 걷어붙이고 부채를 부치고 있었다. 나는 그가 초라해 보였고 그러나 그가 흰 커버를 씌운 회전의자 위에 앉아 있는 것을 자랑스러워하는 듯한 몸짓을 해보일 때는 그가 가엾게 생각되었다. "바쁘지 않나?" 내가 물었다.

"나야 뭐 하는 일이 있어야지. 높은 자리라는 건 책임진다는 말만 중얼거리고 있으면 되는 모양이지." 그러나 그는 결코 한가하지 않았다. 여러 사람들이 드나들면서 서류에 조의 도장을 받아 갔고 더 많은 서류들이 그의 미결함(未決函)에 쌓여졌다. "월말(月末)에다가 토요일이 되어서 좀 바쁘다." 그는 말했다. 그러나 그의 얼굴은 그 바쁜 것을 자랑스러워 할 틈도 없이 바쁘다. 그것은 서울에서의 나였다. 그만큼 여기는 생활한다는 것에 서투를 수 있다고나 할까? 바쁘다는 것도 서투르게 바빴다. 그리고 그때 나는, 사람이 자기가 하는 일에 서투르다는 것은, 그것이 무슨 일이든지, 설령 도둑질이라고 할지라도 서투르다는 것은 보기에 딱하고 보는 사람을 신경질 나게 한다고 생각하였다. 미끈하게 일을 처리해 버린다는 건 우선 우리를 안심시켜 준다. "참, 엊저녁, 하 선생이란 여자는 네 색시감이냐?" 내가 물었다. "색시감?" 그는 높은 소리로 웃었다. "내 색시감이 그 정도로밖에 안 보이냐?" 그가 말했다. "그 정도가 뭐 어때서?" "야, 이 약아빠진 놈아, 넌 빽 좋고 돈 많은 과부를 물어 놓고 기껏 내가 어디서 굴러 온 줄도 모르는 말라빠진 음악 선생이나 차지하고 있으면 맘이 시원하겠다는 거냐?" 말하고 나서 그는 유쾌해 죽겠다는 듯이 웃어대었다. "너만큼만 사는 정도라면 여자가 거지라도 괜찮지 않어?" 내가 말했다. "그래도 그게 아닙니다. 내 편에 나를 끌어 줄 사람이 없으면 처가(妻家) 편에서라도 누가 있어야 하는 거야." 그가 대답했다. 그의 말투로는 우리는 공모자(共謀者)였다. "야, 세상 우습더라. 내가 고시에 패스하자마자 중매장이가 막 들어오는데…… 그런데 그게 모두 형편없는 것들이거든. 도대체 여자들이 성기(性器) 하나를 밑천으로 해서 시집 가보겠다는 고 배짱들이 괘씸하단 말야." "그럼 그 여선생도 그런 여자 중의 하나인가?" "아주 대표적인 여자지. 어떻게나 쫓아다니는지 귀찮아 죽겠다." "퍽 똑똑한 여자일 것 같던데." "똑똑하기야 하지. 그렇지만 뒷조사를 해보았더니 집안이 너무 허술해. 그 여자가 여기서 죽는다고 해도 고향에서 그 여자를 데리러 올 사람 하나 변변한 게 없거든." 나는 그 여자를 어서 만나 보고 싶었다. 나는 그 여자가 지금 어디서 죽어 가고 있는 것처럼 생각되었다. 어서 가서 만나 보고 싶었다. "속도 모르는 박군은 그 여자를 좋아한대." 그가 말하면서 빙긋 웃었다. "박군이?" 나는 놀란 체했다. "그 여자에게 편지를 보내어 호소를 하는데 그 여자가 모두 내게 보여주거든. 박군은 내게 연애 편지를 쓰는 셈이지." 나는 그 여자를 만나 보고 싶은 생각이 싹 가셨다. 그러나 잠시 후엔 그 여자를 어서 만나 보고 싶다는 생각이 되살아났다. "지난 봄엔 그 여잘 데리고 절엔 한번 갔었지. 어떻게 해보려고 했는데 요 영리한 게 결혼하기 전까지는 절대로 안된다는 거야." "그래서?" "무안만 당하고 말았지." 나는 그 여자에게 감사했다. 시간이 됐을 때 나는 그 여자와 만나기로 한, 읍내에서 좀 떨어진 바다로 뻗어 나가고 있는 방죽으로 갔다. 노란 파라솔 하나가 멀리 보였다. 그것이 그 여자였다. 우리는 구름이 낀 하늘 밑을 나란히 걸어갔다. "저 오늘 박선생님께 선생님에 관해서 여러 가지 물어 봤어요." "그래요?" "무얼 제일 중요하게 물어 보았을 것 같아요?" 나는 전연 짐작할 수가 없었다. 그 여자는 잠시 동안 키득키득 웃었다. 그리고 말했다. "선생님의 혈액형을 물어 봤어요." "내 혈액형(血液型)을요?"

　"전 혈액형에 대해서 이상한 믿음을 가지고 있어요. 사람들이 꼭 자기의 혈액형이 나타내 주는 —— 그, 생물 책에 씌어 있지 않아요? —— 꼭 그 성격대로이기만 했으면 좋겠어요. 그럼 세상엔 손가락으로 꼽을 정도의 성격밖에 없을 게 아니에요?" "그게 어디 믿음입니까? 희망이지." "전 제가 바라는 것은 그대로 믿어 버리는 성격이에요." "그건 무슨 혈액형입니까?" "바보라는 이름의 혈액형이에요." 우리는 후덥지근한 공기 속에서 괴롭게 웃었다. 나는 그 여자의 프로필을 훔쳐보았다. 그 여자는 이제 웃음을 그치고 입을 꾹 다물고 그 커다란 눈으로 앞을 똑바로 응시하고 있었고 코끝에 땀이 맺혀 있었다. 그 여자는 어린아이처럼 나를 따라오고 있었다. 나는 나의 한 손으로 그 여자의 한손을 잡았다. 그 여자는 놀란 듯했다. 나는 얼른 손을 놓았다. 잠시 후에 나는 다시 손을 잡았다. 그 여자는 이번엔 놀라지 않았다. 우리가 잡고 있는 손바닥과 손바닥의 틈으로 희미한 바람이 새어나가고 있었다. "무작정 서울에만 가면 어떻게 할 작정이오?" 내가 물었다. "이렇게 좋은 오빠가 있는데 어떻게 해주겠지요." 여자는 나를 쳐다보며 방긋 웃었다. "신랑감이야 수두룩하긴 하지만…… 서울보다는 고향에 가 있는 게 낫

지 않을까요?" "고향보다는 여기가 나아요." "그럼 여기 그대
로 있는 게……" "아이, 선생님. 절 데리고 가시잖을 작정이시
군요." 여자는 울상을 지으며 내 손을 뿌리쳤다. 사실 나는 내
자신을 알 수 없었다. 사실 나는 감상(感傷)이나 연민(憐憫)으
로써 세상을 향하고 서는 나이도 지난 것이다. 사실 나는, 몇 시
간 전에 조가 얘기했듯이 '빽이 좋고 돈 많은 과부'를 만난 것
을 반드시 바랐던 것은 아니지만 결과적으로는 잘 되었다고 생
각하고 있는 사람인 것이다. 나는 내게서 달아나 버렸던 여자
에 대한 것과는 다른 사랑을 지금의 내 아내에 대하여 갖고 있
었다. 그러면서도 나는 구름이 끼어 있는 하늘 밑의 바다로 뻗
은 방죽 위를 걸어가면서, 다시 내 곁에 선 여자의 손을 잡았다.
나는 지금 우리가 찾아가고 있는 집에 대하여 여자에게 설명해
주었다. 어느해, 나는 그 집에서 방 한 칸을 얻어들고 더러워진
나의 폐(肺)를 씻어 내고 있었다. 어머니도 세상을 떠나간 뒤였
다. 이 바닷가에서 보낸 일 년. 그때 내가 쓴 모든 편지들 속에
서 사람들은 '쓸쓸하다'라는 단어를 쉽게 발견할 수 있었다.
그 단어는 다소 천박하고 이제는 사람의 가슴에 호소해 오는
능력도 거의 상실해 버린 사어(死語)같은 것이지만 그러나 그
무렵의 내게는 그 말밖에 써야 할 말이 없는 것처럼 생각되었
었다. 아침의 백사장을 거니는 산보에서 느끼는 시간의 지리함
과 낮잠에서 깨어나서 식은땀이 줄줄 흐르는 이마를 손바닥으
로 닦으며 느끼는 허전함과 깊은 밤에 악몽(惡夢)으로부터 깨
어나서 쿵쿵 소리를 내며 급하게 뛰고 있는 심장을 한 손으로
누르며 밤바다의 그 애처로운 울음소리에 귀를 기울이고 있을
때의 안타까움, 그런 것들이 굴껍데기처럼 다닥다닥 붙어서 떨

어질 줄 모르는 나의 생활을 나는 '쓸쓸하다'라는, 지금 생각하면 허깨비 같은 단어 하나로 대신시켰던 것이다. 바다는 상상도 되지 않는 먼지 낀 도시에서, 바쁜 일과중에, 무표정한 우편 배달부가 던져 주고 간 나의 편지 속에서 '쓸쓸하다'라는 말을 보았을 때, 그 편지를 받은 사람이 과연 무엇을 느끼거나 상상할 수 있었을까? 그 바닷가에서 그 편지를 내가 띄우고 도시에서 내가 그 편지를 받았다고 가정(假定)할 경우에도 내가 그 바닷가에서 그 단어에 걸어 보던 모든 것에 만족할 만큼 도시의 내가 바닷가의 나의 심경에 공명(共鳴)할 수 있었을 것인가? 아니 그것이 필요하기나 했었을까? 그러나 정확하게 말하자면 그 무렵 편지를 쓰기 위해서 책상 앞으로 다가가고 있던 나도, 지금에 와서 내가 하고 있는 바와 같은 가정(假定)과 질문을 어렴풋이나마 하고 있었고 그 대답을 '아니다'로 생각하고 있었던 듯하다. 그러면서도 그는 그 속에 '쓸쓸하다'라는 단어가 씌어진 편지를 썼고 때로는 바다가 암청색(暗靑色)으로 서투르게 그려진 엽서를 사방으로 띄웠다. "세상에서 제일 먼저 편지를 쓴 사람은 어떤 사람이었을까요?" 내가 말했다. "아이, 편지, 정말 편지를 받는 것처럼 기쁜 일은 없어요. 정말 누구였을까요? 아마 선생님처럼 외로운 사람이었겠죠?" 여자의 손이 내 손안에서 꼼지락거렸다. 나는 그 손이 그렇게 말하고 있는 듯한 느낌이 들었다. "그리고 인숙이처럼." 내가 말했다. "네." 우리는 서로 고개를 돌려 마주보면 웃음 지었다.

우리는 우리가 찾아가는 집에 도착했다. 세월이 그 집과 그 집 사람들만은 피해서 지나갔던 모양이다. 주인들은 나를 옛날의 나로 대해 주었고, 그러자 나는 옛날의 내가 되었다. 나는 가지고 온 선물을 내놓았고 그집 주인 부부는 내가 들어 있던 방을 우리에게 제공해 주었다. 나는 그 방에서 여자의 조바심을, 마치 칼을 들고 달려드는 사람으로부터, 누군가 자기의 손에서 칼을 빼앗아 주지 않으면 상대편을 찌르고 말 듯한 절망을 느끼는 사람으로부터 칼을 빼앗듯이 그 여자의 조바심을 빼앗아 주었다. 그 여자는 처녀는 아니었다. 우리는 다시 방문을 열고 물결이 다소 거센 바다를 내어 다보며 오랫동안 말없이 누워 있었다. "서울에 가고 싶어요. 단지 그거뿐예요." 한참 후에 여자가 말했다. 나는 손가락으로 여자의 볼 위에 의미 없는 도화를 그리고 있었다. "세상엔 착한 사람이 있을까?" 나는 방으로 불어오는 해풍 때문에 불이 꺼져 버린 담배를 다시 불을 붙이며 말했다. "절 나무라시는 거죠? 착하게 보아주려는 마음이 없으면 아무도 착하지 않을 거예요." 나는 우리가 불교도(佛敎徒)라고 생각했다. "선생님은 착한 분이세요?" "인숙이가 믿어주는 한." 나는 다시 한번 우리가 불교도라고 생각했다. 여자는 누운 채 내게 조금 더 다가왔다. "바닷가로 나가요 네? 노래 불러드릴께요." 여자가 말했다. 그러나 우리는 일어나지 않았다. "바닷가로 나가요, 네? 방이 너무 더워요." 우리는 일어나서 밖으로 나왔다. 우리는 백사장을 걸어서 인가(人家)가 보이지 않는 바닷가의 바위 위에 앉았다. 파도가 거품을 숨겨 가지고 와서 우리가 앉아 있는 바위 밑에 그것을 뿜어 놓았다. "선생님" 여자가 나를 불렀다. 나는 여자 쪽으로 고개를 돌렸다. "자기 자신이 싫어지는 것을 경험하신 적이 있으세요?" 여자가 꾸민 명랑한 목소리로 물었다. 나는 기억을 헤쳐 보았다. 나는 고개를 끄덕이며 말했다. "언젠가 나와 함께 자던 친구가 다음날 아

침에 내가 코를 골면서 자더라는 것을 알려주었을 때였지. 그
땐 정말이지 살맛이 나지 않았어." 나는 여자를 웃기기 위해서
그렇게 말했다. 그러나 여자는 웃지 않고 조용히 고개만 끄덕
거렸다. 한참 후에 여자가 말했다. "선생님, 저 서울에 가고 싶
지 않아요." 나는 여자의 손을 달라고 하여 잡았다. 나는 그 손
을 힘을 주어 쥐면서 말했다. "우리 서로 거짓말은 하지 말기로
해." "거짓말이 아니에요." 여자는 방긋 웃으면서 말했다. "〈어
떤 개인 날〉 불러드릴게요." "그렇지만 오늘은 흐린걸." 나는
〈어떤 개인 날〉의 그 이별을 생각하며 말했다. 흐린 날엔 사람
들은 헤어지지 말기로 하자. 손을 내밀고 그손을 잡는 사람이
있으면 그 사람을 가까이 가까이 좀더 가까이 끌어 당겨주기로
하자. 나는 그 여자에게 '사랑한다'고 말하고 싶었다. 그러나
'사랑한다'라는 그 국어의 어색함이 그렇게 말하고 싶은 나의
충동을 쫓아 버렸다.

우리가 바닷가에서 읍내로 돌아온 것은 저녁의 어둠이 밀려
든 뒤였다. 읍내에 들어가기 조금 전에 우리는 방죽 위에서 키
스했다. "전 선생님께서 여기 계시는 일주일 동안만 멋있는 연
애를 할 계획이니까 그렇게 알고 계세요." 헤어지면서 여자가
말했다. "그렇지만 내 힘이 더 세니까 별수없이 내게 끌려서 서
울까지 가게 될걸." 내가 말했다.

집으로 돌아와서 나는 후배인 박이 낮에 다녀간 것을 알았
다. 그는 내가 '무진에 계시는 동안 심심하시지 않을가 하여 읽
으시라'고 책 세 권을 두고 갔다. 그가 저녁에 다시 오겠다고
하더라는 얘기를 이모가 내게 했다. 나는 피로를 핑계로 아무
도 만나기 싫다는 뜻을 이모에게 알려 두었다. 이모는 내가 바

닷가에서 아직 돌아오지 않았다고 대답하겠다고 말했다. 나는 아무것도 생각하고 싶지 않았다, 아무것도. 나는 이모에게 소주를 사오게 하여 취해서 잠이 들 때까지 마셨다. 새벽녘에 잠깐 잠이 깨었다. 나는 이유를 집어낼 수 없이 가슴이 두근거렸는데 그것은 불안이었다. "인숙이"하고 나는 중얼거려 보았다. 그리고 곧 다시 잠이 들어 버렸다

　당신은 무진을 떠나고 있습니다.
　나는 이모가 나를 흔들어 깨워서 눈을 떴다. 늦은 아침이었다. 이모는 전보 한통을 내게 건네주었다. 엎드려 누운 채 나는 전보를 펴보았다. '27일 회의참석필요급상경바람영' '27일'은 모레였고 '영'은 아내였다. 나는 아프도록 쑤시는 이마를 베개에 대었다. 나는 숨을 거칠게 쉬고 있었다. 나는 내 호흡을 진정시키려고 했다. 아내의 전보가 무진에 와서 내가 한 모든 행동과 사고를 내게 점점 명료하게 드러내 보여주었다. 모든 것이 선입관(先入觀) 때문이었다. 결국 아내의 전보는 그렇게 애기하고 있었다. 나는 아니라고 고개를 저었다. 모든 것이, 흔히 여행자(旅行者)에게 주어지는 그 자유 때문이라고 아내의 전보는 말하고 있었다. 나는 아니라고 고개를 저었다. 모든 것이 세월에 의하여 내 마음속에서 잊혀질 수 있다고 전보는 말하고 있었다. 그러나 상처가 남는다고, 나는 고개를 저었다. 오랫동안 우리는 다투었다. 그래서 전보와 나는 타협안(妥協案)을 만들었다. 한번만, 마지막으로 한번만 이 무진을, 안개를, 외롭게 미쳐 가는 것을, 유행가를, 술집여자의 자살을, 배반을, 무책임을 긍정하기로 하자. 마지막으로 한번만이다. 꼭 한 번만,

그리고 나는 내게 주어진 한정된 책임 속에서만 살기로 약속한다. 전보여, 새끼손가락을 내밀어라. 나는 거기에 내 새끼손가락을 걸어서 약속한다. 우리는 약속했다.

그러나 나는 돌아서서 전보의 눈을 피하여 편지를 썼다. "갑자기 떠나게 되었습니다. 찾아가서 말로서 오늘 제가 먼저 가는 것을 알리고 싶었습니다만 대화(對話)란 항상 의외의 방향으로 나가 버리기를 좋아하기 때문에 이렇게 글로서 알리는 것입니다. 간단히 쓰겠습니다. 사랑하고 있습니다. 왜냐하면 당신은 제 자신이기 때문에 적어도 제가 어렴풋이나마 사랑하고 있는 옛날의 저의 모습이기 때문입니다. 저는 옛날의 저를 오늘의 저로 끌어 놓기 위하여 갖은 노력을 다하였듯이 당신을 햇볕 속으로 끌어 놓기 위하여 있는 힘을 다할 작정입니다. 저를 믿어 주십시오. 그리고 서울에서 준비가 되는대로 소식 드리면 당신은 무진을 떠나서 제게 와 주십시오. 우리는 아마 행복할 수 있을 것입니다." 쓰고 나서 나는 그 편지를 읽어봤다. 또 한 번 읽어봤다. 그리고 찢어 버렸다.

덜컹거리며 달리는 버스 속에 앉아서 나는, 어디쯤에선가 길가에 세워진 하얀 팻말을 보았다. 거기에는 선명한 검은 글씨로 '당신은 무진읍을 떠나고 있습니다. 안녕히 가십시오' 라고 씌어 있었다. 나는 심한 부끄러움을 느꼈다.

- 갈래 : 단편 소설.
- 주제 : 일상의 부정을 통한 새로운 깨달음과 새로운 삶의 모색(자신의 존재 이유의 확인을
  통해, 자기 도피적 상황을 극복해 내려는 소시민적 인간 의지).
- 배경 : 시간적–1960년대.
  공간적–안개로 유명한 무진읍.
- 시점 : 1인칭 주인공 시점.

작·품·감·상

　〈무진기행〉은 1964년《사상계》에 발표되었다. 이 작품은 자기 존재 이유의
확인을 통해 지적 패배주의나 윤리적인 자기 도피를 극복해 보려 하는 작가 의
식을 담고 있다. 〈무진기행〉은 귀향 모티브에서 작가의 세계관을 가장 응축된
형태로 찾아낼 수 있고, 귀향 모티브가 우리 현실주의적 전통에 가장 굳건한 토
대가 되어 왔다는 점에 의의가 있다.

　김승옥의 작품 세계를 크게 둘로 나눠 보면, 초기에는 '자기 세계'의 확립을
끊임없이 탐색하는 소설, 후기엔 상황의 힘에 눌려 자아를 상실한 인간의 모습
을 풍속의 차원에서 소설로 그려냈다. 〈무진기행〉은 그 두 세계를 모두 담고 있
는 소설로 그의 문학적 변모 과정과 그 의미를 가장 명확하게 드러낸다.

　〈무진기행〉에서 나타나는 귀향은 다른 작가들과는 다른 면을 보여 주고 있
다. 1960년대의 귀향은 아주 미묘한 사회사적 의미를 지니게 되는데 그것은 우
리 역사의 근대화 또는 공업화로 인한 외관상의 고도 성장을 의미한다. '출세
한 촌놈'이 사회적 기반을 잡을 수 있었던 것은, 친일 지주 세력의 재벌 기업에

서, 이전에는 자기 삶의 기반이었고, 지금은 부모 형제의 삶의 기반인, '고향'의 경제적 기반을 근대화란 이름으로 흔들어 놓는 자리에 자신이 위치해 있는 것이다. 그래서 그들의 귀향엔 죄의식이 개입되기 마련이다.

그러나 〈무진기행〉에서는 이러한 사회사적 의미의 죄의식은 보이지 않는다. 다만 관념 속에서 그리고 있는 어느 아늑한 장소, 어둡던 나의 청년이 있는 고향을 찾는 행위만 있을 뿐이다. 이런 '나'가 무진에서 발견하는 것은 급속한 공업화의 추진으로 황폐해져 가는 무진이 아니다. 잠시 머무르고 올라와야만 하는 곳이다.

과거의 자신의 삶을 부정하고 생활인으로서 살아가겠다는 의지의 밝힘이며 과거의 삶에 대한 극복이 아니라 내던져 버리는 곳으로 표현되어진다.

이렇듯 불안하고 답답한 분위기와 무책임하고 비굴한 인물의 행동이 아무런 주저없이 표현되었다는 점에서 1960년대 독자들에게 충격을 주었다.

1. '무진기행'이란 제목에서 '무진'이 주는 의미에 대해 써라.

_____

_____

_____

2. 〈무진기행〉은 두 개의 공간이 존재한다. 이 두 개의 공간은 어떤 의미를 갖는지 써라.

_____

_____

_____

_____

3. 작품 〈무진기행〉은 배경적인 요소가 작품의 주제를 한층 더 부각시켜준다. 이 배경이 되는 지문을 한 곳만 찾아 써라.

_____

_____

_____

_____

1. '무진(霧津)이란 한자의 의미는 ' 안개 나루'란 뜻이다. 안개가 명물이란 무진읍은 생동감 넘치는 시골읍의 이미지와는 거리가 먼, 단조로움과 권태와 무기력의 추억만을 불러일으키는 공간이다. 이는 주인공의 의식은 출구가 막혀 답답함을 보여준다. 자기존재 의식이 희미한 상황을 나타내고 있다.

2. 하나는 아내가 있는 서울로 현실적 공간이다. 그 현실적 공간은 사회 병리 현상이 나타난 현실이라고 볼 수 있다. 1960년대부터 시작한 우리나라는 산업화로 인해 배금주의, 출세주의, 도시의 비인간성 등이 나타나기 시작한다. 그래서 사람들은 이 일상에서 벗어나기를 원하고 있었다.
다음은 무진으로, 몽현적 공간이다. 무진에는 안개의 바다와 자살한 여인의 시체가 있고 하인숙의 노래가 있다. 그래서 무진은 서울에서 실패가 있을 때 도망가는 곳이기도 하다.

3. 무진에 명산물이 없는 게 아니다. 나는 그것이 무엇인지 알고 있다. 그것은 안개다. 아침에 잠자리에서 일어나서 밖으로 나오면, 밤 사이에 진주(進駐)해온 적군(敵軍)들처럼 안개가 무진을 빙 둘러싸고 있는 것이었다. 무진을 둘러싸고 있던 산들도 안개에 의하여 보이지 않는 먼 곳으로 유배(流配)당해 버리고 없었다. 안개는 마치 이승에 한(恨)이 있어서 매일 밤 찾아오는 여귀(女鬼)가 뿜어내 놓은 입김과 같았다. 해가 떠오르고 바람이 바다 쪽으로 방향을 바꾸어 불어오기 전에는 사람들의 힘으로써는 그것을 헤쳐 버릴 수가 없었다. 손으로 잡을 수 없으면서도 그것은 뚜렷이 존재했고 사람들을 둘러쌌고 먼 곳에 있는 것으로부터 사람들을 떼어 놓았다. 안개, 무진의 안개, 무진의 아침에 사람들이 만나는 안개, 사람들로 하여금 해를, 바람을 간절히 부르게 하는 무진의 안개 그것이 무진의 명산물이 아닐 수 있을까!

9

동행(同行)

전 상 국

작·가·소·개

전상국은 1940년 강원도 홍천군 내촌면 물걸리 1102번지에서 아버지 전석주와 어머니 박춘봉의 장남으로 태어났다. 1946년 홍천읍으로 이사하고, 3·1 운동 때 물걸리에서 독립선언서를 낭독한 할아버지 전우균이 돌아온다. 1950년 6·25가 일어나 다시 물걸리로 돌아간다. 이 때가 홍천 초등학교 4학년, 1954년 홍천 중학교에 입학 이후 탐정소설과 명작 소설을 두루 탐독, 1957년 춘천 고등학교에 입학. 1학년 담임선생이던 시인 이희철의 영향을 받아 문학세계를 선망한다.

1959년 〈황혼기〉가 강원일보 신춘문예에 당선, 1960년에 작가 황순원이 있는 경희대학교 국문과에 입학. 1963년 〈동행〉이 조선일보 신춘문예에 당선. 1964년 원주에 있는 육민관 고등학교 국어교사로 채용되고, 1972년 다시 경희고등학교로 옮긴다. 그후 많은 작품을 활동한다. 1977년 〈사형〉과 〈껍데기 뱃기〉로 제22회 현대문학상 수상. 1979년 중편 〈아베의 가족〉으로 제6회 한국문학상 수상. 1985년 강원대학교 국문과 조교수가 된다. 1988년 〈투석〉으로 제4회 원동주문학상 수상한다.

관점에 따라서는 우리의 소설다운 출발이 전후세대 이후라고 보아질 수도 있지만 작가의 역사에의 소명인식이랄까 사명감 같은 것을 문제삼을 때면 1950년대는 오히려 작가의 소명의식을 대범하게 보아 앞세대에서 물려받았거나 더욱 보강하여왔음에 틀림없다. 이를 엄숙주의라고 부른다면 전상국은 이런 엄숙주의의 정통계보를 이어받은 작가라고 볼 수 있다. 엄숙주의의 한 계보에는 분단 문제가 큰 몫을 차지하는 것이어서, 작가와 독자도 이런 문제가 얼굴을 내밀기면 하면 숨도 제대로 쉴 수 없는 상태에 빠지는 것이 보통이다.

　전상국의 데뷔작 〈동행〉은 엄숙주의를 가능케하는 구조의 견고성이랄까 구조의 확실성, 또는 긴장을 동반한 안정감을 이끌어 낼 수가 있다고 본다.

등·장·인·물

- 최억구 : 6·25로 인하여 비극적인 운명을 맞는 인물이다. 인민 위원회 부위원 장이 되어 온갖 악행을 저지르고 그로 인해 아버지가 살해당하고 자신은 징역을 살고, 그리하여 아버지 원수를 갚기 위해 살인을 하고 고향으로 죽으러 간다.
- 키 큰 사내 : 살인범인 억구와 함께 신분을 감추고 동행하는 형사다. 결국 아버지 산소를 찾아 자살하려는 억구를 그대로 두고 간다.

줄·거·리

발목까지 빠져드는 눈길을 두 사내가 터벌터벌 걷고 있었다. 우중충 흐린 하늘은 곧 눈발이라도 세울 듯, 이제 한창 밝을 정월 보름달이 시세를 잃고 있는 밤이었다.

큰키의 사내는 중절모를 눌러쓰고 밤색 오바에 푹 싸여 방한에 빈틈이 없어 보이는데 반해 키작은 사내는 희끔한 와이셔츠 위에 양복 하나만 걸쳤을 뿐 차림새가 퍽 을씨년스러워 보였다.

"정말 이렇게 동행을 얻어 다행입니다."

큰 키의 사내가 말했다.

"예, 밤길을 혼자 걷기란 맹했죠. 더욱이 이런 산골 눈길은……."

키 작은 사내는 이어서,

"참, 선생은 춘천에서 오신다기에 말씀입니다만, 혹시 어제 근화동에서 살인사건이 생긴 걸 아시우?"

"살─인이라면…… 아, 네! 알구말구요. 사실 전 우연한 기회로 현장까지 봤습니다만……."

"근데, 거─말입니다. 그 살인범을 경찰에선 쉬 잡아낼 수 있겠습디까? 뭐, 단서

같은 거라두⋯⋯"

　두 사람은 평지를 지나 하천을 건너 걸었다. 얼음 밟는 소리가 철벅철벅 났다. 키 작은 사내는 어느덧 정강이까지 물에 젖어 얼어들어 있었다.

　"그래, 꼭 그날 밤도 이랬지! 제기랄⋯⋯"

　신음하듯 중얼댔다. 그러자 큰 키의 사내가, 그날 밤이라뇨⋯⋯? 하고 불쑥 물었다.

　두 사람은 산비탈에 집 한 채가 있는 곳에 이르렀다. 그리고 사립문을 흔들어 길을 묻는다. '구듬치고개'가 어디쯤 되느냐고. 그리고 자기도 와야리 사람인데, 자신이 바로 '최억구'라고 한다. 이 말에 집주인은 깜짝 놀란다. 키 작은 사내는 이어서 그 곳에 가친이 있으며, 자신이 사변때 빨갱이들에게 이용당해 무슨 부위원장이란 감투를 씌워, 그 때문에 '득수'를 죽음에 몰아 넣었으며, 그 일로 득수의 동생에게 가친이 죽음을 당했다고, 그리고 어제 춘천에서 그 득수놈의 동생을 만났다고 한다.

　"네에! 득수라는 사람 동생을 어제 만나셨다구요? 그 김득칠일⋯⋯"

　그러자 억구는 후딱 놀란 듯,

　"예, 어제 분명 그 놈을 만났지요. 그런데 선생이 어떻게 그놈 이름을 아슈? 알 길⋯⋯"

　조급스레 다긋는 것이었다.

　"김득칠이가 맞죠? 서른 셋, 직업은 면 서기죠, 김득칠인 어제 근화동서 살해됐습니다."

　큰 키의 사내가 차분한 어조로 말했다.

　이미 그들은 거의 고개 마루턱까지 올라와 있었다.

　"그래, 노형은 그동안 어떻게 지내셨습니까? 그날밤 와야릴 떠난 후에 말입니다."

　큰 키의 사내가 물었다.

"진작 물으실 줄 알았는데……결국 선생이 궁금한 건 사람을 죽인 놈이, 제 애비까지 죽인 빨갱이가 그동안 그 댓가를 치뤘느냐 이거죠? 즉 이 최억구란 놈이 형무소에서라두 도망쳐 오는 게 아니냔 그 말씀이죠?"

하며, 억구는 또 그 예의 흠흠 조소 섞인 웃음을 웃었다.

그렇게 웃던 억구가 풀썩 미끄러져 주저앉았다. 주저앉는가 하자 어느새 굴러내리기 시작했다. 순간 큰 키의 사내는 확—긴장하면서 오른손을 오바주머니에 넣었다.

"하긴 나두 처음엔 몇 번이고 자수할 생각이었죠. 그러나 결국 난 자술 못하고만 거죠. 난 그 광 속을 잊을 수가 없었던거요. 보시우 선생. 징역이니 사형이니 어쩌구 하는 것에다 제 죄를 전부 뒤집어씌워 놓곤 자긴 떠억 시치밀 뗄 수가 있다고 생각하시우? 이 최억구 놈 세상만사에 재밀 몰랐던 거요. 모든 게 나와는 거리가 멀구 하루하루 사는 게 그저 고역이었습네다. 이렇게 서른 여섯 해를 살아온 납네다."

이야기를 하는 중에 둘은 큰길에 이르렀다. 그리고 최억구는 자기가 김득칠을 죽였다고 한다. 그리고 산소를 가리키며, 저 곳이 가친의 산소라고 한다. 그 곳에 가서 눈을 치우고, 술을 올리면서 가친의 음성을 듣겠다고 한다. 그러면서 키 큰 사내에게 와야리로 가는 길을 가리킨다. 키 큰 사내는 돌아서 가려던 억구를 불러 담배 한 갑을 준다. 열여덟 개피가 남아있는 담배갑이다. 억구는 담배갑을 받아들고 울음같은 외침을 했다.

"하루에 꼭 한 개씩 피우라구요? 꼭, 한 개씩, 피, 우, 라, 구요?"

그러면서 그는 느닷없이 웃음을 터뜨리는 것이었다.

ㅎㅎㅎㅎㅎㅎㅎ

눈 덮인 산 속, 아직 눈 조용히 비껴 내리고 있는 밤이었다.

동행(同行)

전 상 국

　발목까지 빠져드는 눈길을 두 사내가 터벌터벌 걷고 있었다.
우중충 흐린 하늘은 곧 눈발이라도 세울 듯, 이제 한창 밝을 정
월 보름달이 시세를 잃고 있는 밤이었다.

　앞서서 걷고 있는 사내는 작은 키에 다부져 보이는 체구였지
만 그 걸음 걸이가 어딘지 모르게 허전허전한 느낌을 주는 것
이었다.

　이 사내로부터 두서너 걸음 뒤져 걷고 있는 사내는 멀쑥한
키에 언뜻 보아 맺힌 데 없다는 인상을 주면서도 앞선 쪽에 비
해 그 걸음걸이는 한결 정확했다.

　큰 키의 사내가 중절모를 눌러 쓰고 밤색 오바에 푹 싸이다
시피 방한(防寒)에 빈틈이 없어 보이는가 하면 키작은 사내는
희끔한 와이셔츠 위에 다만 양복 하나를 걸쳤을 뿐, 그 차림새
가 퍽도 을씨년스러워 보였다. 그 양복이라는 것도 윗도리의
품이 좁디좁고 길이도 깡뚱한 반면 아랫바지는 헐렁하게 크기
만 해 걷어올린 바짓가랑이에 눈이 녹아붙어 걸음을 옮길 적마
다 서걱거렸다. 그 작은 키에 어깨를 잔뜩 좁혀, 을씨년스럽고
초라한 모습이었다.

　"정말 이렇게 동행을 얻어 다행입니다."

　큰 키의 사내가 깡깡하면서도 어딘가 여유를 둔 나지막한 목
소리로 말했다.

"예, 밤길을 혼자 걷기란 맹했죠.[1] 더욱이 이런 산골 눈길은……" 하고, 앞서 걷던 작은 키의 사내가 어떤 생각으로부터 후다닥 벗어나기라도 한 듯 생경한 목소리로 받았다.

그리고 곧 자기쪽으로 말을 건네왔다.

"참, 선생은 춘천에서 오신다기에 말씀입니다만, 혹시 어제 근화동에서 살인사건이 생긴 걸 아시우?"

그러자 큰 키의 사내는 흠칫 몸을 추슬렀다가 좀 사이를 두어,

"살–인이라면…… 아, 네! 알구말구요. 사실 전 우연한 기회로 현장까지 봤습니다만……"

하고, 조심스레 말끝을 흐렸다.

그러자 키 작은 사내가 주춤 멈춰서서 다그치듯,

"허, 현장엘? 그래요? 그 술집엘 선생이 가보셨다구……?"

다시 몇 걸음 떼어놓다가 말을 이었다.

"근데, 거–말입니다. 그 살인범을 경찰에선 쉬 잡아낼 수 있겠읍디까? 뭐, 단서같은 거라두……"

그러자, 큰 키의 사내는 잠깐 머뭇거리다, 글쎄요, 그건 잘 모르겠군요 —— 중얼거리듯 잘라놓곤 이어,

"그런데 노형은 아까 원주에서 오신다고 하신 듯한데 어떻게 벌써 그 사건을 그렇게…… 역시 소문이란……"

그냥 흘러넘기는 투였다.

그러나 이때 키 작은 사내가 주춤 멈춰서며,

"아아니 선생, 이거 왜 이러슈. 그래, 내가 언제 원주에서 온다고 했단 말이유?"

무턱 시비조였다.

"아, 그러십니까? 제가 그만……"

그제야 멈춰섰던 사내가 다시 걸음을 옮겨 놓기 시작했다. 큰키의 사내도 어깨를 한번 으쓱 추키곤 앞선 쪽의 뒤를 부지런히 따라 붙었다.

그렇게 상당한 거리를 서로 한 마디의 대화도 없이 눈길을 터벌터벌 걷던 그들이 문득 고개를 쳐들었을 때, 그들 시야에 꽤 넓은 평지를 사이에 두고 좀 멀찍이 놓인 산마루가 희미한 채 그 윤곽을 드러내 보이고 있었다.

작은 키의 사내가 걸음을 멈추고 엉거주춤한 자세로 질금질금 소변을 보기 시작했다. 이때 큰 키의 사내는 바지가랑이와 오바자락에 엉겨붙은 눈을 털어내다가 불쑥,

"저 재 너머가 바루 와야리겠습니다그려?"

하고 무슨 변명이라도 하듯, 초행이라 놔서…했다.

그러나 키 작은 쪽은 대꾸도 없이 바지단추를 더듬거려 채우다간,

"가만있자…… 이길루 내쳐 가면 엔간히 돌 게구……"

곧 뒷사내를 향해,

"선생, 우리 일루 질러갑시다."

그런 다음 이쪽 대답은 아랑곳없다는 듯 지금 그들이 걸어온 한길을 벗어나 도무지 길이 있을 것 같지 않은, 그냥 눈 덮인 밭으로 터벌터벌 걸어들어가고 있었다.

"질러가는 겁니까? 허지만 이 눈에 저 고갤……좀 돌더라두……"

언제나 말미를 흐리곤 하는 큰 키의 사내가 아직 한길에서 내려서지도 않은 채 머뭇댔다.

"맘대루 허슈, 난 일루 가겠수다."

뒤도 돌아보지 않은 채 작은 키의 사내는 터벌터벌 발목까지 빠져드는 흰 눈발을 걸어나갔다.

그러자 큰 키의 사내는 퍽 난처하다는 듯 한동안 망설이다가,

"여보시오, 노형, 나 잠깐!"

그러나 키 작은 사내는 뒤도 돌아보지 않았다.

큰 키의 사내는 무슨 결심이라도 한 듯 어깨를 한 번 으쓱 추켜올리곤 한 길에서 내려서 앞서 간 쪽의 발자국을 조심스레 되밟아 나갔다.

앞서 가던 쪽이 밭두렁에서 발을 헛디뎌 앞으로 넘어졌다. 그러나 곧바로 몸을 세워 옷에 묻은 눈을 털 생각도 않고 그냥 걷고만 있었다. 그렇게 키 작은 쪽이 허청거릴 적마다 큰 키의 사내는 오바주머니에서 가죽장갑 낀 손을 빼어 줄타기 하듯 조심스레 발을 옮기고 했다.

바짓가랑이에 붙은 눈을 열심히 털면서.

그들이 지금 가로지른 평지가 끝난 바로 앞에 하천이 하나 가로 놓여 있었다.

"여길 건너야 할 텐데……"

작은 키의 사내가 벌써 아래로 내려서면서 중얼거렸다. 언뜻 보기에 거기 개울이 있다고 보기엔 어려웠다. 다만 잘잘거리는 물소릴 듣고야 바로 앞에 막아선 산 기슭을 타고 개울이 흐르고 있다는 걸 짐작할 수밖에 없었던 것이다.

"얼음이 잘 얼었을까요? 물이 많진 않을 것 같습니다만……"

큰 키의 사내가 조심스레 개울로 내려서며 말했지만 역시 앞선 쪽은 대답이 없었다.

　온통 눈으로 덮인 개울은 처음엔 자갈이 밟혔다. 좀 더 들어
서자 덧물이 흘렀다가 언 층이 발닿는 곳마다 부적부적 소릴
냈다. 큰 키의 사내는 언제나 앞선 쪽의 발자국을 되디디며 그
것도 못 미더운지 몇 번씩 발을 굴러보곤 했다.

　이때 앞서 걷던 사내가 뒤로 돌아서며, 여긴 안 되겠수다
—— 중얼거리는 거와 동시에 그의 한쪽 발이 뿌지직 얼음을
깨뜨렸다. 그러자 사내는 다시 몸을 돌려 꺼져드는 얼음 위를
철벅철벅 걸어가며,

　"어어 물 차다!"

　꺼져버린 얼음조각들이 흐르는 물에 처르르 —— 씻겨 내리
고 있었다. 눈덮여 희던 개울바닥이 그가 걸어나 간 뒤를 좇아
차츰차츰 검은 빛으로 번져나갔다.

　그렇게 찬 물 속을 철벅거리며 개울을 다 건넌 사내는 이쪽
에서 아직 어쩌지 못해 서성거리고 있는 큰 키의 사내를 향해
소리치는 것이었다.

　"제엔장, 일룬 안 되겠수다. 여긴 여울이라 봐서……"

　키 작은 사내는 산그늘을 타고 개울 상류로 거슬러 오르고
있었다. 이쪽 사내는 안절부절 못하는 몸짓으로 역시 같은 방
향으로 거슬러 오르며 눈은 항시 건너편 사내에게서 뗄 줄 몰
랐다.

　그렇게 얼마쯤 허둥대고 걷다가 큰 키의 사내는 무턱대고 개
울로 들어섰다. 다행히 여울이 아닌 모양이어서 쉽게 건널 수
있었다. 그러나 키 작은 사내는 이쪽에 눈 한 번 주는 법 없이
서벅서벅 제 발길만 옮기고 있었다. 큰 키의 사내는 꽤 허덕댄
다음에야 앞선 쪽을 따라갈 수 있었다.

역시 앞 사내의 발자국을 되밟으며 따라 걷던 큰 키의 사내는 힉 —— 한번 혼자 웃었다. 앞 사내의 바지가 정강이까지 온통 물에 젖어 있어 차츰 얼어들고 있는 것이었다.

"노형, 그거 그렇게 젖어서 어떻게 합니까? 진작 이 위로 건너실 걸……"

"제이기랄, 누가 아니래우. 근데 옷은 이렇게 벌써 뻐쩍 얼어드는데 이놈의 발이 통 안 시렵다니……"

잠시 사이를 두었다간,

"그래, 꼭 그날 밤도 이랬지! 제기랄……"

신음하듯 중얼댔다. 그러자 큰 키의 사내가, 그날 밤이라뇨……? 하고 불쑥 물었다. 그러나 앞선 사내는 대꾸없이 개울 상류를 향해 자꾸 치오르며 옆 산비탈을 올려다 보곤 했다.

금새 눈이 내릴 듯 우중충 흐린 밤이었지만 날은 퍽 차가웠다. 드디어 키작은 사내의 바짓가랑이가 데거덕거리기 시작했다.

그렇게 자꾸 산비탈을 훔쳐보며 개울 기슭을 따라 걷던 작은 키의 사내가 다시 주춤 멈춰 섰다.

"하, 이거 아무래도 잘못 잡았지……"

그러면서 사방을 두리번거렸다.

"눈에 홀린다더니, 정말 눈길을 걷기란 힘이 듭니다 그려."

오바자락의 눈을 털면서 큰 키의 사내가 말했다.

"선생한텐 정말 미안하우, 제에기랄, 이놈의 델 와본 지도 꽤 오래 돼 놔서……"

"그럼 여기가 고향……"

그러나 키 작은 사내는 이쪽 말은 염두에도 없다는 듯 제 궁리에 잠겼다가,

"에라, 내친 김에 좀더 올라가 볼 수밖에 ── "
하고, 다시 데걱거리며 걷기 시작했다.

그렇게 한참을 걸었다. 그러나 앞선 쪽의 사내는 다시 걸음
을 멈추며 속으로 가만한 한숨을 몰아쉬는 것이었다. 이때 함
께 멈춰 발을 탁탁 구르며 주위를 두리번대던 큰 키의 사내가
한쪽을 가리켜 보였다.

산을 끼고 흐르던 개울이 점차 산비탈과 그 거리를 벌리면서
그 중간쯤에 집 한 채가 오똑 ── 눈에 띄었다. 누가 먼저 말을
낸 것도 아닌데 그들은 그쪽으로 발을 옮기고 있었다.

여의도 광장에서의 작가

집앞의 길은 꽤 넓게 눈이 쓸려 있었다. 눈이 쓸리고 거뭇거
뭇 드러난 맨 땅에 이르러 그들은 옷에 묻은 눈을 털었다. 키 작
은 쪽의 바짓가랑이는 달라 붙은 눈덩이와 함께 데걱데걱 얼어
있었다.

키 작은 사내가 사립문 앞으로 다가갔다.

이때 허리를 굽히고 열심히 눈을 털던 큰 키의 사내가 큭큭
── 기침을 하기 시작했다. 꽤 밭은, 그리고 사뭇 어깨를 움츠
린 채였다. 기침이 멎자 그는 눈 위에 무엇인가 뱉었다. 짙은 자
국이 눈 위에 드러났다. 발로 즉시 그 자국을 뭉개버렸다. 그리
고 손수건을 꺼내어 거기에 무엇인가 또 뱉었다. 그 손수건을
유심히 들여다본 다음 다시 입 언저리를 말끔히 닦았다.

"많이 변했군. 이런 데 집이 다 있구. 헌데 이눔의 집은 초저
녁부터 자빠져 자는 건가?"

키 작은 사내가 사립문 위로 고개를 세워들고 안을 기웃거리
다가 언성을 높여,

"여보시우, 쥔장! 거 말좀 물어봅시다."

그러나 안에선 기척이 없었다.

제엔장, 눈까지 친 걸 보면 빈집이 아닌 건 분명한데 하고, 키 작은 사내가 사립문을 마구 흔들어대기 시작했다. 사립문에 달린 깡통이 쩔렁쩔렁 울렸다.

그러기를 한참, 드디어 안에서 두런거리는 소리가 들리는가 싶더니,

"거, 누구유? 첫잠에 그만 폭 빠져서……"

하고 남자의 목소리가.

그러나 키 작은 사내는 자꾸 사립문만 흔들어댔다.

그제야 방문이 삐끔 ── 열리며,

"뉘세유"

이번엔 여자였다.

"거 말줌 물어봅시다. 구듬치고개가 어디쯤 되우?"

그러자 삐끔히 열린 문 사이로 남자의 목소리가 새어 나왔다.

"거 누군지 구듬치고갤 찾는 걸 보니 와야릴 가는가본데, 에이 여보슈, 길을 영 잘못 잡았수다. 좀 돌더라두 큰길로 갈 것이지, 거 미욱하게[2]시리 이 눈길에 구듬칠 넘다니!"

쯧쯧, 혀까지 차고 있었다.

작은 키의 사내가 그 말에 응수라도 하듯 세차게 사립문을 흔들어대며,

"아니 여보, 누가 얼루 가든 이거 왜 이래? 거 주인 좀 이리 나오슈!"

사뭇 깡깡한 시비조였다.

"에이그 손님, 참으세유. 우리 으른은 몸이 불편해서 못나오세유. 구듬치고갤 넘으실려구 허세유? 그럼 저 앞에 개울을 따

라서 한참 내려가셔야 해유."

"알았수다. 실은 나두 와야리 사람이유. 댁에선 여기 산지가
얼마됐는지 모르지만 혹시 최억구라구 아시겠수? 바루 내가
최억구란 말이유……"

언 바짓가랑이를 데걱거리며 몸을 돌리던 키 작은 사내가 말
했다.

방문을 열고 섰던 아낙네가, 최억구유? 최억구……하고 중얼
거렸다.

그러자 갑자기 놀란 남자의 목소리가 방안으로부터 튕겨나
왔다.

"엥? 최억구라구? 분명 억구랫다! 아아니, 그런데 그 사람이
정신이 있나? 와야릴 제발루……"

그러나 최억구라구 씹어뱉듯 이름을 밝힌 키 작은 사내는
방 안에서 굴러나오는 소리엔 아랑곳없다는 듯, 흥 콧바람을
날리며,

요르단 관광지에서 백마를 탄 작가

"선생, 가십시다. 제기랄, 좀 서 있으려니 발이 비쩍 얼어 드
는군……"

심한 기침을 끝내고 아직 말 한마디 없이 서 있던 큰 키의 사
내가 입을 열었다.

"노형, 발이 그렇게 얼어선 안 됩니다. 예서 좀 녹여 가지구
가십시다."

그러나 최억구는 이미 저만큼 앞서 걸으며 혼잣말 하듯 얼어
서 안 될 것도 별루 없수다 —— 했다.

그 기세에 머쓱해진 큰 키의 사내 역시 그냥 덤덤히 키 작은
사내를 따라 나섰다.

두 사내는 조금 전 자기들이 밟고 올라온 눈길을 되밟으며 개울의 흐름을 따라 산비탈을 끼고 내려갔다.

　　"이거 정말 안됐수! 거 아까 선생 말대루 큰길루 가야 하는 건데, 선생 고생이 말이 아니외다."

　　아까와는 달리 축 누그러진 음성으로 얘길 시작한 억구는 이어,

　　"우습지만, 선생이 와야릴 우째 가시는지 여쭤 보지두 못했네유. 그래, 하필 이 설한에 춘천에서 와야린 뭣하러 가시는 거유?"

　　그냥 예사롭게 묻는 투였다.

　　큰 키의 사내는 좀 당황한 듯 공연히 발을 힘주어 쿵쿵 울려 디디다간,

　　"예, 뭐 좀 일이……하, 이거 죄송합니다. 사사일이 돼 놔서, 말씀드리기가……"

　　더듬거렸다.

　　"사사일이시라면……"

하고, 좀 사이를 두었다가 이어,

　　"아, 그럼 휴양이라두?"

　　큰 키의 사내는 흠칫 놀란 듯,

　　"네? 휴 양……? 아, 네 몸이 좀……"

　　이렇게 어물어물 말미를 흐렸다.

　　"역시 몸이? 아까 기침을 하실 때 객혈이 있으시기에……"

　　"보셨군요. 예, 약두 무척 썼지요. 허지만 그게 좀체루. 역시……제 병은 자기가 잘 알지 않습니까!"

　　다시 큰 키의 사내는 터져나오는 기침을 참느라고 쿡쿡 ——

했다.

"그럼 결국……"

말이 무심결에 튀어나온 걸 엄폐라도 하듯,

"참, 선생은 뭘 하시우? 내 보기엔 어디 관공서에라두 나가시는 것 같은데……"

"예, 뭐, 그저……길이 참 맹했다!"

주춤 몸을 가누며 중절모를 벗어들었다가 다시 눌러쓰는 큰 키의 사내였다.

"노형 고향이 와야리시라면 거기 친척이 많으시겠읍니다그려……"

억구에게로 질문을 돌리고 있었다.

"친척? 하아 친척이라…… 제에기랄……"

억구는 걸음을 잠깐 멈추며 허리춤을 고쳐 올린 다음 씹어 뱉듯,

"가친이 계시죠. 우리 아버지 말입네다……"

하고는 ㅎㅎㅎ……허탈하게 웃어댔다.

"아, 그러십니까. 춘부장께서 아직…… 부럽습니다."

"아직 죽지 않았느냐구요? 부럽다구요?"

그렇게 다긋던 억구가 다시 허탈한 웃음을 웃었다.

눈 덮인 산골 밤은 냉랭하고 적연(寂然)하기만[3] 했다. 다만 개울물 흐르는 소리가 잘잘 두 사내의 눈밟아 나가는 소리에 어울려지곤 할 뿐이었다.

하늘은 곧 눈을 쏟을 듯 점점 어둑해지기 시작했다. 억구의 언 바짓가랑이가 제법 데걱거리고 있었다.

앞서 걷던 억구가 멈춰 섰다.

3) 적연(寂然)하다 : 조용하고 쓸쓸하다.

거뭇거뭇 송림이 우거진 고개마루를 치어다봤다. 구듬치고 개라는 것이었다.

큰 키의 사내가 두어 번 발을 구르며 오바주머니에서 담배를 꺼내어 피봉을 뗐다. 그리고 한 개비를 뽑아 억구에게 내밀었다. 담배를 받아드는 억구의 맨손이 뻣뻣하게 얼어 있음을 그의 엉거주춤한 손가락을 보아 곧 알 수 있었다. 키 큰 쪽도 한 개를 빼어물고 성냥을 찾아 가죽장갑 낀 채 불을 댕겼다.

성냥불에 담배를 대고 빠는 억구의 턱이 심하게 떨고 있었다. 첫 성냥개비는 허탕이 됐다. 다시 성냥을 그어 대는 큰 키의 사내 시선이 모가 난 억구의 얼굴을 날카롭게 뜯어보고 있었다. "그래, 와야릴 갈래면 꼭 저놈의 고갤 넘어야 한단 말이우? 내애참!"

생뚱같이 중얼거리는 억구의 말을 큰 키의 사내가 사뭇 송구스럽다는 투로 받았다.

"전 여기가 초행이라 놔서⋯⋯"

그러나 억구는 흥, 콧바람을 날리며,

"왜 이러슈 이거! 내가 여길 지릴 몰라 그걸 선생한테 물은 거유?"

하고 튕기듯 퉁명을 부렸다. 그리고 담배를 몇 모금 거듭 빨아 연기를 내뿜으며,

"제에기랄, 저놈의 고갤 내가 꼭 넘어야 하는 이유가 도대체 뭐야?"

혼잣소릴 했다.

큰 키의 사내는 조용히 억구의 옆모습만 뜯어보고 서 있었다. 문득 옆 사내의 시선을 알아차리기라도 한 듯 억구는 담배를

손끝까지 타들도록 거듭거듭 빨아대곤 획 집어던지며 고개를
향해 터덜터덜 오르기 시작했다. 언 바짓가랑이를 데덕거리며.

데걱거리며 고개를 향해 걷기 시작한 억구에게 시선을 떼지
않고 서 있던 큰 키의 사내가 아랫입술을 지그시 물었다. 그리
고 고개를 두어 번 끄덕인 다음 억구의 뒤를 따랐다. 터져나오
는 기침을 큭큭 —— 참아가며.

고개로 접어드는 산기슭, 보득솔밭[4]을 지나며 먼저 입을 뗀
것은 억구였다.

"제에기랄, 우리 어렸을 적만 해두 이 보득솔밭엔 토끼두 숱
했는데…… 거, 눈이라두 좀 빠졌을 땐 그저 두어 마리 때려잡
긴 예사였소만……그런데 거 토끼란 짐승은 눈엔 영 맥을 못쓴
데다……"

그러자 큰 키의 사내가 회고조로 천천히 말을 받았다.

"이거 토끼 얘기가 나왔으니 생각이 납니다만……"

중학 이학년 때인가 전교생이 학교 뒷산으로 식수를 나갔다.
이제 싸릿순이 파랗게 터져 오르는 싸리밭에서 토끼똥을 주워
든 아이들이 장난삼아, 토끼 여깃다아 —— 하자 여기저기서
웅성대다보니 그게 그냥 토끼사냥이 돼버렸다. 상급반에서 정
말 한 마리 풍겨놓은 것이다. 그러나 스크럼이 허술한 몰이여
서 그 놈은 이내 포위망을 빠져나가고 말았지만 어쩌다 이제
겨우 발발 기어다니는 새끼 한 마리를 붙잡았다. 토끼새끼를
번쩍 쳐들어 둘러선 아이들에게 구경을 시킨 생물 선생은 싱글
거리며 봄볕에 노곤히 지쳐있는 이쪽에게 그것을 건네주며, 잘
가지고 있어라 —— 했다. 얼결에 새끼토끼를 받아든 이쪽은
생물선생의 말을 들으면서 그만 헛구역질을 했다. 이놈을 생물

시간에 해부를 해보이겠다는 것이었다. 해부를 한 다음에는요? 하고 어떤 녀석이 장난조로 묻자, 하 그건 너희들이 아직 잘 모를 테지만, 거 토끼고기가 뭐뭐에는 최고지 —— 하는 생물선생의 말을 받아 아이들은 합창하듯,

"토끼다리 술안주!" 했다. "고오놈들." 과히 무서울 것 없는 호령이었다.

그러나 조막막한 토끼새끼의 귀를 잡고 앉아 있는 이쪽은 요렇게 작은 걸 —— 내심으로 툴툴대며 자꾸 헛구역질을 했다. 토끼새끼의 가슴팍에 손을 대어봤다. 파득파득 뛰고 있는 가슴팍에서 따스한 온기가 전해졌다.

이때 누군가 "저기 에미토끼 온다아!" 소릴 쳤다. 정말 칡빛 토끼 한 마리가 이리로 곧장 구르다시피 달려 내려오고 있었다. "에미다, 에미! 야, 임마, 그 새낄 에미가 보두룩 번쩍 들어라. 번쩍…" 국어선생이었다. 어미토끼를 포위하기란 수월했다. 아이들이 와와 소리쳤다. 어미 토끼는 이리 저리 핑핑 돌기만 했다. 그렇게 어쩔 줄 모르고 핑핑 돌기만 하던 어미토끼가 갑자기 딱 멈춰서며 이쪽의 번쩍 쳐들고 있는 새끼토끼를 노려보는 것이 아닌가. 이 당돌한 기세에 아이들도 주춤했다. 칡빛 어미 토끼의 쭈볏 곤두선 두 귀와 까만 눈빛. 빛나는 눈알을 보자, 이쪽은 부르르 몸을 떨었다. 그러자 이때 살기차고 공포에 질린 표정으로 이쪽을 노려보던 그 어미 토끼가 씽하니 이쪽에게로 내달아오기 시작했다. 둘러섰던 아이들이 그제야 와아……소릴 쳤다. 새끼토끼 역시 무어나 알기라도 한 듯 부들컹대며 끽끽거렸다. 이쪽은 어미토끼의 눈에서 무엇인가 뻔쩍하는 걸 본 듯했다. 마치 불꽃같은 —— 순간, 새끼토끼를 쳐들

고 있던 이쪽은 그만 얼결에 비켜서고 말았다. 그 틈 난 사이로 토끼가 빠져나가 산으로 치뛰고 있었다. 치뛰는 토끼를 쫓는다는 건 무모한 것이었다. 모두들 악을 쓰다시피 이쪽에게 욕을 해대고 있었다. 그러나 정작 이쪽은 멍하니 선 채로 치뛰는 어미토끼를 바라보고 있을 뿐이었다. 토끼새끼의 두 귀를 움켜진 손바닥에 땀이 배었음을 늦게야 깨달았다. 거, 인간이나 동물이나 모성애란 무섭거든 —— 하고 입을 연 국어선생은 금새 입을 해 —— 벌리며 "하, 그놈 꽤 크던 걸, 그으거 참……" 이쪽에게 힐끔 눈살을 주면서였다.

"하아, 그럼 누군 입맛을 안 다시겠소? 그때 선생님께선 욕 깨나 먹게 됐수다 뭐."

흠흠 —— 웃으며 억구가 말했다. 그러나 자못 정색을 한 큰 키의 사내는,

"욕이 문젭니까? 그보다두 다음 생물시간에 벌어질 일을 생각하니……"

하다간 그냥 겸연쩍게 웃어버리고 말았다.

"그래, 다음 날 고 조막막한 토끼새낄 해불 합디까? 그 고긴 술안줄 하구……?"

억구가 다시 흠흠 웃었다. 하자 큰 키의 사내는 보득솔을 붙잡고 끙끙 힘을 써 오르며,

"글쎄 그게……"

잠시 사이를 두었다가,

"그날 밤 꽤 피곤했지만 잠이 통 오질 않더군요. 그 어미토끼의 도사리고 노려보던 눈, 그리고 배를 쩨이는 새끼토끼의 환상이 자꾸…… 그예 난 생물선생네 토끼장의 위치를 짐작하며

잠자리에서 빠져나오고야 말았읍죠."

하자, 억구는 그 예의 조소섞인 웃음을 흠흠 —— 하며,

"하, 선생이 왜 일어났는가 내 알겠수다. 물론 그 새끼토낄 구해주셨겠구만. 그러구 보니 선생두 어렸을 적엔 어지간하게시리 거 뭐랄까……"

그러나 큰 키의 사내는 그 말을 가로채,

"글쎄 그게 그렇게 되지가 못하구……"

하고 또 긴 말을 이을 기세를 보이자, 억구는 얼른 말미를 낚아,

"여하튼 선생 애길 듣고 보니 난 사실 부끄럽수다. 그럼 선생, 이번엔 내 애길 한번 들어보실라우? 이렇게 눈이라두 푹 빠진 날이면 늘 생각이 납니다만 이놈은 원래 종자가 악종이었습니다."

아홉 살인가 그럴 때였다. 자기집 앞 보리밭에서 눈을 뭉치고 있었다. 처음엔 주먹만하게 뭉쳐서 그것을 눈위로 굴렸다. 주먹만하던 게 차츰차츰 커지기 시작했다. 아기 머리통만하게, 더 커지면서 물동이만하게, 억구는 자꾸자꾸 굴렸다. 숨이 찼다. 장갑을 끼지 않은 손이 에듯⁵⁾ 시렸지만 참았다. 꾹 참았다. 참아야만 했다. 뒤에 종종머리 계집애가 있었던 것이다. 눈덩이가 굴러 바닥이 드러난 곳에 푸릇푸릇 보리싹이 보였다. 그 드러난 자국을 쫓아 종종머리 예쁜 계집애가 따라오며 좋아라 손뼉을 치고 있었다. 마을 밤나무 숲에선 까치가 듣그럽게⁶⁾ 울었다. 계집애 옆엔 강아지도 길길이 뛰며 따르고 있었다. 신이 난 억구는 자꾸자꾸 눈덩이를 굴렸다.

그러나 이게 웬일인가. 이미 한 아름이 넘게 커진 눈덩이는 이제 바닥에서 뿌득뿌득 소리만 날 뿐 더 이상 움직이질 않았

5) 에듯 : 날카로운 연장으로 도려내듯.

6) 듣그럽게 : 떠드는 소리가 듣기 싫게.

다. 눈덩이가 아홉 살짜리 힘에 부치게 컸던 것이다. 그러나 예쁜 종종머리 계집앤 자꾸 더 굴리란 것이다. 항아리만하게 날 가리만하게, 산만큼 크게, 아주아주 하늘 땅만큼 크게 만들라는 것이다. 억구는 그만 울상이 됐다. 안달했다. 이젠 손이 시린 걸 더 참을 수가 없었다.

그러나 이때 종종머리 계집애가 저쪽을 손가락질했다. 득수란 놈이 이쪽으로 눈덩이를 굴려오고 있지 않은가. 득수의 눈덩이가 점점 커지더니 잠시 후에 억구 것은 댈 것도 못되었다. 종종머리 계집앤 문제없이 득수편이 됐다. 강아지까지였다.

억구는 그만 눈물이 징 솟았다. 더 참을 수 없이 손이 시렸다. 드디어 억구 앞까지 눈덩어리를 굴려 온 득수가 씩 웃으며 파란 바탕에 노란 무늬 수놓은 장갑을 낀 손으로 억구 눈덩어리를 손가락질하며, "애개 쪼끄매……" 했다. 덩달아 종종머리 계집애도, "득수야 재꺼(나를 가리키는 그 계집애도 빨간 벙어리장갑을 끼고 있었지요.)하구 막 싸워봐, 누구께 이기나!" 하는 것이었다. 그러자 득의양양해서 자기 눈덩이를 억구 것에다 굴려오는 득수, 억구는 자기가 만든 눈덩이가 두 쪽으로 갈라지는 걸 보았다. 그리고 계집애가 좋아라 손뼉치는 소리도 들었다.

"문득 깨닫고 나니 난 득수 놈의 장갑을 입에 물고 있더란 말이요. 헌데, 입안엔 분명 장갑뿐인 게 아니었쥬. 난 그걸 뱉는 것까지 잊어버린 채 그저 멍하니 서 있었지 뭡니까."

이때 눈 위에 벌렁 나자빠졌던 득수가 제 손등을 보더니 그제야 아악! 하고 비명을 질렀다. 그렇게 기겁을 한 득수가 갑자기 시뻘건 눈으로(놈이 커서 죽을 때도 역시 꼭 그런 눈으로 날 노려봅데다.) 뿌르르 일어서더니 억구가 아직 물고 있는 장갑을 낚아챘다. 그제야 억구는 입안 가득히 괸 것을 눈 위에 뱉었다. 눈이 새빨갛게 물들었다. 억구는 손등의 살이 떨어져 나간 득수가 펄펄 뛰면서 울어대는 걸 힐끔거리며 억구는 자꾸자꾸 침만 뱉었다.

"허나 이빨 사이에 끼인 그놈의 장갑 실오래긴 영 나오질 않습디다그려!"

하고, 억구는 걷기를 잠깐 멈추고 몇 번 퉤, —— 침을 뱉고 나서 다시 이야길 이었다. 볼이 얼어서 발음이 제대로 안 되는지 더듬거려,

"마침 그때 아버님은 안 계셨지만 난 계모한테 붙들려 꼬박 이틀을, 꼭 이틀 하구두 한나절을 광 속에 갇혀 지냈수다. 컴컴한 광속에 가마니를 깔고 앉아 자꾸 침만 뱉었죠. 그러나 아무리 해도 그 득수놈의 장갑 실오래긴 어떻게 빼낼 수가 없읍데다. 속에선 불이 펄펄 일구, 그 망할 광 속은 왜 그리 캄캄하고 추운지! 제기랄, 내 그때 벌써 감옥소란 데가 이렇겠거니 생각했댐 알죠 아니우?"

억구는 말을 맺으며, 다시 눈쌓인 고갯길을 오르고 있었다. 그의 양복은 온통 눈투성이였다. 바짓가랑이에선 여전히 데걱데걱 언 소리가 났다.

보득솔밭을 지나 꽤 큼직한 송림 사잇길이었다. 소나무 위에 얹혔던 눈이 쏴르르 떨어져내렸다. 억구가 다시 이야길 이어갔다.

"난 기어코 득술 죽이고야 만 겁니다. 거 왜, 사변 때 말입니다. 파리새끼 죽이듯 사람 막 죽일 때말이죠. 놈을 죽일 때 보니그 놈은 왼손에 장갑을 끼고 있더군요. 차마 그걸 벗겨버릴 순

없었는데, 울화통은 더 치밀더군요. 여하튼 난 득술 죽이고야 말았다 —— 이겁니다. 허나 그뿐인 줄 아슈? 육친을, 즉 제 애비까지 잡아먹은 게 바로 나요. 이 최억구라는 인간입네다."

결국 이용당했더란 것이다. 어릴 적부터 동네의 천더기로 따돌림당하던 자기를 빨갱이들이 용하게 이용했더란 것이다. 무슨 위원회 부위원장이니 하는 감투를 떠억 씌워서. 그래 결국 자기 부친까지 참사를 당하게 하고 만 것이었다.

늙은 부친과 함께 한방에서 자고 있었다. 계모는 이미 억구가 철들기 시작할 무렵 달아나버렸고, 그래 부친은 늘 억구에게 장가가길 원했던 것이다. 허지만 와야리에선 힘든 일일 수밖에.

억구는 눈을 멀뚱히 뜬 채 생각에 잠겨 있었다. 조금전 소변보러 밖에 나갔던 부친이 돌아오며 하던 말이 떠올랐다. 밖에 눈이 퍽 내렸다고, 올해의 눈 온 짐작으로 봐선 내년은 분명 풍년일 게라고 —— 하던 부친이 이불을 뒤집어 쓰며 푸욱 한숨을 내쉬었던 것이다. 그 깊은 한숨 소리에 억구는 그만 잠을 뺏기고 만 것이다. 자기 때문에 마을도 한번 변변히 못나가고(그렇게 이 억구란 놈이 악종으로 날뛰었던 겁니다) 방안에서만 늘 풀이 죽어있어야만 했던 부친의 한숨 소리에 자꾸 헛기침만 해대던 억구였다.

그 밤, 부친은 죽창에 찔려 죽고, 어쩌다 자긴 이렇게 여기 살아 있다고 억구는 또 고개 오르기를 멈추며 조용히 한숨을 몰아쉬는 것이었다.

"우리 부자만 몰랐지, 동네에서들은 모두 국군이 멀지 않아 돌아온다는 걸 알고들 있었던 거죠. 결국 자기들 손으로 우리

부잘 처치해 버리자는 생각들이었겠죠. 억구란 놈이 그렇게 죽어 마땅한 놈이었습네다."

그들이 고개 오르기를 잠시 쉬는 동안도 산 속의 소나무 위에 얹혔던 눈은 제 무게가 겨운지 쏴르르 —— 쏟아져 내리곤 했다.

"그날 밤, 난 집을 빠져나와 뒷산으로 치뛰며 아버님의 비명을 들었수다. 득수 동생 놈이, 잡았다! 하고 소릴 치더군요. 잡았다, 하고 말입네다. 그래두 이놈은 살겠다고 정갱이까지 빠져드는 눈길을 맨발로 달아나구 있었죠."

그는 카악 가래침을 돋궈 입안에 꿀럭거리며,

"그러니까 그때 와야릴 떠나군 이번이 처음 가는 겁네다. 십년이 넘는 오늘에야 아버님을 찾아가는 겁니다. 비록 무덤이지만……"

퉤 —— 가래침을 뱉어버리고 다시 고개를 허위적허위적 오르기 시작했다.

큰 키의 사내는 이제 눈길을 걷기에 지칠대로 지친 듯 헉헉 숨을 몰아쉬곤 했다. 그러나 억구의 얘기에 흠뻑 끌리고 있는 투였다.

드디어 우중충 흐렸던 하늘이 눈을 내리기 시작했다. 세상의 모든 것을 덮어버리며, 그리고 순화시키는 그런 위력을 가진, 그리고 못 견딜 추억같은 걸 뿌리면서 눈이 내렸다. 바람결에 눈발이 비끼고 있었다. 송림이 웅웅 —— 적막한 음향을 냈다.

"그럼, 노형은 이제 와야리 사람들을 만날 생각이십니까?"

큰 키의 사내가 좀 가파른 눈길을 엉금엉금 기어오르며 숨가쁘게 말했다. 하자, 옆에서 기어오르던 억구가 주춤 멈추며 뒤

를 향해,

"와야리 사람들을 만나겠느냐구요? 분명 선생이 그렇게 말씀하셨것다? 만나겠느냐구 —— 흥, 만-나-겠-느냐구!"

억구는 거푸 되뇌며, 마치 얼빠진 사람처럼 웅얼거렸다. 그러다가 느닷없이 발끈 내질렀다.

"선생, 그래 내가 그 사람들을 만나지 못할 건 뭐유? 난 와야리서 낳구, 거기서 뼈가 굵었구, 가친이 게서 돌아가시구 게다가 나두 사람인데 내가 왜 그 사람들을 못 만난단 말이우?"

이처럼 격하게 내쏟는 것이었다.

그러나 다시 푹 사그라진 어조로,

"난 어제두 와야리 놈을 하나 만났수다. 춘천에서 말이요. 바루 내가 죽인 거나 진배없는 그 득수놈의 동생을 만났다 이겁니다. 놈이 날 보자마자, 형님 이거 반가워유……하지 않겠소. 사실 나도 처음엔 왈칵 반갑습데다. 놈을 술집으로 끌구 갔죠. 우린 과거애긴 될 수 있는 한 피했죠. 허나 술이 얼근해지자, 난 떠억 물어본 겁니다. 그래 자넨 우리 아버질 분명 잡았것다? 그런데 그 잡은 걸 어데다 묻었나?……하고 말이죠. 허니까 그 녀석 술이 확 깨는지, 그래두 놈은 내 맘을 풀어볼 양으로 고분고분 말투로, 우리 선대조 산소에 모셨노라구, 그리고 벌초까지 제가 매년 해왔다는 겁니다. 우선 놈의 애기가 고맙더군요."

신음하듯 말미를 흐렸다.

"네에! 득수라는 사람 동생을 어제 만나셨다구요? 그 김득칠일……"

그러자 억구는 후딱 놀란 듯,

"예, 어제 분명 그 놈을 만났지요. 그런데 선생이 어떻게 그

놈 이름을 아슈? 알길……"

조급스레 다긋는 것이었다.

"김득칠이가 맞죠? 서른 셋, 직업은 면 서기죠, 김득칠인 어제 근화동서 살해됐습니다."

큰 키의 사내가 차분한 어조로 말했다.

이제 억구가 획 몸을 돌리며,

"나두 알고 있소, 득칠이가 소주병에 대가릴 맞아 죽은 걸 나도 알고 있단 말이요. 그런데 지금 선생은 꼭 내가 득칠일 죽인 범인이라두 되는 것처럼 생각하는가 본데, 자, 선생, 내가 득칠일 죽였단 말이요?"

한 마리 곰처럼 도사려 앉아 밑의 사내를 노려봤다.

큰 키의 사내는 오른손을 오바주머니에 찌른 채 두어 걸음 밑으로 물러서며 억구를 쳐다봤다.

이미 그들은 거의 고개 마루턱까지 올라와 있었다. 한동안 그들은 서로 마주 본 채 움직이지 않았다. 큰 키의 사내의 오른손은 아직 오바주머니에 꾹 질려 있었고 억구는 머리부터 온통 눈을 뒤집어쓰고 있었다. 눈은 자꾸 비껴내렸다.

이윽고 큰 키의 사내가 오른쪽 손을 오바주머니에서 빼며 모자를 벗었다.

모자에 하얗게 내려앉은 눈을 털면서 입을 열었다.

"공연한 오해를 하고 있는 것 같습니다그려. 제가 왜, 어제 근화동에서 그 현장을 우연히 봤다지 않습디까? 형사들이 죽은 사람의 증명서를 뒤지며 김득칠이니 뭐니 하길래…… 또 노형이 어제 만났다는 분이 그 죽은 사람 같아서 한번 그래 본 것뿐입니다……자, 그런데 이거 눈이 너무 오십니다그려……"

그러자 억구는 아무런 대꾸 없이 몸을 일으켜 걸음을 옮기기 시작했다.

이제 그들은 바람을 안고 내리막 눈길을 걷고 있었다. 걷는다기보다는 미끄러져 내려가고 있는 형편이었다. 그러나 앞선 것은 여전히 억구였다.

눈덮인 송림이 웅웅 울고 있었다.

가끔 소나무 위에 얹혔던 눈 무더기가 쫘르르 쏟아져 내렸다. 부쩍 언 억구의 바짓가랑이는 연해 데걱거렸고.

"그래, 노형은 그동안 어떻게 지내셨습니까? 그날밤 와야릴 떠난 후에 말입니다."

큰 키의 사내가 물었다.

"진작 물으실 줄 알았는데……결국 선생이 궁금한 건 사람을 죽인 놈이, 제 애비까지 죽인 빨갱이가 그동안 그 댓가를 치뤘느냐 이거죠? 즉 이 최억구란 놈이 형무소에서라두 도망쳐 오는 게 아니냔 그 말씀이죠?"

하며, 억구는 또 그 예의 흠흠 조소 섞인 웃음을 웃었다.

그렇게 웃던 억구가 풀썩 미끄러져 주저앉았다. 주저앉는가 하자 어느새 굴러내리기 시작했다. 순간 큰 키의 사내는 확
── 긴장하면서 오른손을 오바주머니에 넣었다. 역시 그도 몇 걸음 미끄러져 내리며,

"여보!"

외쳤다.

그러나 서너 바퀴 굴러내린 억구는 온통 눈에 묻혀 버린 채 꼼짝도 안했다. 큰 키의 사내는 오른쪽 손을 주머니에 넣은 채 어쩔까 망설이는 표정으로 서 있기만 했다.

눈발은 더욱 세게 비껴내리고.

이윽고 눈 속에 엎어져 있던 억구가 엉기엉기 길을 찾아 오르며 띄엄띄엄 중얼거렸다.

"하긴 나두 처음엔 몇 번이고 자수할 생각이었죠. 그러나 결국 난 자술 못하고 만 거죠. 난 그 광 속을 잊을 수가 없었던 거요. 그 광 속에서 이틀동안이나 이빨 사이에 박힌 장갑 실오래길 빼려구 내가 얼마나 애를 썼는지 아슈? 침이 묻은 손은 자꾸 얼어들구, 실이 끼인 잇몸의 살이 떨어져 피까지 나왔지만 난 그 장갑 실오래긴 아무래도 뺄 수가 없었던거요. 예, 늘 생각을 한 거죠. 난 그 육실하게 춥구 캄캄한 광 속에선 실오래길 죽어두 빼낼 수가 없었다……이겁니다."

그는 흡사 술취한 사람처럼 떠벌리며 기어올랐다.

큰 키의 사내는 얼마간 경계하는 몸짓을 하면서 그를 부축해 끌어 올리고 있었다.

다 기어 올라온 억구는 눈같은 건 털려고도 않은 채 우선 양복 윗주머니의 불룩한 곳을 더듬어 보는 것이었다.

그리고 다시 앞을 서서 고개를 내려가기 시작했다. 넋두리하듯 지껄여대며.

"보시우 선생. 징역이니 사형이니 어쩌구 하는 것에다 제 죄를 전부 뒤집어씌워 놓곤 자긴 떠억 시치밀 뗄 수가 있다고 생각하시우? 어쩜 그게 가능할지도 모르죠. 허나 이놈에겐 그 춥구 캄캄한 광 속의 기억이 있는 한……여하튼 산다는 게 무서웠습니다. 선생, 좀 어쭙잖은 말 같습니다만 늘 생각해 왔읍네다. 내 운명이라는 게 가혹하지 않느냐 하는 생각 말입네다. 미련하구 무식한 나지만 난 분명 알구 있었지요. 이건 분명 사람으루 태어나서 사람처럼 살아 보질 못했다는 사실 말입니다. 우선 난 잠을 잃어버렸던 겁니다. 사람이 잠을 못 잔다는 건 마지막이 아닙니까? 그건 그렇다구 하더라두 이 최억구 놈 세상만사에 재밀 몰랐던 거요. 모든 게 나와는 거리가 멀구 하루하루 사는 게 그저 고역이었읍네다. 이렇게 서른 여섯 해를 살아온 납네다. 그래 놓으니 이 철저한 악종두, 이건 너무 억울하지 않느냐……하는 생각이 미치는 게 아니겠소……"

눈발은 여전히 푸슴푸슴 비껴내리고 있었다. 눈을 하옇게 뒤집어쓴 채 내리막 눈길을 걷는 억구의 바짓가랑이가 데걱거리고 있었다. 송림이 응응 —— 울며 나뭇가지 위에 쌓였던 눈이 다시금 쏴르르 쏟아져내렸다.

이때 앞서서 내려가던 억구가 아까처럼 쭈르르 미끄러져 두어 바퀴 굴러내렸다. 하자, 큰 키의 사내는 재빨리 오바 주머니에 손을 넣으려다 짐짓 긴장을 풀며 오바깃을 추켜 올렸다. 굴러내린 억구가 이번엔 곧 일어나 걸으며 여전히 넋두릴 해대고 있었다.

"내 어느날 창녈 하나 찾아가질 않았겠소. 선생같은 분네한텐 부끄럽수만 난 돈푼이라두 생기면 그런 데라두 가지 않군 못견뎠읍네다. 어쨌든 끌어안고 보면 제아무리 부처님이라도 열중해버리고 말거든요. 그렇게 무엇에게 열중할 수 있다는 게 이놈에겐 여간 대견한 일이 아니었수다. 암, 대견했죠. 그런데 어쩌다 그날 내게 걸려든 계집이라는 게 이건 정말 주물러 잡아뺀 상판입데다. 눈치 밥 만 사흘에 얻은 손님이라구 그 계집 입이 함박만하게 벌어지더군요. 아무리 못났대두 끼구 누웠으려니 사람의 정이란 묘해서 이런저런 얘길 주고받았죠. 얘기래

야 그 잘나빠진 계집의 신파같은 신세타령이었소만…… 헌데,
내애 차암, 어이없어서. 글쎄 그 계집이 갑자기 쿨쩍쿨쩍 울더
란 말이요. 그렇게 쿨쩍거리며 울던 계집이 이번엔 또 천연덕
스럽게 한다는 소리가 제 운명을 탓해서 우는 건 아니라구요.
기뻐서, 가슴이 벅차서 운다는 겁니다. 그게 무슨 소린고 하니
자기가 지금 이렇게 천댈받고 살지만, 그게 도무지 억울하지가
않다나요. 억울할 게 뭐냔 겁니다. 그래, 그게 어째 그러냐 했더
니, 그 계집 대답이 걸작입데다. 뭐라는고 하니, 자긴 죽었다가
다시 이 세상에 태어난다나요. 그건 틀림이 없다구요. 그땐 지
금 괄셀 받고 산 그만큼 잘 살아보겠다는 겁니다. 그건 틀림이
없다나요. 그 생각을 하기만 하면 그만 가슴이 벅차서 울음이
자꾸 터진다나요. 자기 머릿속에 꽉 차 있는 건, 다시 태어나면
그때 어떻게 살아보겠다는 계획뿐이랍니다. 〈국회의원 외딸루
태어날지도 몰라요. 아버진 귀가 큰 데다가 얼굴이 잘생기구
또 기맥히게 인자하시지 뭐예요. 이렇게 눈에 선한 걸요. 학교
에 갈 땐 꼭 아버지 차로 가겠어요. 사내동생 하나가 또 있음 좋
겠어요. 걘 말 아니게 개구쟁이라니까요. 그래두 날 얼마나 따
른다구요. 그 앤 영화배울 만들었으면 좋겠는데…〉

　이렇게 꿈같은 소릴 하길래 내 말이, 오뉴월 쇠불알 떨어지
길 기다리지 왜……했더니 그 계집 정색을 하는 덴 내 그만 손
들었수다. 그렇지 못하다면 지금 자기가 왜 이 고생을 하면 살
겠느냔 겁니다. 안 그래요? 손님? 하지 뭐요. 제에기랄, 계집이
미쳐두……"

　억구는 이제 흡사 한 마리 흰 곰이 돼 있었다. 언 바짓가랑이
가 걸음을 옮길 적마다 요란스레 데걱거렸다.

큰 키의 사내는 억구의 떠벌리는 말을 들으며 좀체로 입을 열지 않고 있었다. 그의 모자와 오바에도 온통 하얗게 눈이 내려앉고 있었다. 그는 가끔 터져나오려는 기침을 큭큭 —— 참는 것이었다.

"그 창년 다음 세상에서 잘 살아보길 원하고 있었지만 난 그게 아니었수다. 보다는 이왕 이 세상에 나온 이상 한번 그 태어난 값이나 해보자. 한번쯤은 인간답게 살아보구 싶었던 겁니다. 아마 나처럼 살려구, 그놈의 구렁텅이에서 벗어나려구 끈덕지게 버둥거린 놈두 드물 겁니다. 허지만 선생, 그 보답이 뭔지 아시우?"

마치 시비라도, 걸 듯한 기세였다가 곧 수그러진 어조로 말했다.

"자, 이제 됐수다. 여기가 바루 큰길입니다."

걸음을 멈춘 억구는 엉거주춤 소변을 봤다. 그의 말대로 그들은 이미 그 험한 구듬치고개 눈길을 다 넘어 큰길에 다다라 있었던 것이다.

큰길에 이르고서부터 그들은 서로 나란히 서서 걸었다. 두 사내의 발이 터벌터벌 발목까지 빠지는 눈길 위에 점을 찍어나가고 있었다.

먼저보다 바람기가 스러지면서 눈발은 이제 조용한 흩날림으로 변하고 있었다.

옆 산 소나무 위에 얹혔던 눈무더기가 쏴르르 쏟아져 내렸다. 마치 자기 무게를 그렇게 나약한 소나무 가지 위에선 더 이상 지탱할 수 없다는 듯이……그때 좀 먼 곳에서 뚝 우찌근 —— 소나무가지 부러져 내리는 소리가 들려왔다.

그러자 이때 억구가 느닷없이 키 큰 사내의 앞을 막아서며,

"선생, 난 득수 동생놈을, 그 김득칠일 어제 죽였단 말이요. 이렇게 온통 눈이 내리는데 그까짓 걸 숨겨 뭘 하겠소. 선생은 아주 추악한, 사람을 몇 씩이나 죽인 무서운 놈과 함께 서 있는 거유. 자, 날 어떻게 하겠수?"

그러면서 한 걸음 큰 키의 사내 앞으로 다가섰다.

큰 키의 사내는 후딱 몇 걸음 물러서며 오바주머니에 오른손을 잽싸게 넣었다.

그의 시선은 억구가 양복 웃주머니의 불룩한 것을 움켜 쥐고 있는 것에 머물러 있었다.

"아까두 말했지만, 그 술집에서 난 놈에게 이주걱댔죠. 그래 자넨 분명 우리 아버질 잡았것다? 그래 벌초를 매년 해왔다구? 아 고마워, 고마워……하고 말입네다. 헌데 그 득칠일 난 그날 밤 죽이고야 만 것입니다. 글쎄, 나두 그걸 모르겠수다. 왜 내가 그 득칠일 죽였는지……"

여직 들어보지 못한 맥빠진, 그렇게 풀이 죽은 목소리로 말했다.

그러나 큰 키의 사내는 묵묵히 억구의 얼굴을 뜯어보고만 있었다.

이윽고 억구가 큰 키의 사내 앞에서 몸을 돌리며 저쪽 산등성이를 가리켜 보였다.

"바루 저 산에 가친 산소가 있답니다. 우리 조부님 산소 옆이라는군요. 난 지금 거길 가는 겁니다. 가서 우선 무덤의 눈을 쳐드려야죠. 그리구 술을 한 잔 올릴랍니다. 술을 올리면서 가친의 음성을 들을 겁니다. 올해두 눈이 퍽 내렸구나. 눈 온 짐작으

루 봐선 내년두 분명 풍년이겠다만…… 하실 겁니다. 그리고 푹
── 한숨을 몰아쉬시겠죠. 그 한숨소릴 들으면서 가친 옆에 누
워야죠. 이젠 가친을 혼자 버려두고 달아나진 않을 겁니다."

그는 산으로 향한 생눈길을 몇 걸음 걷다가 다시 이쪽을 향해,

"참 바루 저기 보이는 저 모퉁일 돌아감 거기가 바루 와야립
니다. 가서서 우선 구장네 집을 찾아 몸을 녹이시우. 뜨끈뜨끈
한 아랫목에 푹 몸을 녹이셔. 자, 그럼 난……" 산을 향해 생눈
길을 걸어가는 그의 언 바짓가랑이가 서걱서걱 요란한 소리를
냈다.

어깨를 잔뜩 구부리고 흡사 한 마리 흰 곰처럼 산을 향해 걷
는 억구의 을씨년스럽고 초라한 뒷모습에 눈을 주고 선 큰 키
의 사내는 한참이나 그렇게 묵묵히 섰다가 문득 큰길 아래로
내려서서 억구 쪽으로 따라가며,

"노─형, 잠깐!"

말소리 속에 강인한 무엇인가 깔려 있는 듯싶었다.

언 바짓가랑이를 데걱거리며 걸어가던 억구가 주춤 멈춰서
이쪽으로 몸을 돌렸다. 큰 키의 사내가 성큼성큼 다가갔다. 오
바 안주머니에 손을 넣어 무엇인가 움켜진 그런 자세였다.

억구가 짐짓 몸을 추스르며 자기에게로 다가서는 큰 키의 사
내 거동을 바라보고만 있었다.

억구 앞에 멈춰 선 큰 키의 사내가 할 말을 잊은 듯 멍청하니
고개를 위로 향했다. 고개를 약간 젖히고 입을 헤─벌린 채. 그
의 이러한 생각하는 표정 위에 눈이 내려앉고 있었다.

── 그날밤 난 생물선생네 담을 빙빙 돌고만 있었지. 내 키
보다두 낮은 담이었어. 난 거푸 담을 돌고만 있었지. 만약 내가

담을 넘어 들어간다면……그러나 난 담을 넘어서는 안 된다고 생각했다. 담이란 남이 들어오지 말라고 만들어 놓은 거니까. 들어오지 말라는 걸 들어가면 그건 나쁜 짓이니까. 그건 도둑놈이지. 난 나쁜 놈이 되는 건 싫었으니까. 무서웠던 거야. 나는 담만 돌며 생각했지. 오늘 갑자기 생물선생넨 무서운 개를 얻어다 놓았을지도 모른다고. 또, 어쩌면 선생이 설사 나서 변소에 웅크려 앉았을지도 모른다는 지레 경계를…… 그리고 남의 담을 넘는다는 건 분명 나쁜 짓이라고…… 무서웠던 거야. 결국 난 새끼토낄 구할 생각을 거두고 담만 돌다 돌아오고 말았지.

"아니 선생, 남을 불러놓군 왜 그렇게 하늘만 쳐다보슈?"

억구가 말했다.

── 나쁜 놈이 되기가 싫었던 거야. 담을 넘는다는 건……

큰 키의 사내가 한 걸음 물러섰다. 생각하는 표정을 거두지 못한 채.

산 속 소나무 위에서 다시 눈무더기가 쏴르르 ── 쏟아져 내렸다. 마치 그 연약한 나뭇가지 위에선, 그리고 거푸 내려쌓이고 있는 눈의 무게를 더 이상 지탱할 수 없다는 듯.

억구가 다시 다그쳤다.

"선생, 발이 시립니다. 내가 여기 얼어 붙어야 좋겠소? 원 별 양반도…… 자, 그럼……"

억구가 다시 몸을 돌려 산을 향했다. 그가 몸을 돌리는 순간 그는 그의 강똥한 양복 윗주머니에 삐죽하니, 2홉들이 소주병 노란 덮개가 드러나 보였다.

순간 망설이던 큰 키의 사내 얼굴에 어떤 결의의 빛이 스쳤다.

"아, 노형, 잠깐!"

억구가 바짓가랑이를 데걱거리며 다시 몸을 돌렸다.

순간 큰 키의 사내는 오른쪽 오바주머니에서 서서히 손을 뺐다. 그리고 무엇인가 불쑥 억구 앞으로 내밀었다.

── 나는 담만 돌았지. 무서웠던 거야.

"이걸 나한테 주시는 겁니까?"

억구가 물었다.

"예, 드리는 겁니다. 아까 두 개피를 피웠으니까 곡 열여덟 개피가 남아있을 겁니다. 눈이 이렇게 많이 왔으니 올핸 담배도 풍년이겠죠. 그러나 제가 드린 지금 드린 담배는 하루에 꼭 한 개씩만 피우셔야 합니다."

큰 키의 사내 얼굴에 엷은 미소가 번지고 있었다.

그리고 그는 담배 한 갑을 받아든 채 멍청히 서 있는 억구에게서 몸을 돌려 마치 눈에 홀린 사람처럼 비척비척 큰길을 향해 걸어가고 있었다.

잔기침을 몇 번 큭큭 ── 하면서.

걸어가는 그의 등 뒤로 마치 울음같은 억구의 외침이 따랐다.

"하루에 꼭 한 개씩 피우라구요? 꼭, 한 개씩, 피, 우, 라, 구요?"

그러면서 그는 느닷없이 웃음을 터뜨리는 것이었다.

ㅎㅎㅎㅎㅎㅎ

눈 덮인 산 속, 아직 눈 조용히 비껴 내리고 있는 밤이었다.

작·품·정·리

- 갈래 : 단편 소설, 분단 소설.
- 주제 : 인간의 보편적인 삶에 대한 휴머니즘과, 역사적인 의식에 대한 비극적 상황의 탈피 의지.
- 배경 : 시간적−6 · 25 이후 1960년대.
     공간적−강원도 어느 산골.
- 시점 : 전지적 작가 시점.

작·품·감·상

〈동행〉은 1963년《조선일보》신춘문예 당선작으로 눈 쌓인 겨울 강원도 산골을 배경으로 하여 쓴 이 작품은 여로행 구조로 되어 있다. 줄거리는 한 살인범과 형사가 서로의 신분을 모른 채 겨울 날 눈 덮인 산길을 동행하면서 이야기를 주고받는다. 작가는 최억구라는 사람의 과거를 통해 우리의 굴절된 역사 속에서 한 인간이 겪는 갈등과 고뇌를 그려내고 있다.

소설 〈동행〉은 여로형 소설 구조에 입각했다는 점, 눈 쌓인 강원도 길, 고향 와야리까지 범인과 형사가 서로 신분을 감추고 동행하는 이 소설은 출발점에서 도달점까지의 여로의 길이나 사건의 길이가 가장 알맞게 배치되어 있을 뿐만 아니라 여로 한가운데 놓인 고개, '구듬치 고개'로 하여금 사건의 고비에 해당케 함으로써 여로행 소설구조의 한 전형을 이루고 있다. 쫓는 자와 쫓기는 자의 운명이 길이라는 구상적인 일직선 위에서 줄타기하는 형국이어서 광대의 줄타기 모양 아슬아슬한 긴장감을 유발하면서도 실상은 낯선 눈쌓인 밤길은 혼자서가 아니라 동무삼아 걷는 그런 안정감을 얻고 있다.

또, 제재의 견고성과 긴장감을 들 수 있다. 주인공 최억구는 마을에서는 가장 가난하고 천한 집안의 아들이다. 가진 자들에 의해 어릴 적부터 온갖 수모와 천대 속에서 자랐다. 육이오가 닥쳐 세상이 바뀐다. 동네에서 범죄자로 추방당한 무식하고 친하고 거친 억구가 나타나 인민 위원회 부위원장이 되어 악질 반동들을 처단한다. 다시 국군이 들어오자 이번에는 마을 사람들의 보복에 의해 처형당하거나 야간도주를 하거나 법의 심판을 받게 된다. 억구는 이 때문에 징역을 살고 아버지의 원수를 찾아 다시 보복 살인하고 아버지 무덤을 찾아가 죽으려 고향을 찾는다. 이러한 사건 구조는 안정감을 주며, 엄숙주의를 유발한다.

1. 〈동행〉이란 제목이 의미하는 것이 무엇인지 써라.

_____

_____

_____

_____

2.

> "선생, 난 득수 동생놈을, 그 김득칠일 어제 죽였단 말이요. 이렇게 온통 눈이 내리는데 그까짓 걸 숨겨 뭘 하겠소. 선생은 아주 추악한, 사람을 몇 씩이나 죽인 무서운 놈과 함께 서 있는 거유. 자, 날 어떻게 하겠수?"

이러한 고백을 받고도 큰 키의 사내(형사)는 그를 체포하지 않고 열여덟 개 피가 남아 있는 담배 갑을 주고 돌아선다. 왜 체포하지 않는가를 써라.

_____

_____

_____

_____

1. 작품은 눈 쌓인 강원도 길을 고향인 와야리까지 범인과 형사가 신분을 감추고 동행을 한다. 낯선 눈 쌓인 밤길을 혼자가 아니고 동무삼아 걷는 모습은 작품 구도로 안정감을 주며, 동시에 과거에 대한 용서의 화해를 뜻하기도 한다.

2. 억구가 그의 아버지 산소를 찾아가려는 것과 그 이유를 알기 때문이며, 억구는 아버지의 죽음과 억구의 징역, 그리고 동수 동생의 살인과 끝으로 억구 아버지의 산소를 찾는 그 일련의 사건과 행동이 모두 얽혀 있는 어떤 과거의 문제 때문이라는 것을 잘 알고 있기 때문이다. 이제는 그 과거를 용서해야 겠다는 생각에서이다.

10

한계령

양귀자

작·가·소·개

　1955년 7월 전북 전주시 경원동에서 아버지 양재환과 어머니 최계순의 5남 2녀 중 다섯 오빠 밑의 첫딸로 태어났다. 그러나 1960년 아버지가 사망하자 큰오빠가 어머니와 함께 대가족을 이끌어 나갔다. 다음해 양귀자는 전주 중앙초등학교에 입학하고 철길 옆 중노송동으로 이사. 따라서 전주 풍남초등학교로 전학하게 되며, 이때부터 거의 맹목적으로 만화에 탐닉, 조잡한 만화를 직접 창작해 보며 만화가를 꿈꾸기도 한다.

　1967년 전주여자중학교에 입학. 이때부터는 학교 도서관에 살다시피하며, 종류를 가리지 않고 많은 책을 읽어 남들에게 문학 취향의 학생으로 비춰지기 시작한다. 1970년 전자여자고등학교에 입학 자의반 타의반으로 3년간을 각종 백일장과 문예현상공모에 참가, 본격적인 소설 습작을 시작한다.

　1974년에 원광대학교 국어국문과에 문예장학생으로 입학 대학생활 4년간을 거의 학보사에 보내게 되며, 이즈음 집안에는 대학생이 무려 다섯이나 된다. 원광대학교를 졸업한 뒤로는 호남고등학교에, 곧이어 전남 고흥군 거금도의 금산동중학교에 부임, 〈다시 시작하는 아침〉과 〈이미 닫힌 문〉으로 《문학사상》 신인상에 당선된다. 1980년 11월 결혼과 함께 서울 정릉으로 거처를 옮기며, 1981년 12월에는 다시 부천시 원미동으로 옮겨, 많은 작품을 발표한다. 그러나 《원미동 사람들》의 연작은 1986년부터 발표하기 시작한다. 〈멀고 아름다운 동네〉를 비롯하여 〈원미동 사람들〉, 〈마지막 땅〉, 〈원미동 시인〉 그리고 1987년 〈한계령〉을 《한국문학》에 발표한다. 1988년 《원미동 사람들》로 제5회 류주현문학상을 수상. 1992년에는 〈숨은 꽃〉으로 제16회 이상문학상을 수상, 그리고 이에 앞서 1990년 10년을 살았던 부천시 원미동을 떠나 서울 종로구 구기동으로 이사했다.

연작소설집 《원미동 사람들》은 작가가 1982년에 부천 원미동으로 이사해서 겪은 일들과 만난 사람들에 대한 이야기인데 모두 1986년과 1987년에 씌어진 작품들이다. 이 책에는 그 중에서 〈멀고 아름다운 동네〉, 〈원미동 시인〉, 〈비 오는 날이면 가리봉동에 가야 한다〉, 〈한계령〉, 〈지하생활자〉, 〈찻집 여자〉가 수록되어 있다. 각 작품의 화자와 주인공은 모두 작가 부천 원미동에서 만난 사람들이 모델이다.

부천시는 서울의 위성도시이고, 그래서 대개는 서울에 직장을 둔 사람들에게는 결국 베드 타운일 수밖에 없는 도시이다. 수도권이지만 서울은 아닌 곳 —— 바로 그곳이 부천이다. 메트로폴리탄 서울이 강요하는 일상생활의 시공간적 분리와 교체 요구에 따라 급조된 도시중의 하나가 바로 부천이다. 부천과 같은 위성도시에서의 삶은, 일상적으로 되풀이되는 주거, 이동, 노동, 여가 등에서의 공간 이동과 압축으로 인해서 심리적 과부하를 안게 마련이다.

소설집에 묘사된 부천 원미동은 일차적으로는 주거 공간이지만, 그를 중심으로 해서 생산, 상업, 문화 등의 도시 공간이 빽빽하게 몰려있는 전형적인 소상품 생산양식의 거리이다. 서울에 직장을 둔 월급쟁이의 아내인 '함축된 작가'는 이 부천 원미동에 사는 인간 군상 하나하나에 연민과 동정의 눈길을 보낸다.

작가는 서울에 직장을 둔 월급쟁이의 아내의 입장이고, 묘사되는 원미동 사람들은 바로 그곳에 뿌리를 두고 사는 소시민들이다. 물론 여기서의 소시민은 서울 강남의 30평 이상 아파트 중산층과는 그 사회의식이나 일상심리가 매우 다르다는 점이다.

- 나 : 작품의 주인공이며 화자. 여류작가로 큰오빠에 대한 강한 애정을 가지고 있으며, 동시에 사라져 가는 과거에 대한 애착으로 서글픈 감정을 감추지 못함.
- 미화 : 철길 옆 찐빵집 딸로, 가출하여 밤무대의 가수를 거쳐 카페를 개업한다. 그동안 숱한 어려움으로 넘어지고 또 넘어지면서 여기까지 왔다.
- 큰오빠 : 주인공인 여류작가의 큰오빠이다. 아버지가 뜻밖에 일찍 돌아가신 뒤로 여섯 형제를 이끌고 가장 노릇을 해 왔다. 때문에 동생들이 어엿히 자리를 잡게 되자, 그는 오히려 무너지기 시작한다.

전화에서 흘러 나오는 여자의 목소리는 지독히도 탁하고 갈라져 있었다. 얼핏 듣기에는 여자인지 남자인지 구분하기가 힘들 정도였다.

"혹시 기억할지 모르겠지만 난 박미화라고, 찐빵집 하던 철길 옆의 그 미화인데……."

박미화. 그러나 나는 그 이름은 또렷이 기억하고 있었다. 그는 부천의 어느 나이트 클럽에서 노래를 부른다고 했다. 그는 밤 여덟 시에 한 번, 또 열 시에 한 번 노래를 부른다고 했다. 그리고 이번주까지만 여기서 노래를 부르게 된다고 한다. 찐빵집 딸이 성공해서 신사동에 카페 하나 개업한다는 것이다.

난 요즘 미화의 전화가 아니라도 그 시절의 고향 풍경을 떠올리고 있었다. 고향에 대한 잦은 상념은 아마 큰오빠 소식 때문일 것이다. 항상 꿋꿋하고 대나무 같은 큰 오빠가 조금씩조금씩 허물어지고 있다는 것이었다. 말수도 줄어들고, 온종일 어디 먼 곳만을 쳐다보며, 술이 잦아진다고 한다. 그는 믿음직스럽고 튼튼한 둑이었다. 그러나 몇 년전의 대수술로 건강마저 염려스러운 상태이다. 우리 형제들은 장남의 어깨를 밟고 무사히 한 몫의 사람으로 커 올 수 있었다.

미화도 집을 나와 무수한 고생을 한 듯했다. 넘어지고 또 넘어지면서 여기까지 온 모양이다.

시간을 거꾸로 돌려서, 자꾸만 뒷걸음쳐서 달려가면 거기에 철길이 보였다. 큰오빠는 젊고 잘생긴 청년이었고 밑의 오빠들은 까까중머리의 남학생이었다. 떠도는 구름처럼 아버지는 찌든 가난과 빚과, 일곱이나 되는 자식을 남겨 놓고 갑자기 세상을 떠나고 큰오빠가 어머니와 함께 동생들을 거두었다.

미화는 내 추억의 가운데에 서 있는 표지판이었다. 집앞으로 흐르던 하천이 복개되면서 동네는 급격히 시가지로 편입되기 시작하였다. 버드나무와, 찐빵가게도 사라지고 그 남아 있던 고향집을 팔기로 하고 큰오빠는 도장을 찍었다고 한다. 머지 않아 여관으로 변해버릴 것이다.

나는 일요일 밤에 미나 박의 마지막 무대를 놓치지 않기로 했다. 얼마전 택시에서 흘러나오는 트롯 가요의 메들리가 듣기 좋았다. 그리고 옛 가요들이 어째서 술자석마다 빠지지 않고 앙코르 되는지 이제는 확실히 이해할 수 있었다.

새부천 나이트 클럽은 의외로 이층이었고 입구는 밝았다. 가죽문을 밀고 들어가니 새로 여가수가 등장하여 노래를 부르고 있었다.

"저 산은 내게 우지 마라, 우지 마라 하고 발 아래 젖은 계곡 첩첩산중……."

나는 훅, 숨을 들이마셨다. 어느 한순간 노래 속에서 큰오빠의 쓸쓸한 등이, 그의 지친 뒷모습이 내게로 다가왔다. 노래 제목은 한계령이었다.

테이블의 취객들을 나는 눈물 어린 시선으로 어루만졌다. 그들에게도 잊어버려야 할 시간들이, 한 줄기 바람처럼 살고 싶은 순간들이 있을 것이다. 어디 큰오빠뿐이겠는가. 나는 다시 한 번 목이 메었다.

"저 산은 내게 내려가라, 내려가라 하네. 지친 내 어깨를 떠미네……."

그들 속에 나의 형제도 있었다. 큰오빠는 앞장을 섰고 오빠들은 뒤를 따랐다. 산

봉우리를 향하여 한 걸음씩 옮길 때마다 두고 온 길은 잡초에 뒤섞여 자취도 없이 스러져 버리곤 하였다. 그들을 기다려 주는 것은 잊어버리라는 산울림, 혹은 내려 가라고 지친 어깨를 떠미는 한 줄기 바람일 것이다.

사흘이 지나 미화는 다시 전화를 했다. 나의 무심함을 탓한 뒤, 신사동 카페로 찾 아오라고 말한다. '좋은 나라' 라고. 그러나 나는 그 좋은 나라를 찾아갈 수 있을지 불확실하다.

한계령

양귀자

전화에서 흘러 나오는 여자의 목소리는 지독히도 탁하고 갈라져 있었다. 얼핏 듣기에는 여자인지 남자인지 구분하기가 힘들 정도였다. 그 목소리를 듣자 나는 곧 기억의 갈피를 젖히고 음성의 주인공을 찾아보기 시작했다.

내게 전화를 건 적이 있는 그런 굵은 목소리의 여자는 두 사람쯤이었다. 한 명은 사보 편집자였고 또 한 명은 출판인이었다. 두 사람 다 만나 본 적은 없었지만, 아무래도 활동적이고 거침이 없는 여걸이 아니겠냐는 선입견을 가지고 있는 터였다.

두 사람 중의 하나라면 사보 편집자이기가 십상이라고 속단한 채 나는 전화 저편의 여자가 순서대로 예의를 지켜 가며 나를 찾는 것에 건성으로 대꾸하고 있었다. 가스 레인지를 켜놓고 무언가를 끓이고 있던 중이어서 내 마음은 급하기 짝이 없었다. 급한 내 마음과는 달리 여자는 쉰 목소리로 또 한 번 나를 확인하고 나더니 잠깐 침묵을 지키기까지 하였다. 그리고는 대단히 자신 없는 목소리로 이렇게 말하였다.

"혹시 전주에서……철길 옆동네에서 살지 않았나요?"[1]

수필이거나 콩트거나, 뭐 그런 종류의 청탁 전화려니 여기고 있던 내게는 뜻밖의 질문이었다. 그러나 어김없이 맞는 말이기는 하였다. 나는 전주 사람이었고, 전주에서도 철길 동네 사람이었다. 주택가를 관통하며 지나가던 어린 시절의 그 철길은

1) "혹시 전주에서 …… 살지 않았나요?" : 작가 양귀자는 1955년 전주시 경원동에서 태어났다. 그리하여 작가가 유·소년기를 보낸 곳은

철길 옆 동네이다. 작가는 자신의 고향과 상경하여 부천시 원미동에서 살았던 경험을 작품의 배경으로 삼고 있다.

몇 년 전에 시 외곽으로 옮겨지긴 하였지만 지금도 철로 연변의 풍경이 내 마음에는 고스란히 남아 있었다. 그렇다는 대답을 듣고 나서도 전화 속의 목소리는 또 한 번 뜸을 들였다.

"혹시 기억할는지 모르겠지만 난 박미화라고, 찐빵집 하던 철길옆의 그 미화인데…….

잊었더라도 할 수 없다는 듯이, 그리고 이십 년도 훨씬 전의 어린시절 동무 이름까지야 어찌 다 기억할 수 있겠느냐는 듯이 목소리는 한층 더 자신이 없었다.

박미화. 그러나 나는 그 이름을 또렷이 기억하고 있었다. 얼마큼이나 또렷하게 기억하고 있는가 하면 전화 속의 목소리가 찐빵집 어쩌고 했을 때, 이미 나는 잡채 가닥과 돼지비계가 뒤섞여 있는 만두소 냄새까지 맡아 버린 뒤였다. 하지만 나는 만두 냄새가 난다고 말하지는 않았다. 세월이 그간 내게 가르쳐 준 대로 한껏 반가움을 숨기고, 될 수 있으면 통통 튀지 않는 음성으로 그 이름을 분명히 기억하고 있음을 알렸을 뿐이었다.

그렇게 했음에도 반기는 내 마음이 전화선을 타고 날아가서 그녀의 마음에 꽂힌 모양이었다. 쉰 목소리의 높이가 몇 계단 뛰어오르고, 그러자니 자연 갈라지는 목소리의 가닥가닥에서 파열음이 튀어나오면서 폭포수처럼 말이 쏟아져 나오기 시작했다.

"반갑다. 정말 얼마만이냐? 난 네가 기억하지 못할 줄 알았거든. 전화할까말까 꽤나 망설였는데……그런데 자꾸 여기저기에 네 이름이 나잖아? 사람들한테 신문을 보여 주면서 야야 내 친구라고 자랑도 많이 했단다. 너 옛날에 만화책 좋아할 때부터 내가 알아봤어. 신문사에 전화했더니 네 연락처 알려 주더라. 벌써 한 달 전에 네 전화번호 알았는데 이제야 하는 거야.
세상에, 정말 몇 년 만이니?"

정확히 이십 오 년 만에 나는 미화의 목소리를 듣고 있는 중
이었다. 철길 옆 찐빵집 딸을 친구로 사귀었던 때가 국민학교 2
학년이었으므로 꼭 그렇게 되었다.

여기저기 이름 석자를 내걸고 글을 쓰다 보면 과거 속에 묻
혀 있던, 그냥 잊은 채 살아도 아무 지장이 없을 이름들이 전화
속에서 튀어나오는 경우가 더러 있었다. 물론 반갑기야 하고
추억을 떠올리게도 하지만 단지 그것뿐이었다. 서로 살아가는
행로가 다르다는 엄연한 사실을 확인하면서도 겉으로는 한번
만나자거나 자주 연락을 취하자거나 하는 식의 말차례만으로
끝나는 일회성의 재회였다.

원미동 거리

그렇지만 찐빵집 딸 박미화의 전화를 받으리라고는 상상도
하지 않았었다.

그애가 설령 어느 지면에서 내 이름과 얼굴을 발견했다손 치
더라도 나를 기억할 수 있겠느냐고 전혀 자신 없어 한 것은 오
히려 내쪽이었다. 만에 하나 기억을 해냈다 하더라도 신문사에
전화를 해서 내 연락처를 수소문할 이유는 전혀 없었다. 우리
들은 그저 60년대의 어느 한 해 동안 한 동네에 살았을 뿐이었
다. 지금 와서 돌이켜보면 나에게는 그 한 해가 커다란 위안이
었지만 그애에게는 지겨운 나날이었을 게 분명했다.

그 뜻밖의 전화는 이십오 년이란 긴 세월을 풀어놓느라고 길
게 이어졌다. 무엇보다도 먼저 나는 그애에게 왜 가수가 되지
않았느냐고 물을 참이었다. 〈검은 상처의 블루스〉를 너만큼 잘

부르는 사람은 아직 보지 못했노라고 말해 주고 싶었다. 하지만 좀처럼 말할 기회가 주어지지 않았다. 어디어디에서 너의 짧은 글을 읽었다는 것과 네가 내 친구라는 사실을 믿지 않던 주위 사람들의 어리석음과 네 이름을 발견할 때의 기쁨이 어떠했는가를 그애는 몇 번씩이나 되풀이 말하였다. 그런 이야기 끝에 미화가 먼저 자신의 직업을 밝혔다.

"난 어쩔 수 없이 여태도 노래로 먹고 산단다. 아니, 그런데 넌 부천에 살면서[2] '미나 박'이란 이름도 들어 보지 못했니? 네 신랑이 샌님이구나. 너를 한 번도 나이트클럽이나 스탠드바에 데려가지 않은 모양이네. 이래봬도 경인 지역 밤업소에서는 미나 박 인기가 굉장하다구. 부천 업소들에서 노래 부른 지도 벌써 몇 년째란다. 내 목소리 좀 들어 봐. 완전 갔어. 얼마나 불러 제끼는지. 어쩔 때는 말도 안 나온단다. 솔로도 하고 합창도 하고 하여간 징그럽게 불러댔다."

그제서야 난 전화에서 흘러 나오는 쉰 목소리의 다른 모습들을 떠올릴 수 있었다. 가수들의 말하는 음성이 으레 그보다 훨씬 탁했었다. 목소리가 그 지경이 될 만큼 노래를 불렀구나 생각하니 갑자기 가슴이 뜨거워졌다. 노래를 빼놓고 무엇으로 미화를 추억할 것인지 나는 은근히 두려웠던 것이다. 노래와는 전혀 무관한 채 보통의 주부가 되어 있다가 내게 전화를 했더라면 어떤 기분이었을까. 비록 텔레비전에 자주 출연하는 인기 가수가 아니더라도, 밤업소를 전전하는 무명 가수로 살아왔더라도 그애가 노래를 버리지 않았다는 것이 내게는 중요했다.

그래서 나는 슬쩍 〈검은 상처의 블루스〉나 버드나무 밑의 작은 음악회, 그리고 비오는 날 좁은 망대 안에서 들려주었던 것

2) 그런데 넌 부천에 살면서 : 작품 '한계령'은 연작 '원미동 사람들'의 맨 마지막에 실려 있다. '원미동 사람들'은 경기도 부천시 원미동 23통의 한 이면도로 양쪽에 자리잡은 동네이다.

들의 세계 따위, 몇 가지 옛추억을 그애에게 일깨워 주었다.

짐작대로 미화는 감탄을 연발하면서 기뻐하였다. 그렇게 세
세한 일까지 잊지 않고 있는 나의 끈질긴 우정을 그녀는 거의
까무라칠 듯한 호들갑으로 보답하면서 마침내는 완벽하게 옛
친구의 자리로 되돌아갔다.

그밖에도 나는 아주 많은 부분을 기억하고 있었다. 그해 여
름 장마 때 하천으로 떠내려 오던 돼지의 슬픈 눈도, 노상 속치
마 바람이던 그애의 어머니도, 다방 레지로 취직되었던 그애
언니의 매끄러운 종아리도, 그 외의 더 많은 것들도 나는 말해
줄 수 있었다.

그럴 수밖에 없는 것이 몇 년 전 나는 미화를 주인공으로 하
는 유년 시절에 관한 소설을 한 편 발표한 적이 있었다. 소설을
쓰는 일이 과거를 되살려 불러낼 수도 있다는 것과, 쓰는 작업
조차도 감미로울 수 있다는 깨달음을 안겨 준 소설이었다. 마
치 흑백 사진의 선명한 명암 대비처럼 유난히 삶과 죽음의 교
차가 심했던 유년의 한때를 글자 하나하나로 낚아 올려 내던
그때의 작업만큼 탐닉했던 글쓰기는 경험해 본 적이 없었다.

어렸을 때의 작가

육친의 철저한 보호 속에 갇혀 있다가 굶주림과 탐욕과 애증
이 엇갈리는 세계로의 나아감, 자아의 뾰족한 새잎이 만나게
되는 혼돈의 세상을 엮어 나가던 그 사이사이 나는 몇 번씩이
나 눈시울을 붉히곤 했었다.

미화는 그때 이미 나보다 한발 앞서 세상 가운데에 발을 넣
고 있었다. 유행가와 철길과 죽음이 그애의 등을 떠밀어서 미
화는 자꾸만 세상 깊은 곳으로 나아가고 있었다. 그애가 세상
과 익숙한 것을 두고 나의 어머니는 '마귀 새끼'라는 호칭까지

붙여 줄 지경이었으니까. 흡사 유황불이 이글거리는 지옥의 아수라장처럼 무섭기만 했던 그 세상에서 나는 벌써 몇십 년을 살고 있는가. 아니, 살아 내고 있는가…….

그러나 나는 미화에게 소설 이야기는 하지 않았다. 사실은 할 기회도 없었다. 어떻게 해서 밤업소 가수로 묶이고 말았는지를 설명하고 지금처럼 먹고 살 만큼 되기까지 어떤 우여곡절을 겪었는지 대충 말하는 데만도 시간이 많이 걸렸다. 나는 고작해야 십몇 년 전에 텔레비전 〈전국노래자랑〉에 출전하지 않았느냐고, 그런 말을 들은 적이 있다는 것만 알려 줄 수 있었을 뿐이었다.

"맞아. 그때 장려상인가 받았거든. 그리고 작곡가 선생님이 취입시켜 준다길래 부지런히 쫓아다녔는데 밑천이 있어야 곡을 받지. 아까 전주 관광호텔 나이트클럽에서 잠깐 노래 부른 적이 있다고 했지? 그때가 스무 살이었어. 돈 좀 마련해서 취입하려고 거기서 노래 부른 거라구. 그러다 영영 밤무대 가수가 되고 말았어. 아무튼 우리 만나자. 보고 싶어 죽겠다. 니네 오빠들은 다 뭐 해? 참, 니네 큰오빠 성공했다[3]는 소식은 옛날에 들었지. 암튼 장해. 넌 어때? 빨리 만나고 싶다. 응?"

전화로는 아무래도 이십오 년을 다 풀어놓을 수가 없다는 듯이 미화는 만나기를 재촉했다. 거절할 수도 없는 것이 매일 밤 바로 부천의 어느 나이트클럽에서 노래를 한다는 것이었다. 그녀의 무대는 밤 여덟 시에 한 번, 그리고 열 시에 또 한 번 있었으므로 나는 아홉 시쯤에 시간 약속을 해서 나가야 했다. 작가라서 점잖은 척해야 한다면 다른 장소에서 만날 수도 있다고 그녀는 말하였다. 그래 놓고도 작가라면 술집 답사 정도는 예

3) 니네 큰 오빠 성공했다 : 양귀자는 여러 남매였으며 아버지가 일찍 돌아가서 제일 큰 오빠가 가족을 이끌어 갔다고 한다. 큰오빠는 사업을 했으며, 그리하여 그 이웃 사람들까지 그를 어렵게 여겼다고 한다.

사가 아니겠느냐고 제법 나를 부추기기도 하였다.

물론 나 역시 미화를 만나고 싶었다. 그러나 당장 오늘이나 내일로 시간을 정하라는 그녀의 성화에는 따를 수 없었다. 밤 아홉 시면 잠자리에 들어야 할 딸도 있었고, 그 딸이 잠든 뒤에는 오늘이나 내일까지 꼭 써놓아야 할 산문이 두 개나 있었다. 이십오 년이나 만나지 않았는데 하루나 이틀 늦어진다고 무엇이 잘못되겠느냐, 매일밤 부천에서 노래를 부른다면 기어이 만날 수는 있지 않겠느냐고 말을 했더니 미화는 갑자기 펄쩍 뛰었다.

"오늘이 수요일이지? 이번 주 일요일까지면 계약 끝이야. 당분간은 부천뿐 아니라 경인 지역 밤업소 못 뛴단 말야. 어쩌다 보니 돈을 좀 모았거든. 찐빵집 딸이 성공해서 신사동에다 카페 하나 개업한다니까. 보름 후에 오픈이야. 이번 주일 아니면 언제 만나겠니? 넌 내가 안 보고 싶어? 아휴, 궁금해 죽겠다. 일단 한번 보자. 얼굴이라도 보게 잠깐 나왔다가 들어가면 되잖아? 너네 집이 원미동이랬지? 야, 걸어와도 되겠다. 그 옛날 전주로 치면 우리 집서 오거리까지도 안되는데 뭘. 그땐 맨날 뛰어서 거기까지 놀러갔었잖아?"

넌 내가 보고 싶지도 않아? 라고 소리치는 미화의 쉰 목소리가 또 한 번 내 가슴을 뜨겁게 하였다. 그 닷새 중에 어느 하루, 밤 아홉 시에 꼭 가겠노라고 약속을 한 뒤에서야 우리는 비로소 그 긴 전화를 끊었다.

수화기를 내려놓으면서 나도 모르는 사이에 긴 한숨이 흘러나왔다. 이십오 년을 넘나드느라고 나는 지쳐 있었다. 그리고 현실로 돌아왔을 때 그제서야 나는 가스 레인지의 푸른 불꽃과

끓고 있던 냄비가 생각났다. 황급히 달려가 봤을 대는 벌써 냄비 속의 내용물이 바삭바삭한 재로 변해 버린 뒤였다.

이상한 일이었다. 난데없는 미화의 전화가 아니더라도 나는 요즘들어 줄곧 그 시절의 고향 풍경을 떠올리고 있었다. 하필 이런 때에 불현듯 그 시절의 미화가 나타난 것이다.

고향에 대한 잦은 상념은 아마도 그곳에서 들려오는 큰오빠의 소식 때문일 것이다. 때로는 동생이, 때로는 어머니가 전해 주는 이야기들은 어떤 가족의 삶에서나 다 그렇듯이 미주알고 주알 시작부터 끝까지가 장황했지만 뜻은 매양 같았다. 항상 꿋꿋하기가 대나무 같고 매사에 빈틈이 없어 도무지 어렵기만 하던 큰오빠가 조금씩조금씩 허물어지고 있다는 것이었다.

처음에는 큰오빠의 말수가 점점 줄어들고 있다는 소식이 고작이었다. 자식들도 대학을 다닐 만큼 다 컸고 흰머리도 꽤 생겨났으니 늙어 가는 모습 중의 하나일 것이라고, 식구들은 그렇게 여겼을 뿐이었다. 그때가 작년 봄이었을 것이다. 술이 들어가 기 전에는 거의 온종일 말을 잊은 채 어디 먼 곳만을 쳐다보고 있는 날이 잦다고 어머니의 근심 어린 전화가 가끔씩 걸려 왔다.

건강이 좋지 않아 절제해 오던 술이 폭음으로 늘어난 것은 그 다음부터였다. 때로는 며칠씩 집을 나가 연락도 없이 떠돌아다니기도 하였다. 온 식구가 발을 동동 구르며 애를 태우고 있으면 큰오빠는 홀연히 귀가하여 무심한 얼굴로 뜨락의 잡초를 뽑고 있기도 하였다. 그렇게 열심히 매달려 왔던 사업도 저만큼 던져 놓은 채 그는 우두망찰 먼 곳의 어딘가에 시선을 붙박아 두고 있는 사람처럼 보였다.

어머니는 그런 큰오빠를 설명하면서 곧잘 「진이 다 빠져 버린 것 같어……」라고 말하였다. 동생은 또 큰오빠의 뒷모습을 보면 눈물이 핑 돌 만큼 애달프다고 말하였다. 아닌게아니라 전화 저편의 어머니도 진이 빠진 목소리였고, 동생 또한 목메인 음성이곤 하였다. 그것은 마치 믿고 있던 둑의 이곳저곳에서 물이 새고 있다는 보고를 듣는 것처럼 나에게도 허망한 느낌을 불러일으켰다.

그렇지 않아도 세상살이의 올 곧지 못함에 부대껴 오던 나날이었다. 나는 자연 튼튼하고 믿음직스러웠던 원래의 둑을 그리워하지 않을 수 없었다. 이제는 결코 젊다고 할 수 없는 나이의 그가, 더욱이 몇 년 전의 대수술로 건강마저 염려스러운 그가 겪고 있는 상심(傷心)의 정체를 나는 알 것도 같았다. 아니, 정녕 모를 일인 것처럼 여겨지기도 하였다.

그를 짓누르고 있던 장남의 멍에가 벗겨진 것은 겨우 몇 해전이었다. 아버지가 없었어도 우리 형제들은 장남의 어깨를 밟고 무사히 한몫의 사람으로 커올 수 있었다. 우리들이 그의 어깨에, 등에 매달려 있던 때 그는 늠름하고 서슬 퍼런 장수처럼 보였었다. 미화도 알 것이다. 내 큰오빠가 얼마나 멋졌던가를. 흡사 증인(證人)이 되어 주기나 하려는 듯 홀연히 나타난 미화를, 그애의 쉰 목소리를 상기하면서 나는 문득 마음이 편안해졌다.

그러나 그날 밤에도, 다음날 밤에도 나는 미화가 노래를 부르는 클럽에 가지 않았다. 그렇다고 그애의 전화를 잊은 것은 절대 아니었다. 잊기는커녕 틈만 나면 나는 철길 동네의 풍경속으로 걸어 들어가곤 했다.

멀리는 기린봉이 보이고, 오목대까지 두 줄로 달려가던 레일 위로는 햇살이 눈부시게 반짝이며 미끄러지곤 했었다. 먼지 앉은 잡초와 시궁창물로 채워져 있던 하천을 건너면 곧바로 나타나던 역의 저탄장. 하천은 역의 서쪽으로도 뻗어 있었고, 그곳의 뚝방 동네는 홍등가여서 대낮에도 짙은 화장의 여인네들이 뚝길을 서성이곤 했었다.

동네에서 우리 집은 아들 부잣집으로 일컬어졌었다. 장대 같은 아들이 내리 다섯이었다. 그리고 순서를 맞추어 밑으로 딸 둘이 더 있었다. 먹는 입이 많아서 어머니는 김장을 두 접씩 하고도 떨어질까 봐 노상 걱정이었다. 둥근 상에 모여 앉아 머리를 맞대고 숟가락질을 하다 보면 동작 느린 사람은 나중엔 맨밥을 먹어야 했다.

단 한 사람, 우리 집의 유일한 수입원인 큰오빠만큼은 언제나 따로 상을 받았다. 그 많은 식구들을 책임지고 있는 가장답게 큰오빠는 건드리다가 만 듯한 밥상을 물렸고, 그러면 그 밥상이 우리 형제의 별식으로 차례가 오곤 했었다.

학교에서 나누어 주는 옥수수빵 외에는 밀떡이나 쑥버무리가 고작인 우리들의 군것질 대상에서 미화네 찐빵이나 만두는 맛이 기가 막혔다. 그애의 부모들이 평소 위생 관념에는 젬병이어서 어머니는 그집 빵이라면 거저 주어도 먹지 말라고 신신당부를 했었지만 오빠들은 몰래 미화네 집을 드나들며 빵을 사먹곤 했었다.

비 오는 날, 오빠들이 서로서로의 옹색한 용돈을 털어 내어 내게 시키는 심부름은 대개 두 가지였다. 미화네 찐빵을 사오는 일과 만화 가게에서 만화를 빌려 오는 일이었다. 돈을 보태지 않았으니 응당 심부름은 내 몫이었다.

　미화네 집에 빵을 사러 가면 미화는 제 엄마 몰래 두어 개쯤 더 얹어 주었고, 만화 가게까지 우산을 받쳐 주며 따라오기도 했었다. 그 우산 속에서 미화는 목청을 다듬어 노래를 불렀다. 오빠들 몫으로 전쟁 만화를, 내 몫으로는 엄희자의 발레리나 만화를 빌려 품에 안고 돌아오는 길에 나는 미화의 노래를 듣고 또 듣곤 했었다. 우리집 대문 앞에까지 왔는데도 노래가 미처 끝나지 않았으면 제자리에 서서 끝까지 다 들어주어야만 집에 들어갈 수 있었다.

　사는 모양새야 우리 집보다 더 옹색하고 구질구질한 미화네였지만 그래도 그애는 잔돈푼을 늘 지니고 있어서 우리 또래 아이들 중에서는 제일 부자였다. 가게에서 찐빵 판 돈을 슬쩍슬쩍 훔쳐내다가 제 아버지에게 들켜 아구구구, 죽는 소리를 내며 두들겨맞는 미화를 나는 종종 볼 수 있었다. 미화 아버지는 미화만이 아니라 처녀인 그애 큰언니도, 그애의 어머니도 곧잘 때렸고, 그래서 그애네 집앞을 지나노라면 아구구구, 숨넘어가는 비명쯤은 예사로 들을 수 있었다.

　미화가 가수의 꿈을 안고 밤도망을 쳤을 때 그애 아버지는 이미 이 세상 사람이 아니었다. 만약 살아 있었다면 미화도 어린 나이에 밤도망을 칠 엄두는 못 냈을 것이다. 가수가 되어 성공하면 돌아오겠노라던 미화는 그 뒤 철길 옆 찐빵집으로 금의환향하지는 못했다.

지금의 원미동 거리

　그애가 성공하기도 전에 찐빵 가게는 문을 닫았고, 내가 기억하기만도 그 자리에 양장점·문구점·분식 센터·책방 등이 차례로 들어섰었다. 그리고 지금, 미화네 찐빵 가게가 있던 자리는 자취도 없이 사라졌다. 철길이 옮겨진 뒤 말짱히 포장되어 4차선 도로로 변해 버린 그곳에서 옛 시절의 흙냄새라도 맡아 보려면 아스팔트를 뜯어내고 나서야 가능할 것이다.

금요일 정오 무렵 다시 미화에게서 전화가 왔다. 첫마디부터가 오늘 저녁에는 꼭 오라는 다짐이었다. 이미 두 번째 전화여서 그애는 스스럼없이, 진짜 꾀복장이 친구처럼 굴고 있었다.

"일어나자마자 너한테 전화하는 거야. 어젯밤에는 너 기다린다고 대기실에서 볶음밥 불러 먹었단다. 오늘은 꼭 오겠지? 네 신랑이 못 가게 하대? 같이 와. 내가 한잔 살 수도 있어. 그집 아가씨 하나가 말야, 네 소설도 읽었대더라. 작가 선생이 오신다니까 팔짝팔짝 뛰고 난리야."

그리고 나서 그애는 아들만 둘을 두었다는 것과 악단 출신의 남편과 함께 사는 지금의 집이 꽤 값나가는 아파트라는 사실을 알려 주었다. 그애의 전화를 받고 난 뒤 내내 파리가 윙윙거리던 그애의 찐빵 가게만 떠올리고 있었던 것을 알고 있었다는 듯이 미화는 한창 때 열 군데씩 겹치기를 하던 시절에는 수입이 얼마였던가까지 소상히 일러주었다. 그애가 잘살고 있다는 것은 어쨌든 기분 좋은 일이었다. 그래봤자 얼마나 부자일까마는 여태까지도 돼지비계 섞인 만두소 같은 퀴퀴한 냄새를 풍기고 있다면 얼마나 막막한 삶일 것인가.

"오늘 꼭 와야 된다. 니네 자가용 있지? 잠깐 몰고 나오면……뭐라구? 돈 벌어 다 어데 쌓아 두니? 유명한 작가가 자가용도 없어서야 체면이 서냐? 암튼 택시라도 타고 휭 왔다 가. 기다린다아."

그애는 제멋대로 나를 유명한 작가로 만들어 놓았다. 그리곤

자가용이 없다는 내 말에 미화는 혀까지 끌끌 찼다. 짐작하건
대 그애는 나의 경제적 지위를 다시 가늠해 보기 시작했을 것
이다. 미화는 그만큼 확신을 가지고 자가용이 있느냐고 물었으
니까. 어쩌면 그애는 스스로가 오너 드라이버란 사실을 말하고
있는 건지도 몰랐다.

미화는 내가 과거의 찐빵집 딸로만 자기를 기억하고 있는 것
을 몹시 안타깝게 여기고 있었다. 얼마나 달라졌는가를, 지금
은 어떤 계층으로 솟구쳤는가를 설명하는 쉰 목소리는 무척 진
지하였다. 만나기만 한다면야 그애의 달라진 현실을 확실히 알
수가 있을 것이다.

만남을 회피하지 않고 오히려 간곡하게 재회를 원하는 그녀
의 현실을 나는 새삼 즐겁게 받아들였다. 언젠가의 첫 여고 동
창회가 열렸던 때를 기억하고 있는 까닭이었다. 서울 지역에
살고 있는 동창명단 중에 불참자가 반 이상이었다. 물론 피치
못한 이유가 있어서 불참한 경우도 있겠지만 졸업 후의 첫 만
남에 당당하게 나타날 만한 위치가 아니라는 자괴심이 대부분
의 이유였을 것이다.

미화의 전화가 있고 난 뒤 곧바로 전주에서 시외 전화가 걸
려 왔다. 고춧가루는 떨어지지 않았느냐, 된장 항아리는 매일
볕에 열어 두고 있느냐 등을 묻는, 자식의 안부보다는 자식의
밑반찬 안부를 주로 묻는 친정어머니의 전화였다.

나는 어머니에게 미화의 소식을 전했다. 이름은 언뜻 기억하
지 못했어도 찐빵집 딸이라니까 얼른 "박센 딸?" 하고 받으시
는데 목소리에 기운이 없었다. 어머니의 전화는 예사롭게 밑반
찬 챙기는 것만으로 그칠 것 같지는 않았다. 따라서 나 역시 미

화의 이야기를 길게 늘어놓을 일도 아니었다.

모녀는 잠깐 침묵을 지켰다. 어머니 쪽에서 무슨 말이 나오리라 기다리면서 나는 한편으로 전화 곁의 메모판을 읽어 가고 있었다. 20매, 3일까지. 15매, 4일 오전중으로 꼭. 사진 잊지 말 것. 흘려쓴 글씨들 속에 나의 삶이 붙박혀 있었다. 한때는 내 삶의 의지였던 어머니의 나직한 한숨 소리가 서울을 건너고 충청도를 넘어 전라도 땅의 한군데에서 새어 나왔다.

"아버지 추도 예배 때 못 오것쟈?"

어머니는 겨우 그렇게 물었다. 노상 바쁘다니까, 이제는 자식의 삶을 지휘할 수 없다는 것을 잘 아니까 어머니는 오월이 가까워 오면 늘 이렇게 묻는다. 그러나 오늘의 전화는 그것만도 아닐 것이다.

나는 잘 알고 있었다. 어젯밤에도 큰오빠는 어머니의 치마폭에 그 쇳조각 같은 한탄과 허망한 세월을 털어놓으며, 몸이 못 버텨 주는 술기운으로 괴로워하며, 그 두 사람이 같이 뛰었던 과거의 행로들을 추억하자고 졸랐을 것이다. 어려웠던 시절의 뼈아픈 고생담을 이야기하면서, 춥고 긴 겨울 밤을 뜬눈으로 지새며 앞날을 걱정했던 그 시절의 암담함을 일일이 들추어 가면서 큰오빠는 낙루도 서슴지 않았으리라. 어머니는 그런 큰아들 때문에 가슴이 미어지도록 슬펐을 것이다. 그렇지만 나는 끝내 입을 열지 않았다.

"네 큰오빠, 어제 산소에 갔더란다. 죽은 지 삼십 년이 다 돼 가는 산소는 뭐 헐라고 쫓아가쌌는지. 땅속에 묻힌 술꾼 애비랑 청주 한 병을 다 비우고 왔어야······."

큰오빠가 공동 묘지에 묻혀 있던 아버지를 당신의 고향땅에

모신 것도 벌써 오래 전의 일이었다. 추석날이면 나는 다섯 오
빠 뒤를 따라 시(市)의 끝에 놓인 공동묘지를 찾아가곤 했었다.
큰오빠는 줄줄이 따라오는 동생들의 대열을 단속하면서 간
혹 "니네들 아버지 산소 찾아낼 수 있어?" 하고 묻곤 했었다.
대열 중에서는 아무 대답도 나오지 않았다. 찾을 수 있거나 찾
지 못하거나간에 큰형 앞에서는 피식 멋쩍게 웃는 것이 대화의
전부인 오빠들이었다.

똑같은 크기의 봉분들이 산 전체를 빽빽하게 뒤덮고 있는 공
동묘지에 들어서면 큰오빠는 한 번도 멈추지 않고 단숨에 아버
지가 누운 자리를 찾아냈다.

세월이 흐르고 하나씩 집을 떠나는 형제들 때문에 성묘 행렬
에 구멍이 생기기 시작하던 무렵, 큰오빠는 아버지 묘의 이장
을 서둘렀다. 지금에 와서는 단 한 번도 형제들 모두가 아버
지 산소를 찾아간 적은 없었다. 산다는 일은 언제나 돌연한 변
명으로 울타리를 치는 것에 다름아니까.

일 년에 한 번, 딸기가 끝물일 때 맞게 되는 아버지의 추도식
만은 온 식구가 다 모이도록 되어 있었다. 그 유일한 만남조차
도 때때로 구멍 난 자리를 내보이곤 하였지만.

"박센 딸은 웬일루?"

전화를 끊으려다 말고 어머니는 가까스로 미화에 대한 호기
심을 나타냈다. 기어이 가수가 된 모양이라고, 성공한 축에 끼
었달 수도 있겠다니까 어머니는 "박센이 그 지경으로 죽었는
데 그 딸이 무슨 성공을……" 하고는 나의 말을 묵살하였다.

미화의 언니를 다방 레지로 취직시킨 것에 앙심을 품은 망대
지기 청년이 장인이 될지도 몰랐던 박씨를 살해한 사건은 그해

가을 도시 전체를 떠들썩하게 했었다. 어머니는 아직도 찐빵집 가족들을 마귀로 여기고 있는 모양이었다. 유황불에서 빠져 나올 구원의 사다리는 찐빵집 식구들에게만은 영원히 차례가 가지 않으리라고 믿는지도 몰랐다. 살아 남은 자의 지독한 몸부림을 당신만큼은 더할나위 없이 잘 알면서도 짐짓 그렇게 말하는 건지도 모를 일이었다.

어머니와의 통화는 언제나 그렇지만 마음을 심란하게 만들었다. 늦은 밤이나 이른 아침에 울리는 전화벨 소리가 가슴을 철렁 내려앉게 하듯이 요즘에는 고향에서 걸려 오는 전화 또한 온갖 불길함을 예상하게 만들었다. 될 수 있는 한 외출을 삼가고 집에만 박혀 있는 나에겐 전화가 세상과의 유일한 통로인 셈이었다. 아마 전화가 없었다면 이만큼이나 뚝 떨어져 있을 수도 없을 것이다. 싫든 좋든 많은 이들을 만나야 하고 찾아가야 했으리라.

그런 의미에서 전화는 세상을 연결시키는 통로이면서 동시에 차단시키는 바람벽이기도 하였다. 고향에 대해서도 예외는 아니었다. 일 년에 한 번쯤이나 겨우 찾아가면서 그다지 격조함을 느끼지 못하는 이유는 전화가 있기 때문이었다. 또한 찾아가지 않아도 되게끔 선뜻 나서서 제 할 일을 해버리는 것도 전화였다.

마음이 심란한 까닭에 일손도 잡히지 않았다. 대충 들추어보았던 조간들을 끌어당겨 꼼꼼히 기사들을 읽어 나가자니 더욱 머리가 멍해 왔다. 신문마다 서명자 명단이 가지런하게 박혀 있고 일단 혹은 이단 기사들의 의미 심장한 문구들이 명멸하였다.

봄이라 해도 날씨는 무더웠다. 창가에 앉으면 바람이 시원했다. 이층이므로 창가에 서면 원미동 거리가 한눈에 내려다보였다. 행복사진관 엄씨가 세 딸을 거느리고 시장길로 올라가고 있는 게 보였다. 써니 전자의 시내 아빠는 요즘 새로 산 오토바이 때문에 늘 싱글벙글이었다. 지금도 그는 시내를 태우고 동네를 몇 바퀴씩 돌고 있었다. 냉동 오징어를 궤짝채 떼어 온 김 반장의 형제 슈퍼는 모여든 여자들로 시끄러웠다. 김 반장의 구성진 너스레에 누가 안 넘어갈 것인가. 오늘 저녁 원미동 사람들은 모두 오징어 요리를 먹게 될 모양이었다.

그들이 아니더라도 거리는 소란스럽게 짝이 없었다. 부천시 원미동이 고향이 될 어린아이들이, 훗날 이 거리를 떠올리며 위안을 받을 꼬마치들이 쉴 새 없이 소리지르고, 울어대고, 달려가고 있었다.

얼마를 그렇게 창가에 있었지만 쓰다 만 원고를 붙잡고 씨름할 기분은 도무지 생겨나지 않았다. 이제 다시 전화벨이 울린다면 그것은 분명코 저 원고를 챙겨 가야 할 충실한 편집자의 전화일 것이 분명했다.

그럼에도 불구하고 나는 불현듯 책꽂이로 달려가 창작집 속에 끼어 있는 유년의 기록을 들추었다. 그 소설은 낮잠에서 깨어나 등교시간인 줄 알고 신발을 거꾸로 꿰어 신은 채 달려가는 이야기로부터 시작되고 있었다. 눈물 주머니를 달고 살았던 그때, 턱없이 세상을 무서워하면서 또한 끝도 없이 세상을 믿었던 그때의 이야기들은 매번 새롭게 읽혀지고 나를 위안했다.

소설 쓰는 것을 업으로 삼는 자가 자기가 쓴 소설을 읽으며 위안을 받는다는 사실을 어떻게 설명해야 할지 모른다. 깊은 밤 한창 작업에 붙들려 있다가도 마음이 편치 않으면 나는 미화가 나오는 그 소설을 읽었다.

시간을 거꾸로 돌려서, 자꾸만 뒷걸음쳐서 달려가면 거기에 철길이 보였다. 큰오빠는 젊고 잘생긴 청년이었고 밑의 오빠들은 까까중머리의 남학생이었다. 장롱을 열면 바느질 통 안에 아버지 생전에 내게 사주었다는 연지 찍는 붓솔도 담겨 있었다. 아직 어린 딸에게 하필이면 화장 도구를 사주었는지 지금에 와서 생각하면 알 듯도, 모를 듯도 싶은 장난감이었다.

네 큰오빠가 아니었으면 다 굶어 죽었을 거여. 어머니는 종종 이런 말로 큰아들의 노고를 회상하곤 했지만 그 말은 사실이었다. 떠도는 구름처럼 세상 저편의 일만 기웃거리며 살던 아버지는 찌든 가난과, 빚과, 일곱이나 되는 자식을 남겨 놓고 갑자기 세상을 떠났었다. 가장 심하게 난리 피해를 당했던 당신의 고향 마을에서도 몇 안되는 생존자로 난리를 피한 아버지였다. 보리짚단 사이에서, 뒷뜰의 고구마 움에서 숨어 살며 지켜 온 목숨이었는데 도시로 나와 아버지는 곧 이승을 떠나 버렸다. 목숨을 어떻게 마음대로 하랴마는 어머니에게 있어 그것은 결코 용서 못할 배반이었다. 나는 그래도 연지 붓솔이나 받아 보았다지만 내 밑의 여동생은 돌을 갓 넘기고서 아버지를 잃었다.

아버지 살았을 때부터 야간 대학을 다니면서 생계를 돕던 큰오빠는 어머니와 함께 안간힘을 쓰며 동생들을 거두었다. 아침이면 우리들은 차마 입을 뗄 수 없어 수도 없이 망설이다가 큰오빠에게 손을 내밀었다. 회비·참고서 값·성금·체육복 값 등등 내야 할 돈은 한없이 많았는데 돈을 줄 사람은 하나밖에 없었다.

밑으로 딸린 두 여동생들에겐 관대하기만 했던 큰오빠의 마음을 이용해서 오빠들은 곧잘 내게 돈 타오는 일을 떠맡기곤 했었다. 밑으로 거푸 물려줘야 할 책임이 있는 셋째오빠의 포대 자루 같은 교복이, 윗형 것을 물려받아서 발목이 드러나는 교복 바지의 넷째오빠가, 한 번도 새옷을 입은 적이 없다고 불만인 다섯째오빠의 울퉁불퉁한 머리통이 골목길에 모여 서서 나를 기다렸다. 나는 오빠들이 일러준 대로 기성회비·급식값·재료비 따위를 큰오빠 앞에서 줄줄 외우고 있는 중이었다. 공장에서 돈을 찍어 내도 모자라겠다, 그러면서 큰오빠는 지갑을 열었다.

자라면서 나 역시 그러했지만 오빠들은 큰형을 아주 어려워했다. 아무리 맛있는 음식이라도 큰형이 있으면 혀의 감각이 사라진다고 둘째가 입을 열면 셋째도, 넷째도, 다섯째도 맞장구를 쳤다.

여름의 어떤 일요일, 다섯 아들이 함께 모여 수박을 먹으면 큰오빠만 푸아푸아 시원스레 씨를 뱉어 내고 나머지는 우물쭈물하다가 씨를 삼켜 버리기 예사였다. 두레박으로 물을 길어 올려 등먹이라도 하게 되면 큰오빠 등허리는 어머니만이 밀 수 있었다. 둘째는 셋째가, 셋째는 넷째가 서로서로 품앗이를 하여 등먹을 하고 난 뒤 큰 오빠가 "내 등에도 물 좀 끼얹어라" 하면 모두들 쩔쩔매었다.

우리 형제들뿐만 아니라 동네 사람들도 큰오빠를 예사롭게 대하지 않았다. 인조 속치마를 펄럭이고 다니면서 동네의 온갖 일을 다 참견하곤 하던 미화 엄마도 큰오빠가 지나가면서 인사를 하면 허둥지둥 찐빵 가게로 들어갈 궁리부터 했으니까.

기다린다아, 고 길게 빼면서 끊었던 미화의 전화를 의식한 탓이지 나는 그날따라 일찍 저녁밥을 마쳤다. 서두르지 않더라도 아홉 시까지는 그애가 일한다는 새부천 클럽에 갈 수가 있었다. 작은방에서 책을 읽고 있던 남편은 아이야 자기도 재울 수 있으니 가보라고 권하기도 했다. 소설의 주인공이 부천의 한 클럽에서 노래를 부르고 있다는 사실에 대해 그 역시 미화에게 흥미가 많은 사람이었다.

　시간은 자꾸 흘러가고 있었다. 아홉 시가 가까워 오자 아이는 연신 하품을 하기 시작했다. 재울 것도 없이 고단한 딸애는 금방 쓰러져 꿈나라로 갈 것이다. 집 앞 큰길에는 귀가하는 이들이 타고 온 택시가 심심치 않게 빈 차로 나가곤 하였다. 일어서서 집을 나가 택시만 타면 되었다. 택시 기사에게 "시내로 갑시다"라고 이르기만 하면 되었다. 그런데도 얼른 몸을 일으킬 수가 없었다.

　여덟 시 무대를 끝내고 미화는 내가 올까 봐 입구 쪽만 주시하며 있을 것이다. 아홉 시를 알리는 시보가 울리고 텔레비전에서 저녁 뉴스가 시작될 때까지도 나는 그대로 있었다. 아이는 마침내 잠이 들었고, 남편은 낚시 잡지를 뒤적이면서 월척한 자의 함박웃음을 부러운 듯이 들여다보고 있었다.

　몇 가지 낚시 도구를 사들이고, 낚시에 관한 정보를 놓치지 않으려고 귀를 모으면서, 매번 지켜지지 않을 낚시 계획을 세우는 그는 단 한 번의 배 낚시 경험밖에 없는 사람이었다. 단 한 번의 경험은 그를 사로잡기에 충분하였다. 어느 주말 홀연히 떠나가 낚싯대를 드리우게 되기까지는 그 자신 풀어야 할 매듭이 많은 사람이었다. 어떤 때 그는 마치 낚시꾼이 되기 직전의 그 경이로움만을 탐하는 것처럼 보이기도 하였다. 봉우리를 향하여 첫발을 떼는 자들이 으레 그렇듯 그는 세상살이의 고단함에 빠질 때마다 낚시터의 꾼들속에 자기를 넣어 두고 싶어하였다.

나는 그가 뒤적이는 낚시 잡지의 원색화보를 곁눈질하면서 미구에 그가 낚아 올릴 물고기를 상상해 보았다. 상상 속에서 물고기는 비늘을 번뜩이며 파닥거리고, 시계는 미화의 두 번째 출연 시간을 가리키며 째깍거리고 있었다.

다음날 아침 어김없이 미화의 전화가 걸려 왔다. 토요일이었다. 이제 오늘 밤과 내일 밤뿐이었다. 미화도 그것을 강조하였다.

"설마 안 올 작정은 아니겠지? 고향 친구 한번 만나 보려니까 되게 힘드네. 야, 작가 선생이 밤무대 가수 신세인 옛 친구 만나려니까 체면이 안 서대? 그러지 마라. 너 보기엔 한심할지 몰라도 오늘의 미나 박이 되기까지 참 숱하게도 넘어지고 또 넘어지고 했으니까."

그렇게 말할 만도 하였다. 고상한 말만 골라서 신문에 내고 이렇게 해야 할 것 아니냐, 저렇게 되면 곤란하다, 라고 말하는 게 능사인 작가에게 밤무대 가수 친구가 웬말이냐고 볼멘소리를 해볼 만도 하였다. 나는 아무런 대꾸도 할 수 없었다. 우리들의 대화가 어긋나고 있더라도 수수방관할 수밖에 없었다. 박미화에서 미나 박이 되기까지 그애는 수없이 넘어지고 또 넘어진 모양이었다. 누군들 그러지 않겠는가.

부천으로 옮겨 와 살게 되면서 나는 그런 삶들의 윤기 없는 목소리를 많이 듣고 있었다. 딱히 부천이어서가 아니라 내가 부천 사람이어서 그랬을 것이다. 창가에 붙어 앉아 귀를 모으고 있으면 지금이라도 넘어져 상처 입은 원미동 사람들의 이야기를 들을 수 있다. 넘어졌다가 다시 일어나고, 또 넘어지는 실패의 되풀이 속에서도 그들은 정상을 향해 열심히 고개를 넘고 있었다. 정상의 면적은 좁디좁아서 아무나 디딜 수 있는 곳이 아니라는 엄연한 현실도 그들에게는 단지 속임수로밖에 납득되지 않았다.

설령 있는 힘을 다해 기어올랐다 하더라도 결국은 내리막길을 마주해야 한다는 사실 또한 수긍하지 않았다. 부딪치고, 아등바등 연명하여 기어 나가는 삶의 주인들에게는 다른 이름의 진리는 아무런 소용도 없는 것이었다. 그들에게 있어 인생이란 탐구하고 사색하는 그 무엇이 아니라 몸으로 밀어가며 안간힘으로 두들겨야 하는 굳건한 쇠문이었다. 혹은 멀리 보이는 높은 산봉우리였다.

미화는 마침내 봉우리 하나를 넘었다고 믿는 사람 중의 하나였다. 노래로는 도저히 먹고 살 수 없어서 노래를 그만둔 적도 있었다고 했다. 처음의 전화 이후, 아니 더 정확하게 말하면 내가 허겁지겁 달려나오지 않으리란 것을 그애가 눈치챈 이후 미화는 하나씩 둘씩 자신의 과거를 털어놓곤 했었다. 싸구려 흥행단에 끼어 일본 공연을 갔던 적이 있었는데 돌아오지 않을 작정으로 마지막 공연날, 단체에서 이탈해 무작정 낯선 타국 땅을 헤맨 경험도 있다는 말은 두 번째 전화에서 들었던가.

그런데 오늘은 더욱 비참한 과거 하나를 털어 놓았다. 악단 연주자였던 지금의 남편을 만나 살림을 차린 뒤 극장식 스탠드 바의 코너를 하나 분양받았다가 빚더미에 올라앉게 되었던 모양이었다. 미화는 주안·부평·부천 등을 뛰어다니며 겹치기

를 하고 남편 역시 전속으로 묶여 새벽까지 기타줄을 튕겨야
했다고 하였다.

첫아이를 임신하고 있는 중이었으므로 부른 배를 내민 채 술
집 무대에 설 수가 없었다. 코르셋으로, 헝겊으로 배를 한껏 조
이고서야 허리가 쏙 들어간 무대 의상을 입을 수가 있었다. 한
달쯤 그렇게 하고 났더니 뱃속에서 들려 오던 태동이 어느 날
부터인가 사라져 버렸다. 이상하긴 했지만 그런 대로 또 보름
가량 배를 묶어 놓고 노래를 불렀다. 그러고 나서야 병원에 갔
다가 아이가 이미 오래 전에 숨졌다는 사실을 알게 되었다면서
미화는 이렇게 말하였다.

"유명하신 작가한테는 소설 같은 이야기로밖에 안 들리겠
지? 아무리 슬픈 소설을 읽어 봐도 내가 살아온 만큼 기막힌 이
야기는 없더라. 안 그러면 무슨 소리인지 도통 못 알아 먹을 소
설뿐이고. 너도 읽으면 잠만 오는 소설을 쓰는 작가야? 하긴 네
소설은 아직 못 읽어 봤지만 말야. 인제 읽어야지. 근데, 너 돈
좀 벌었니?"

미화가 내 소설들을 읽지 않았다는 것은 참으로 다행한 일이
었다. 바로 어젯밤에도 나는 '읽으면 잠만 오는' 소설을 쓰느
라 밤새 진을 빼고 있었는지도 모를 일이었다. 그래 놓고도 대
단한 일을 한 사람처럼 이 아침 나는 잠잘 궁리만 하고 있는 중
이었다. 그런데 미화 또한 이제부터 몇 시간 더 자야 한다고 말
하는 것이었다. 귀가 시간은 언제나 새벽이 다되어서라고 했
다. 그애나 나나 밤일을 한다는 하나의 공통점이 있다는 사실
을 떠올리며 나는 씁쓰레하게 웃어 버렸다.

미화는 졸음이 묻어 있는 목소리로 다시 오늘 저녁을 약속했

다. 주말의 무대는 평일과 달라서 여덟 시부터 계속 대기중이어
야 한다고 했다. 합창 순서도 있고 백코러스로 뛸 때도 있다면
서 토요일 밤의 손님들은 출렁이는 무대를 좋아하므로 시종일
관 변화무쌍하게 출연진을 교체시키는 법이라고 일러주었다.

"무대에 올라도 잠깐잠깐이야. 자정까진 거기 있으니까 아무
때나 와도 좋아. 오늘하고 내일까지는 그 집에 마지막 서비스
를 하는 거지 뭐. 내 노래 안 듣고 싶어? 옛날엔 내 노래 잘 들어
줬잖니? 그리고 말야, 입구에서 미나 박 찾아왔다고 말하면 잘
모실 테니까 괜히 새침 떠느라고 망설이지 마라."

물론 가겠노라고, 어제는 정말 짬이 나지 않았노라고 자신
있게 입막음을 하지도 못한 채 나는 어영부영 전화를 끊었다.
처음 그애가 "혹시 미화라고, 철길 옆에 살던……" 하면서 전
화를 걸어 왔을 때의 무작정한 반가움은 웬일인지 그 이후 알
수 없는 망설임으로 바뀌어져 있었다.

미화는 내 추억의 가운데에 서 있는 표지판이었다. 미화를
기둥으로 하여 이십오 년 전의 한 해를 소설로 묶은 뒤로는 더
욱 그러하였다. 기록한 것만을 추억하겠다고 작정한 바도 없지
만 나의 기억은 언제나 소설 속 공간에서만 맴을 돌았다.

일 년에 한 번, 아버지 추도식에 참석하기 위해 고속버스를
타고 전주에 갈 때마다 표지판이 아니면 언뜻 알아볼 수 없을
만큼 달라져 있는 고향의 모습이 내게는 낯설기만 하였다. 이
제는 사방팔방으로 도로가 확장되어 여관이나 상가 사이에 홀
로 박혀 있는 친정집도 예전의 모습을 거의 다 잃고 있었다. 옛
집을 부수고 새로이 양옥으로 개축한 친정집 역시 여관을 지으
려는 사람이 진작부터 눈독을 들이고 있는 중이었다.

집 앞을 흐르던 하천이 복개되면서 동네는 급격히 시가지로 편입되기 시작하였다. 그나마 철길이 뜯기면서는 완벽하게 옛 모습이 스러져 버렸다. 작은 음악회를 열곤 하던 버드나무도 베어진 지 오래였고, 찐빵 가게가 있던 자리로는 차들이 씽씽 달려가곤 했다. 아무래도 주택가 자리는 아니었다. 예전에는 비록 정다운 이웃으로 둘러싸인 채 오순도순 살아왔다 하더라도 지금은 아니었다. 은성장 여관, 미림 여관, 거부장 호텔 등이 이웃이 될 수는 없었다.

게다가 한창 크는 아이들이 있었다. 우리 형제들은 물론, 조카들까지 제 아버지에게 이사를 가자고 졸랐었다. 하지만 큰오빠는 좀체 집을 팔 생각을 굳히지 못하였다. 집을 팔라는 성화가 거세면 거셀수록 그는 오히려 집 수리에 돈을 들이곤 하였다. 그 동네에서 마지막까지 버티고 있는 유일한 사람이 바로 큰오빠였다.

일 년에 한 번씩 타인의 낯선 얼굴을 확인하러 고향 동네에 가는 일은 쓸쓸함뿐이었다. 이제는 그 쓸쓸함조차도 내 것으로 남지 않게 될 것이다. 누구라 해도 다시는 고향으로 돌아가지 못할 것이다. 고향은 지나간 시간 속에 있을 뿐이니까. 누구는 동구 밖의 느티나무로, 갯마을의 짠 냄새로, 동네를 끼고 흐르는 긴 강으로 고향을 확인하며 산다고 했다.

내게 남은 마지막 표지판은 미화인 셈이다. 보이는 것들은, 큰오빠까지도 다 변하였지만 상상 속의 미화는 언제나 같은 모습이었다. 미화만 떠올리면 옛 기억들이, 내게 남은 고향의 모든 숨소리가 손에 잡힐 듯이 다가오곤 하였다. 허물어지지 않은 큰오빠의 모습도 그 속에 온전히 남아 있었다. 내가 새부천

클럽에 가서 미화를 만나 버리고 나면 그때부터는 어떤 표지판에 기대어 고향을 찾아갈 수 있을 것인지 정말 알 수 없었다.

미화의 지금 모습이 어떤지 나는 전혀 떠올릴 수가 없다. 설령 클럽으로 찾아간다 하여도 그애를 알아볼 수 있을지 자신할 수도 없었다. 내 기억 속의 미화는 상고머리에, 때 낀 목덜미를 물들인 박씨의 억센 손자국, 그리고 터진 겨드랑이 사이로 내보이던 낡은 내복의 계집아이로 붙박혀 있었다. 서른도 훨씬 넘은 중년 여인의 그애를 어떻게 그려 낼 수 있는가.

수십 년간 가슴에 품어 온 고향의 얼굴을 현실 속에서 만나고 싶지는 않다, 라고 나는 생각하였다. 만나 버린 뒤에는 내게 위안을 주었던 유년의 소설도, 소설 속의 한 시대도 스러지고야 말리라는 불안감을 떨쳐 버릴 수가 없었다. 그렇다 하더라도 이미 현실로 나타난 미화를 외면할 수 있을는지 그것만큼은 풀 수 없는 숙제로 남겨둔 채 토요일 밤을 나는 원미동 내 집에서 보내고 말았다.

일요일 낮 동안 나는 전화 곁을 떠나지 못하였다. 이제 미화는 가시 돋친 음성으로 나의 무심함을 탓할 것이다. 그녀의 질책을 나는 고스란히 받아들일 작정이었다. 나는 그애가 던져 올 말들을 하나하나 상상해 보면서 전화를 기다렸다. 오전에는 그러나 한 번도 전화벨이 울리지 않았다. 일요일은 언제나 그랬다. 약속을 못 지킨 원고가 있더라도 일요일에까지 전화를 걸어 독촉해 올 편집자는 없었다. 전화벨이 울린다면 그것은 분명 미화라고 나는 생각하였다.

오후가 되어서 이윽고 전화벨이 울렸다. 그러나 수화기에선 쉰 목소리 대신에 귀에 익은 동생의 목소리가 흘러 나왔다. 고향에서 들려 오는 살붙이의 음성은 모든 불길한 예감을 젖히고 우선 반가웠다.

여동생이 전하는 소식은 역시 큰오빠에 관한 우울한 삽화들 뿐이었다. 마침내 집을 팔기로 하고 계약서에 도장을 찍었다는 것과, 한 달 남은 아버지 추도 예배는 마지막으로 그 집에서 올리기로 했다는 이야기였다. 계약서에 도장을 찍은 것은 어제였는데 큰오빠는 종일토록 홀로 술을 마셨다고 했다. 집을 팔기 원했으나 지금은 큰오빠의 마음이 정처없을 때라서 식구들 모두 조마조마한 심정이라고 동생은 말하였다.

집을 팔았다고는 하지만 훨씬 좋은 집으로 옮길 수 있는 힘이 큰 오빠에게 있으므로 걱정할 일은 아니었다. 하지만 큰오빠는 어제 종일토록 홀로 술을 마셨다고 했다. 나도, 그리고 동생도 걱정하지 않을 수 없을 만큼.

"이번 추도 예배는 한 사람이라도 빠지면 안되겠어. 내가 오빠들한테도 모두 전화할 거야. 그렇지 않아도 큰오빠 요새 너무 약해졌어. 여관숲이 되지만 않았어도 그 집 안 팔았을텐데. 독한 소주를 얼마나 마셨는지 오늘 아침엔 일어나지도 못했대. 좋은 술 다 놓아두고 왜 하필 소주야? 정말 모르겠어. 전화나 한번 해봐. 그리고 추도식 때 꼭 내려와야 해. 너무들 무심하게 사는 것 같아. 일 년 가야 한 번이나 만날까, 큰오빠도 그게 섭섭한 모양이야……."

그 집에서 동생들을 거두었고 또한 자식들을 길러 냈던 큰오빠였다. 그의 생애중 가장 중요했던 부분이 거기에 스며 있었다. 큰오빠는, 신화를 창조하며 여섯 동생을 가르쳤던 큰오빠는 이미 한 시대의 의미를 잃은 사람이 되고 말았다. 이십오 년 전에는 젊고 잘 생긴 청년이었던 그가 벌써 쉰 살의 나이로 늙어 가고 있었다.

이십오 년을 지내 오면서 우리 형제 중 한 사람은 땅 위에서 사라졌다. 목숨을 버린 일로 큰오빠를 배신했던 셋째말고는 모두들 큰오빠의 신화를 가꾸며 살고 있었다. 여태도 큰형을 어려워하는 둘째오빠는 큰오빠의 사업을 돕는 오른팔의 역할을 묵묵히 수행하면서 한편으로는 화훼에 일가견을 이루고 있었다. 내과 전문의로 개업하고 있는 넷째오빠도, 행정고시에 합격하여 고급 공무원이 된 공부벌레 다섯째오빠도 큰오빠의 신화를 저버리지 않았다. 고향의 어머니나 큰오빠가 보기에는 거짓말을 능수능란하게 지어낼 뿐인, 책만 끼고 살더니 가끔 글줄이나 짓는가 보다는 나 또한 궤도 이탈자는 결코 아닌 셈이다. 아버지가 세상을 뜨던 해에 고작 한 살이었던 내 여동생은 벌써 두 아이의 엄마가 되어 음악 선생으로 일하고 있는 중이었다.

그러나 정작 큰오빠 스스로가 자신이 그려 놓은 신화에 발이 묶이고 말았다. 공장에서 돈을 찍어내서라도 동생들을 책임져야 했던 시절에는 우리들이 그의 목표였다. 새로운 사업을 시작할 때마다 실패할 수 없도록 이를 악물게 했던 힘은 그가 거느린 대가족의 생계였었다. 하지만 지금은 동생들이 모두 자립을 하였다. 돈도 벌 만큼 벌었다. 한때 그가 그렇게 했듯이 동생들 또한 젊고 탱탱한 활력으로 사회 속에서 뛰어가고 있었다. 저들이 두 발로 달릴 수 있게 된 것은 누구 때문인가, 라고는 묻고 싶지 않지만 노쇠해 가는 삶의 깊은 구멍은 큰오빠를 무너지게 하였다.

　몇 년 전의 대수술로 겨우 목숨을 건진 이후부터는 눈에 띄게 큰오빠의 삶이 흔들거렸었다. 이것도 해선 안되고 저것도 위험하며 이러저러한 일은 금하여라, 는 생명의 금칙이 큰오빠를 옥죄었다. 열심히 뛰어 도달해 보니 기다리는 것은 허망함 뿐이더라는 그의 잦은 한탄을 전해들을 때마다 나는 큰오빠가 잃은 것이 무엇인가를 생각해 보지 않을 수 없었다.

　내가 수없이 유년의 기록을 들추면서 위안을 받듯이 그 또한 끊임없이 과거의 페이지를 넘기며 현실을 잊고 싶어하는지도 모를 일이었다. 그러면서 한 발자국 한 발자국씩 이 시대에서 멀어지는 연습을 하는지도.

　머지 않아 여관으로 변해 버릴 집을 둘러보며, 집과 함께 해 온 자신의 삶을 안주 삼아 쓴 술을 들이키는 큰오빠의 텅빈 가슴을 생각하면 무력한 내 자신이 안타까웠다. 아버지 산소에 불쑥불쑥 찾아가서 죽은 자와 함께 한 병의 술을 비우는 큰오빠의 마음을 알 수 있을 것도 같았다. 한 인간의 뼈저린 고독은 살아 있는 자들 중 누구도 도울 수 없다는 것, 오직 땅에 묻힌 자만이 받아줄 수 있다는 것은 의미 심장하였다. 동생은 마지막으로 어머니의 결심을 전해주고 전화를 끊었다. 말하자면 그것은 어머니가 큰아들을 위해 할 수 있는 유일한 방법인 셈이었다.

　"오늘 아침부터 엄마, 금식 기도 시작했어. 큰오빠가 교회에 나갈 때까지 아침 금식하고 기도하신대. 몇 달이 걸릴지 몇 년이 걸릴지, 노인네 고집이니 어련하겠수."

　교회만 다니게 된다면, 그리하여 주님을 맞아들이기만 한다면 당신이 견뎌 온 것처럼 큰오빠도 또한 허망한 세상에 상처

받지 않으리라 믿는 어머니였다. 어쨌거나 간에 나로서는 어머니의 금식 기도가 가까운 시일 안에 끝나길 비는 수밖에 다른 도리가 없었다. 동생의 전화를 받고 난 다음 나는 달력을 넘겨서 추도식 날짜에 붉은 동그라미를 두 개 둘러 놓았다.

오후가 겨울도록 미화에게서는 아무런 연락도 없었다. 지난밤에도 나타나지 않은 옛 친구를 더 이상은 아는 체 않겠다고 다짐한 것은 아닌지 슬그머니 걱정이 되기도 하였다. 오늘 밤의 마지막 기회까지 놓쳐 버리면 영영 그애의 노래를 듣지 못하리라는 생각도 나를 초조롭게 하였다. 그애가 나를 애타게 부르는 것에 답하는 마음으로라도 노래만 듣고 돌아올 수는 없을까 궁리를 하기도 했다.

진달래가 흐드러지게 피었더라고, 연초록 잎사귀들이 얼마나 보기 좋은지 가만히 있어도 연초록물이 들 것 같더라고, 남편은 원미산을 다녀와서 한껏 봄소식을 전하는 중이었다. 원미동 어디에서나 쳐다볼 수 있는 길다란 능선들 모두가 원미산이었다. 창으로 내다보아도 얼룩진 붉은 꽃무더기가 금방 눈에 띄었다. 진달래꽃을 보기 위해서는 꼭 산에까지 가야만 된다는 법은 없었다.

나는 딸애 몫으로 사준 망원경을 꺼내어 초점을 맞추었다. 원미산은 금방 저만큼 앞으로 걸어와 있었다. 진달래는 망원경의 렌즈 속에서 흐드러지게 피어났고, 새순들이 돋아난 산자락은 푸른 융단처럼 부드러웠다. 그 다음에 그가 길어 온 약수를 한 컵 마시면 원미산에 들어갔다 나온 자나, 집에서 망원경으로 원미산을 살핀 자나 다를 게 없었다. 망원경으로 원미산을 보듯, 먼 곳에서 미화의 노래만 듣고 돌아온다면……

마침내 나는 일요일 밤에 펼쳐질 미나 박의 마지막 무대를 놓치지 않겠다고 작정하였다. 〈검은 상처의 블루스〉를 다시 듣게 된다면 더 이상 바랄 게 없겠지만 미나 박의 레퍼토리가 어떤 건지는 짐작할 수 없었다. 미루어 추측하건대 그런 무대에서는 흘러간 가요가 아니겠느냐는 게 짐작의 전부였다.

그렇다 하더라도 내 귀가 괴로울 까닭은 없었다. 나는 이미 그런 노래들을 좋아하고 있었다. 얼마 전 택시에서 흘러 나오는, 끝도 없이 이어지는 트롯 가요의 메들리가 그렇게 듣기 좋을 수가 없었다. 부천역에서 원미동까지 오는 동안만 듣고 말기에는 너무 아쉬웠다. 그래서 나는 택시기사에게 노래 테이프의 제목까지 물어 두었다. 아직까지 그 테이프를 구하지는 못했지만 구성지게 흘러 나오는 옛 가요들이 어째서 술좌석마다 빠지지않고 앙코르되는지 이제는 확실하게 이해할 수 있었다.

새부천 나이트클럽은 의외로 이층에 있었다. 막연히 지하의 음습한 어둠을 상상하고 있었던 나는 입구의 화려하고 밝은 조명이 낯설고 겸연쩍었다. 안에서 들려 오는 요란한 밴드 소리, 정확히 가려낼 수는 없지만 수많은 사람들이 어우러져 내는 소음들 때문에 나는 불현듯 내 집으로 돌아가고 싶어졌다.

이럴 줄도 모르고 아까 집 앞에서 지물포 주씨에게 좋은 데 간다고 대답했던 게 우스웠다. 가게 밖에 진열해 놓은 벽지들을 안으로 들이던 주씨가 늦은 시각의 외출이 놀랍다는 얼굴로 물었었다.

"어데 가십니꺼?"

봄철 장사가 꽤 재미있는 모양, 요샌 얼굴 보기 힘든 주씨였다. 한겨울만 빼고는 언제나 무릎까지 닿는 반바지 차림인 주씨의 이마에 땀이 번들거리고 있었다.

가죽 문을 밀치고 나오는 취객들의 이마에도 땀이 번뜩거리는 것을 나는 보았다. 계단을 내려가는 취객들의 어지러운 발자국 소리를 세고 있다가 나는 조심스럽게 가죽 문을 밀고 안으로 들어섰다.

기대했던 대로 홀 안은 한껏 어두웠다. 살그머니 들어온 탓인지 취흥이 도도한 홀 안의 사람들 가운데 나를 주목한 이는 한 사람도 없었다. 구석에 몸을 숨기고 서서 나는 무대를 쳐다보았다. 이제막 여가수 한 사람이 스포트라이트를 받으며 등장하는 중이었다.

미화의 순서는 끝난 것인지, 지금 등장한 여가수가 바로 미화인지 나로서는 전혀 알 도리가 없었다. 내가 서 있는 자리에서 무대까지는 꽤 먼 거리였고, 색색의 조명은 여가수의 윤곽을 어지럽게 만들어 놓기만 하였다. 짙은 화장과 늘어뜨린 머리는 여가수의 나이조차 어림할 수 없게 하였다. 이십오 년 전의 미화 얼굴이 어땠는가를 생각해 보려 애썼지만 내 머릿속은 캄캄하기만 하였다.

노래를 들으면 혹시 알아차릴 수도 있을 것 같아 나는 긴장 속에서 여가수의 입을 지켜 보았다. 서서히 음악이 흘러 나오기 시작하였다. 악단의 반주는 암울하였으며 느리고 장중하였다. 이제까지의 들떠 있던 무대 분위기는 일시에 사라지고 오직 무거운 빛깔의 음악만이 좌중을 사로잡았다.

그리고 탁 트인 음성의 노래가 여가수의 붉은 입술에서 흘러 나오기 시작하였다.

"저 산은 내게 우지 마라, 우지 마라 하고 발 아래 젖은 계곡 첩첩산중……."

가수의 깊고 그윽한 노랫소리가 홀의 구석구석으로 스며들
면서 대신 악단의 반주는 점차 희미해져 갔다.

나는 자신도 모르게 한 걸음 앞으로 나가서 노래를 맞아들이
고 있었다. 무언지 모를 아득한 느낌이 내 등허리를 훑어 내리
고, 팔뚝으로 번개처럼 소름이 돋아났다. 나는 오싹 몸을 떨면
서도 또 한.걸음 앞으로 나갔다. 가수는 호흡을 한껏 조절하면
서, 눈을 감은 채 노래를 이어가고 있었다.

"저 산은 내게 잊으라, 잊어버리라 하고 내 가슴을 쓸어 내리
네……."

가수의 목소리는 그윽하고도 깊었다.

거기까지 듣고 나서야 나는 비로소 저 노래를 예전부터 알고
있었다는 데 생각이 미쳤다. 분명 몇 번 들은 적이 있었다. 그랬
음에도 전혀 처음 듣는 것처럼 나는 노래에 빠져 있었다. 아니,
노래가 나를 몰아대었다. 다른 생각을 할 틈도 없이 노래는 급
류처럼 거세게 흘러 들이닥쳤다.

"아, 그러나 한 줄기 바람처럼 살다 가고파. 이 산 저 산 눈물
구름 몰고 다니는 떠도는 바람처럼……."

여가수의 목에 힘줄이 도드라지고 반주 또한 한껏 거세어졌
다. 나는 훅, 숨을 들이마셨다. 어느 한순간 노래 속에서 큰오빠
의 쓸쓸한 등이, 그의 지친 뒷모습이 내게로 다가왔다. 그 모습
을 보지 않으려고 나는 눈을 감았다. 눈을 감으니까 속눈썹에
매달려 있던 한 방울의 눈물이 볼을 타고 흘러내렸다.

노래의 제목은 〈한계령〉이었다. 그러나 내가 알고 있었던
〈한계령〉과 지금 듣고 있는 〈한계령〉 사이에는 커다란 차이가

있었다. 노래를 듣기 위해 이곳에 왔다면 나는 정말 놀라운 노래를 듣고 있는 셈이었다. 무대 위에서 혼신의 힘을 다해 노래를 부르는 저 여가수가 미화 아닌 다른 사람일지라도 상관없는 일이었다.

나는 온몸으로 노래를 들었고 여가수는 한순간도 나를 놓아주지 않았다. 발 밑으로, 땅 밑으로, 저 깊은 지하의 어딘가로 불꽃을 튕기는 전류가 자꾸 쏟아져 내리는 것 같았다. 질펀하게 취하여 흔들거리고 있는 테이블의 취객들을 나는 눈물 어린 시선으로 어루만졌다. 그들에게도 잊어버려야 할 시간들이, 한 줄기 바람처럼 살고 싶은 순간들이 있을 것이다. 어디 큰오빠뿐이겠는가 나는 다시 한 번 목이 메었다. 그때, 나비넥타이의 사내가 내 앞을 가로막고 정중하게 고개를 숙였다.

"테이블로 안내해 드릴까요?"

웨이터의 말대로 나는 내가 앉아야 할 테이블이 어딘가를 생각했다. 그리고는 막막한 심정으로 뒤를 돌아다보았다. 뒤는, 내가 돌아본 그 뒤는 조명이 닿지 않는 컴컴한 공간일 뿐이었다. 아마도 거기에는 습기 차고 얼룩진 벽이 있을 것이다. 나는 웨이터에게 무언가를 말하려고 하였다. 하지만 아무런 말도 나오지 않았다.

"저 산은 내게 내려가라, 내려가라 하네. 지친 내 어깨를 떠미네……."

더듬거리고 있는 내 앞으로 〈한계령〉의 마지막 가사가 밀물처럼 몰려오고 있었다.

집에 돌아와서야 나는 내가 만난 그 여가수가 미화라는 것을 확신하였다. 넘어지고 또 넘어지고, 많이도 넘어져 가며 그애

는 미나박이 되었지 않은가. 울며울며 산등성이를 타오르는 그
애, 잊어버리라고 달래는 봉우리, 지친 어깨를 떨구고 발 아래
첩첩산중을 내려다보는 그 막막함을 노래부른 자가 미화였다
는 것을 그제서야 깨달은 것이었다.

  그날 밤, 나는 꿈속에서 노래를 만났다. 노래를 만나는 꿈을
꿀 수도 있다는 사실을 그 밤에 나는 처음 알았다. 노래 속에서
또한 나는 어두운 잿빛 하늘 아래의 황량한 산을 오르고 있는
한 무리의 사람들도 만났다. 그들은 모두 지쳐 있었고 제각기
무거운 짐 꾸러미를 어깨에 메고 있었다. 짐 꾸러미의 무게에
짓눌려 등은 휘어졌는데, 고갯마루는 가파르고 헤쳐야 할 잡목
은 억세기만 하였다. 목을 축일 샘도 없고 다리를 쉴 수 있는 풀
밭도 보이지 않는 거친 숲에서 그들은 오직 무거운 발자국만
앞으로앞으로 옮길 뿐이었다.

  그들 속에 나의 형제도 있었다. 큰오빠는 앞장을 섰고 오빠
들은 뒤를 따랐다. 산봉우리를 향하여 한 걸음씩 옮길 때마다
두고 온 길은 잡초에 뒤섞여 자취도 없이 스러져 버리곤 하였
다. 그들을 기다려 주는 것은 잊어버리라는 산울림, 혹은 내려
가라고 지친 어깨를 떠미는 한 줄기 바람일 것이다. 또 있다면
그것은 잿빛 하늘과 황토의 한 뼘 땅이 전부일 것이다. 그럼에
도 등을 구부리고 짐 꾸러미를 멘 인간들을, 큰오빠까지도 한
사코 봉우리를 향하여 무거운 발길을 옮겨 놓고 있었다.

  그리고 사흘이 지났다. 미화는 늦은 아침, 다시 쉰 목소리로
내게 나타났다.

  "전라도 말로 해서 너 참 싸가지 없더라. 진짜 안 와버리대?"

  고향의 표지판답게 그녀는 별수없이 전라도 말로 나의 무심

함을 질타하였다. 일요일 밤에 새부천 클럽으로 찾아갔다는 말은 하지 않은 채 나는 그냥 웃어 버렸다. 물론 〈한계령〉을 부른 가수가 바로 너 아니었냐는 물음도 하지 않았다.

"내가 지금 바쁜 몸만 아니면 당장 쫓아가서 한바탕 퍼부어 주겠지만 그럴 수도 없으니, 어쨌든 앞으로 서울 나올 일 있으면 우리 카페로 와. 신사동 로타리 바로 앞이니까 찾기도 쉬워. 일주일 후에 오픈할 거야. 이름도 정했어. 작가 선생 마음에 드는지 모르겠다. '좋은 나라' 라고 지었는데, 네가 못마땅해 해도 할 수 없어. 벌써 간판까지 달았는걸 뭐."

좋은 나라로 찾아와. 잊지 마라. 좋은 나라. 미화는 거듭 다짐하며 전화를 끊었다. 그녀가 카페 이름을 '좋은 나라'[4]로 지은 것에 대해 나는 조금도 못마땅하지 않았다. 얼마나 좋은 이름인가. 다만 내가 그 좋은 나라를 찾아갈 수 있을는지, 아니 좋은 나라 속에 들어가 만날 수 있게 되는지 그것이 불확실할 뿐이었다.

4) 좋은 나라 : 이는 우리 모두가 들어가고 싶은 곳일 게다. 이런 바람은 '원미동 사람들'의 무대가 되었던 원미동 23통의 여러 가게 이름에서도 잘 나타나 있다. 강남부동산, 행복사진관, 써니전자 등, '원미동' 역시 '멀고도 아름다운 동네'란 뜻이다.

작·품·정·리

- 갈래 : 단편 소설, 연작 소설.
- 주제 : 무너지는 큰오빠에 대한 애석함과 사라져가는 과거 소중한 것에 대한 그리움.
- 배경 : 시간적–1980년대.
         공간적–경기도 부천과 과거에 대한 회상으로는 전주.
- 시점 : 1인칭 주인공 시점.

작·품·감·상

　작품 '한계령'은 양귀자의 연작 소설집《원미동 사람들》의 맨 끝에 실린 작품이다. 작품집《원미동 사람들》에는 '멀고 아름다운 동네, 원미동 시인, 비가 오면 가리봉에 가야 한다, 한계령' 등 11편의 작품이 실려 있다. '멀고도 아름다운 동네'는 지금 우리가 살고 있는 한 모습이다. 서울이란 중심에 진입하지 못하고 변두리에서 언제이든 다시 서울로 진입할 태세를 갖추고 있는 사람들, 그리하여 원미동에 사는 사람들은 가게 이름을 '강남 부동산, 행복 사진관, 써니 전자……' 등으로 지었다. 이들에게 있어 행복은 닫혀져 다락문 저편에 있는 존재다. 그러나 이들은 희망과 사랑을 잃지 않고 있는 사람들이다.

　그래서 황도경 같은 평론가는 양귀자의 소설을 '서글픈 희망의 세계'라고 말한다. 그는 이어서,

　　그의 소설에는 세상살이의 굽이굽이에서마다 마주치게 되는 고단함과 서글픔 그리고 그럼에도 끝내 저버릴 수 없는 희망에의 믿음이 함께 있다. 김유정의 소설이 희극적인 상황을 통해 삶의 서글픔과 비극성을 우회

적으로 드러내고 있다면 그래서 웃음의 끝에서 슬픔을 끌어내고 있다고 한다면, 양귀자의 소설은 고단한 삶의 풍경들을 거의 과장 없이 그려내면서 그 슬픔과 비애의 끝에서도 여전히, 혹은 그러기에 더욱더 포기할 수 없는 세상과 인간에 대한 희망을 건져올린다. 때문에 그의 소설에는 서글픈 현실과 희망에의 믿음, 절망적 비애와 희망적 낙관, 어둠과 밝음, 한숨과 가슴저미는 훈훈함이 교차한다. 세상을 보는 작가의 눈은 젖어 있지만 어둠에 완전히 묻혀 있지 않으며, 그의 가슴에 들어찬 서글픈 울음도 웃음과 희망을 완전히 밀어내지는 않는다.

고 한다. 소설 속에서 '미화'는 '넘어지고 또 넘어지며' 모은 돈으로 '좋은 나라'라는 카페를 개업해도, 그가 달성한 희망의 부피만큼이나 커다란 절망의 덩어리를 안고 있게 된다.

'작가선생'과의 대면이 든든했던 큰오빠의 허물어짐, 날마다 달라지는 고향, 팔기로 한 집에 이어지는 훼손된 고향에의 재확인이 될 것에 대한 두려움, 한계령의 노래말은 우리의 삶이 제 몫의 짐을 지고 봉우리를 오르내리는 힘들고 쓸쓸한 여정이며 그래서 발 아래 첩첩산중의 막막함을 바라보면서도 다시금 봉우리를 향하여 무거운 발길을 옮겨놓아야 하는 것이라고 할 때, 이 고단함을 감수하는 행보에서 인생살이의 엄숙함과 훈훈함을 확인하게 하는 것, 그래서 박미화의 노래가 그랬듯이 듣는 이로 하여금 감동의 눈물을 흘리게 만들고 고단한 삶에의 여정을 다시 꾸려가게 만드는 것, 그것이다. 그래서 노래도, 흘러간 가요가 술자리에서 취객들로 하여금 불려지게 되는가보다.

되짚어 보는 문제

1. '한계령'이 주는 의미에 대해 써라.

_____

_____

_____

_____

_____

2. 큰 오빠가 집을 팔지 않으려는 이유는 무엇인지 써라.

_____

_____

3. '나'는 왜 흘러간 가요가 술좌석에서 계속하여 불려진다고 생각하나 써라.

_____

_____

4.

> 그 집에서 동생들을 거두었고 또한 자식들을 길러냈던 큰오빠였다. 그의 생애 중 가장 중요했던 부분이 거기에 스며 있었다. 큰오빠는, 신화를 창조하며 여섯 동생을 가르쳤던 큰오빠는 이미 한 시대의 의미를 잃은 사람이 되고 말았다. 이십오 년 전에는 젊고 잘생긴 청년이었던 그가 벌써 쉰 살의 나이로 늙어가고 있었다.
>
> ....
>
> 나는 온몸으로 노래를 들었고 여가수는 한순간도 나를 놓아주지 않았다. 발밑으로, 땅 밑으로, 저 깊은 지하의 어딘가로 불꽃을 튕기는 전류가 자꾸 쏟아져내리는 것 같았다. 질퍽하게 취하여 흔들거리고 있는 테이블의 취객들을 나는 눈물 어린 시선으로 어루만졌다. 그들에게도 잊어버려야 할 시간들이, 한줄기 바람처럼 살고 싶은 순간들이 있을 것이었다. 어디 큰오빠뿐이겠는가. 나는 다시 한번 목이 메었다.

이십오 년 전에는 젊고 잘생긴 청년이었던 그가 벌써 쉰 살의 나이로 늙어가는 큰 오빠의 모습과, 밤무대 가수가 되어 질퍽하게 취한 취객들을 사로잡고 있는 여가수는 지금 삶의 어디쯤에 서 있다고 보는가?

_____

5. 여기서 '좋은 나라' 란 카페 이름은 무엇을 의미하는가?

_____

1. 〈한계령〉은 원미동 사람들의 인생 역정을 총괄적으로 정리하는 작품이다. 사회의 중심부에서 밀려난 인생들이 삶의 한 고비를 넘는 곳이다. 박미화도 겨우 소설가인 '나'의 큰 오빠도 수없이 넘어지고 또 넘어졌다가 일어나서 겨우 다다른 곳이 한계령이다. 그러나 이렇게 힘들게 올라왔으나 이제는 '내려가라'고 떠미는 곳이기도 하다. 그러므로 '한계령'은 인생의 가장 큰 고비를 뜻한다.

2. 큰 오빠에게 있어 고향집은 자신의 젊은 시절, 자신의 보람이었던 시절을 그대로 간직하고 있기 때문에.

3. 지난 시절의 기억(기억이란 좋은 일이었던 나쁜 일이었던 모두 소중하게 여겨지기 때문에)을 통해 현재의 삶을 잊고 싶어하므로.

4. 바람이 이제 내려가라고 떠미는 한계령 정상에.

5. 힘들게 살아온 우리 모두가 가고 싶어하는 곳.

통합 논술과 독서평가의 내신반영을 위한 중·고등학생의 필독서

한국 현대 단편소설 ②

2005년 12월 20일 제1판 1쇄 발행

감   수 · 이유식
엮은이 · 현대 문학 독서지도회
편   집 · 맹영숙/임명아
펴낸이 · 임일웅
펴낸곳 · 예문당
인   쇄 · (주)청우인쇄사
제   책 · (주)지환제책사
마케팅 · 황정규/김용운

등록 · 1978년 1월 3일(제5-43호)
주소 · 서울시 동대문구 답십리4동 16-4호
전화 · 2243-4333~4
팩스 · 2243-4335
전자우편 · 1forest@korea.com